HERTHA

OU

L'HISTOIRE D'UNE AME

PAR

Mlle FRÉDÉRIKA BREMER.

Traduit du suédois avec l'autorisation de l'auteur et des éditeurs

PAR

A. GEFFROY.

PARIS

C. REINWALD, LIBRAIRE-ÉDITEUR

Rue des Saints-Pères, 15.

1856

HERTHA

OU

L'HISTOIRE D'UNE AME.

Strasbourg , imprimerie de Veuve Berger - Levrault.

HERTHA

OU

L'HISTOIRE D'UNE AME

PAR

Mlle FRÉDÉRIKA BREMER.

Traduit du suédois avec l'autorisation de l'auteur et des éditeurs

PAR

A. GEFFROY.

PARIS
C. REINWALD, LIBRAIRE-ÉDITEUR
Rue des Saints-Pères, 15.
1856.

HERTHA

ou

L'HISTOIRE D'UNE AME.

UNE SOIRÉE.

Nulle part, dit le proverbe, il n'arrive rien de plus bizarre que ce qui se passe dans ce bas monde. Mais nulle part en ce bas monde on ne vit rien de plus bizarre que ce qui se passait un certain soir dans notre bonne ville de Kungskö-bing. Il y avait là une nombreuse réunion et on entendait les personnes qui la composaient parler ainsi :

«Maintenant, messieurs et mesdames, en place ! Composez les groupes. Camélias, OEillets et Roses, restez de ce côté; Fées et Lutins dans le coin opposé. Que les Dieux et Déesses s'avancent — l'Olympe à droite, et le Valhalla[1] à gauche ! — Jupiter, colonel Jupiter, où êtes-vous? — Sur mon honneur, le voilà donnant une poignée de main à Odin! Colonel

_____
1 C'est l'Olympe de la mythologie scandinave.

1

Jupiter, m'entendez-vous? Qu'allez-vous faire dans le Valhalla? Vous appartenez aux divinités de l'Olympe! Madame Frigga[1], soyez assez bonne pour vous charger d'Odin et de ses gens. Il faut un peu d'ordre dans le monde.»

— «Oui, certainement; mais n'oubliez pas qu'Odin doit danser avec Junon et moi avec Jupiter.»

— «Plus tard, dans la grande polonaise; maintenant que chacun demeure à son poste. Colonel Jupiter, soyez assez bon pour rester ici au milieu de vos dignes rejetons, Mars, Vulcain, Apollon, Bacchus! Général Odin, oserai-je vous demander d'avancer un peu! Lieutenant Thor, vous êtes superbe! Assesseur Balder; très-bien! Maître de forges Brage[2]; — Où diable est-il? — Ah! saluant les Grâces de l'Olympe! Vous m'entendez, mon cher monsieur, laissez tout cela jusqu'à la grande polka, votre place maintenant est dans le Valhalla et de ce côté. Les Parques ici, les Nornes là; — c'est bien. Fées et Lutins, que se passe-t-il dans votre région? Point de déserteurs maintenant. C'est à en faire tourner la tête. Et à propos de tête, où trouver une tête de Mimer? Qui pourra nous procurer un Mimer?»

— «Le professeur Méthodius!»

— «Notre oncle avec son seul œil? Superbe! Où est-il?»

— «Là-bas; voyez-le, le doigt levé, démontrant son système à la comtesse P. Il en est certainement à la création du monde; cela se voit à sa physionomie.»

Cela était vrai; le professeur Méthodius était devant la comtesse P. et répondait à sa question un peu malicieuse : « comment va le système?»

— «Merci, comtesse. Il va de droite et de gauche comme

1 Divinité scandinave, ainsi qu'Odin, Thor, Balder, les Nornes, Mimer, etc.

2 C'est une constante habitude en Suède de faire précéder le nom propre d'un titre ou d'une qualité.

un matelot dont la barque est engravée »; et le professeur
se mit à rire de tout son cœur de sa propre idée.—« Le fait
est que je n'ai encore pu l'ordonner complétement, le mettre
au net, comme on dit. Néanmoins je suis bien avancé. C'est
seulement, vous savez, quand on est bien ferme sur ses
fondations qu'on peut en toute sécurité bâtir la maison et
placer le toit. Et de même, si l'on veut améliorer la situation
actuelle de ce monde, il faut bien connaître ses origines. Il
faut être méthodique et commencer par le commencement.
Supposez donc que nous nous représentions ce commencement, je veux dire la création du monde. Imaginez, chère
comtesse, un bouillonnement, oui, c'est juste cela, un bouillonnement, comme une immense bouillie de gruau, qui remplit tout l'espace, et cette masse se remue et s'agite et bouil-
lonne, juste comme la bouillie de gruau, qui bout et qui
écume dans une grosse marmite, et dans tout ce bouillonnement et cette écume les grains de farine (les savants appellent
cela des atomes, mais j'emploie le terme vulgaire) se ras-
semblent ou se réunissent en petites boules, et ces petites
boules se réunissent en boules de plus en plus grosses, et
cela va ainsi de plus en plus jusqu'à ce que les grains de
gruau aient formé une énorme masse que nous appelons
la terre ...... la voilà faite ! Elle est là comme une grosse
boule ! Maintenant il lui arrive un bon coup, une bonne
poussée, et la voilà qui roule et roule à travers l'espace
infini jusqu'à ce que.....

— « Mais, mon cher professeur, qui est-ce qui lui a
donné ce bon coup ? » demanda la comtesse.

— « Un bon coup, une bonne poussée ? » interrompit le
major Von Post, l'aimable grand-maître des plaisirs de la
ville et de la présente réunion ; « parbleu, mon petit oncle,
excusez-moi, mais puisque vous avez aidé Notre Seigneur
dans l'œuvre de la création, soyez donc assez bon pour nous

aider un peu à ordonner notre Valhalla, et prêtez-nous votre tête pour la tête de Mimer!»

Le bon professeur parut au premier moment quelque peu confondu par cette proposition inattendue, mais il répondit bientôt, avec un sourire de bonne humeur :

«Très-volontiers, si seulement vous pouvez me répondre de ce qui arrivera à ma tête. Car, si je me rappelle bien, la tête de Mimer eut à subir certaines fâcheuses destinées, telles que d'être coupée, bouillie, et. . . . . »

— «Oh! cher papa, il n'y a pas de danger; je serai responsable de votre tête,» s'écria en riant une jeune fille élégamment vêtue. Il y avait un tel rayonnement de joie et de grâce autour de cette jeune figure, qu'il semblait qu'une ride ne pourrait jamais y paraître, et, tandis que Mimmi Svanberg essayait avec sa main blanche et douce de remettre un peu d'ordre dans les touffes grisonnantes et revêches de la chevelure du professeur, elle continua : « Nous empruntons ici, cher papa, diverses formes; mais chacun reste soi-même néanmoins. Ainsi moi, je vais être successivement une Sorcière, une Divinité et ensuite une *Pax domestica* avec tout un attirail de pelles et balais. Et vous, Papa, vous serez un admirable Mimer!

— «Allons! Comme tu voudras, ma chère Mimmi, mais cependant. . . . .»

— «Arrivez tous!» s'écria le major. «Avancez l'un après l'autre! Commençons. Commençons, messieurs et mesdames, ou bien nous ne serons jamais prêts!»

— «Un instant, seulement, mon cher major.» C'était la maîtresse de la maison qui parlait; «laissez-nous prendre le thé, il est prêt, et l'on n'en sera que plus en train lorsqu'on aura pris quelque chose. »

Nous espérons que nos lecteurs ne conservent plus le soupçon, qu'ils auraient pu concevoir d'abord, d'être intro-

duits dans une société de fous, et qu'ils commencent à s'a-
percevoir qu'ils sont dans la société de gens fort raisonnables
réunis pour s'amuser de quelque joyeux projet. Effectivement
c'était dans les vastes appartements du négociant Dufva qu'on
s'était réuni ce soir-là pour les préparatifs d'un bal costumé
qui devait avoir lieu peu de jours après dans les nouveaux
et magnifiques salons de réunion de la ville. Cette fête devait
couronner toutes les fêtes de l'hiver ; « elle serait si exquise,
si divinement amusante ! » disaient les jeunes filles.

On avait eu cet hiver beaucoup de fêtes publiques dans la
bonne ville de Kungsköping. Quoique ce ne fût pas précisément une petite ville, dans les circonstances ordinaires on
trouvait à Kungsköping cette manière de vivre particulière
aux petites villes de Suède, et qu'une dame forcée d'y ré-
sider a décrite en disant : « qu'un jour y ressemble si terriblement à l'autre, qu'on ne sait comment les distinguer » ;
de sorte que pour ne pas s'endormir complétement de pur
ennui, plus d'un habitant y a recours au punch, au jeu et à
d'autres passe-temps ayant pour résultat de rendre le cœur
lourd et la bourse légère ; les dames, quand elles ne par-
tagent pas ces passe-temps, ce qui arrive quelquefois, tâchent
de s'amuser par des réunions où l'on prend le café ; la lecture des romans, quelques petits scandales, ne serait-ce
que pour relever comme par un peu d'épice l'insipidité de
l'ordinaire de la vie, voilà comment les choses se passent,
principalement durant nos longs hivers du Nord. Mais cet
hiver-ci fut à Kungsköping une brillante exception. Les travaux du chemin de fer, dont le tracé passait précisément
près de là, avaient amené dans la sphère sociale de Kungsköping un certain nombre de jeunes ingénieurs, hommes
aimables et intelligents dont la présence avait donné une
nouvelle animation à la société. On leur avait offert plus
d'une occasion de plaisir, des bals, des soupers que suivait

la danse ; bref, personne ne se rappelait avoir vu un hiver aussi gai à Kungsköping.

Outre un mariage décidé, on parlait de trois mariages en perspective. Le premier était celui de la fille aînée de la maison où la société se trouvait maintenant réunie avec le riche maître de forges Tackiern, «un très-bon parti», disait chacun. « Éva Dufva aura maison et voiture..... et un respectable mari.»

Éva cependant était pâle et n'avait pas l'air d'être heureuse. Elle appartenait à une famille nombreuse où il n'y avait point de fortune, bien qu'on y vécût avec une certaine aisance ; parents et sœurs avaient été éblouis d'une offre magnifique. Éva s'était dit qu'elle les rendrait tous heureux, qu'elle inviterait ses parents à dîner, ses sœurs à venir chez elle, dans sa maison de campagne, et elle avait dit oui au maître de forges Tackiern qui lui offrait tout cela. Le mariage devait se faire en mai, le jour de la noce d'argent des parents et de la noce d'or des grands-parents[1]. Pour cette grande occasion, M. le conseiller Dufva réparait, augmentait et arrangeait sa maison ; de joyeux préparatifs se faisaient pour célébrer cette fête de trois noces réunies ; Madame Dufva elle-même, une belle femme qui aimait qu'on fît bien les choses, était l'âme de tout ce mouvement, arrangeant, décidant avec une extrême satisfaction. De temps à autre elle jetait bien à la dérobée un regard sur sa fille, la pâle et sérieuse fiancée ; mais elle se disait à elle-même : « Bah ! quand elle sera mariée et qu'elle se verra la maîtresse de tant de bonnes et belles choses, alors. . . . . . » — Et c'est ainsi que disent bien des mères.

Mais tandis qu'on passe le thé et les autres rafraîchissements et que les Dieux et les Déesses, les Fées et les Lutins,

---

1. La première se célèbre après 25 ans, la seconde après 50 ans de mariage.

assis dans les embrasures des fenêtres et autour des petites tables, causent et rient, nous profiterons de l'occasion pour faire plus ample connaissance avec quelques personnages et quelques groupes de cette nombreuse société, et pour prêter l'oreille à quelques conversations.

Nous nous approcherons d'abord de ce couple qui a un air si particulier de bien-être, car nous aimons les gens heureux et les bons ménages, et, à les voir, on ne peut douter qu'ils ne soient mari et femme, ce petit pasteur trapu, avec sa large poitrine, sa figure ronde et ouverte comme celle d'un enfant, et cette petite femme qui dans toute sa manière nous représente comme une réunion de Marthe et Marie, et que vous voyez poser avec une affectueuse confiance sa main sur l'épaule du pasteur en lui disant à demi-voix :

«Il me semble, cher ami, que ce serait bien le moment de mettre en avant ta proposition.»

— «Tu crois?» murmura le petit pasteur avec une expression comique de terreur. «Ma chère petite, laisse-moi d'abord prendre des forces et chercher du courage dans cette bonne tasse de thé, dans ces bons biscuits et . . . . dans ce petit verre de rhum ! . . . Vois-tu — c'est un sujet qu'il n'est pas si facile d'entamer . . . Mais voici Mimmi Svanberg ; pas un mot de notre proposition . . . — Asseyez-vous, mademoiselle Mimmi, et buvez le thé avec nous. Qu'est-ce que vous demandez? Qu'est-ce qu'il vous faut maintenant? Quelques vieilles chaussures, n'est-ce pas? Volontiers, s'il m'en reste. — N'oublie pas, ma femme, que mes vieilles bottes seront pour Mimmi.... *nota bene* quand je les aurai bien usées.»

— «De quoi rient donc ces heureuses gens ?» demanda une dame dont la physionomie était singulièrement sombre et triste, en s'avançant vers le trio. C'était la veuve Ulrica Uggla.

Mme Uggla et Mimmi Svanberg offraient le plus grand contraste du monde, la dernière toujours souriant, toujours cherchant à rendre la vie douce aux autres et à elle-même ; la première soupirant sans cesse et ne voyant partout que ce qui est pénible ou désagréable.

— « Je ne sais vraiment pas », dit-elle au trio, « comment on peut être si gai lorsqu'il y a tant de chagrins et de contrariétés en ce monde. »

— « C'est justement pour cela ; » répliqua Mimmi Svanberg. « Il faut tâcher de le rendre plus joyeux et puis il y a tant de bonnes choses qui rendent si heureux ! »

— « Oui, cela vous semble ainsi ; mais il n'en est pas de même pour ceux qui considèrent les choses un peu plus sérieusement . . . Dans cette maison par exemple il me semble, à moi, que toute cette joie ne fait que déguiser un malheur réel. »

— « Dans cette maison ! Mais où, dans le monde entier, trouverait-on un intérieur plus confortable, une plus agréable famille, une meilleure entente entre les parents et les enfants, de plus aimables jeunes filles ?

— « Oui ? Les sept demoiselles Dufva ? L'agréable chose que d'avoir tant de filles ! . . . . Pauvres filles ! comment s'en débarrassera-t-on et qu'est-ce qu'elles deviendront toutes ? »

— « Le temps ne presse pas avec d'aussi charmantes jeunes filles. Vous voyez qu'en voici déjà une fiancée. »

— « Soit, mais regardez-la un peu. Elle a l'air de vouloir en mourir. Il ne sortira que chagrin de ce mariage-là, je le prévois . . ., et quant aux autres, elles resteront comme les cartes au talon. »

— « Il n'y aura bientôt plus de ces cartes-là, » reprit Mimmi en riant. « Maintenant que tout le monde va s'occuper pour le bien général, chacun trouvera sa place, avec le moyen d'être utile aux autres par des associations publiques ou privées.»

— «Pouah! vos Sociétés?.... C'est la plus détestable invention que je connaisse, et si j'étais maîtresse, ma fille Ingeborg ne s'en mêlerait pas. Tout cela est contraire au bon sens, et tous ces projets ne sont bons à rien. Les jeunes filles sont bien assez folles déjà sans ajouter ces Sociétés à leurs folies.»

La triste contenance et la manière de s'exprimer de Mᵐᵉ Uggla semblèrent si absurdes à Mimmi Svanberg qu'elle ne put réprimer un éclat de rire. La femme du pasteur prit cependant la chose plus au sérieux et répondit :

«Je ne pense pas ainsi. Si les jeunes filles sont folles dans le monde, c'est leur faute et celle de leurs mères. Plût à Dieu que j'eusse deux fois autant de filles que Mᵐᵉ Dufva, je saurais bien trouver une direction et un emploi pour chacune d'elles, les unes à la maison, les autres au dehors et précisément dans ces excellentes Sociétés formées pour le bien général et qui offriront à chacun l'occasion d'être utile et de servir notre Seigneur selon la diversité de ses talents et la tournure de son esprit.»

— «Tout cela est du bavardage!» reprit Mᵐᵉ Uggla avec irritation; «une jeune fille doit tâcher de se marier et d'avoir à s'occuper de sa propre famille et de son intérieur; et Ingeborg aurait tout cela, si dans sa jeunesse elle n'avait, par de sottes idées romanesques, refusé un très-bon parti par cette seule raison que c'était un homme qu'elle n'aimait pas. C'est pour cela qu'elle est là maintenant à faire tapisserie, qu'elle est vieille et ne sera jamais qu'une vieille fille. Il n'y a décidément dans ce bas monde que stupidité et contrariété.»

Celle dont on parlait si peu agréablement était une jeune femme qui pouvait avoir passé trente ans. Son apparence et ses manières trahissaient un pénible regret d'une jeunesse

qui lui échappait et un incessant effort pour en retenir
quelque chose. Elle avait de belles dents et souriait fréquemment, mais son sourire était sans gaîté. Sa parure ne convenait ni à son âge ni à sa figure. C'était surtout quand le
regard inquiet et chagrin de sa mère se fixait sur elle qu'elle
prenait un air de vivacité et de gaîté qui certainement ne
partait pas du cœur. Il résultait de tout cela qu'elle semblait
affectée et avait la réputation de l'être.

Mimmi, qui comprenait Ingeborg Uggla beaucoup mieux
que ne faisait sa désagréable mère, dit : « Ingeborg n'est
pas un caractère ordinaire, et elle se marierait encore
très-bien si elle le voulait; il me semble qu'elle a montré
son bon goût et de nobles et généreux sentiments en aimant
mieux rester chez sa mère que d'épouser un homme qu'elle
ne pourrait aimer.» Après ces mots, Mimmi Svanberg, comme
si elle craignait une plus longue discussion sur ce sujet, se
leva pour aller parler à d'autres personnes, portant avec
elle partout où elle s'arrêtait la joie et le rire :

Écoutons maintenant ce qui se disait dans un groupe de
jeunes gens :

A. «Le temps est terriblement long ici. Est-ce qu'il n'y
aura pas une seule table de jeu ce soir?»

B. «J'en doute. Il faut tirer le meilleur parti possible
d'une mauvaise affaire; je m'en vais causer avec les
dames.»

A. « A quoi diable pensez-vous ? Y a-t-il rien de si insupportable que de faire l'aimable avec les dames? Moi, je vais
au club, fumer un cigarre et prendre un bol de punch que
vous devriez venir partager avec moi.»

B. « Ce n'est pas une mauvaise idée. . . . . Mais je veux
d'abord aller causer un peu avec la petite demoiselle D.;
c'est une très-gentille jeune fille et qui, dit-on, a en espérance cinquante mille thalers.»

C. « Vrai? Présentez-moi, mon cher! présentez-moi, je vous en prie. . . . Mais d'abord, je ne fais que d'arriver dans ce pays; dites-moi un peu quelles sont les plus riches jeunes filles dans ce salon?»

B. «Je ne peux guère vous le dire très-précisément. . . . . Voyons un peu. Il y a d'abord les filles de la maison. Mon ami Von Tackiern est fiancé à l'une d'elles; les six ou sept autres sont à prendre.»

C. «Les charmantes petites colombes! Qu'est-ce qu'elles ont?»

B. «Rien autre chose, j'imagine, que de belles plumes ... qui pourront les mener loin.»

C. «Bien, bien, qu'elles s'envolent! Mais voici deux charmantes jeunes filles assises à côté l'une de l'autre et qui se ressemblent comme des sœurs.»

B. «Les demoiselles Rose, ou, comme on les appelle, les Deux Roses. Oui, elles sont charmantes, accomplies. . . . .»

C. « Mais elles n'ont rien, n'est-ce pas?»

B. «Qu'un cœur et des roses.»

C. «Laissons-les à leurs places; continuons la revue.»

B. «Ensuite vient mademoiselle Uggla. Elle n'est pas absolument pauvre et c'est une assez agréable personne, mais elle devient vieille; on la voit au bal depuis je ne sais combien d'années; elle est tout à fait fanée et passée.»

C. «Passons donc à une autre. Quelle est celle qui est assise tout à côté, habillée en noir? Elle serait belle, mais sa physionomie est si sérieuse. . . . . .»

B. «Prenez-y garde. Elle a une langue terrible. Néanmoins elle aura bien ses vingt mille thalers, c'est-à-dire quand son père, le vieux Falk, sera mort, car tant qu'il vivra il n'abandonnera pas un denier, cela est bien certain.»

C. «Vingt mille thalers, ce ne serait guère pour se mettre

aux ordres de cette femme-là. De semblables chaînes doivent être toutes dorées.»

B. «Ah! Voici le fiancé, le futur gendre de la maison, mon ami Von Tackiern, un garçon riche et bien posé. . . . . et qui donnera de bons dîners.»

C. « Présentez-moi, mon cher! je suis nouveau venu et je désire faire la connaissance des gens respectables.»

La présentation eut lieu. M. Von Tackiern était un gros homme à l'air important, qui croyait que chacun devait s'incliner profondément devant lui et qu'il ne devait s'incliner devant personne. Aux félicitations de son ami sur ses fiançailles avec Éva, il répondit froidement :

« C'est une bonne fille, j'espère qu'elle sera bonne femme et qu'elle me rendra heureux. Je cherche le solide, moi, dans le bonheur comme dans les affaires.»

— « Bien pensé; il faudrait que tout le monde pensât de la sorte. »

— «Oui, les gens seraient plus utiles à eux-mêmes et à leur pays en agissant ainsi qu'en s'abandonnant à toute espèce de fantaisies et de rêves philanthropiques. Cette philanthropie avec toutes ses Sociétés et ses souscriptions, c'est une véritable ruine. . . .»

— « Ne parlez pas si haut, mon cher monsieur, voici de ce côté une dame terrible en ce genre, une de nos compatriotes. . . .»

— « Terrible, parce qu'elle est irrésistible par son bon cœur et son amabilité, c'est la patronesse tutélaire des pauvres», reprit un autre jeune homme; «il est impossible de dire non à ce qu'elle demande. »

— « C'est un de mes principes de ne jamais mettre mon nom au bas d'une souscription », dit Von Tackiern en boutonnant son gilet.

— «Et c'est un des miens de le mettre toujours», reprit

son interlocuteur, «quand la proposition vient d'une personne que je sais être, comme ma cousine Mimmi Svanberg, vraiment amie des pauvres. »

Mimmi Svanberg s'approcha de celui qui parlait ainsi et, avec sa douce voix, lui dit tout bas :

« Mon bon Nordin, votre père était un ardent ami de son pays et vous êtes son digne fils. . . vous avez bien une vieille paire de souliers à me donner, n'est-ce pas? J'en ai absolument besoin pour cette semaine.»

—« Elles seront à votre porte demain matin, chère cousine, parce que si je n'en ai pas, quelqu'un de mes amis en aura, tout à votre service. Quelles vieilles jambes allez-vous rendre heureuses avec cela? — Du reste peu m'importe. — Mais ne vous en faudrait-il pas deux paires? Allez les demander à notre riche maître de forges.»

—« Non, merci, je m'en garderai bien, je sais à qui je m'adresse. Merci, cher Nordin, mais je n'en ai pas encore fini avec vous. Il faut que ma soirée soit bien employée, et vous voudrez bien m'aider. Je voudrais que le prix des billets fût destiné à notre école d'enfants; ne pourriez-vous pas le proposer ici? Il faut que nous en parlions à notre bon pasteur, et que nous tâchions d'y intéresser Mme Tupplander. Où est-elle? »

Mme Tupplander était assise au milieu du sopha, étalant une toilette chargée de plumes et de rubans, trônant comme une reine ou plutôt comme une personne qui fait la reine. En effet, Mme Tupplander tenait fort à être la reine régnante de la ville, le gros bonnet, la personne importante de la société; et personne jusqu'à présent ne lui avait disputé cet honneur, car la riche veuve donnait de larges aumônes, de très-bons dîners, dus surtout aux talents de sa vénérable dame de compagnie, mademoiselle Krusbiörn, qui appartenait à une très-honorable famille, un véritable génie en ce genre ; elle dirigeait la maison de Mme Tupplander avec une habileté et une splendeur qui convenaient complétement au caractère de celle-ci. Mme Tupplander et mademoiselle Krusbiörn se partageaient le gouvernement de la maison comme dans un gouvernement constitutionnel la Chambre Haute et la Chambre Basse ; mais en cas de partage d'opinions, ce qui se présentait fréquemment, la Chambre basse l'emportait généralement. Mme Tupplander portait le nom, mais mademoiselle Krusbiörn avait le pouvoir. Cependant Mme Tupplander et mademoiselle Krusbiörn ne pouvaient vivre l'une sans l'autre. Mais en voilà assez sur ces deux dames pour le moment.

Mimmi Svanberg, qui voyait les faiblesses du prochain, mais en souriait plutôt qu'elle ne s'en ennuyait, était cependant quelquefois fatiguée de Mme Tupplander, quoiqu'elle évitât de le laisser voir pour l'amour de ses pauvres. Elle écoutait donc avec une grande patience la description d'un dîner que Mme Tupplander devait donner, de tous les plats délicats, de tous les vins, le tout assaisonné des louanges de mademoiselle Krusbiörn et de ses talents. Cependant quand Mme Tupplander approcha de la fin des détails de son dîner, Mimmi Svanberg l'attaqua par son côté faible, comme l'amie et la protectrice des pauvres, et en obtint la promesse de quelques secours pour des familles nécessiteuses, et celle de l'aider et de la soutenir dans ces projets pour le soir même ; entraînée un peu plus loin qu'elle n'aurait voulu, Mme Tupplander donna son consentement, mais ajouta avec un peu d'aigreur :

« Je ne puis me figurer, ma chère Mimmi, comment vous pouvez conduire tant de choses à la fois, tandis que votre père n'est jamais à ce qu'il faut faire.»

— «La raison,» reprit Mimmi gaîment, «c'est que mon père vit pour l'avenir et moi seulement pour le présent. »

Mimmi Svanberg avait en effet une manière de parler et d'agir très-différente de celle de son père; au premier moment elle aurait pu paraître avoir cette méthode que beaucoup de dames pratiquent, et que j'appellerais la méthode du pêle-mêle ou de la confusion. Mais si toutes les personnes qui font usage de cette méthode la pratiquaient avec un aussi bon cœur et une intelligence aussi droite que Mimmi Svanberg, elles ne tireraient de ce pêle-mêle que de bons résultats. Mimmi Svanberg, avec son bon cœur et son caractère aimable était, cela se comprend, la favorite de toute la ville, aussi bien des riches que des pauvres; et cela n'étonnera personne de savoir qu'elle avait dans la ville un grand nombre d'oncles et de tantes, plus de quarante cousins et cousines[1], outre un nombre incalculable d'amis et de connaissances qui tous arrivaient à elle pour chercher soutien et sympathie dans leurs joies comme dans leurs douleurs. Mais ce qui étonnait tout le monde, et ce qui nous étonne aussi, c'est qu'avec une âme si généreuse, et étant universellement estimée, appréciée et chérie, elle n'avait encore donné son cœur à personne et se contentait de vivre dans ce milieu d'affection générale et de bienfaisance comme un oiseau dans l'air et un poisson dans l'eau, trouvant à s'y satisfaire et ne désirant rien au delà. Peut-être y a-t-il à cela quelque cause cachée — que nous pourrons découvrir plus tard.

Nous allons suivre maintenant ses pas légers jusqu'à ce groupe de jeunes personnes que désignaient tout à l'heure du regard les deux jeunes gens en évaluant leur fortune.

Elles causaient ainsi de la soirée où elles se trouvaient :

«Comme on est gai ici! c'est charmant; mais ne trouvez-

1 Allusion à la coutume suédoise de se donner par simple amitié ou intimité des titres de parenté.

vous pas que la fiancée a l'air bien sérieux et le fiancé bien
épais.»

— «Oui, ce mariage n'est pour Éva qu'un mariage d'argent.
Il y en a un autre qu'elle eût bien mieux aimé, mais Tackiern
est riche et elle l'a accepté pour faire plaisir à sa famille.»

— «Elle a eu bien raison. Pour ma part, je ne connais rien
dans le monde de plus affreux que de n'avoir pas au moins
pour l'avenir le sûr et le solide.

— «Soit, mais entendons-nous. Il y a au monde, croyez-le,
plus d'un genre d'incertitude et de fragilité. Qu'en pensez-
vous, Hertha?»

La jeune fille qu'on interrogeait ainsi était celle dont nous
avons entendu parler précédemment, «assez belle, mais
l'air sérieux et sévère.» Elle avait une noble démarche avec
une riche chevelure dorée; c'étaient ses seuls agréments.
Un nuage semblait l'envelopper tout entière et donner
quelque chose de sombre et même de déplaisant à ses
traits d'ailleurs réguliers. Elle était assise, silencieuse et indifférente, froide et immobile comme une statue. Si jamais
les roses avaient fleuri sur ses joues, elle s'étaient fanées
avec le printemps de sa jeunesse; une teinte pâle et uniforme
s'étendait sur son visage, et ses paupières tombaient lourdement sur ses yeux noirs, inanimés. Son vêtement se distinguait par sa modestie et sa simplicité; il n'avait pas le moindre
ornement superflu, mais dessinait cependant avec exactitude
ses formes exquises.

À ces mots : «qu'en pensez-vous, Hertha?» elle tourna
légèrement la tête et dit froidement :

«Je pense que c'est une triste société que celle où une
bonne et charmante jeune fille ne peut pas avoir d'autre
choix que d'épouser un homme sans cœur et qui évidemment
ne s'occupera pas beaucoup d'elle.»

Les jeunes filles se mirent à rire et dirent à demi-voix :

« Hertha parle ouvertement au moins; elle n'a pas peur
e dire tout ce qu'elle pense. »

« Peur! », s'écria Hertha, « Non, je n'ai pas peur... je n'ai
us peur de parler! »

« Mais ma chère Hertha, » dit avec inquiétude une petite
emme âgée qui tourmentait toujours ses doigts comme si
lle tournait un rouet ou débrouillait un écheveau de fil,
il faut penser un peu à ce que dira le monde; et puis rap-
elez-vous qu'Eva Dufva n'a pas de fortune, et qu'elle va
tre si bien pourvue, pour la fin de ses jours! »

« Je pense, » reprit Hertha avec le même ton de froide
ndifférence, « que c'est humiliant pour une fille de se
arier seulement pour être pourvue, et qu'il serait plus
onorable pour elle d'aider à pourvoir ceux qu'elle aime.
ela me semblerait meilleur et plus honorable. »

« Ah! » répondit la petite dame, « voilà encore Hertha avec
es singulières idées. »

« Elle a tout à fait raison, » dit une dame. « Les mariages
ont fréquemment malheureux parce que les jeunes filles
pousent non pas un cœur, ni une âme, mais ...... des
cus! »

« Non, non, » dit avec un soupir une pâle jeune femme,
non pas des écus, mais des rêves, ce qui n'est pas
eaucoup mieux, au moins pour le cœur. On ne voit jamais
ue ce qui est beau dans celui qu'on aime; on voit en
ui l'idéal qu'on a rêvé et qui doit vous élever à tout ce
ui est bien, à tout ce qui est grand. On s'imagine qu'on
a trouver un dieu et on trouve.... » ici elle s'arrêta subi-
ement, une légère rougeur passa sur sa pâle figure, et
lle ajouta seulement : « .... et on trouve ce qu'on n'atten-
ait pas. »

« Mais ma chère Émilie, » dit la vieille dame en souriant,
si nous ne trouvons pas des dieux dans nos maris, ils ne

2

trouvent pas non plus des déesses en nous. Les hommes sont généralement plus instruits et plus éclairés que les femmes, vous devez m'accorder cela au moins, Hertha?»

« Les femmes ne savent pas autant peut-être,» répliqua Hertha, «mais ce n'est pas leur faute; il y a si peu de choses qu'elles puissent apprendre et ce peu même si rarement à fond! Mais en résulte-t-il que les hommes soient plus justes, plus raisonnables, plus élevés? Pensent-ils et agissent-ils plus selon le sentiment de la conscience? En un mot, ont-ils plus de vraie culture intérieure?»

« Mais est-ce que les femmes en ont en général » demanda une des dames d'un ton de mépris?»

«Elles en auraient peut-être et pourraient même la communiquer aux autres,» répondit Hertha, « si ce sentiment intérieur de leur conscience pouvait se produire et se formuler. Mais personne ne s'occupe de le développer, et par là les deux sexes restent tout aussi dépourvus l'un que l'autre de cette culture fondamentale.»

« En vérité Hertha nous est venue aujourd'hui dans un accès de sincérité de première qualité,» dirent les jeunes filles en souriant. «Mais pensez donc un peu, Hertha, si ces messieurs vous entendaient!... Vous ne vous marieriez certainement jamais.»

« Hé bien! après?» reprit Hertha sèchement, quoique avec un demi-sourire, « le mariage est-il en général si heureux en ce monde, que l'on considère comme le plus grand bonheur de trouver à se marier?»

« Oh! non,» dit la pâle jeune femme avec un soupir; «mais il nous rend mères et il nous donne ainsi une riche et profonde expérience de la vie que ne peut acquérir une femme qui n'a ni mari ni enfants. »

Les jeunes filles restèrent silencieuses; Hertha reprit :

«Toutes les femmes mariées n'ont pas d'enfants; et n'y

a-t-il pas une particulière et riche expérience et une vue profonde de la vie qui ne sont réservées qu'aux femmes qui ne se marient pas?»

La voix d'Hertha trahissait une émotion intérieure; elle continua :

« Si notre éducation n'était pas si misérable et l'objet de notre vie si étroit et si borné, si, au lieu de nous chercher un appui hors de nous-mêmes, on nous apprenait de bonne heure à n'en chercher qu'au fond de nos cœurs et dans notre propre énergie, s'il nous était possible de dévouer notre vie et toute notre puissance intérieure à quelque grand et noble dessein, s'il nous était permis d'écouter la voix intime et de suivre ses inspirations plutôt que toutes les opinions diverses qui s'agitent autour de nous, si nous pouvions nous livrer à quelque chère occupation, je suis certaine que nous deviendrions de nobles et même d'heureuses créatures, et que nous saurions donner des lois à nous-mêmes et même à d'autres!»

«Bon Dieu! ma chère Hertha! veux-tu que les femmes deviennent gens de loi, conseillers de justice, et qu'elles siégent à la Cour suprême?» dit la vieille petite dame en tortillant ses doigts d'une manière plus nerveuse que jamais et dans une anxiété évidente.

«Non, pas tout à fait,» reprit Hertha en souriant, «mais plutôt.... quelque chose de plus.»

«Comment quelque chose de plus? et quoi donc?» demandèrent plusieurs dames en riant et en écoutant avec curiosité la réponse.

Hertha resta un moment silencieuse, et dit ensuite, une légère rougeur se répandant sur ses joues, bien que le son mélodieux de sa voix restât calme comme une vague qui monte lentement :

«Dans les temps anciens on croyait qu'il y avait quelque

chose de grand et de profond dans la femme, qui ne pouvait se développer qu'autant qu'elle restât *seule*, seule avec la divinité. Alors des femmes même étaient prêtresses au service des Dieux. Cette croyance est maintenant perdue. Maintenant on demande seulement aux jeunes filles d'être de douces et aimables jeunes filles, comme on dit, et douées de tous les talents, afin qu'elles puissent trouver à se marier le plus tôt possible, peu importe avec qui, pourvu qu'elles se trouvent bien pourvues. C'est une misérable manière de voir la vie et la destinée de la femme, dégradante pour les femmes — et peut-être encore plus pour les hommes, car la faute en est à la faiblesse et à la timidité de la femme, cela est vrai, mais encore davantage au manque de justice et d'élévation des hommes. Ils s'abaissent eux-mêmes jusqu'au degré où ils nous ont abaissées. »

« Tu vas trop loin, ma chère Hertha, » s'écria la vieille petite dame dans un véritable désespoir, « fais attention à ce que tu dis. Les choses ne vont pas en ce monde comme dans le *Palais de la Vérité*. Tu te feras détester des hommes et des femmes. »

« Je le sais, » dit Hertha, les mains croisées et avec le calme d'une sibylle.

« Songe donc un peu si seulement ces messieurs t'avaient entendue ! Tu ne seras plus jamais invitée au bal. On te mettra dans les journaux et tu auras comme moi des procès sur les bras. Il ne faut pas dire si librement ce qu'on pense. Tu seras cause de ton malheur et du nôtre. »

« Avez-vous si mauvaise opinion de nous que de croire que nous ne puissions supporter une vérité rigoureuse ? » demanda une voix douce et mâle ; en même temps un jeune homme qui se trouvait dans l'embrasure de la fenêtre et qui, caché au groupe des dames par des rideaux épais, avait entendu toute la conversation, s'avança, prit une chaise, et s'assit dans le cercle, juste en face d'Hertha. La régularité de ses traits, son air de jeunesse, sa physionomie ferme, franche et généreuse, l'aisance et la simplicité de son attitude qui trahissait une certaine assurance modeste ou plutôt la certitude de ne pas déplaire, tout cela joint à une voix mélodieuse, lui gagna immédiatement la bienveillante attention de tout le groupe.

Il continua, adressant ses remarques à Hertha :

« Vous avez parfaitement raison, les hommes généralement manquent de cette profonde culture intérieure dont vous parliez; mais ce serait aux femmes à nous la donner; car incontestablement elles ont plus profonde la conscience du vrai but de la vie. Œuvre dernière du Créateur, la femme a reçu ce privilège.»

« Nos législateurs pensent tout autrement, » répliqua Hertha. « Ils regardent la femme, au moins dans notre pays, comme un être qui ne doit jamais sortir de tutelle; et, précisément à cause de cela, elle devient faible, hésitante et n'atteint jamais l'âge de raison; elle manque de foi en elle-même; je ne veux pas parler,» ajouta-t-elle, sa joue se couvrant encore d'une légère rougeur,» de cette foi en soi-même, produit d'un aveugle amour - propre, qu'on rencontre si fréquemment, mais de cette foi venant de la confiance en la vérité qui est en nous, en la lumière et la voix de Dieu qui parlent au fond de nos cœurs. »

« C'est vrai, très-vrai,» dit encore le jeune homme, «les femmes dominent plus souvent par leurs caprices, leurs faiblesses et leurs grâces extérieures que par leur véritable et noble puissance. La plupart n'imaginent pas qu'elles deviendraient mille fois plus puissantes si elles voulaient être simples, élevées d'esprit et ne cherchant que ce qui est grand. Elles s'élèveraient alors et nous avec elles. S'il y avait quelque part encore de ces femmes comme les prêtresses et les vestales de l'antiquité, c'est à leurs pieds que je voudrais m'asseoir, c'est leur parole que je voudrais suivre comme un oracle s'élevant des profondeurs les plus sacrées de la conscience humaine. Et ce que j'ai appris, ce que j'ai acquis de meilleur dans ma vie, j'en suis redevable à des femmes comme celles-là, toutes lumière et sagesse. »

Une lueur comme celle des rayons du soleil levant perçant un ciel chargé de nuages illumina la figure d'Hertha ; ses yeux brillaient comme des diamants exposés à la lumière, et leur rayonnement enveloppait tout son visage, tandis que la vieille petite dame à côté d'elle restait tout à fait étonnée et confondue.

Encouragé par la vive et candide sympathie qu'exprimait la physionomie d'Hertha, aussi bien que par l'effet que ses paroles avaient évidemment produit sur elle, le jeune homme continua à s'adresser particulièrement à elle. Il avait résidé plusieurs années à l'étranger et dans différentes parties du monde et racontait diverses particularités de la situation des femmes et de leur influence sur les différentes races du genre humain, car il paraissait, chose singulière, avoir donné une attention toute spéciale à ce sujet. Dans le cercle des dames on l'écoutait attentivement parce que chacune de ses paroles jetait de nouvelles lumières sur un sujet qui, par un côté ou l'autre, les intéressait toutes également. Hertha seule ne disait rien, bien que l'orateur semblât toujours s'adresser à elle.

Mais il fut appelé hors du cercle et la conversation se trouva brusquement interrompue. Ce fut alors à demi-voix un concert d'éloges sur lui :

« Quel est donc ce charmant jeune homme ? — Comme il est aimable ! — Comme il est intéressant ! — Qui est-il ? — D'où vient que personne ne le connaît ni n'en a entendu parler ?...»

« Cela vient », reprit un vieux monsieur, « de ce qu'il est pour la première fois parmi nous. Son père est propriétaire de mines dans le Norrland et il vient d'être nommé ingénieur de notre nouveau chemin de fer. Je ne connais pas de plus excellent jeune homme et de plus d'avenir. Il est généralement très-aimé des dames ; ainsi, mes jeunes demoiselles, prenez garde à vos cœurs, car on dit qu'il fait de grands ravages. Mais il a des idées assez singulières à ce sujet. »

« Je voudrais qu'il fût mon fils, » dit une vieille dame.

Les Roses chuchotaient en souriant à l'oreille de Hertha : « Sévère divinité, qu'avez-vous à dire contre ce jeune homme ?... N'aura-t-il pas trouvé grâce devant vos yeux ?

Hertha d'un air d'indifférence dit seulement : « Il a été poli pour nous. » Elle se disposa ensuite, en compagnie de la vieille petite dame toujours inquiète, à quitter la réunion, et aussitôt sa physionomie reprit sa sombre et triste expression.

On allumait justement alors les flambeaux dans le salon, mais il faisait nuit complète dans l'antichambre où Hertha et la vieille dame s'habillaient :

« Hertha, n'oublie pas de mettre ton châle à l'envers, » disait la vieille petite dame, « mets le châle et le boa, car il fait froid dehors. Nous sommes restées bien longtemps. — Le ciel veuille que ton père ne soit pas en colère ! — Ton châle à l'envers, Hertha ! — Comment est-il possible que tu aies de si singulières idées et que tu parles comme cela ! Si tu pouvais seulement être comme tout le monde ! — Ton châle à l'envers, fais-y attention. »

Tandis qu'Hertha en silence et comme machinalement suivait les indications qui lui étaient ainsi données, elle sentit quelqu'un, que l'obscurité l'empêchait de distinguer, baiser sa main et y laisser tomber une larme brûlante.

« Qui est là ? » dit-elle tout bas, « qui a baisé ma main ? »

« Quelqu'un qui vous admire » répondit aussi tout bas une douce voix féminine, « et qui voudrait avoir votre courage. »

« Mon courage ! Que Dieu vous préserve, Éva, de subir jamais ce qui m'a donné le courage..... de déplaire à tout le monde. »

Elle embrassa la jeune fille et se hâta de sortir, comme si elle eût craint d'en dire davantage, tandis que la petite tante Pétronille, tâtonnant pour trouver toutes ses affaires, grommelait : « Hertha, Hertha ! Elle aura certainement oublié ses gants. Hertha, où est mon sac vert et les gâteaux pour la fête de la petite Marthe ? — Oh ! qu'elle ne fasse ainsi attention à rien ! — Ah ! mon sac est à mon bras et les gâteaux sont dedans ! — Mais où est passée Hertha ? — Qu'il faille toujours que je m'occupe d'elle ! »

Ce qui avait rompu la conversation et avait paru être l'occasion du départ d'Hertha et de la tante Pétronille était une exclamation du major Von Post, qui de nouveau appelait les Dieux et les Déesses, les Fées et les Lutins à une répétition générale des groupes et des scènes du bal costumé.

« Maintenant, mon cher petit homme, il faut te dépêcher de dire ce que tu as à dire » chuchota vivement à son mari la femme du pasteur ; je désirerais partir d'ici ; je ne suis pas tout à fait en bonne disposition ce soir, sans trop savoir pourquoi. »

Le bon pasteur se leva vivement et dit d'une voix de basse forte : « Mesdames et messieurs, Divinités de l'Olympe et du Valhalla ! Voulez-vous permettre à un pauvre mortel de dire quelques mots devant vous avant que vous ne commenciez vos plaisirs et avant que je ne prenne congé de vous ? Je demande la parole. »

Le pasteur était universellement aimé, et toujours écouté

avec bienveillance. «Parlez, parlez» lui répondit-on de
toutes parts.

Il commença : «Messieurs et dames...» Sa voix, exprimant
d'abord un mélange d'enjouement et de sérieux, devenait
parfois, sous l'émotion, sombre ou flottante, comme si elle
voulait résister aux larmes, et alors une pâleur subite se
répandait sur cette physionomie ordinairement ouverte,
joyeuse même et candide.

«Messieurs et dames ! Nous sommes ici réunis pour préparer quelque chose qu'on croit devoir être très-agréable,
et pour ma part je le crois ainsi. Je crois que le roi
Salomon avait raison quand il disait qu'il y a temps pour
chaque chose; je crois qu'il y a temps pour se donner du
plaisir et qu'il y a temps pour faire le bien. Mais si l'on
pouvait en même temps s'amuser et faire le bien, il y
aurait, n'est-ce pas, un double avantage, et je crois que
cela peut se faire justement aujourd'hui. Permettez-moi de
vous dire comment. Mais il faut avant tout un petit mot d'introduction. »

«Bon ! Qu'est ce qui va nous venir là au nom du Seigneur ?
Quelque institution de Madeleine, quelque société de
secours pour les prisonniers ! » murmura entre ses dents
M. Von Tackiern, et il boutonna plus étroitement son gilet.

«C'est pitoyable et risible en même temps,» dit avec un soupir
Mme Uggla, tandis que Mme Tupplander branlait sa tête ornée
de plumes et disait à demi-voix : «C'est bien ennuyeux !»

L'orateur continua : «Tandis que nous nous amusons ici
à jouer les Dieux et les Déesses et que nous commandons
des litres de punch et de champagne pour nos fêtes olym-
piennes, errent dans notre ville, dans nos rues, sous nos
fenêtres des douzaines de petits enfants en haillons, affa-
més, qui n'ont personne pour veiller au soin de leur âme
ni de leur corps, car beaucoup ont des misérables pour pa-

rents, et d'autres n'en ont pas du tout. Ces enfants ont besoin qu'on veille sur eux, qu'on les instruise ; ils ont besoin
de mères et d'écoles. Ma femme et quelques autres dames
désirent depuis longtemps et ont même essayé d'établir une
école d'enfants pauvres dans laquelle on accueillerait ces
infortunés. Elles ont réussi à créer un commencement ;
mais ce commencement est si peu de chose que cela suffit
à peine pour recevoir le tiers des malheureux qu'il faudrait
secourir. Il nous faudrait un local, des fonds pour nous
agrandir et pour pouvoir donner aux plus pauvres enfants
le repas à l'école. Beaucoup de bonnes et honorables dames ici
savent combien il serait nécessaire aussi d'établir en dehors
de l'école une surveillance sur ces pauvres enfants et sur leurs
familles, elles trouveront donc, j'en suis sûr, que la proposition que je vais vous faire n'est pas déplacée, mais que
c'est juste le moment et l'occasion de la mettre en avant. Je
propose que toutes les Divinités et toutes les Grâces, c'est-
à-dire toutes les dames ici présentes, veuillent bien former
une société ayant pour but de visiter les pauvres, de s'occuper de leurs enfants, de diriger et de soutenir l'école que
nous voulons fonder. Je propose en outre, pour obtenir les
fonds qui sont indispensables pour l'exécution de notre
dessein, que les billets d'entrée pour la fête qui va avoir lieu
soient payables au profit de la nouvelle société et de son école.»

«Mesdames et messieurs,» continua l'orateur avec plus
d'ardeur, «beaucoup d'entre vous peut-être ne savent pas
qu'à peu de distance de notre fête, dans une ruelle de cette
ville, se trouve une vieille maison ou plutôt une *baraque*[1]
qu'on appelle le Grand-quartier, où, depuis bien des années,

1 On appelle *baraques* en Suède, à Stockholm, par exemple, dans
le faubourg du sud, de grandes échoppes où de pauvres familles peuvent
passer la nuit gratuitement, aux frais de la commune. Le Grand-quartier dont parle Mlle Bremer, est probablement une de ces *baraques*.

sont réunies plus de pauvreté et de misère que vous n'en avez
sans doute rencontré partout ailleurs, et que là, au milieu
de cette lie, de cette écume de la population de notre ville,
vivent et grandissent de petits enfants! Peut-être plus d'une
femme dans cette assemblée bénirait Dieu d'en avoir de tels
et cependant ils sont là, dans le Grand-quartier, abandonnés
à tous les genres de misère. Je dis, mesdames et messieurs,
que nous ne devons point tolérer un tel état de choses, que
nous devons purifier ce quartier de l'enfer ou au moins
sauver de là ces pauvres enfants et les attirer à la vie et à la
lumière de Dieu. Je dis que c'est notre devoir de chrétiens!...
Ma femme m'a pressé souvent de vous parler à ce sujet; je
l'ai fait et je ne m'en repens pas.»

Le petit pasteur essuya la sueur de son front et continua
avec un demi-sourire :

«Il semblera un peu téméraire de venir demander aux
Muses et aux Grâces de nettoyer le Grand-quartier; mais,
depuis le jour où un Dieu a lavé sur la terre les pieds des
pauvres, les célestes Sœurs peuvent bien ne pas considérer
comme au-dessous d'elles de m'aider à obtenir quelques
paires de bas et de souliers pour ces pauvres enfants. Il y a
un bon proverbe qui dit que ce qui est bien commencé est
à moitié fini. Commençons donc l'ouvrage dès aujourd'hui,
et que notre société de dames soit dès à présent fondée.»

«J'ai l'intention d'écrire un livre contre les sociétés de
dames!» dit le secrétaire N. B., «j'en ai déjà rassemblé les
matériaux.»

«Oui, ce sont toutes ces entreprises philanthropiques et ces
sociétés qui nous ruinent,» reprit monsieur Von Tackiern,
en reboutonnant son gousset.

«C'est fait de nous! C'est une calamité, un vrai hôpital!»
murmura Mme Uggla en s'agitant de tout son corps.

«Il aurait bien pu attendre jusqu'à mon grand dîner; alors

j'aurais mené la chose, » pensait Mme Tupplander en bran-
lant la tête.

Divers messieurs cependant, vieux et jeunes, à la proposition d'un fonds à créer pour une œuvre charitable, avaient
immédiatement mis la main à la poche, et la comtesse P.,
arrivée récemment dans le pays, où son mari avait acheté de
grandes propriétés, et qui, par sa bonté et la simplicité de
ses manières, se faisait pardonner sa beauté, son rang et ses
richesses, se hâta avec Mimmi Svanberg et quelques dames
de venir au bon pasteur, de le remercier, et de le prier « de
compter sur elles. »

Malgré cela un air d'hésitation et de doute dominait l'assemblée. On entendait dire : « Ce n'était pas le moment. — Il
faut y réfléchir. — Après le bal costumé on aura le temps de
s'en occuper. — Il faut maintenant penser à l'Olympe, au
Valhalla, aux costumes.... »

Nordin éleva alors la voix pour demander la décision de
l'assemblée sur la vente des billets au profit de l'œuvre.
Ceci fut voté avec acclamations et la discussion sur l'objet
principal fut remise à un autre temps. On entendit de nouveau la voix du major Von Post priant les Dieux et les
Déesses de vouloir bien prendre leurs places et le joyeux
divertissement céleste se mit enfin en branle.

« Allons-nous en maintenant, mon cher petit homme, dit
la femme du pasteur à son mari qui s'essuyait encore le
front. Nous avons à tout événement obtenu quelque chose.
Et je voudrais être déjà chez moi. »

« Es-tu donc malade ? » lui demanda-t-il.

« Non, non, pas absolument, mais j'éprouve une inquiétude, une oppression ! Tu sais que j'éprouve cela quelquefois. C'est comme si le parquet me brûlait les pieds ; s'il se
peut, partons ! »

« Tout de suite, tout de suite ! prenons seulement congé

de notre hôtesse!» et le bon petit couple disparut bientôt
de la scène d'action où tout était maintenant dans un état
de confusion joyeuse.

—————•o╎ᵒ╎o•—————

LES INCIDENTS DU RETOUR.

———

«Dans une minute ou deux je reviens, mais il faut
d'abord que je reconduise papa chez lui» disait Mimmi Svanberg à ses amies, en se disposant à accompagner son vieux
père.

Dans l'antichambre elle trouva Ingeborg Uggla, attendant
avec sa patience ordinaire, tandis que sa difficile et acariâtre
mère retenait le docteur Hederman, le principal médecin
de la ville, homme à la fois aimé et redouté, aimé pour son
habileté et sa bienfaisance, redouté pour son esprit satirique
principalement contre les dames, à la sottise et à la vanité
desquelles il attribuait l'état dégénéré de la génération présente et qu'il poursuivait continuellement de ses sarcasmes.
Mᵐᵉ Uggla s'était emparée du docteur comme il se dis-
posait à quitter la compagnie; après qu'elle lui eut décrit
ses crampes pour la trentième fois, et qu'elle en eut obtenu
la promesse de quelque remède, elle commença à décharger
son cœur :

«N'est-ce pas quelque chose de pitoyable et de risible en
même temps que tous ces projets?»

«Quels projets, ma chère dame?»

«Eh bien! ce bal costumé, cette société de dames.»

« Une société de dames ! «s'écria le docteur ;» la plus raisonnable institution du monde, pourvu que ce soit sérieux.
Mais cela ne l'est pas ; c'est une plaisanterie. Les dames
n'ont pas de temps à donner pour de semblables choses.
Elles ont à s'occuper d'affaires plus sérieuses ; leur parure,
leurs plaisirs, leurs petits ouvrages, leur ménage. Je suis
persuadé que cela n'aboutira à rien ; on s'en amusera seulement ; croyez-moi. — Bonsoir, mesdames! Beaucoup de
plaisir au bal costumé et — beaucoup de catarrhes et de
pleurésies après, — c'est généralement ce qui arrive! Bonsoir ! »

Mimmi Svanberg se mit à rire. « Le bon docteur, dit-elle,
a son idée fixe ; si nous pouvions l'en guérir !»

« Il déteste les femmes,» dit Ingeborg, avec un profond
soupir qui, joint à l'expression de ses yeux et à sa pâleur,
confirma Mimmi dans l'idée qu'elle avait depuis longtemps,
qu'un sentiment profond, mais méconnu, attachait Ingeborg
au docteur, réellement aimable et estimé de tous malgré ses
excentricités.

«C'est un homme raisonnable», dit Mme Uggla, «parce
qu'il voit que dans ce monde tout va de mal en pis.»

«Mais, avec nos sociétés, nous ferons tout aller de mieux
en mieux,» dit Mimmi, «je compte sur Ingeborg pour être
de celle que nous allons établir. »

« Alors elle ne se mariera jamais,» reprit madame Uggla,
«ces associations publiques sont des empêchements directs
aux unions privées.»

« Je ne crois pas cela,» dit Mimmi, «mais si elles nous
aident à devenir des créatures plus utiles et plus heureuses
que jusqu'ici en dehors du mariage, il n'y aura pas à s'en
plaindre. Qu'en dites-vous, Ingeborg ? »

«J'avoue,» dit Ingeborg, non sans émotion, «que je considère un heureux mariage comme la meilleure des associations

possible et comme le plus grand bonheur sur la terre ; mais il faut que la femme à qui ce bonheur n'est pas destiné puisse employer sa vie et son énergie par quelque autre direction. Et en ce sens les sociétés de dames peuvent être très-utiles à celles qui, comme moi, sont trop timides et n'ont point assez d'énergie pour entreprendre quelque chose d'elles-mêmes. La vie du monde, » ajouta-t-elle à voix basse, et en essuyant une larme à la dérobée, « semble de plus en plus vide à mesure que les années viennent ; on rit, on cause, on a l'air de s'amuser ; mais — c'est le chagrin qui souvent prend place au fond du cœur. Heureuses celles qui ont un doux intérieur et quelqu'un pour qui elles puissent vivre ! »

« Oh ! oui, » dit Mimmi avec un regard de tendresse vers son vieux père ; puis, avec un cœur plein de sympathie, elle quitta Ingeborg qui entrait chez elle avec sa mère, celle-ci toujours murmurant quelque chose sur « ces projets stupides » et « sur Sodome et Gomorre. »

« Il faut qu'Ingeborg vienne avec nous ; il faut qu'il en soit autrement pour Ingeborg, » se disait Mimmi en elle-même. « Mais quoi ? » continua-t-elle tout haut, « voici notre bon pasteur et sa femme arrêtés sur le pont et regardant la maison où nous étions ce soir, comme s'ils y avaient laissé quelque chose ? — Bon soir, mes amis, que vous arrive-t-il ? que regardez-vous là au clair de lune ? »

« Je regardais la maison où s'est passée mon enfance, la maison de Dufva, » dit la femme du pasteur. « Je ne sais pourquoi, mais c'est comme si je ne devais plus la revoir ; justement en passant sur ce pont, j'ai éprouvé une inquiétude singulière et je n'ai pu m'empêcher de me retourner. Comme elle est gaie et splendide avec toutes ses fenêtres éclairées ! »

« Pourvu qu'il n'arrive pas à votre chère femme comme à

la femme de Loth,» dit Mimmi en riant au pasteur. «Nous avons maintenant un bout de chemin à faire ensemble et notre route est par le Grand-quartier, où j'ai quelque chose à faire chez la mère de Mina. Je ne puis vous dire, monsieur, combien je serai aise de faire sortir cet enfant du Grand-quartier. Qu'en dites-vous? Si nous allions y faire une visite ce soir par ce beau clair de lune? »

« Mais, ma chère Mimmi,» dit le pasteur un peu alarmé, « vous ne vous rappelez pas qu'il est tard, et qu'au clair de lune on peut voir des choses dans le Grand-quartier qui ne soient pas des plus édifiantes. »

« Oh! il n'y a point à s'inquiéter de cela, au moins pour la chambre qu'habite la femme Granberg,» répondit Mimmi, « et d'ailleurs nous avons notre pasteur avec nous. Cela sera justement curieux de voir le Grand-quartier au clair de lune. Peut-être n'aurions-nous plus beaucoup d'occasions de le voir, puisqu'il est aujourd'hui condamné. Mais où pourront aller toutes ces vieilles femmes toujours ivres et celles qui sont plus sobres et qui vivent là avec leurs enfants. Nous devrions, mon cher pasteur, bâtir quelque maison convenable pour y recevoir les meilleurs d'entre nos pauvres. »

«Oui, oui, mais chaque chose en son temps, s'il est possible. Vous êtes terriblement entreprenante, ma chère Mimmi, et vous savez que mes convenances demandent du temps. »

« Vos convenances, dit en riant Mimmi, prendront leur temps quand nous aurons seulement commencé. Et d'abord il faudra balayer complétement tout le Grand-quartier. C'est une bonne idée d'avoir proposé ce soir même la société de dames! Quand les gens seront reposés, après le bal costumé, ils auront tout le temps de penser aux choses sérieuses. J'espère pouvoir trouver quelques bons ouvriers; j'en ai parlé à Ingeborg Uggla et j'ai quelque espoir d'avoir Hertha Falk. Quel malheur qu'elle n'ait pas fait partie des groupes ce soir! Cela aurait fait une si magnifique Norne ou une si belle Valkirie! »

« Oui, » dit la femme du pasteur; « un peu trop soucieuse seulement. C'est étonnant comme cette jeune fille est devenue triste et sombre depuis quelque temps. Je m'imaginais qu'elle deviendrait aimable en se développant, et au contraire il semble qu'elle soit toujours de mauvaise humeur. On ne voit plus jamais sa sœur en société. On dit qu'elle a tout à fait perdu sa santé. Il avait été question d'un mariage pour elle, mais le père, à ce que j'ai entendu dire, s'y est opposé. »

« Pauvres jeunes filles, » dit Mimmi devenue tout à fait sérieuse, « elles ne sont certainement pas heureuses chez elles. Leur tante, pendant toute sa vie, a été très-sévère pour elles, et leur vieux père est, dit-on, dur et avare. Depuis qu'il y a eu ce changement dans leur famille, elles ont presque entièrement renoncé à toutes relations de société. Les jeunes filles cependant sont bonnes et sérieuses, spécialement Hertha, quoiqu'elle soit un peu singulière, un peu originale; mais on les voit rarement, elles sont très-attachées l'une à l'autre. Elles ont encore un parent, un jeune homme qui vit dans cette famille et qui a, je crois, l'esprit un peu égaré. Enfin il y a une abondante moisson de chagrin dans cette maison. — Mais nous voici au Grand-quartier. Allumez votre lanterne, mon bon Jacques, car la lune ne doit pas éclairer les escaliers de cette maison-ci, et nous ne voulons pas nous casser les jambes. »

Le domestique du pasteur, le respectable Jacques, qui suivait ses maîtres, fit ce qu'on désirait, et ils montèrent, pendant que le professeur Méthodius continuait à initier le pasteur aux premiers principes de son système sur l'amélioration de la société, ce que le dernier écoutait sans répliquer un seul mot.

3

D'étroites marches de bois conduisaient à un palier sur lequel étaient plusieurs portes. Mimmi ouvrit l'une d'elles avec un air d'habitude, et on entra dans une grande chambre oblongue où ne se trouvaient pas moins de six familles, une dans chaque coin et deux dans le milieu. La chambre était éclairée par la lune et par une seule chandelle devant laquelle une femme d'un âge moyen, assise sur un tabouret rompu, raccommodait de vieux vêtements; sur un banc près d'elle, deux enfants étaient assis, occupés à assembler des chiffons. Le garçon était un bel enfant bien venu; la petite fille, que Mimmi appelait Mina, n'avait rien de remarquable que de grands yeux bleus dont le regard aimant et joyeux se détachait sur une figure pâle et amaigrie. Personne n'eût soupçonné d'après l'expression de sa physionomie qu'elle était percluse des deux jambes et qu'elle était obligée de rester toujours en place ou de se traîner sur ses genoux.

« C'est notre meilleure petite fille de l'école, » dit Mimmi Svanberg à demi-voix au pasteur; « elle a une voix qui fait plaisir à entendre. Et puis c'est une si bonne enfant, si facile à contenter ! Quand quelques-uns de nos pauvres petits reçoivent leur déjeuner à l'école, jamais elle ne demande rien; mais ses grands yeux vous implorent si vivement que cela me va au cœur quand il n'y a pas assez pour lui donner quelque chose ou quand ce n'est pas son tour ; car il est certain qu'elle ne trouve pas à dîner chez elle. Voici sa mère : — Bonsoir, madame Granberg, vous voyez que je ne vous ai pas oubliée, vous aurez vos chaussures demain ou après-demain et vous pourrez aller vendre au marché sans avoir les pieds gelés; — c'est bien, c'est bien, madame Granberg; — voici notre pasteur qui est venu pour vous voir et pour s'informer comment vous pourrez pourvoir à vos besoins et à ceux de vos enfants. Voyons, dites-lui où vous en êtes.»

La pauvre femme Granberg dont les yeux brillaient de gratitude sur sa figure pâle et amaigrie, dit humblement : «comme vous êtes bonne de vous inquiéter d'une pauvre créature comme moi ! »

Elle semblait embarrassée et ce ne fut qu'après quelques remarques familières de la femme du pasteur sur la santé et la maladie, etc., qu'elle devint peu à peu plus communicative.

«Ah!» dit-elle, «ils sont bien heureux ceux qui ne savent pas ce que c'est que la maladie et comme elle nous ôte les forces. Bien des fois j'ai pleuré parce que je ne pouvais pas travailler et gagner un morceau de pain pour mes enfants comme autrefois; mais depuis quelques années, c'en est fait de moi. J'ai une blessure qui ne me quittera pas. C'était avant la naissance de ma fille. Au milieu de l'hiver, nous vivions hors de la ville, il faisait un grand froid et de la neige, et nous souffrions beaucoup. Granberg était parti depuis quinze jours et je ne savais pas où il était. Depuis trois jours il n'y avait pas à la maison un morceau de pain ni un morceau de viande. Les enfants pleuraient.... Je filais et quand j'avais trop faim et que j'étais trop faible, je m'endormais ; la faim et l'angoisse me réveillaient bientôt, mais je ne voulais pas pleurer ni me désespérer à cause de l'enfant que je portais dans mon sein; pour l'amour de lui je voulais garder mon courage. Je me remettais donc à mon rouet. Mais à la fin je n'y tins plus. Je pris ma casaque de drap, la seule chose qui me restât des jours meilleurs, et j'allai chez Stina Pierre en la priant de la mettre en gage et de me rapporter quelque chose à manger, car nous ne pouvions supporter la faim plus longtemps.» Elle y alla en effet et revint avec un pain, six sous de viande et un hareng. Je les fis cuire. Nous mangeâmes, et cela nous parut bien bon. Mais elle avait rencontré Granberg en sortant et lui avait dit comme cela allait mal chez lui; — il ne l'ignorait pas, hélas!

et c'était justement pour cela qu'il restait dehors; il savait qu'il ne trouverait rien au logis.»

«Quelques jours après, on m'apprit que Granberg avait vendu son habit huit thalers dans un cabaret; mais je ne fus sûre de rien avant le jour où je le vis entrer ivre; il jeta sur le parquet un sac rempli d'un demi-boisseau à peu près de pois, et s'écria : «Voilà pour mon habit!» Alors je compris où nous en étions; il se fit comme un grand bruit dans ma tête, je sentis une affreuse douleur dans tout mon corps et je m'évanouis... Après cela naquit cette petite Mina.... une pauvre petite créature telle qu'elle est maintenant, et depuis lors je n'ai jamais eu un seul jour sans chagrin. »

« Pauvre mère Granberg, » dit la femme du pasteur avec compassion; mais en soupirant, elle se disait à elle-même : « Mon Dieu, mon Dieu! »

Elle et son mari se tournèrent alors vers la petite fille aux yeux clairs et joyeux, et lui demandèrent si elle ne trouvait pas bien ennuyeux de rester toujours assise.

«Oh! oui, » reprit l'enfant, « j'aimerais bien mieux pouvoir courir et jouer comme les autres enfants, mais je puis toujours m'amuser aussi. »

« Elle est toujours si gaie! » dit la mère avec un mélancolique sourire, « aujourd'hui je l'ai assise quelque temps à l'entrée de la maison et elle a entendu l'alouette chanter, et puis elle a son géranium qui commence à fleurir; elle a toujours quelque chose qui l'amuse. Elle chanterait tout le jour comme un oiseau, si seulement... pauvre enfant! je pouvais la nourrir un peu mieux. Mais depuis qu'elle va à l'école d'enfants, elle est bien heureuse. »

« Notre Seigneur a béni l'enfant à cause de vous, il vous bénira par l'enfant! » dit le pasteur avec émotion.

Pendant que les deux bons époux parlaient à la femme Granberg, Mimmi Svanberg s'était dirigée en silence vers un autre coin où une pauvre femme souffrant d'un cancer gisait sur un matelas. Elle avait aidé à la recoucher et à la panser. Il y avait déjà quelque temps qu'elle venait ainsi la soigner. Les autres habitants de la chambre n'avaient pas tardé à se mettre en mouvement pour entourer le pasteur et sa femme, les uns sollicitant leur pitié, les autres dans un état d'ivresse évident. «Partons maintenant,» dit Mimmi à ses amis. «Vous parlerez une autre fois au pasteur, bonnes gens; vous comprenez qu'il est trop tard maintenant; il faut aller tous nous coucher; bonne nuit, bonne nuit!»

Quand ils se retrouvèrent dans la rue, elle dit: «Vous prendrez soin, cher pasteur, que la femme Granberg ait quelques secours de l'administrateur des pauvres, n'est-ce pas? Elle les mérite bien.»

«Artificieuse Mimmi,» dit le pasteur, «je parie que vous avez eu tout le temps ce dessein en tête et que vous m'avez conduit en haut de cet escalier, d'où j'ai failli perdre mon équilibre et tomber à la renverse, pour m'amener à vos fins et me prendre par l'émotion. Allons; avouez que vous l'avez fait à dessein?»

«Oui, certes,» dit Mimmi en riant de tout son cœur, «je savais bien que notre bon pasteur ne résisterait pas quand il verrait de ses propres yeux. La caisse des pauvres pourra bien donner quelque chose, n'est-ce pas?»

« Donner quelque chose .... oui, s'il y a quelque chose à donner. Vous ne savez pas combien on est obsédé de demandes. En vérité je ne vois aucune fin à cette misère toujours croissante, ni comment cela tournera, si vos dames ne viennent pas activement à notre secours et ne se chargent des pauvres familles avec les enfants, pour mettre un peu d'ordre et apporter quelque adoucissement à tous ces maux; pour nous faire connaître enfin un peu mieux toutes ces

gens-là, et nous mettre à même de séparer les boucs des
brebis. »

« C'est précisément ce que nous ferons avec nos sociétés
de dames, » dit Mimmi; « nous ferons la distinction entre
la femme Granberg, qui est infirme, et qui est une bonne
femme et une bonne mère, et la femme Bergström qui est
une misérable et qui enseigne à ses enfants à mendier et à
voler. Nous essaierons de soulager l'une et de surveiller
l'autre, ainsi que ses enfants. Mais voici le secrétaire N. B.
qui écrit un livre contre les sociétés de dames et veut nous
donner le coup de mort. »

« Il ne le fera pas, » dit le pasteur, « ou bien j'écrirai un
sermon contre lui et les philistins. »

« Non. Qu'il écrive, et nous, agissons, » dit la femme du
pasteur, « cela sera le mieux. N'oubliez pas, Mimmi, que
vous avez promis de venir m'aider à habiller la fiancée
demain matin. Venez vers midi et vous resterez à dîner
avec nous. »

« Oui, pourvu que je sois libre dans l'après-midi, car j'ai
promis d'aller chez les Dahlström pour l'enterrement et je
dois ensuite être marraine chez les Palmstjerna. Ils ont eu
un beau petit garçon, c'est une grande joie dans la maison.
— Nous voici arrivés chez nous. J'apporterai une branche
de myrte fleuri pour la mariée. Bon soir ! N'oubliez pas,
cher pasteur, la pauvre Granberg, la petite Mina. »

Dix minutes après, Mimmi Svanberg voyait son père enveloppé dans sa large robe de chambre à ramage, assis dans
son fauteuil devant sa table à écrire, absorbé dans le laby-
rinthe de son système, entouré d'un nuage d'ambroisie de
la Havane et aussi heureux que peut l'être tout professeur
qui, à travers ces nuages transparents, voit clairement,
à l'aide d'un sien système, apparaître un monde meilleur
qu'il va révéler. Dans sa satisfaction, il embrassa sa fille et

lui dit du plus profond de son cœur : « Tu es bien ma vraie fille, toi ; tu tiens bien de ton père, tu veux rendre tes semblables heureux ! Si seulement tu avais une méthode ! La méthode est ce qui te manque, mon enfant ! Enfin, enfin ... chaque oiseau chante d'après son bec et chacun à sa manière. »

« Oh ! tous les chemins mènent à Rome, » reprit Mimmi en riant ; « et nous nous rencontrerons là certainement, mon cher père, si nous ne nous rencontrons pas avant ! Et maintenant il faut que je retourne pour un instant chez les Dufva pour faire mon entrée en *Pax domestica*, avec un grand balai en main pour troubler la paix domestique. Oh ! je ferai sensation, certes ! Mais je vous verrai encore avant demain, mon cher père. »

Il nous faut maintenant revenir en arrière d'une heure et accompagner Hertha et la tante Pétronille pendant leur retour chez elles; la tante ne cessant pendant le trajet de marmotter une foule de petites observations dans ce genre :

« Réfléchis que tu dois apprendre à avoir un peu de prudence et à parler comme tout le monde. »

« Mais je ne désire pas du tout être comme tout le monde, » disait Hertha.

« C'est là justement le malheur ! Quel avantage y a-t-il à être autrement que tout le monde ? Quel avantage y a-t-il à dire tout ce qu'on pense comme si on était dans *le Palais de la vérité?* Cela contrarie les gens et les met en colère contre vous. Tu finiras par avoir un procès sur les bras comme j'en ai un, seulement pour avoir été trop honnête. Je voudrais que mon exemple te profitât. Tu éviterais tous les tracas dans lesquels je suis, tu ne vivrais pas comme moi sous le coup d'une sommation. » Ici la tante Pétronille s'interrompit parce qu'Hertha s'arrêtait en disant :

« Il faut que je monte chez Amélie pour un moment. »

« Chez ta cousine ! mais tu sais que ton père a défendu expressément que tu eusses jamais aucun rapport avec elle. »

« Il faut que je la voie ce soir ; j'ai de l'ouvrage pour elle et elle en a besoin. Allez toujours, ma chère tante, je vous rejoindrai. »

« Non ! oh non ! je n'ose pas aller seule dans la rue à cette heure de la soirée ; je monterai plutôt chez elle s'il faut que tu y ailles, mais . . . »

Hertha était déjà entrée dans la maison et frappait doucement à la fenêtre d'une chambre dans laquelle on apercevait de la rue, à travers les rideaux, une faible lueur. Après avoir frappé doucement, elle dit : « Ouvre, Amélie, c'est moi. »

« Je n'entrerai pas ! » dit la tante Pétronille en colère. « Je ne veux pas me compromettre en allant chez une telle . . . . »

La porte s'ouvrit et Hertha se hâta d'entrer. Il y avait là une jeune femme d'une jolie figure et d'une physionomie agréable ; mais ses yeux étaient rouges et gonflés et une expression d'amère tristesse assombrissait son visage. »

« Hertha ! » dit elle avec émotion, « celle-là ne m'oublie pas ! »

« Non, jamais ; tiens, voici de l'ouvrage, Amélie, au moins pour une semaine. Tu seras bien payée, c'est pour Eva Dufva ; voici du pain et des gâteaux. On me les a donnés, ils sont à moi, et tu peux les prendre sans hésiter. Tu n'as certainement rien mangé aujourd'hui. »

« Non . . . . mais qu'importe, puisque j'avais quelque chose pour mon enfant ? Le plus affreux pour moi, c'est d'être sans travail. Alors les pensées deviennent si lourdes, si poignantes... Mais maintenant . . . Dieu te bénisse, Hertha ! »

Cette conversation avait lieu dans une chambre, petite et pauvre, où cependant tout était propre et soigné. Près du lit était un berceau dans lequel dormait un enfant. Hertha s'approcha du berceau en disant : « Si je pouvais faire pour toi selon mes vœux, tu sais, Amélie, que tu ne manquerais ni d'ouvrage ni de pain. Mais ce que je puis faire est si peu ! »

« Que Dieu te bénisse pour ta bonne volonté, et pour ne m'avoir jamais repoussée et méprisée comme d'autres l'ont fait. Oh ! cela est si dur et si amer d'être méprisé et de se dire : je le mérite ! Quand je pense à ce que j'étais, à ce que j'aurais pu être, ... il me semble que j'en deviendrai folle. »

« Amélie, ta faute est légère en comparaison de la faute de celui qui t'a entraînée et trompée. Tu l'aimais et lui ne t'aimait pas. »

« Si je l'avais aimé davantage encore, Hertha, je me trouverais moins coupable, mais je l'aimais seulement assez pour être facilement... faible. Si j'avais eu quelqu'un ou quelque chose pour me donner de la force ! La légèreté, la curiosité, le plaisir causèrent mon infortune, ainsi que l'absence de quelque chose de meilleur pour fixer mes sentiments et mes pensées. Mon cœur débordait, ma vie était si insignifiante, mon esprit et mon avenir si vides ! Je voulus goûter, ne fût-ce que pour un instant, la plénitude de la vie. Ah ! je ne savais pas que j'aurais ensuite à sentir son amertume pendant le reste de mes jours ! Si tu m'avais abandonnée, je ne l'aurais pas supportée ! »

« Tu dois la supporter, Amélie, » dit Hertha avec une gravité triste. « Tu es mère, tu dois vivre et travailler pour l'amour de ton enfant ; tu le fais, je le sais, et c'est pour cela que je ne t'abandonne pas. »

« Oui, Hertha ! pour cet enfant j'ai souffert et travaillé. Ma seule consolation, c'est d'avoir accepté mon malheur devant Dieu et devant les hommes, de n'avoir rien caché, rien évité, ni la responsabilité ni le châtiment. — Oui, dit-elle en se levant et les yeux fixés sur son enfant endormi,

«je serai mère, je vivrai et je travaillerai, pour que sur la tête de cet enfant ne s'abaisse aucun malheur ni aucune nécessité que j'aie pu écarter de lui, mais.... je me sens bien faible depuis quelque temps. Si je devais bientôt mourir!...»

« Alors ton enfant serait le mien, » dit Hertha saisissant la main d'Amélie, « et tant que je vivrais et que je pourrais travailler, il ne manquerait de rien. Sois sûre, Amélie, que si le monde te jetait la pierre, moi je te défendrais; je dirais que tu fus une bonne mère et que tu méritais l'estime, ayant eu le courage de supporter l'injure et le mépris de la société pour garder ton enfant avec toi et lui être une vraie mère. Je n'ai pas de mots pour te dire combien je déteste ceux qui te condamnent et t'insultent. Je t'estime, Amélie; si j'étais libre et si je pouvais ......»

«Je le sais, je le sais, n'en dis pas davantage. Je ne peux te dire quelle confiance et quelle force cela me donne d'être approuvée par toi. Tu m'inspires un nouveau courage pour vivre, souffrir et résister à la tentation. Car cette solitude et cette oisiveté sont terribles! .... Hertha! ne m'abandonne pas!»

«Jamais!» reprit Hertha. Elle pressa la main d'Amélie et ajouta : «je reviendrai bientôt, mais il faut que je m'en aille maintenant; j'entends ma tante qui s'impatiente et mon père m'attend; à bientôt!»

Hertha trouva en effet la tante Pétronille qui l'attendait à la porte dans un état de véritable exaspération.

«Vous vous compromettez, et moi avec vous!» s'écria-t-elle en colère;» que pensera-t-on de semblables visites et à cette heure de la soirée? Cela m'amènera mille difficultés. Cela nous a retenues très-longtemps et le Directeur sera dans une colère!..... Dieu sait quelles accusations mes ennemis en pourront tirer contre moi quand mon procès sera entendu! C'est affreux!»

Ainsi parla et lamenta la pauvre dame tout le long du chemin. Hertha ne répondit pas un mot et, à sa physionomie, on pouvait deviner qu'elle n'entendait pas. Le fait est que le récit de ce procès énigmatique dirigé par un ou plusieurs ennemis — par des messieurs qui lui en voulaient — et le danger incessant que courait la tante Pétronille s'il fallait s'attarder le soir dans les rues, avaient si souvent frappé les oreilles d'Hertha, qu'elle y était accoutumée comme on s'accoutume aux dissonances d'un orgue de Barbarie jouant toujours le même air, et qu'on écoute avec une certaine souffrance résignée dans l'espoir que cela finira.

On était à la fin de mars, et le ciel était brillant au-dessus du gris manteau de glace de la terre. Hertha plongea un triste regard dans ce beau ciel, puis l'abaissant sur la terre glacée où elle marchait péniblement, elle sembla comparer les deux et se dire avec le poëte Henri Wergeland :

«Etoiles, si vous voyiez de la terre la silencieuse misère, dans le ciel, quand vient la nuit, vous ne feriez pas briller un si pur éclat. »

Les pas et la langue de la tante Pétronille s'arrêtèrent au moment où elles étaient devant....

LA VIEILLE MAISON.

Lecteur, ne vous est-il pas arrivé, en errant dans nos villes, de jeter vos regards sur une maison d'où ils se retiraient involontairement, comme repoussés par une impression désagréable, à moins qu'ils n'y restassent fixés par cette sorte d'intérêt qu'inspire un sombre mystère? Cette maison est peut-être bien bâtie, avec ses deux ou trois étages, mais elle a pourtant une certaine apparence sombre et ruinée; le temps l'a couverte d'une teinte grise et des plaques verdâtres paraissent aux endroits où le plâtre est dégradé ou rongé par l'humidité. Point de fleurs à ses fenêtres, — qui semblent vous regarder tristement. Les tuiles du toit sont noircies et brisées, ou bien couvertes de mousse. Il semble que personne ne prenne la peine de balayer et de laver ces marches. Partout où s'arrêtent les yeux ils rencontrent des signes d'abandon et de ruine; il y a là une empreinte de mort, — il n'y a ni le charme ni la vie.

Soyez sûr que chaque jour bien des soupirs s'exhalent d'une semblable demeure, que bien des larmes amères y coulent sans être vues; que plus d'un cœur torturé y bat, mais en vain! comme s'il voulait briser ces murs sombres qui l'oppressent. La vieille maison reste là comme un noir mystère, enfermant ces plaies brûlantes et ces agonies de l'âme et les cachant aux yeux du monde. Le drame profond de la vie s'accomplit à l'intérieur: l'enfant naît, s'élève, se développe, aime, pleure, souffre, languit et se flétrit; — la vieille maison n'en dit rien. Elle cache, silencieuse, les mystères de la vie de famille depuis le berceau jusqu'au cercueil avec leur amertume inouïe, avec «cette rouille mordante qui ronge le cœur» disent nos vieilles romances. Le monde à l'entour ne sait rien de tout cela, mais il sait pourtant «que l'absinthe croît dans ce lieu.»

Quelquefois cependant, quand la mesure est comble, ces souffrances internes, ces agonies secrètes éclatent tout à coup par quelque chose d'horrible; le mari est assassiné par la femme, la femme par le mari, l'enfant par le père, ou c'est l'incendie qui détruit la vieille maison et répand au loin la désolation; et alors se révèlent les sombres mystères de la vieille maison. Des voix accusatrices sortent de chaque fenêtre; ces murs parlent pour la première fois et peut-être pour la dernière; alors finit la vieille maison; ce qui en reste n'est plus qu'une ruine!

Si la vieille maison n'est pas cette fois entièrement détruite, personne cependant ne voudra l'habiter; car, on le sait, de telles maisons sont hantées; quelque fantôme inquiet y erre toujours. — Mais longtemps avant que tout cela n'arrive, la vieille maison silencieuse et sombre reste d'une année à l'autre et pendant des dizaines d'années comme ces tombeaux abandonnés que l'herbe couvre; seulement elle enferme des cœurs vivants et saignants.

Il y a plus d'une semblable maison dans le monde; mais pas une qui soit un aussi terrible témoin que celle devant laquelle nous nous trouvons.

La tante Pétronille s'arrêta sur le seuil en hésitant, et dit :

«Si peut-être..... Si je pouvais me dispenser de monter chez mon beau-frère.... Je suis presque sûre que nous avons dépassé notre heure, et il sera dans une telle colère.... Si tu pouvais dire».....

«Je dirai que vous êtes fatiguée et pressée de vous reposer. Allez chez mes sœurs, chère tante, et embrassez-les pour moi. Je porterai vos excuses à mon père.»

Et, en disant ces mots, Hertha s'élança sur l'escalier.

«Si tu crois pouvoir arranger cela ainsi.... Mais où est-elle?.... Bien, bien! Si jamais elle est inquiétée, comme je le suis, par un procès, elle n'aura pas le pied si léger!»

Et tout en soupirant et en tordant les cordons de son *ridicule*, la tante Pétronille traversa la cour en se dirigeant vers une autre partie du bâtiment.

Hertha fut bientôt obligée de modérer ses pas, car il n'y avait pas de lumière dans l'escalier et il était très-sombre. Au second étage elle rencontra quelqu'un avec une lumière qui s'avança vers elle avec précipitation :

«Hertha ! cousine ! — comme vous êtes restée longtemps !» et les faibles rayons d'une petite chandelle mal fixée sur un vieux bras de candelabre éclairèrent la figure d'un grand mais pâle jeune homme ; son épaisse chevelure noire était en désordre ; de ses yeux, profondément enchâssés sous un front bas, s'échappait un regard errant et incertain ; il y avait dans toute sa personne quelque chose de sombre et d'égaré ; sa voix était rauque et brisée quoiqu'il semblât avoir vingt ans à peine.

« Ai-je été si longtemps, cher Rodolphe ?» dit Hertha avec calme et bonté. « Quelle heure est-il ? »

« Au moins huit heures vingt minutes. L'oncle est là, sa montre en main.... »

« Donnez-moi la chandelle, Rodolphe. — Entrons — S'est-on bien ennuyé ce soir ? »

« Oh ! terriblement ennuyé ! »

« C'est ma faute, je n'aurais pas dû rester si longtemps. — Aidez-moi, Rodolphe, je vous prie. — Je vous remercie. — J'ôterai mes socques moi-même ; mais prenez mon manteau. — Merci, Rodolphe. — Je garderai mon châle, il fait si froid ici ! »

Ils étaient dans une grande salle désolée, éclairée seulement par la mince chandelle fixée dans le vieux candelabre. Hertha frissonna involontairement en jetant les yeux autour de cette salle sombre qu'égayait rarement la flamme d'un maigre foyer.

« Entrons ensemble,» continua-t-elle en s'avançant résolument vers une porte à gauche, mais en mettant la main sur le loquet elle s'arrêta involontairement et poussa un profond soupir. Enfin elle ouvrit et entra.

Dans une salle pauvrement meublée était une seule personne, un homme. Il était assis sur un sopha, justement en face de la porte ; une table était devant lui, sur laquelle brûlaient deux chandelles. Ses pieds étaient enveloppés dans de la flanelle; il tenait une montre d'or dans sa main. Il était impossible de s'y méprendre : on reconnaissait le maître de la maison, la terreur de la famille.

C'était un petit homme mince; ses traits étaient réguliers et arrêtés, ses cheveux, d'un gris-clair et coupés courts, se tenaient droits sur un front élevé et impérieux; des sourcils noirs et épais couvraient ses grands yeux gris foncés qui en ce moment se fixaient avec dureté et colère sur ceux qui entraient.

« Tu as passé l'heure fixée, » dit d'une voix courroucée le Directeur Falk à sa fille. « Il est huit heures vingt-deux minutes à ma montre. Qu'est-ce qui t'a retenue si long-temps ? »

« Je ne savais pas l'heure; je l'avais oubliée! » répondit Hertha avec calme.

« Oubliée! » s'écria le Directeur, oubliée! est-ce une excuse que cela! doit-on oublier son devoir? mais tu ne penses guère à cela ou peut-être penses-tu que cela est beau, noble, in-dépendant d'oublier son devoir! Je le vois bien, c'est d'ac-cord avec toutes ces théories modernes que tu aimes tant, avec tes doctrines d'émancipation des femmes; et tu vou-drais t'émanciper toi aussi de l'obéissance de tes parents. Oubliée! en vérité un de ces jours tu oublieras que tu as un père et quelques devoirs à remplir envers lui. Oubliée! et tu me dis cela avec cet air calme, comme si tu avais droit de faire ce qui te convient. Tant que je serai le maître ici, per-sonne ne fera que ce qui me convient. Je veux être le maître chez moi, je veux y trouver obéissance et subordination. Je veux être damné si je supporte que quelqu'un ici manque encore à mes ordres et dépasse l'heure que j'ai fixée. Je sais ce que je veux et je veux qu'on m'obéisse et que ma volonté soit la loi de ma maison. Je ne souffrirai pas qu'on oublie ce que j'ai dit plus de cent fois, et j'ai dit plus de cent fois que je voulais que la porte fût fermée à huit heures du soir, et que sous aucun prétexte elle ne s'ouvrît après huit heures. Tout le monde doit être rentré à huit heures précises tous les soirs, avant huit heures ou à huit heures précises. Te l'avais-je déjà dit, oui ou non?»

« Vous l'aviez dit » reprit Hertha du même ton.

« Très-bien; eh bien alors tu seras assez bonne pour t'y conformer, ou les portes seront fermées et verrouillées dès l'après-midi et il ne te sera pas si facile alors de sortir pour toutes ces parties de plaisir qui font oublier les devoirs.»

« Mais pourquoi, mon oncle, faut-il que tout soit fermé à huit heures juste?» murmura d'une voix émue le jeune homme.

« Pourquoi, rustre! Parce que je le veux, et à cet instant précis; cela suffit, j'espère, que faut-il de plus et qu'as-tu à murmurer encore? Retiens ta langue et attends pour parler qu'on t'interroge; ne te mêle pas de ce qui ne te regarde pas; tu n'as rien à dire ici. Si tu n'étais pas mon neveu, il y a longtemps que je t'aurais mis à la porte; tu n'es bon à rien; si tu peux écrire et compter, c'est que je te l'ai appris; mais pour le sens commun, tu n'en as point, et de cela ni moi ni personne nous ne pourrons t'en fourrer dans la tête; tu resteras toute ta vie ce que tu es, un imbécile, propre à rien si ce n'est à manger le pain de la charité. Si tu te mêles encore de ce qui ne te regarde pas, tu recevras une bonne correction. . . .; mes pieds sont faibles, par tous les diables; mais ces mains me serviront, et tu t'en apercevras! — Tais-toi! ce n'est pas à toi que je parle, c'est à Hertha! »

« Rodolphe est un honnête garçon, mon père!» dit Hertha le regard en feu, « et il deviendra un honnête homme; il se suffira plus tard à lui-même, sans être obligé de manger le pain de la charité; maintenant déjà il est très-utile au comptoir.»

«À qui dis-tu cela?» s'écria le Directeur, se tournant vers sa fille; «vas-tu m'enseigner ce que j'ai à faire, et crois-tu savoir cela mieux que moi? Ces jeunes filles maintenant ont des prétentions qui vont par trop loin. Tiens-toi à ton rouet et surveille le ménage, car ni toi ni aucune femme dans l'univers vous ne comprenez rien de plus que cela. Plût à Dieu que vous comprissiez seulement ce que vous avez à faire. Que le cordonnier reste à ses formes! Je ne souffrirai pas qu'on empiète sur mes droits. Maintenant les femmes veulent se mêler de tout, et c'est pour cela que tout va mal. On appelle cela avoir du génie; on ne parle que de leur génie; celle-ci veut être artiste et celle-là auteur et l'autre professeur ou quelque chose de pareil! Malédiction sur tout ce bavardage. Je voudrais qu'elles eussent le génie de la cuisine, cela servirait au moins à quelque chose en ce monde, mais maintenant elles ont l'esprit trop élevé pour s'occuper de cela. Le ciel nous préserve! il leur faut quelque plus grand objet, elles veulent être nos concitoyennes ou quelque autre folie! Cela me met en fureur seulement d'y penser, et tant que je vivrai et que je serai le maître chez moi, mes filles ne se donneront pas en spectacle aux autres par toutes ces stupidités; elles s'occuperont de leur besogne; et je ne souffrirai pas que toutes ces idées modernes de liberté et d'émancipation entrent dans ma maison.»

Le Directeur continua longtemps sur ce ton, se tournant vers sa fille qui, depuis le moment où il avait commencé de s'adresser à elle, restait complétement muette, pâle, immobile, ses grands yeux noirs fixés sur lui avec une expression de profonde souffrance intérieure qui quelquefois semblait se changer en un sentiment de colère et d'aversion. Mais pas un mot ne sortit de ses lèvres. Rodolphe s'était

assis contre la muraille, sa tête tombant sur sa poitrine ;
c'était son attitude ordinaire, et ses regards, qui lançaient de
sombres éclairs, se fixaient alternativement sur le Directeur
et sur Hertha.

Cette pénible scène fut enfin interrompue par la vieille
servante Anna qui vint dire que le souper était prêt.

La tante Pétronille fit son entrée, suivie de deux petites
filles de douze ou treize ans. La tante Pétronille salua d'un
air embarrassé, toujours tournant et tourmentant les cordons
de son ridicule ; les jeunes filles s'arrêtèrent à la porte quand
elles virent l'air grondeur et furieux de leur père.

Cependant il les appela près de lui, et parut s'adoucir un peu
en les voyant ; il leur fit quelques questions, leur donna une
petite tape sur la joue et les appela par leurs noms, ce qui
les fit rougir jusqu'aux oreilles et remplit de larmes les yeux
de l'une d'elles. Alors elles furent appelées « des sottes, des
folles, des enfants criards », ce qui fit que les larmes, si
facilement excitées à leur âge, débordèrent. « Qu'est-ce
que tout cela signifie » reprit leur père, « qu'est-ce que cette
maudite sensiblerie ? Je ne veux pas de cela, je ne le per-
mettrai pas. Si vous n'avez rien autre à faire que de pleurer,
vous pouvez vous en aller et vous amuser comme vous voudrez. Votre tante ne peut-elle vous apprendre autre chose ?
ne peut-elle vous enseigner à être des filles raisonnables et
non des sottes ? »

« Elles sont encore si jeunes, si sensibles, » dit la tante
Pétronille.

« Ah bah ! sensibles ! » dit le Directeur. « Tout cela n'est
que maudite sottise ! Voilà quelque chose de beau et de touchant d'être si sensibles ! de lire sans cesse des romans, de
soupirer, de pleurer et de s'attendrir pour tout au monde,
d'être ennuyées de tout et de se trouver malheureuses à
propos de rien. Je ne veux pas que mes filles soient élevées

ainsi ; je veux qu'elles soient des personnes utiles, bonnes à quelque chose, et non pas qu'elles vivent de rêveries et d'absurdités. Je ne veux rien de semblable, entendez-vous bien. Maintenant venez vous asseoir à table et plus de grimaces. »

La vieille Anna venait de dire que le souper était servi.

Le Directeur s'appuyant sur le bras de la fidèle vieille servante et sur une canne, passa dans la salle à manger, suivi en silence par les autres membres de la famille. Deux chandelles brûlaient sur la table, éclairant faiblement la grande salle sombre.

« Telle la joie, telle la lumière dans cette maison-ci » dit tout bas Rodolphe à Hertha.

« Qu'est-ce? » dit le Directeur, « que dis-tu? » et ses yeux menaçants se fixèrent sur Rodolphe qui, terrassé, ne répondit rien.

« Tu te moques, je crois ! Tiens ! une autre fois tu ne parleras pas avant de réfléchir. » Et il lui donna un vigoureux soufflet qui étourdit le malheureux jeune homme. Les yeux d'Hertha lançaient des flammes et la tante Pétronille commença de pleurer.

« Allons, pas de sottises ! » dit le Directeur, « asseyez-vous, où est Alma ? pourquoi n'est-elle pas montée ? »

« Elle n'est pas bien et s'est couchée ; » dit la tante qui tâchait de noyer ses larmes dans un verre de bière.

« Maudite sottise, » grommela encore le Directeur. Mais comme l'orage s'apaise peu à peu quand le tonnerre est tombé, ainsi le Directeur semblait avoir maintenant déchargé sa mauvaise humeur, qui fut remplacée par un certain abattement ; il sembla vouloir le dissiper en parlant de choses et d'autres, mais autour de lui on ne répondait que par monosyllabes ou on gardait le silence, si ses remarques n'étaient pas sous forme de questions directes. Le frugal

repas fut bientôt achevé et personne ne semblait en avoir
joui, si ce n'est Rodolphe, qui mangeait avec voracité, et le
Directeur, qui parut prendre son bol de gruau au vin avec
son appétit ordinaire. Quand on se leva de table, le Directeur
dit un bref bonsoir à la tante Pétronille, qui saluait en
tortillant les ganses de son sac, et aux petites filles, qui
vinrent embrasser la main de leur père en lui rendant grâce
pour « ce bon repas » et lui souhaitant une bonne nuit. Son
regard resta froid et dur en tombant sur ces enfants qui
semblaient heureuses de sortir.

« Comme c'est insupportable ! » murmura la vive petite
Marthe à sa sœur Marie, « je voudrais me marier dès ce soir,
quand je serais sûre de m'éveiller veuve demain matin. »

« Chut, chut, taisez-vous, » gronda la tante en quittant la
chambre avec les enfants.

Hertha et Rodolphe avaient déjà suivi le Directeur.

« Mettez la table et donnez les cartes, » dit-il.

Rodolphe apporta une table ronde qu'il plaça devant le
sopha et Hertha posa dessus deux jeux de cartes sales et
usées, et une partie de *Trekarl* commença.

On ne peut guère concevoir une plus froide et plus triste
partie de cartes. Hertha jouait machinalement, elle était
très-pâle et ne prononçait qu'avec une espèce de froide contrainte les mots que le jeu exige. Rodolphe faisait des
fautes continuelles, ce qui procurait au Directeur l'occasion
de le gronder incessamment. Excepté ce qui se dit de la sorte,
pas un mot ne fut prononcé. On ne jouait pas d'argent. Le
Directeur semblait content de gagner, ce qui lui arrivait toujours, parce que les autres jouaient mal et sans intérêt. Deux
heures se passèrent ainsi ; le Directeur regarda alors sa montre
et dit : « Il est maintenant onze heures, nous avons fini. »

Rodolphe et Hertha repoussèrent silencieusement leurs
chaises, ôtèrent la table et rangèrent les cartes.

« Bonsoir, Rodolphe, tu peux aller te coucher, » dit le Directeur froidement, « Hertha, reste, j'ai à te parler.»

Rodolphe s'inclina et quitta la chambre après avoir attaché un long regard sur Hertha.

Le père et la fille étaient seuls. Il y eut un long silence, chacun semblait attendre que l'autre parlât le premier. Enfin le Directeur dit :

« Hertha, tu as manqué à ton devoir envers ton père. Ne crois-tu pas avoir à demander son pardon ? »

Hertha ne répondit pas. Elle sentait son cœur plein de sentiments violents et des mots amers se pressaient sur ses lèvres ; elle n'osait toutefois parler, de peur d'en trop dire.

Le Directeur continua d'une voix plus douce :

« Je ne désire que ce qui est dans l'intérêt de mes enfants. Je remplis mes devoirs envers eux et je veux seulement qu'ils remplissent les leurs envers moi . . . et me montrent de de la reconnaissance et de la soumission.»

Il n'eut pas encore de réponse. Étonné du silence d'Hertha, le Directeur l'interrogea du regard et, comme on cherche l'explication d'un problème, il chercha à interpréter son expression singulière. Beaucoup de sentiments divers semblaient l'agiter, mais quand les uns voulaient se faire jour, d'autres arrivaient à la traverse et elle entendait une voix qui disait en elle : « c'est inutile ; il ne veut pas, il ne peut pas comprendre ! » En même temps toutefois il y avait dans la voix, dans l'apparence adoucie de son père, dans son état maladif aussi, quelque chose qui la touchait profondément. Courbant donc la tête, avec une sérieuse tristesse, elle dit seulement : « Bonsoir, mon père. »

Le Directeur la regarda et lui tendit sa main pour qu'elle la baisât, car c'était la coutume dans cette maison que les enfants vinssent baiser la main de leur père le matin, avant le repas de midi, et le soir ; depuis quelques années cependant ce vieil usage d'un respect enfantin était devenu pesant à Hertha, car son cœur n'y était plus, mais ce soir-là cela lui était devenu impossible; elle répéta seulement d'une voix sourde : « Bonsoir, mon père; » puis elle courba la tête en signe d'adieu, et sortit en disant : «Je vais vous envoyer Anna.»

Le Directeur resta un instant la main étendue, puis il la retira convulsivement; la rougeur de la colère couvrit son visage et il s'écria :

«Maudites soient toutes ces idées d'émancipation!» Et ses traits exprimant une fureur comparable à celle d'un taureau furieux, il resta muet jusqu'à l'arrivée de sa vieille servante qui venait l'aider à se coucher.

Elle était depuis plus de vingt ans dans la famille; elle s'était accoutumée à dire ce qu'elle pensait, et le Directeur l'écoutait plus volontiers que tout autre dans la maison. En cet instant donc, heureux de trouver à décharger son cœur après la scène qui venait de se passer, il commença : « Ce monde devient de plus en plus absurde. »

« Oui, oui, » reprit Anna, qui était quelque peu misanthrope ; « les vieilles gens deviennent toujours pires. »

«Ce n'est pas ce que je veux dire,» interrompit le Directeur en colère, «ce sont les jeunes filles qui deviennent de plus en plus déraisonnables, de plus en plus désobéissantes et ingrates envers leurs père et mère. »

« Oui, oui, mais les pauvres filles! leur vie n'est pas très-amusante quelquefois. »

« Amusante! qu'a-t-elle besoin d'être amusante? il vaut mieux pour des jeunes filles une vie sévère qu'une vie amusante. Il leur faut une vie qui leur apprenne à être sérieuses, travailleuses et occupées du ménage.»

«Soit, mais il me semble qu'il n'y aurait pas grand mal si elles avaient un peu d'amusement aussi. Je ne veux pas dire des amusements extraordinaires, mais quelque

chose qu'elles aimeraient, qu'elles pourraient attendre, espérer, qui leur donnerait du cœur à l'ouvrage et un peu de
vie et d'entrain ; car pour nous autres femmes, la vie est
souvent bien lourde et bien triste. »

« Encore des sottises ; qu'est-ce qui vous manque ?
Qu'est-ce qui manque à mes filles ? N'ont-elles pas tout ce
qui leur faut pour leurs vêtements et leur nourriture ? »

« Oui certainement, certainement, mais voyez-vous, Monsieur le Directeur, d'après ce que je pense, moi, il faut que
les jeunes gens aient quelque chose en vue de quoi ils vivent,
quelque chose qui leur appartienne, qui les intéresse, et à quoi
ils puissent penser pour l'avenir. Moi, tenez, je ne suis qu'une
pauvre servante, mais j'ai des occupations particulières pour
certains jours, et j'ai mes gages à moi, dont je puis faire à la
fin de l'année tout ce que je veux ; je peux mettre tous les ans
quelque chose à notre banque pour mes vieux jours ; je peux
aider un ami ; et je crois que chacun dans ce monde doit
avoir ainsi quelque chose à soi, et la liberté de l'employer
comme il veut ; cela rend plus tranquille et plus heureux. »

« Tu as raison quand il s'agit de personnes d'un âge mûr et
qui peuvent se conduire elles-mêmes, » dit le Directeur, « mais
mes filles ne sont point dans ce cas, ce sont des enfants ; si
elles avaient ce qui est à elles et la liberté d'en faire ce qu'elles
voudraient, ce serait bientôt fini. C'est précisément parce que
je veux que mes filles aient un jour quelque chose à elles et
de quoi vivre sans dépendre de personne dans leur vieillesse
que je soigne leurs intérêts et que j'épargne pour elles. Et
je continuerai à le faire, quand elles ne me montreraient que
de l'ingratitude. Je sais qu'un jour elles m'en remer-
cieront. »

« Mais, Directeur, il me semble que mademoiselle Alma
et mademoiselle Hertha sont d'âge assez raisonnable pour
soigner leurs intérêts elles-mêmes. »

«Tu ne comprends rien à cela; je sais ce qu'il est en est; Alma est une bonne fille, mais trop faible pour être capable de se diriger elle-même; et Hertha est une fille entêtée, volontaire, qu'il faut tenir en tutelle toute sa vie.»

«Eh bien, il faut que je le dise! Le Directeur lui fait là une grande injustice,» s'écria Anna avec la hardiesse d'une ancienne et fidèle servante, «et feu madame Hârd ne l'a pas mieux comprise. Mais je puis le dire, si elle a une tête et une volonté à elle, c'est aussi une jeune personne qui a une intelligence extraordinaire; elle gouvernerait une ville et une nation s'il le fallait. Dès son enfance elle n'a point été comme les autres, elle est peut-être un peu singulière et un peu fière, mais elle a si bon cœur, elle est si raisonnable et si généreuse! ....»

«C'est toi et sa mère qui l'avez gâtée en lui parlant ainsi,» interrompit le Directeur; «elle est obstinée et volontaire, je te le dis, et a besoin d'être traitée sévèrement. Cela ne convient pas à des filles de faire leurs volontés et de se conduire toutes seules; et je veux, maintenant, comme je l'ai toujours voulu, que mes filles suivent en tout ma volonté, et ne disent et ne fassent que ce qui me convient. Je suis le maître chez moi, j'espère! et elles sont mes enfants! Si elles sont si raisonnables, que trouvent-elles de mieux que d'obéir à leur père?»

«Oui, mais.... si elles mouraient?»

«Hein? Qu'est ce que tu veux dire? qu'est ce que tu marmottes là?» dit le Directeur violemment, «mourir! pourquoi?»

«Je crois, pour ma part, que mademoiselle Alma, par exemple, n'a plus longtemps à vivre. Je crois que quelque chagrin la dévore.

«Voilà tes folles imaginations,» dit le Directeur avec la même violence. «Qu'est-ce qu'elle a? ne vient-elle pas tous les jours dîner? elle est chaque jour comme elle était la veille. En quoi est-elle changée?»

« Elle était ce soir incapable de monter, et ces jours derniers, voyez-vous, elle avait l'air d'être frappée à mort, et je sais qu'elle ne dort presque pas la nuit..... »

« Stupidités ! sottes inventions que tout cela !» interrompit le Directeur furieux. «Elle s'est plainte depuis quelque temps, il est vrai, mais le médecin n'est-il pas venu la voir deux fois la semaine? elle sera bientôt remise. Aussitôt qu'il y en a une qui se plaint, tu la crois morte! Tout cela est absurde. Allons, aide-moi à me mettre au lit et donne-moi ce petit coffre qui est là-bas.»

La vieille Anna, blessée par l'accusation plusieurs fois répétée de stupidité et d'absurdité, ne dit plus un mot, et suivit machinalement les ordres de son maître, qui la congédia en lui disant froidement :

« Bonsoir, aie soin que le feu soit éteint dans la cuisine, ne la ferme que quand il ne restera plus une braise allumée, entends-tu ?»

Quand le Directeur fut seul, il se souleva à demi sur son lit, prit la petite cassette, et sa figure dure et ridée s'illumina en l'ouvrant; il examina en approchant la lumière et toucha diverses liasses de papiers; et, souriant avec satisfaction, il se dit à demi-voix :

«Pas si mal! pas si mal! le vieux Falk est riche, un homme riche, un homme important! comme on dit de nos jours,..... Oui, oui, personne n'a droit de le mépriser ! .... on lui tirera son chapeau. Un homme riche, un homme important!....» Il ferma la cassette, la mit sous son oreiller, éteignit la lampe et s'arrangea pour dormir, tandis que dans ses pensées revenaient comme un joyeux refrain ces mots : «Un homme riche, un homme important.... »

Et aucune voix ne vint murmurer à son oreille : Insensé! Cette nuit même peut-être on viendra te demander ton âme !....

LES SŒURS.

Quand Hertha quitta son père, elle trouva Rodolphe dans la salle à manger. Il semblait l'y attendre, avec la petite chandelle presqu'entièrement consumée qu'il tenait à la main ; il s'approcha précipitamment d'Hertha et lui dit :

« Hertha, voulez-vous fuir ? .... dites seulement un mot, Hertha...., tout ce que vous voudrez, je le ferai ! »

« Que voulez-vous dire ? » demanda Hertha étonnée. »

« Il fait si froid ici ! .... Je le vois, vous tremblez.... Savez-vous ? Je crois que cela n'ira jamais mieux ! ....»

« Allez vous reposer, pauvre Rodolphe, vous vous réchaufferez dans votre lit ; vous dormirez, vous rêverez, et vous oublierez. Bonsoir, cher Rodolphe. »

« Je vais vous éclairer jusqu'en bas, Hertha. »

« Non, pas ce soir, Rodolphe ; je m'éclairerai moi-même, donnez-moi votre lumière ; pour vous, la lune sera votre lanterne dans votre mansarde ; allez, faites comme je vous dis, Rodolphe. »

« Non, je veux descendre avec vous ; il pourrait vous arriver quelque accident sur l'escalier ; et il s'approcha pour la soutenir du bras. »

Hertha le repoussa doucement, et dit avec gravité : « Je n'ai besoin de personne, Rodolphe, je puis m'éclairer toute seule ; bonne nuit, Rodolphe ! »

Elle sortit, et ferma la porte derrière elle.

Rodolphe resta un moment silencieux et sombre, puis il se dit : « Bien, bien ! C'est elle qui viendra bientôt m'appeler à son aide et plus tôt qu'elle ne pense.» Et prenant par une autre porte de la salle à manger qui donnait sur un petit escalier, il monta à son grenier.

Hertha descendit deux étages et traversa la cour; la chambre du Directeur était sur la rue et à l'autre extrémité de la maison.

Elle entra dans un petit corridor dallé sur lequel donnaient deux portes placées en face l'une de l'autre; elle frappa doucement à celle qui était à gauche et qui fut ouverte par la tante Pétronille :

«Mes sœurs sont-elles encore éveillées?» demanda Hertha doucement.

«Hertha, Hertha, est-ce toi?» crièrent de l'intérieur de jeunes voix fraîches, « entre et raconte-nous le bal costumé !»

«Pas ce soir, mes chères petites, mais demain matin,» dit Hertha en se penchant sur le lit de ses sœurs qui entouraient son cou de leurs bras. Je voulais seulement vous dire bonsoir et vous donner quelques bonbons que j'ai rapportés pour vous de chez les Dufvas.»

«Merci, chère Hertha! bonne nuit et tâche de faire de beaux rêves que tu nous raconteras demain à déjeuner.»

Les rêves d'Hertha etaient célèbres dans la famille pour qui depuis quelques années c'étaient les plus remarquables incidents.

Hertha promit de faire une attention particulière à ses rêves cette nuit-là. — La tante Pétronille était assise avant l'arrivée de Hertha dans un coin de la chambre, profondément absorbée dans un grand portefeuille où, parmi des masses de lettres, de fragments de journaux, de patrons de cols et autres ouvrages d'aiguille, de copies de vers et d'une quantité de papiers différents, tous dans la plus grande confusion, elle essayait de retrouver et de réunir les pièces de ce

menaçant et mystérieux procès toujours suspendu sur sa tête.
L'entreprise semblait sans espoir pour qui n'aurait pas su que
la tante Pétronille avait trouvé toute sa vie un plaisir exquis
à démêler des écheveaux embrouillés, et qu'elle se croyait
certaine de réussir dans ses recherches et de produire au
grand jour ce mystérieux et intrigant ennemi qui le plus
souvent se montrait à elle sous la forme vague mais mena-
çante d'un jeune homme qu'elle avait eu dans sa jeunesse
le malheur de repousser. Un dévidoir était posé près d'elle
sur lequel était un écheveau de laine embrouillé dont les fils
s'étaient mêlés dans les papiers du portefeuille; c'était une
complication de plus. La vieille dame s'en consola en com-
mençant à dévider l'écheveau dans l'espoir, se dit-elle, que
« l'un aiderait à l'autre. » Ce n'était pas une mauvaise idée;
la physionomie de la tante Pétronille et ses préoccupations
judiciaires s'éclaircissaient d'une manière notable à mesure
qu'avec beaucoup de patience et même d'adresse elle trouvait
pour le fil un passage au milieu de tous les nœuds et les laby-
rinthes de l'écheveau. Quand l'ordre commença à renaître et
que le dévidoir eut tourné longtemps sans interruption sur lui-
même, l'état de son esprit devint de plus en plus calme et
satisfaisant et ses espérances plus vives pour l'heureuse issue du procès. Quand Hertha quitta ses sœurs, la bonne
dame ayant tout à fait laissé son portefeuille, et son esprit
s'éclaircissant avec les fils sur le dévidoir, elle dit affectueusement à sa nièce :

« Je te prépare une navette pour ton métier, Hertha, et
si tu es aussi travailleuse que moi, elle sera bientôt employée. » Hertha répondit seulement par un triste bonsoir,
et traversant le corridor, s'arrêta à la seconde porte; elle
en avait la clef, elle ouvrit et entra. Elle se trouva dans une
grande chambre où on respirait une odeur de fumée et
d'humidité à la fois; le plafond, les murailles, le foyer

trahissaient un besoin évident de réparations. Les meubles,
d'une extrême simplicité, étaient peu nombreux, mais il était
cependant facile de distinguer dans leur arrangement la main
soigneuse d'une femme. Un métier à tisser et deux rouets se
trouvaient dans la chambre dont les seuls ornements étaient
une petite bibliothèque et quelques peintures dans un enfoncement à gauche... Mais avant de parler de cela, il faut
que nous disions quelques mots des deux sœurs elles-mêmes
qui avaient passé là la meilleure partie de leur jeunesse,
qui y avaient ensemble ri, pleuré, aimé et cherché à se
consoler mutuellement, qui y avaient employé leurs journées
dans un rude travail et souvent veillé bien tard dans la nuit
pour lire ensemble ces vieilles histoires, ces chants héroï-
ques si chers à Hertha, ou bien ces romans que préférait
Alma; ensemble elles s'étaient enthousiasmées de grandes
idées, avaient fait de grands projets et répandu leurs sentiments passionnés en prose et en vers dont elles avaient été
l'une à l'autre les seules confidentes. Puis elles avaient vu
s'obscurcir tous ces rêves de jeunesse et leur vie devenir...
ce qu'elle était maintenant.

Leur mère était morte en donnant le jour à la plus jeune
de ses filles. Les deux aînées étaient encore bien jeunes;
l'état maladif de leur mère, causé principalement par le peu
de bonheur qu'elle avait trouvé dans son mariage, avait at-
tristé l'enfance de ses filles. Après sa mort, la sœur de leur
père vint prendre la direction de la maison. Entre cette nouvelle maîtresse de la maison et l'ancienne, la différence
était telle qu'entre une douce pluie d'été et une dure gelée
d'hiver. Madame Hård était une femme qui se vantait de son
amour pour la vérité et la justice; nous ne saurions lui refuser tout à fait ces qualités; mais *elle n'aimait pas*, et ne
pouvait alors rien voir dans sa véritable lumière. De ce
qu'elle condamnait elle n'avait jamais vu qu'un seul côté,

et son jugement n'était jamais juste, au point de vue d'une raison élevée et éclairée.

Hertha avait treize ans quand cette dame vint vivre dans la famille, elle était à cet âge difficile où finit le sommeil de l'enfance et où l'intelligence s'éveillant avec une soif ardente de savoir et de lumière, s'interroge elle-même et interroge tout ce qui l'entoure. L'âme ardente, les facultés singulières de l'enfant ne furent pas comprises par madame Hârd. Elle ne vit chez elle que des tendances fâcheuses et dangereuses, et elle pensa que la vérité et la justice lui faisaient une loi de présenter à son père tous les défauts et toutes les fautes de la jeune fille sous le jour le plus sombre, « dans leur vraie couleur, » disait-elle, afin qu'elle fût punie avec la plus grande sévérité. Madame Hârd était convaincue qu'en agissant ainsi, elle se montrait un modèle de conscience et de justice. Quand la pauvre enfant profondément sensible et enthousiaste vit ses erreurs représentées comme monstrueuses, ses plus innocentes actions soupçonnées, ses meilleures intentions mal interprétées, toutes ses questions sur les sujets les plus sérieux de la vie repoussées comme « d'inutiles curiosités », toutes les manifestations de ses sentiments jeunes et ardents durement refoulées, elle devint d'abord horriblement malheureuse et presque désespérée. Les ténèbres du chaos se répandirent sur tout son esprit. Le besoin d'aimer et de respecter qu'elle trouvait en elle, et qui naturellement se portait vers ceux qui étaient ses protecteurs naturels étant reçu froidement ou rejeté avec sévérité, elle crut d'abord qu'ils avaient raison et qu'elle avait tort ; mais elle vit sa sœur, la douce et, suivant elle, la presque sainte Alma, durement traitée et aussi injustement punie ; alors cette âme naturellement forte se releva sous un joug si pesant, et son amour pour sa sœur lui donna la force de le repousser. Cette lumière qui, selon l'Évan-

gile, illumine tout homme venant au monde, répandit ses
rayons dans son âme, elle jugea et condamna ceux qui ju-
geaient et condamnaient injustement son angélique sœur.
Cette voix de sa conscience fut encore fortifiée, enhardie,
dirigée dans une voie plus haute par l'enseignement religieux qu'elle reçut alors avec sa sœur et les autres enfants
de la paroisse, et bien qu'il fût imparfait et étouffé par l'in-
terprétation littérale du sens, comme cela arrive généralement, bien que, là encore, Hertha vît la plupart de ses
questions sur les obscurités du dogme écartées par cette
réponse : « On ne doit pas faire de questions. La raison doit
se soumettre à la foi.» — cependant ses puissantes aspirations
vers la justice et la vérité la plus haute trouvèrent de nouvelles expressions et une nouvelle force. Armée ainsi, elle
se tourna contre ceux qui avaient essayé de les courber,
sa sœur et elle, et elle leur résista au nom d'une justice et
d'une vérité plus hautes que les leurs. On ne la comprit pas,
mais néanmoins il y eut des moments où madame Hård
tremblait devant la jeune fille, tant son regard devenait
menaçant et sa physionomie fière au moindre mot, au
moindre traitement injuste qui tombait sur Alma. Madame
Hård n'osa plus être aussi sévère envers Alma. Mais à cause
de cela même elle représenta d'autant plus Hertha à son
père comme une nature indépendante et rebelle, et toutes
ses paroles, toutes ses actions lui furent exposées sous ce
point de vue. De même qu'elle rapportait au père ce qui
pouvait l'indisposer contre ses filles, elle rapportait et exa-
gérait à celles-ci toutes les rudes paroles, tous les emporte-
ments de leur père, se disant elle-même toujours occupée
de l'adoucir et d'établir la paix entre elles et lui; et probablement elle croyait elle-même qu'il en était ainsi, car
il y a beaucoup de personnes frappées d'un aveuglement
extraordinaire pour ce qui les concerne. C'est ainsi que

madame Hård amena graduellement une mésintelligence toujours plus profonde entre le père et les filles.

Nous avons tracé une sombre peinture de cet intérieur de famille. Dieu veuille que de tels exemples soient rares !

Mais ce qui, pour Hertha, faisait ressortir encore plus clairement le manque de clairvoyance et de véritable justice de sa tante, c'étaient la complète faiblesse et l'aveuglement de celle-ci pour sa propre fille Amélie, une gaie et jolie jeune fille très-capricieuse et très-légère. Sa mère acceptait ou approuvait toutes ses fantaisies et tous ses caprices, la laissait s'amuser dans toutes sortes de réunions au dehors, où ses petits triomphes flattaient la vanité de toutes les deux, tandis que les filles du Directeur étaient obligées de s'occuper à de grossiers ouvrages de ménage. ... Ce n'était pas du travail qu'elles se fussent plaintes, s'il avait eu un but, un intérêt, un avenir. — Elles n'osaient du reste s'exprimer tout haut, car elles se fussent attiré seulement de la sorte des sermons et des reproches.

Il pénètre moins de lumière céleste dans un tel enfer domestique que dans les pires régions ténébreuses de la terre. Les nègres des États à esclaves de l'Amérique ont au moins leurs fêtes religieuses ; leurs âmes s'épanouissent aux sermons, aux chants des psaumes, et boivent une nouvelle vie dans la lumière qui s'échappe de la vie et de la doctrine du Sauveur, lorsqu'ensemble ils jouissent de ses communications célestes et de son intime entretien ; mais si dans notre Nord il se rencontre un foyer auquel manque l'amour, une jeune femme n'y peut vivre que d'une vie plus enchaînée et plus triste que celle du serf ou de l'esclave. Ce n'est point la nourriture ou le vêtement qui lui manquent, ce ne sont pas même les plaisirs insignifiants, vides et de courte durée ; ce qui lui manque, c'est une atmosphère de vie, c'est la liberté, l'avenir, le pain et le vin qui donnent la vraie vie au cœur.

La première chose qui arrive à nos jeunes filles en de telles circonstances est le désir d'être libres et le seul moyen qui se présente à elles est le mariage.

« J'épouserais plutôt le diable lui-même, » disait Hertha lorsqu'elle était toute jeune, « si je pouvais seulement, ma chère Alma, te délivrer ainsi de cette intolérable maison.»

Alma, d'un caractère plus doux et plus féminin que sa sœur, ne voulait pas épouser n'importe qui, encore bien moins le diable, mais pourtant...

Toutes les deux étaient assez charmantes pour attirer l'attention et fixer les regards. Mais elles allaient bien peu dans le monde, ne voyaient aucun étranger à la maison et jamais de jeunes gens. On fit cependant une exception en faveur d'un jeune homme, un parent de la famille, intelligent et aimable. Il prêtait des livres aux jeunes filles, causait avec elles d'une manière qui les intéressait profondément, discutait avec Hertha et bientôt aima sa sœur Alma autant qu'il en était aimé. Il déclara son amour, mais seulement au père qui rejeta ses offres, trouvant que sa position n'était pas assez avantageuse, et ne se souciant pas d'abandonner la part d'Alma dans l'héritage de sa mère.

La dureté avec laquelle le jeune homme fut repoussé sans qu'Alma eût été consultée, tandis qu'on lui assurait qu'elle n'avait pour lui aucune affection particulière, le détermina à quitter cette maison et bientôt le pays même. Il y avait déjà trois ans de cela.

Vers le même moment un autre événement vint rendre encore plus pénible l'intérieur de la famille. La gaie et jolie Amélie fuyait le plus possible la tristesse de la maison, et souvent elle allait passer quelque temps à la campagne chez de jeunes amies gaies et vives comme elle. La légèreté de sa conduite y fut remarquée; madame Hård fut avertie, elle reçut ces avertissements avec un fier dédain, rappela cepen-

5

dant sa fille. . . . mais trop tard; l'insouciante jeune fille n'était
plus. . . qu'une femme déchue. Elle avoua sa faute, mais
refusa obstinément de nommer son séducteur, et accusa sa
mère d'avoir, par l'éducation qu'elle lui avait donnée, causé
son malheur. Ces reproches, la douleur et la honte accablè-
rent l'orgueilleuse mais faible mère; elle n'en put supporter
le poids et n'y survécut pas longtemps. Amélie avait quitté
le pays; ce ne fut que deux ans après qu'elle revint sous un
nom supposé et dans la plus profonde misère dans la ville
où elle avait passé une partie de sa joyeuse et insouciante
jeunesse.

La mort de madame Hârd délivra les jeunes filles de son
incessante et malveillante surveillance. Mais le caractère de
leur père après cet événement devint encore plus irritable
et soupçonneux, et ses filles se trouvèrent peut-être encore
plus malheureuses qu'avant. Il parut devenir de jour en jour
plus avare, plus violent, plus ennemi de toute liberté et de
toute joie dans sa famille. La tante Pétronille avait toujours été,
comme le disait le Directeur, un zéro dans la maison, sauf
pour ce qui regardait les soins et l'éducation à donner aux
plus jeunes enfants; elle s'en était chargée depuis leur naissance et s'en acquittait avec zèle et affection; mais en avançant en âge, elle devenait de plus en plus timide et faible,
et la manie du grand procès qui était censé la menacer
l'absorbait entièrement.

Telle était la situation de cette famille lorsqu'Hertha reçut
une invitation pour le grand bal costumé. Ses sœurs la priè-
rent instamment d'accepter pour «se distraire et les distraire
un peu.» Nous reviendrons maintenant au moment où
Hertha, de retour de cette partie de plaisir, entra dans la
chambre de sa sœur Alma.

Dans un profond enfoncement à gauche, était le lit sur
lequel, à demi-soulevée sur ses oreillers, se trouvait l'aînée

des deux sœurs. Elle portait un blanc et fin vêtement de nuit; la faible lumière d'une petite et modeste lampe éclairait son pâle visage, beau par le reflet de la beauté intérieure de l'âme plutôt que par la régularité des traits, et sur lequel en ce moment se peignait une telle expression de patience et de douleur qu'il était impossible de n'en pas être ému. Elle tenait une bible ouverte devant elle, et lisait le livre de Job, cette voix qui depuis l'antiquité la plus reculée a traversé les âges et reste toujours l'interprète le plus fidèle des gémissements et des cris d'une âme à l'agonie. Du crayon qu'elle tenait à la main, elle marquait les passages suivants :

« Mon souffle est épuisé, mes jours sont éteints, et la tombe s'entr'ouvre pour moi. »

« Il m'a détruit de tous côtés et je péris; il m'a ôté toute espérance comme à un arbre qui est arraché. »

« Fouleras-tu aux pieds la feuille desséchée? »

Lorsque sa sœur entra, Alma ferma le livre et un léger sourire éclaira son doux et pâle visage.

Hertha rejeta son manteau, et se précipitant vers le lit de sa sœur, elle se jeta à genoux près d'elle, prit une de ses mains et la couvrit de baisers; des torrents de larmes s'échappèrent de ses yeux tout à l'heure si secs et si fiers, et cette voix si contrainte éclata maintenant en sons mélodieux et passionnés :

« Alma, mon Alma! ma sœur! ma chère sœur! »

Et des mains brûlantes couvraient la main qu'avec amour elle pressait de ses lèvres.

« Hertha, ma bien-aimée ! » demanda la jeune malade en penchant sa tête sur le front de sa sœur et en entourant son cou de ses bras, « pourquoi si troublée? »

« Ah! » reprit Hertha, « par mille raisons. Parce que je t'aime et que je déteste les autres, et parce que j'ai peur que tu ne me quittes, Alma. J'ai été méchante ce soir, mais ce n'est

rien auprès de ce que je serais si tu m'abandonnais, toi
mon bon ange; je deviendrais alors dure et pleine de haine;
Dieu et les hommes me sembleraient également injustes et
durs. »

« Ne parle pas ainsi. Il y a certainement des choses
étranges en ce monde, et l'on ne peut s'empêcher de croire
que bien des choses seraient mieux autrement; mais un
jour, un jour viendra, où tout sera éclairci et tout ramené
à bien. »

« Cela, je ne le sais pas et je ne le crois pas comme toi.
Si Dieu peut un jour et en quelque lieu donner la victoire
au bien, pourquoi pas maintenant et ici? »

« Pourquoi? Nous ne le savons pas; mais nous savons
ceci que Celui qui aima du plus grand amour mourut sur la
croix et sortant du tombeau dit que la liberté et la joie en
sortiraient. »

« *Lui* fut bon et grand, oui certes, mais il vécut et mourut
pour un grand dessein; nous et bien d'autres, nous semblons
ne vivre que pour dépérir lentement et mourir sans aucun
but. »

« Oui, » dit Alma tristement, « et c'est là le plus affreux. Oh!
les longues et amères angoisses! »

A ces paroles d'Alma, Hertha se leva et tordit ses mains
en pleurant à chaudes larmes :

« Vois-tu, » dit-elle, « c'est là ce qui remplit mon âme d'a-
mertume contre la vie, que toi, si bonne, si angélique, toi
qui ne ferais pas souffrir un insecte, qui jamais n'as fait que
ce qui est bien, tu sois ainsi frappée! Quand nous étions
enfants et que notre mère vivait, et que nous étions heureuses dans ses bras, il me semblait alors que je sentais
Dieu présent et que je l'aimais. Depuis lors, quelles ténèbres
se sont faites pour moi! Je ne puis plus aimer Dieu. Je ne
puis aimer, je ne puis comprendre cette terrible et mysté-

rieuse puissance qui du néant nous a appelées, moi, toi et tant d'autres, nous disant : « Éveillez-vous, aimez, pleurez et souffrez ! » Et après que nous nous sommes éveillées, quand nous avons goûté l'amertume de cette vie, aimé et souffert et compris quelle peut être la magnificence de cette vie, seulement pour sentir que nous devions y renoncer, cette puissance nous saisit de nouveau et nous dit : « C'est assez, courbez-vous, souffrez et mourez, descendez dans la tombe, vous avez assez vécu ! » Non, je ne puis aimer le Dieu qui agit de la sorte avec nous. Je n'aime pas le Dieu que me révèle le gouvernement du monde. Je n'aime pas le Dieu dont parle la Bible, ce n'est pas un pouvoir bon ni juste ! »

« Ma douce Hertha, ne parle pas ainsi ; il y a tant de choses que nous ne pouvons comprendre ! »

« Il y en a beaucoup que nous comprenons, Alma, beaucoup que notre conscience nous enseigne et qui y sont écrites en caractères ineffaçables. Je dois et je veux les observer. Quelque faible et insuffisante qu'elle soit, cette lumière est cependant la seule qui m'éclaire en ce monde de ténèbres ; c'est pour moi la seule échappée de verdure et de soleil par où je sois à moi-même et vraiment chez moi. S'il y a un Dieu bon, c'est là que je l'entends, dans ma conscience, car là je trouve la haine du mal, l'amour du bien, le désir de la justice. Si je ne pouvais plus croire à cette lumière, si je ne pouvais plus écouter cette voix, alors je ne sais plus ce que je deviendrais ni ce que je ferais. — Je me suis contrainte si longtemps, j'ai subi en silence tant de choses qui me bouleversaient jusqu'au fond de mon âme. Alma ! Avec toi seule je puis parler. Toi seule tu peux lire dans mon cœur. Il me semble que ton regard me calme et me rend meilleure. Mets ici ta main, laisse-la un instant sur mon cœur ; peut-être elle allégera ce poids d'amertume que jė sens en moi-même contre ceux qui nous ont donné la vie, ceux que nous appelons notre père dans le ciel et notre père sur la terre. De l'amertume contre un père, horrible sentiment! Oh! Alma, quand je pense que c'est la faute de notre père, si tu es là étendue, le cœur brisé, quand je pense que tu pouvais être l'heureuse femme de l'homme qui t'aimait, sans l'obstination de mon père, et sans son avarice qui vous a séparés!...»

« Ne parle pas de cela, Hertha,» interrompit Alma, tandis qu'une pâleur mortelle se répandait sur son visage, «ne touche pas à ce souvenir!»

« Pardonne-moi, ma bien-aimée, mais ne sais-je pas que c'est cela qui te tue? Depuis lors je t'ai vue pâlir et souffrir comme d'une secrète blessure; j'ai vu tes yeux s'agrandir, tes joues se creuser... Oh! Alma, ma chère Alma! je sens que je pourrais le haïr.»

« Le haïr! Plains-le plutôt. Crois-moi, il n'est pas heureux. Il n'a pas toujours été ce qu'il est maintenant. Anna dit que c'est surtout depuis la mort de notre mère qu'il est devenu triste et difficile, et notre tante n'a fait qu'augmenter cette disposition.»

« Mais il est cependant injuste et sévère. S'il avait agi justement envers nous, envers toi, tu ne serais pas aujourd'hui dans cet état. Pourquoi retenir le bien de notre mère? Pourquoi ne pas nous rendre compte de ce que nous possédons ou de ce que nous devrions posséder?»

« Nous n'avons de fait aucun droit à le demander, Hertha. Nous sommes, suivant les lois de notre pays, mineures, et il est notre tuteur légitime.»

« Et nous continuerons toujours à être mineures, si nous ne voulons pas plaider contre notre père, parce que c'est sa volonté que nous soyons toujours dépendantes de lui, et les lois de notre pays ne nous reconnaissent pas le droit d'agir comme des êtres raisonnables et indépendants. Vois-tu, Alma, c'est cette injustice contre nous autres femmes qui m'irrite, non pas seulement contre mon père, mais contre les hommes auteurs de ces injustes lois de notre pays et contre ceux qui, contrairement à toute raison et à toute justice, les maintiennent et continuent à nous retenir dans les fers. Nous avons quelque fortune par l'héritage de notre mère, et nous ne pouvons disposer d'un centime. Nous sommes d'âge à savoir nous conduire nous-mêmes, à pouvoir même être utiles aux autres, et cependant nous sommes tenues comme des enfants par notre père et tuteur, parce qu'il lui plaît de nous considérer et de nous traiter comme telles. Toute action, tout désir d'un peu d'indépendante activité, toute pensée d'avenir nous est interdite, parce que notre père et tuteur dit que nous sommes mineures, que nous sommes des enfants, et la loi dit qu'il a raison et que nous n'avons rien à dire. »

« Oui, » dit Alma ; « c'est injuste et plus cruel qu'on ne pense. Mais cependant notre père agit bien envers nous ; il ménage notre fortune avec prudence et justice et dans notre intérêt. »

« Et qui s'en trouvera bien ? Nous ? Quand nous serons vieilles, stupides et bonnes à rien ? Sais-tu que j'ai bientôt vingt-sept ans, que tu en as vingt-neuf sonnés. — Pourquoi avons-nous vécu jusqu'à ce jour ? »

Alma ne répondit pas. Hertha continua :

« Si nous avions pu apprendre quelque chose sérieusement, si nous avions eu la liberté comme les hommes d'exercer nos facultés, je ne me plaindrais pas. N'est-ce pas extraordinaire, Alma, qu'on demande toujours aux jeunes gens ce qu'ils désirent être un jour, quels sont et leur goût et leur fantaisie, afin de leur donner tous les moyens d'apprendre et de se développer suivant leurs dispositions, et

qu'on n'agisse pas ainsi avec les femmes? Elles ne peuvent ni
désirer ni choisir pour elles une profession, une route dans
la vie. J'aurais consenti volontiers à vivre de pain et d'eau
et j'aurais été parfaitement heureuse si j'avais pu étudier
comme les jeunes gens étudient dans les universités, si
j'avais été libre de me frayer par mes propres efforts un
chemin dans la vie. Qu'ils sont heureux ceux qui peuvent
s'appliquer aux arts et aux sciences, pénétrer les mystères
du beau et de l'idéal, et alors retourner dans le monde pour
communiquer aux autres la sagesse qu'ils ont apprise, le
bien qu'ils ont trouvé! Oui, cela est glorieux de vivre et de
travailler jour par jour à faire le monde meilleur, plus
juste, plus éclairé! Cela doit sembler si doux, on doit être
si heureux! Combien cette vie est différente de celle où il
semble qu'il n'y a point autre chose à faire que de se
demander : «Que mangerons-nous? Que boirons-nous aujourd'hui? Quelle toilette mettrons-nous?» comme si toutes
les sollicitudes de la vie se résumaient de la sorte. O Alma!
ne sommes-nous venues en ce monde pour rien autre
chose?» Et, comme accablée, elle cachait sa figure entre
ses mains. Peu à peu elle se calma et relevant la tête, elle
continua :

«Combien d'instincts divers, soit dans la nature, soit dans
l'humanité! A chaque être le Créateur a donné sa nature et
sa fin, desquelles il ne peut s'écarter sans détruire l'ordre
et sans périr. On accepte ces lois pour l'enfant de la nature.
On ne demande point au chêne de ressembler au bouleau ni
au lis de ressembler au lierre rampant. Pour les hommes
il en est de même, il est permis à chacun d'eux de se
développer selon sa nature et son génie et de devenir
ce que le créateur l'a appelé à être. Mais les femmes, quand
elles voudraient développer toutes leurs facultés, il faut
qu'elles restent, sans idée et sans volonté, les instruments

inertes du sort qui leur sera assigné par les hommes. Elles
doivent toutes être jetées dans le même moule et suivre une
même ligne, comme si elles n'avaient pas aussi une âme pour
leur marquer leur voie particulière. Et cependant combien,
chez les femmes aussi, les dons et les goûts sont divers!
Quelle différence n'y a-t-il pas entre nous quatre enfants
des mêmes parents? Quelle intelligente et vive ménagère
dans notre chère Marthe, et au contraire combien Marie est
réfléchie, pensive, charmée par l'étude! Toi, mon Alma,
tu es faite pour être l'ange de la famille; et moi... Moi,
hélas! je ne sais pas, je ne puis dire pourquoi j'ai été créée,
je me cherche moi-même ; mais s'il m'avait été possible de
me développer librement, si cette faim et cette soif que je
sens en moi eussent été satisfaites, alors peut-être serais-je
devenue une créature bonne et utile, plus que bien d'autres,
pour mes semblables. Quoiqu'il puisse sembler téméraire de
penser et de parler ainsi de soi-même, je sens que j'aurais
été capable d'acquérir et de communiquer aux autres ces
dons de l'intelligence, les plus précieux de la vie. J'aurais voulu
délivrer les captifs et affranchir les âmes opprimées. J'aurais
voulu travailler, vivre, mourir pour mes semblables. Tout
autre but dans la vie est à mes yeux insignifiant. Il fut un
temps où je croyais, comme le disent les livres et les hommes,
que l'intérieur et la vie domestique devaient être les seuls
objets, le seul monde de la femme ; je croyais qu'il était de
mon devoir de réprimer tout désir d'un horizon plus large
et d'une sphère d'action plus élevée; faibles et stupides
pensées que j'ai depuis longtemps rejetées! Ma vue intérieure
est devenue plus claire, mes sentiments et mes pensées ont
pris plus de force. Je ne puis plus longtemps juger de moi-
même par les autres. Il fut un temps où, par-dessus toute
chose, je désirais la liberté de la vie d'artiste. Mais cette vie
même me semble maintenant trop personnelle et trop

circonscrite si elle n'est pas sanctifiée par un but plus élevé.
Le mariage est pour moi une chose indifférente, malheureuse
même si elle n'amène pas un plus grand développement de
l'âme au service de la lumière et de la liberté. Ce que je
cherche, ce que je désire, c'est une vie, une sphère d'action dans laquelle je sente que je vis pleinement, non-seulement pour moi, mais pour les autres, pour mon pays,
pour l'humanité, pour Dieu! oui pour Dieu, s'il est là Dieu
de la justice et de la vérité, le père de tous. Peut-être n'at-
teindrai-je jamais à ce que je désire; peut-être dois-je
rester toujours enfermée, ensevelie dans cette vie d'intérieur qui est maintenant la mienne et celle de tant de femmes
sur la terre. Mais jamais, jamais je ne dirai que c'est la
vraie et l'unique destinée de la femme; jamais je ne me
soumettrai et ne cesserai de maintenir que la femme a été
créée pour quelque chose de mieux et quelque chose de
plus; oui, si elle pouvait facilement et entièrement développer toutes les facultés que le créateur lui a données, alors
le monde serait plus heureux. — Oh! si je pouvais vivre et
travailler pour délivrer ces âmes captives qui luttent et qui
soupirent après la vie et la lumière, avec quelle joie j'accepterais la vie, avec quelle joie j'accepterais la mort... Quand
la mort serait le néant, ma vie passagère eût été une im-
mortalité! »

« Comme tu es belle en ce moment, Hertha! » s'écria
Alma en regardant avec ravissement sa sœur tout exaltée
par ses aspirations vers la liberté et l'amour.

« Belle? » répéta Hertha en rougissant et en souriant tristement. « Oh! oui, il fut un temps où je sais que j'aurais pu
devenir, où j'aurais pu être belle ; mais ce temps est passé.
Je deviens plus laide de jour en jour, parce que mon esprit
et mon cœur sont chaque jour plus tristes, plus révoltés
contre Dieu et les hommes. Je fais toutes sortes de plans

extravagants pour nous délivrer de notre misérable vie. J'ai imaginé par exemple d'aller à Stockholm et de parler au roi, . . . »

« Au roi, Hertha ! »

« Oui, au roi. On dit que le roi Oscar est noble et bon et ne refuse de faire justice à aucun de ses sujets. Je lui parlerais ainsi. — Tiens,» dit-elle en souriant, «tu vas être le roi et je serai ta sujette. — Sire, je suis venue vous implorer pour moi et pour beaucoup de mes semblables qui souffrent comme moi. On nous tient comme des enfants dans l'ignorance de nos droits et aussi dans celle de nos devoirs, on nous retient mineures pour que nous n'arrivions jamais à la maturité de notre raison. On a lié nos âmes tout comme nos bras, et cependant Dieu nous avait faites libres, et nous ne demandons que ce qui est juste et bon. Dans d'autres pays chrétiens, en Norvége, par exemple, ces droits sont accordés aux femmes à l'âge où leurs facultés sont pleinement développées; mais ici, la loi veut que les filles de la Suède soient toujours sous le joug, et elle les déclare pour toujours en tutelle à moins qu'elles ne deviennent veuves. Maintenant elles en appellent à votre justice pour réclamer cette liberté que leurs maîtres leur refusent. — Et si le roi répondait : Ma chère enfant, vous et vos sœurs de Suède, vous avez grand besoin de soutien et de guides, et vous ne pouvez vous diriger vous-mêmes; — je répliquerais : Qu'on nous laisse faire l'épreuve et on verra tout le contraire. Plus d'une noble femme l'a prouvé, et si les lois de notre pays n'y mettaient obstacle, ces exemples y seraient plus frappants et plus fréquents. Les enfants n'apprendraient pas à marcher si on ne leur ôtait leurs langes; ils n'ouvriraient pas les yeux si on les tenait dans l'obscurité. Qu'on nous laisse essayer nos forces, qu'il nous soit permis de marcher de nous-mêmes, et alors nous apprendrons à nous soutenir et même à soutenir les autres ; qu'on nous donne la liberté, la possession de nous-mêmes, de nos vies, de notre fortune, de notre avenir, et alors nous servirons, nous aussi, notre roi, notre pays, nous ferons le bien de toute la puissance de nos cœurs et de nos intelligences, comme ceux qui sont libres peuvent seuls le faire. »

«Tu parles bien, ma belle et noble Hertha,» dit Alma; «si le roi et les États du royaume te voyaient et t'entendaient, ils se repentiraient d'avoir fait injustice aux femmes de Suède, d'avoir douté de leurs facultés et limité leur avenir.»

«Leur avenir et celui de la société tout entière,» ajouta vivement Hertha; «car beaucoup de ses vices et de ses malheurs viennent de ce que les femmes ne s'estiment pas assez haut elles-mêmes, de ce qu'elles ne comprennent pas la grandeur de leur vocation. Notre pauvre Amélie, par exemple, et beaucoup d'autres comme elles ne seraient jamais tombées et ne seraient jamais devenues des créatures méprisées si, de bonne heure, on leur eût montré quelque noble et utile destinée qui eût été le but de leur vie et de leur travail de chaque jour. L'espace que l'homme alloue à la femme en ce monde est si sombre et si étroit! Et quand elle le sent, quand le sol manque sous ses pieds, comme elle se trouve seule et abandonnée dans le vaste monde! combien y a-t-il de femmes qui rencontrent des circonstances assez heureuses pour devenir tout ce qu'elles peuvent et doivent être! leur nombre est bien petit en comparaison de la masse de celles qui vivent et meurent imparfaites, n'ayant point atteint la moitié, le quart du développement moral auquel elles pouvaient prétendre. Et moi qui les condamne si sévèrement, que suis-je! l'imparfaite ébauche d'un être humain, et si j'ai encore quelque estime pour moi-même, c'est que je me révolte contre ma condition, sachant bien que je pourrais être quelque chose d'autre et quelque chose de plus.»

« Et tu atteindras où tu aspires, dit Alma, parce que tu n'es pas de la classe commune; ta riche et belle nature ne sera pas étouffée et ne restera pas inutile. Bientôt, bientôt je parlerai à notre père de toi et de nos petites sœurs. Il ne veut, après tout, que notre bien; il nous aime à sa manière.»

« Oui, comme le propriétaire de serfs ou d'esclaves aime ses esclaves; c'est seulement pour les protéger et dans leur intérêt qu'il leur refuse leur liberté. Je suis lasse, Alma, d'entendre parler d'amitié et d'affection. Je voudrais qu'on en parlât moins, et plus de la justice, et surtout qu'on pratiquât celle-ci davantage, car l'injustice est la source de toutes les haines et de tous les maux. Sans justice il ne peut exister de véritable amour, ou au moins cet amour ne saurait durer. Il fut un temps, j'étais enfant alors, où j'aimais mon père tendrement; je le regardais comme un être supérieur, et maintenant encore quand je le vois assis, infirme et vieux, avec sa figure noble et virile, il me semble voir un roi tombé, et mon cœur est attiré vers lui avec une force incroyable. Oh! que j'aurais voulu pouvoir l'aimer et être aimée de lui! mais je n'étais encore qu'un enfant lorsqu'il m'a appris à le craindre, et depuis lors, depuis que j'ai compris son égoïsme et son injustice, j'ai perdu toute confiance en lui, tout désir de faire ce qu'il veut, et je me sens à certains moments plus près… de le haïr que de l'aimer! Chaque jour mes rapports avec lui deviennent de plus en plus pénibles. »

« Et cependant cela peut changer; prends patience, ma bien-aimée Hertha! J'ai dans l'esprit comme le pressentiment d'un changement prochain. Je me sens dans une disposition singulière ce soir, triste et joyeuse à la fois! — Mais, Hertha, je voudrais te parler maintenant d'autre chose; j'ai une demande à te faire. »

« Ah! parle. Ce que tu désires, quel qu'il soit, s'il est en mon pouvoir, sera fait.»

« Je voulais te parler de Rodolphe; ne sois pas trop affectueuse envers lui. Je comprends la cause de ta bonté pour lui, mais il peut se méprendre et imaginer tout autre chose. »

« Il a peu d'intelligence, le pauvre garçon, mais notre père est si sévère et si dur pour lui! Depuis cinq années qu'il vit dans cette maison, il n'a jamais entendu une douce parole, un mot affectueux; rien que des menaces et des reproches. En outre il est tenu rudement à l'ouvrage, et bien rarement jouit-il d'un moment de loisir. C'est à en mourir, une telle vie! Il y a des jours où il a l'air triste à mourir; il m'a semblé qu'il avait besoin de l'affection et des soins d'une sœur. »

« Soit, s'il le comprenait ainsi; mais il est évident qu'il t'aime. Depuis le jour où tu l'as appelé à ton secours et où il te sauva de cet homme ivre, il semble croire qu'il doit être toujours près de toi, et c'est ce qui m'inquiète; il semble croire qu'il a le droit d'être ton protecteur. »

« Et il l'a parfaitement, » reprit Hertha en riant, « quand il s'agit de me sauver d'un homme ivre. Il est grand et fort et dans cette occasion il s'est conduit bravement. Il me semble aussi que depuis ce moment il est plus animé, plus heureux, il semble plus satisfait de lui-même. C'est une si bonne chose que d'acquérir l'estime de ceux avec qui l'on vit et d'avoir pu leur être utile. Mais ne t'inquiète pas, chère Alma, pour Rodolphe et pour moi. C'est une pauvre plante qui a crû dans les ténèbres et qui demande un peu de lumière pour se développer et se colorer. Laisse-moi être pour lui la lumière. Nous sommes presque frère et sœur, et le pauvre orphelin n'a personne au monde qui se soucie de lui. Il y a en lui une sorte de vigueur sauvage qui, heureusement développée, pourrait en faire un homme. S'il se trompait un moment sur mes sentiments pour lui, la méprise ne saurait

être longue, je ne suis ni belle ni agréable pour être dangereuse à qui que ce soit, et je le deviens de moins en moins
chaque jour. »

« Tu te trompes, Hertha, tu peux être plus dangereuse
pour celui qui te voit continuellement que beaucoup de
femmes plus belles. »

« Tu le crois, toi qui es et qui seras toujours mon seul
amour... Mais enfin j'y ferai attention, chère Alma, et je
serai circonspecte avec Rodolphe. Pauvre Rodolphe! »

« Merci. — Comme tes cheveux sont beaux! Il y a des boucles
dorées qui sont charmantes quand la lumière passe dessus
comme maintenant. »

« J'en aurai grand soin, puisque tu les aimes. »

« Oui; ils me font plaisir à voir. — Quelle heure est-il? »

« Près de minuit. »

« Je vais prendre mes gouttes d'opium, car je crois bien
que sans elles je ne dormirais pas. »

« Je vais te les donner. Qu'elles soient bénies ces gouttes
bienfaisantes qui nous font oublier la vie et ses misères. — Ce
jour a été dur pour moi. — Je veux en prendre avec toi
pour errer avec toi dans le pays des songes. Peut-être y
saurons-nous enfin pourquoi nous sommes sur la terre. Il
faut avouer qu'ici-bas la chose est peu claire. »

Hertha prit le même nombre de gouttes que sa sœur et
se coucha à côté d'elle.

« Tu ne te déshabilles pas? »

« Non. Pourquoi se déshabiller et s'habiller et passer sa
vie à tous ces riens! Je suis lasse de cette monotonie et de
ces inutilités. D'ailleurs, tu sais, j'aurai peut-être dans mes
rêves à me présenter devant Sa Majesté pour lui parler en
faveur de mes captives, et il se pourrait que je me trouvasse
peu en toilette, si je me couchais peu habillée. Comme cela
je serai prête à tout événement. »

« Allons, fais quelque beau rêve que tu nous raconteras ainsi qu'au roi. Bonsoir, laisse-moi te mieux couvrir, de cette façon. »

« Te sens-tu mieux maintenant? »

« Beaucoup mieux ; j'espère avoir une bonne nuit. »

« Dieu soit loué ! embrasse-moi. Bonne nuit, mon Alma, ma bien-aimée. Prie Dieu pour moi et pour nous tous. »

Les deux sœurs, les bras enlacés, furent bientôt profondément endormies, et c'est alors que notre héroïne fit un rêve qu'il nous reste à raconter.

LE RÊVE D'HERTHA.

Il lui sembla qu'elle était une âme nouvellement venue sur la terre. Elle reposait sur une montagne de granit comme dans un berceau ; elle se voyait elle-même comme si le corps eût été une forme transparente et éthérée ; elle voyait son âme, et dans l'âme, le cœur avec son merveilleux système d'artères à travers lesquelles passait la vie comme par de chaudes et rouges ondulations, mais au centre brûlait une flamme qui, s'élevant et s'abaissant, tantôt éclatante et tantôt visible à peine, luttait évidemment et cherchait l'espace et l'air.

C'était le matin et le soleil se levait radieux. Elle se réjouissait de cette lumière et buvait gaîment des feuilles liserées de rouge et arrondies en forme de coupes les gouttes de la rosée. Son cœur battait du désir de la vie et de la lumière, et de son petit réduit au milieu de la montagne de granit, où elle était couchée sur un lit de mousse, elle voyait

le ciel brillant au-dessus de sa tête; au loin autour d'elle
s'étendaient les montagnes et les vallées. Elle aperçut bientôt
un grand et majestueux arbre au vert feuillage qui étendait
ses branches sur toute la terre et s'élevait jusqu'au ciel; il
était chargé de fruits resplendissants, et du sommet de
l'arbre descendaient des voix qui chantaient ce vieux refrain
finnois :

«Écoute le murmure de l'arbre dans la racine duquel a
été creusée ta demeure. »

Du pied de l'arbre sortait en murmurant une source claire,
et trois femmes belles et graves puisaient de l'eau dans la
source et en arrosaient le pied de l'arbre, ce qui semblait
lui donner une nouvelle vigueur. Des cygnes nageaient en
chantant dans la claire fontaine. Hertha vit ensuite des
hommes qui allaient et venaient à l'ombre de l'arbre et
cueillaient ses fruits, puis revenaient apportant en triomphe
de belles et nobles créations qu'ils disaient être leur ouvrage.
Sous leurs mains en effet naissaient des ouvrages d'art
aux formes ravissantes, des monuments majestueux, et ils
se réjouissaient et revenaient toujours puiser de nouvelles
forces dans les fruits de l'arbre magnifique.

Alors elle demanda : «Qui sont ceux-ci?»

Et une voix lui répondit : « Ce sont les adorateurs des
sciences et des arts, et tous ceux qui, à l'ombre de l'arbre
de la vie et de la liberté, se dévouent aux œuvres qui élèvent
et ennoblissent le cœur de l'homme. » Parmi eux beaucoup
semblaient rendre particulièrement hommage à la femme;
ils copiaient de mille manières la beauté de ses formes et
composaient des livres et des chants en son honneur, disant
qu'elle embellissait le monde et lui donnait le bonheur.

Elle sentit alors la flamme brûler plus vive dans son cœur
et elle pensa : « Que je voudrais être un de ceux qui tra-
vaillent à l'ombre de ce bel arbre, qui se nourrissent de

6

ses fruits et qui réjouissent le cœur des autres hommes!»

Et pendant qu'elle songeait ainsi, au-dessus d'elle elle vit se pencher, avec un paternel amour, une figure d'une majesté infinie :

« Père, dit-elle, permets que je travaille et me réjouisse avec ceux-ci, mes frères. »

« Va, ma fille » répondit la glorieuse et douce apparition.

Elle s'élança alors joyeusement de son berceau vers l'arbre, mais il était plus loin qu'elle ne croyait, et sur la route elle rencontra beaucoup d'obstacles; elle les franchit, guidée par le bruit des eaux de la fontaine; cependant quand elle fut tout près, elle s'aperçut que l'arbre était entouré de murs qui empêchaient de l'approcher. Il y avait plusieurs portes sur lesquelles étaient écrits des noms d'Académies et d'Écoles; de loin ces portes semblaient ouvertes, mais dès qu'elle en approchait pour entrer, elle les trouvait fermées. Elle frappa et demanda qu'on lui ouvrît; les gardiens répondirent :

« Nous ne pouvons laisser entrer et sortir librement que les hommes; nous n'avons point de place pour les femmes; elles n'ont rien à faire ici. »

Hertha répondit avec humilité : «Je puis apprendre aussi bien que mes frères ce qui est beau et noble. Je ne demande qu'à travailler et étudier patiemment, afin de pouvoir contribuer au bonheur de mes semblables. Laissez-moi donc cueillir, moi aussi, les fruits de l'arbre de vie. »

On lui répondit durement : «Passez, ces fruits-là ne sont pas faits pour être cueillis par vous; retournez à votre cellule; apprenez à faire la cuisine et à filer; voilà ce qui convient à vous et à vos pareilles. »

Alors elle entendit des voix à l'intérieur qui disaient : « Laissez entrer la jeune femme afin qu'elle mange, elle aussi, des fruits de l'arbre.» Mais d'autres voix s'y opposaient.

Il y eut une lutte à la porte; ceux qui voulaient l'ouvrir furent les plus faibles, et elle resta fermée.

Hertha continua à errer autour du mur, cherchant une porte par où elle pût entrer, mais de toutes elle fut repoussée avec mépris ou dureté.

A travers une grille elle revit la fontaine et aperçut les les célestes femmes qui l'entouraient :

« Oh! donnez-moi, leur dit-elle, une goutte d'eau pour me rafraîchir; je meurs de soif! »

Elles la regardèrent avec une profonde compassion et dirent : « cela nous est défendu; » et la plus âgée des Nornes ajouta :

« Une sentence a été prononcée dans le verdoyant *Manheim*[1], une vieille malédiction sur ton sexe, ô Hertha! »

« Et jusqu'à ce qu'elle soit levée, tu ne boiras pas de la « fontaine d'Urda, de la fontaine de la vie. »

Une autre Norne au regard sévère dit :

« Elle n'est pas faite pour les faibles, elle n'est faite que « pour ceux au courage héroïque, pour ceux qui sont forts « par la volonté, pour ceux qui combattent vaillamment. »

Mais la plus jeune des Nornes, lançant à Hertha un regard de flamme, dit :

« Bienheureux ceux qui savent voir, qui combattent avec « espoir et confiance! ils seront les bien-venus; ils gagne- « ront la victoire. »

Mais Hertha ne comprit pas les paroles des Nornes; elle comprit seulement qu'elle n'était pas digne de boire l'eau de la fontaine vivifiante, et qu'on l'avait repoussée. Silencieuse et tout en larmes, elle retourna vers sa cellule dans la montagne.

---

1 Nom de la Terre ou de la Scandinavie dans l'ancienne mythologie scandinave.

Elle la retrouva telle qu'elle l'avait quittée. Les petites feuilles se penchaient toujours affectueusement autour de son berceau, étincelantes et lui offrant la rosée, cette pluie de la bonté du ciel.

« Je resterai donc au milieu de vous, dit-elle aux fleurs en humectant ses lèvres avec un sentiment de reconnaissance, et je me réjouirai avec vous des trésors de lumière et de beauté que le soleil prodigue aux autres. J'essaierai d'être comme la plus humble d'entre vous et de ne rien souhaiter davantage au monde. »

Mais alors le ciel s'assombrit, la verdure se fana, les feuilles tombèrent, toute parure s'effaça et la terre se couvrit de tristes frimas. Hertha se sentit pénétrée par le froid ; ses membres s'engourdissaient ; toutefois, la flamme intérieure brûlait toujours plus vive en son cœur et semblait chercher plus ardemment la lumière et la vie. Au milieu de cette froide atmosphère, elle vit plus clairement en elle-même et comprit quelle puissante vie l'animait. Elle regarda autour d'elle la montagne de granit et par une vue intime elle aperçut des milliers de femmes que son âme appelait sœurs et qui, enfermées dans d'étroites cellules comme la sienne, filaient, mais d'un travail qui semblait sans but et sans fin, car l'étoupe ne diminuait pas sur leurs fuseaux. Les fileuses regardaient vaguement dans l'espace et chantaient sur un air triste et monotone :

« Filons, mes sœurs, filons tout le long du jour en répé-
« tant le même, toujours le même chant. Les journées sont
« pesantes, la prison est obscure, mais nous savons du
« moins que bientôt il viendra, l'ami, le consolateur de notre
« misère, notre fiancé, notre libérateur, — le trépas ! »

Et tandis qu'Hertha sentait une profonde sympathie pour ces âmes captives, elle vit des hommes qu'on appelait des législateurs et qui veillaient pour empêcher ces captives d'échapper.

« Qu'ont fait ces femmes, demanda amèrement Hertha, qu'avons-nous fait toutes pour être traitées ainsi ? »

Puis elle resta en silence, son cœur brûlant au milieu d'un monde indifférent et glacé ; elle attendait la réponse, mais la réponse ne vint pas. Et elle se vit elle-même, — c'était le mieux à faire — s'asseoir comme les autres, et comme les autres tourner son rouet en chantant :

« Filons, mes sœurs, filons tout le long du jour en répé-
« tant le même, toujours le même chant.... »

Et elle se prit à penser que plutôt que de vivre ainsi, il eût mieux valu n'être jamais née.

Mais bientôt son âme impatiente se souleva. Elle se rappela les dernières paroles de la Norne près de la fontaine d'Urda : que les eaux divines « étaient seulement pour les cœurs hé-roïques qui combattaient avec énergie ! » Et à ce souvenir elle sentit en elle croître une ferme volonté d'achever sa dé-livrance et celle de ses sœurs captives. Elle jeta loin d'elle quenouille et fuseau, et s'écria : « Je combattrai énergique-ment ! »

Alors la flamme s'éleva dans son cœur ; elle fut soulevée de terre, et se vit flottant dans l'espace, bien loin au-dessus de la tête des législateurs terrestres ; remplie de joie et d'es-poir, elle pensa : « La malédiction prononcée sur moi et mes sœurs peut être effacée et nous pourrons réclamer notre place parmi les créatures libres ! »

Elle se tourna involontairement vers l'Est, vers la région où elle avait vu se lever le soleil et, comme portée sur d'in-visibles ailes, elle traversa rapidement l'espace. Bientôt elle se sentit soudainement arrêtée dans sa course, et une voix rude s'écria :

« Arrêtez ! Qui êtes-vous ? »

« Une âme, répondit Hertha, une âme qui cherche la vie, la liberté et le bonheur pour elle et ses sœurs. »

«Une âme? répéta la voix, une âme? et vous êtes femme? Retirez-vous. Dans ce pays-ci les femmes n'ont pas d'âme. Elles ne sont pas comptées dans le dénombrement de la population. On n'entre pas. Par le flanc gauche, marche!»

«Qui êtes-vous, demanda Hertha, et de quel droit me parler ainsi?»

De quel droit? tonna la voix. Je suis le Grand Ukase Impérial et je suis à mon poste pour arrêter tous les objets de contrebande.»

«Mais je ne suis pas objet de contrebande, je suis seulement une âme qui....»

«Pas un mot, ou je vous envoie en Sibérie. Une âme de femme qui cherche la liberté! En voilà de la contrebande, et de la plus dangereuse!»

«Laissez-moi traverser seulement votre pays sans m'y arrêter, ô Grand Ukase! Je voudrais aller un peu plus loin vers l'Orient, là où le soleil se lève.»

Le Grand Ukase s'adoucit un peu : «Je ne puis vous permettre de traverser mon pays; mais je vais vous faire voir, justement à l'Orient, quelque chose qui pourra vous guérir de votre fanatisme de liberté.»

Et il lui permit de regarder à travers un grand télescope; la vue s'étendait jusqu'à la Chine où non-seulement les âmes mais les pieds même des femmes sont emprisonnés; et partout sur la face de la terre vers le côté où le soleil se lève, Hertha vit les femmes captives et méprisées; excepté lorsque, parvenant à briser leurs chaînes, elles se faisaient craindre comme des puissances despotiques et vengeresses.»

«Qu'ont-elles fait pour être traitées ainsi?» demanda Hertha.

«De quoi se plaindraient-elles? reprit le Grand Ukase, elles sont traitées comme elles doivent l'être. Dans ma sainte patrie c'est encore beaucoup mieux. N'étant point considérées comme des âmes, elles ne paient point le tribut; on leur accorde la quatorzième partie de l'héritage de leurs parents, de sorte qu'elles peuvent acheter de beaux vêtements et s'amuser comme elles veulent, pourvu qu'elles soient obéissantes et n'usent point mal de leur liberté. — Mais au fait, ma fille, écoute ici. Tu es jolie et tu me plais; reste avec nous, tu seras l'esclave d'un riche boyard; crois-moi, tu seras fort heureuse. »

Et le Grand Ukase la saisit par le bras; mais fière et indignée, Hertha s'échappa et, lui lançant un regard de mépris, elle s'enfuit vers le Nord, car vers les bords des mers glacées elle croyait entendre des chants de fête.

Là, vers l'extrême Nord, elle trouva un peuple nomade et encore sauvage, errant à travers les vastes plaines et les forêts glacées. Ils célébraient une fête pour un mariage; les hommes, dans un état évident d'ivresse, se battaient en chancelant, et bientôt tombaient sur la terre glacée et y restaient endormis. Dans la hutte les femmes entouraient la fiancée et avec de grands éclats de joie lui donnaient à boire et buvaient elles-mêmes.

« Êtes-vous heureuses, leur demanda Hertha, et avez-vous la liberté? »

La liberté? reprirent-elles, que signifie ce mot? Heureuse celle qui meurt la troisième nuit de sa naissance. Nous sommes nées pour l'esclavage. »

Le vent du Nord s'éleva; la scène des noces s'évanouit dans un tourbillon de neige; puis parut l'aurore boréale, dansant la danse des torches autour du Pôle arctique, et à cette lumière plus éclatante que le jour Hertha vit un peuple errant, hommes et femmes vêtus de peaux de bêtes, chassant devant eux leurs troupeaux de rennes et de chiens; mais dans ces hordes sauvages la femme était toujours la servante de l'homme et ne devenait son égale que dans les heures d'orgie ou de querelle; quelquefois cependant des

femmes étaient appelées sorcières et alors on les craignait,
on leur obéissait, parce que leur pouvoir était grand pour
le mal et pour la vengeance, et que leur regard qu'on appelait le *mauvais œil* jetait une malédiction sur les hommes et
sur les animaux.

Hertha s'éloigna avec horreur de ces régions et de leurs
habitants, et se sentit emportée vers le Sud.

Le ciel était plus pur, la terre se couvrait de fleurs et de
fruits, l'air était suave comme la suave bonté elle-même,
les sources jaillissaient, des sons mélodieux remplissaient
l'espace, tout semblait se réjouir de la vie. Hertha se trouvait dans un grand jardin près d'une vaste cité.

«Oh! pensa-t-elle, ici toute créature humaine doit être
libre, bonne, heureuse; ici moi et mes sœurs captives nous
trouverons la liberté.»

Mais à peine achevait-elle ces mots que des hommes
graves à l'air solennel s'approchèrent d'elle et lui dirent :

«Qui parle ici de liberté? Que faites-vous ici? Cette personne est suspecte!»

Elle répondit : «Je cherche la liberté pour moi et pour les
autres femmes.»

Les graves personnages se regardèrent et sourirent comme
pour dire : « Elle est folle.» Puis ils lui demandèrent :

«Êtes-vous riche?»

«Non, mon cœur et ma volonté sont mes seuls trésors. »

« Alors vous êtes une folle. Mariez-vous si vous pouvez,
ou entrez dans un couvent. »

«Non, répondit Hertha; je veux vivre et travailler librement
et innocemment pour approcher du but qui m'a été assigné.»

«La liberté, reprirent-ils, n'est jamais innocente, encore
moins le serait-elle chez les femmes. Il y a une vieille sentence portée contre votre sexe. En tous cas vous êtes une
personne dangereuse, car vous parlez de liberté, et vous

venez d'un pays où la liberté a poussé depuis longtemps, dit-on, de profondes racines : on dit que chez vous les femmes ont plus d'une fois combattu pour les libertés de leur patrie. Il serait fort dangereux de vous laisser libre ici.

« Hélas ! pensa Hertha, ils ne savent pas combien les femmes sont peu libres dans mon pays !» Elle ne dit rien toutefois, afin ne pas jeter un blâme sur les lois de sa patrie.

Alors elle entendit autour d'elle de grand cris : « Enfermez-la dans un couvent, dans une prison ! C'est une folle ! C'est une rêveuse de liberté ! »

Et elle vit qu'on l'entraînait vers un sombre bâtiment qui avait de petites fenêtres grillées ; la colère et la crainte lui donnèrent des forces et elle s'échappa des mains de ceux qui la retenaient. La flamme brillait plus vive en son cœur et l'emportait au loin. Enfin elle s'arrêta et, regardant autour d'elle, elle vit qu'elle était près d'une grande ville dont elle apercevait les toits et la fumée.

Fatiguée, elle s'assit sur une pierre et se sentit si solitaire, si abandonnée, si accablée de la dureté des hommes et de la malédiction qui pesait sur son sexe qu'elle se mit à pleurer amèrement.

Un brillant nuage s'éleva au-desssus de la ville et vint s'abaisser près d'elle ; il ressemblait à une gaze légère toute pailletée d'or, et de belles jeunes filles, les yeux brillants de joie, en sortirent. Elles portaient de légers vêtements et des guirlandes de fleurs sur leurs têtes. Elles s'approchèrent et lui dirent : « Pourquoi pleurez-vous ? »

Hertha répondit : « Parce qu'il y a une malédiction sur notre sexe et que nous sommes bannies des libres travaux et du bonheur. »

Les jeunes filles rirent et dirent : « Quelle malédiction ? pourquoi vous inquiétez-vous de ce que disent les gens tristes ? Soyez gaie et joyeuse et vous serez libre. Vous êtes trop belle et trop jeune pour pleurer. Venez avec nous et faites comme nous; vous serez des nôtres. »

« Et que faites-vous et qui êtes-vous?» dit Hertha à demi attirée par l'apparence et les paroles des jeunes filles, mais retenue et presque effrayée par quelque chose de singulier qu'elle remarquait en elles sans pouvoir le définir.

Les jeunes filles rirent en se regardant et dirent : «On nous appelle les filles du plaisir, parce que nous vivons pour le plaisir seul. Nous nous jouons du cœur des hommes et nous les gouvernons. S'ils sont cruels, nous nous vengeons, et quand nous les avons pris une fois dans nos filets, ils ne nous échappent plus. Nous rions de ceux qui se croient nos maîtres.»

« Et quel est votre but? dit Hertha, pourquoi vivez-vous?»

Les jeunes filles répondirent : « Nous vivons pour le présent; nous ne demandons qu'à jouir du jour qui passe. Nous sommes les plus libres créatures du monde. Nous vivons librement aux dépens des autres en tous pays. Nous ne suivons d'autres lois que nos fantaisies; nous ne connaissons point de devoirs. Les liens du mariage n'en sont pas pour nous, nous les rompons à notre gré.

«Qui donc veille sur vos petits enfants?» dit Hertha surprise.

«Qu'en savons-nous? La charité s'en occupe. Nous n'avons pas le temps de nous en inquiéter. Nous voulons être des femmes libres.

« Oh! dit Hertha, votre liberté n'est pas celle après laquelle je soupire. Votre liberté est une erreur. Vous vous croyez libres; vous êtes esclaves ! . . . .

«Nous esclaves? interrompirent en riant les jeunes filles, venez, nous vous montrerons nos liens.» Et elles attiraient Hertha dans leur danse rapide. En vain les priait-elle de s'arrêter et de la laisser aller; elles l'entraînaient tournant

toujours plus rapidement et le vertige s'emparait d'elle, et
il lui semblait que ses sens l'abandonnaient; mais les folles
créatures dansaient toujours, s'enivraient et disaient :
« Ainsi, ainsi jusqu'à la fin de la vie, ainsi jusque dans
l'éternité ! »

« Oh! c'est horrible, s'écria Hertha, se délivrant enfin de
leurs enlacements. Éloignez-vous, éloignez-vous! Je ne veux
aucune part à votre liberté!»

Les filles du plaisir rirent cette fois avec dédain; le nuage
étincelant les enveloppa de nouveau et, comme soutenues
par des milliers de papillons, elles s'éloignèrent vers la
grande cité. Hertha entendit longtemps les éclats de leurs
voix joyeuses. «Elles se trouvent libres et heureuses, dit-elle
tristement, et moi....» La flamme brûlait toujours dans son
cœur; elle sentit qu'elle n'était pas née pour un bonheur
semblable.

« J'irai, pensa-t-elle, vers les savants et vers les sages
de la terre; je leur demanderai comment écarter la malédiction qui pèse sur moi, sur mes sœurs, même sur ces
créatures légères qui étaient là tout à l'heure. Oh! si je puis
le savoir, je travaillerai vers ce but chaque jour et chaque
heure de ma vie.» Et, soulevée encore par sa flamme intérieure, elle arriva dans un pays et chez un peuple où se
trouvent les plus grands savants et les plus profonds pen-
seurs du monde. En ce pays on parle allemand.

Un grand congrès de savants était réuni; les membres
étaient divisés en trois chambres, chacune ayant à s'occuper
d'un grand objet scientifique. Dans la première chambre on
discutait sur la barbe de Thersite. Les savants interprétaient
de diverses manières les paroles d'Homère sur ce sujet;
ils étaient au milieu d'une chaude dispute et si animés qu'ils
allaient presque en venir aux mains. C'est alors qu'Hertha
fit demander audience :

« Que demande-t-on ? » dirent les savants.

« C'est un être humain qui cherche l'émancipation d'une portion opprimée de l'humanité. »

« Qu'est-ce que cela ? dirent les savants en secouant la tête, en quoi cette question nous regarde-t-elle ? Comment ose-t-on venir troubler pour des choses aussi vulgaires une assemblée occupée de la barbe de Thersite ! C'est le comble de l'audace ! qu'on renvoie cet être humain : il n'a rien à faire ici. »

Ainsi renvoyée, Hertha alla frapper à la seconde chambre.

On y était en ce moment profondément occupé de la queue d'une nouvelle espèce de rats, et si absorbé dans cette nouvelle découverte qu'on répondit impatiemment à Hertha « qu'on n'avait pas le temps de s'occuper des âmes et qu'elle eût à s'adresser aux législateurs et aux hommes d'État dont c'était l'affaire. »

Hertha se présenta donc à la troisième chambre où siégeaient les législateurs et les hommes d'État ; mais ils s'occupaient alors de la question d'Orient et des quatre garanties ; ils répondirent à la requête d'Hertha qu'ils étaient occupés d'une question d'un intérêt vital pour le monde et n'avaient pas le temps de se mêler d'affaires de femmes. Et ils la renvoyèrent à l'assemblée des dames.

« Oui, pensa Hertha, j'irai aux nobles et intelligentes femmes de ce pays, peut-être me comprendront-elles mieux. »

Elle arriva dans une grande assemblée de vénérables matrones. Elles étaient toutes assises et tricotaient des bas.

« Oh ! mères, leur dit-elle, aidez-moi pour l'amour de vos filles à écarter la malédiction qui pèse sur notre sexe et qui nous empêche d'atteindre à la perfection de notre être et au grand but pour lequel nous avons été créées.

« Qu'est-ce que vous dites-là ? répondirent les matrones ;

nous avons nos ménages, nos maris et nos enfants à soigner, nos filles apprennent les langues étrangères, la musique et la broderie et à s'occuper du ménage. Nous avons
bien assez à faire; ne venez pas nous ennuyer de vos bil-
levésées. »

« N'y a-t-il donc personne dans le monde, s'écria Hertha
étonnée, qui puisse me comprendre? »

« Allez en France, répliquèrent les matrones. Les Français sont les gens les plus polis du monde; en outre ils
aiment les révolutions. Essayez là. Mais vous feriez mieux
de retourner chez vous, de tricoter vos bas et dans vos
loisirs d'aller à l'église entendre un sermon. »

Hertha, avec la rapidité de la pensée, se rendit à Paris;
elle y trouva un tel bruit et un tel mouvement, qu'elle
en fut toute bouleversée. C'était le moment de la grande
exposition universelle, et tout le monde s'y précipitait.

De tous ces hommes réunis, une partie chantaient et se
demandaient ce qu'ils boiraient, ce qu'ils mangeraient, et
comment ils pourraient le mieux se divertir. Les autres
étaient assemblés en conseil pour chercher des moyens de
guerre et de destruction, et distribuer des récompenses à
ceux qui en inventeraient de nouveaux. Ils allaient justement
récompenser un homme qui avait trouvé un genre de bombes
explosives dont une seule devait aveugler un régiment tout
entier; on était dans l'enthousiasme de cette découverte et
on voulait frapper une médaille pour que l'auteur en devînt
immortel. Cette assemblée proposa à Hertha de la faire citoyenne française si elle voulait contribuer pour la médaille.
Mais quand elle eut exposé ce qui lui tenait au cœur, on lui
répondit en souriant qu'on n'avait pas le temps de s'occuper
de pareilles choses, et on la salua gracieusement, en protestant que les dames gouvernaient le monde, qu'elles étaient
toutes puissantes par leurs charmes, et tout à coup elle en-

tendit de grands hurras pour la reine d'Angleterre, qui entrait alors à Paris, et tous les Français portèrent un toast
fraternel à leurs bons amis les Anglais.

Hertha se rappela alors qu'elle avait toujours entendu
parler de l'Angleterre comme du vrai pays de la liberté et
de l'humanité; elle alla donc en Angleterre. Là, son esprit
se sentit fortifié par un souffle puissant et elle vit l'arbre de
la liberté pousser de plus vigoureuses racines et produire
de plus beaux fruits qu'en aucun lieu de la terre.

Le grand John Bull, assis au milieu d'une foule d'ouvriers,
distribuait ses ordres et le travail, feuilletant toutefois de
temps à autre un dictionnaire français et répétant des phrases
de français, parce qu'il était devenu très-ami de l'Empe-
reur son voisin.

Hertha dit à John Bull : « Mon bon Monsieur, aidez-moi,
je vous prie, à délivrer mes sœurs captives et moi-même?»

Je suis charmé, répondit John Bull, car je suis un grand
champion des dames et de la liberté. Mais nous sommes
bien occupés maintenant par cette guerre d'Orient, et en
ce moment même nous fabriquons un énorme projectile qui
doit en éclatant empoisonner une ville entière. C'est d'une
grande importance. C'est un moment solennel pour l'humanité, et si vous voulez, ma bonne demoiselle, venir avec vos
sœurs nous aider à fondre des boulets, ou bien encore nous
donner des leçons de français, alors. . . .»

«Nous ne pouvons faire cela, reprit Hertha, mais aidez-
nous à reconquérir nos droits et nos libertés, et nous
vous aiderons à établir la liberté, la joie et la paix sur la
terre. »

«La paix! s'écria John Bull; je ne veux pas la paix, je
veux la guerre!»

«La guerre contre l'oppresseur est une belle et juste
chose, répondit Hertha, et il est beau de voir trois libres

nations unies dans une semblable cause; même au milieu
de la guerre nous étendrions le royaume de la paix. »

« Je n'ai pas le temps de m'occuper de vous, reprit John
Bull impatienté. Adieu, ma chère demoiselle. Si vous voulez
aller de l'autre côté de l'eau consulter mon frère Jonathan,
il a du temps à perdre et aime les entreprises hasardeuses;
ou bien encore, faites mieux, allez à Rome. Une grande
assemblée d'évêques y est maintenant réunie. Ils pourront
sans doute vous donner un bon conseil. *Adieu, madame,
comment vous portez-vous? Très-bien, je vous remercie.*[1]»

Aux souvenirs de Rome éternelle, de toutes les grandeurs
qui s'y étaient montrées et qui y restaient encore, Hertha
sentit grandir la flamme intérieure de son âme.

Elle vit la grande Rome et le grand concile qui y était
assemblé, ces innombrables prêtres avec leurs costumes
solennels et leur air grave. Hertha leur entendit prononcer
ces paroles :

« Désormais toute la chrétienté adorera la Vierge Marie
comme un être divin et surnaturel. Car le Saint-Esprit l'or-
donne ainsi par son grand prêtre Pie IX.[2]»

Et une grande fête fut ordonnée en l'honneur de la nouvelle divinité, et la joie était générale.

Hertha entendit cela avec étonnement, mais elle se réjouit
en même temps, et, saluant profondément les hommes vénérables, elle dit : «Vous avez exalté une femme terrestre
au-dessus des vivants et des morts. Vous êtes certainement

1. Les mots en italique sont en français dans le texte.
2. Que l'auteur nous permette de rétablir ici le texte du décret du
Pape, qui dit tout autre chose, elle en conviendra :
« Qu'il est dogme de foi que la bienheureuse Vierge Marie, dès le
premier instant de sa conception, par singulier privilége et grâce de
Dieu, par les mérites de Jésus-Christ, sauveur du genre humain, fut
préservée, exempte de toute tache du péché originel. »

disposés à aider ses sœurs, les femmes qui sont maintenant sur la terre, à acquérir leurs droits temporels et éternels, des droits égaux à ceux des hommes, pour ce qui est de la liberté, du travail et du bonheur. »

« Attendez un peu, répondirent les prêtres ; ceci est autre chose. Voyons ce qui est écrit. » Et ils se mirent à tourner les feuilles de leurs bibles ouvertes devant eux, jusqu'à ce qu'ayant trouvé ce passage, ils le lurent à haute voix : La femme sera soumise à son mari et il sera son maître. »

Le feu intérieur qui brûlait dans Hertha l'inspira et elle répondit : « Vous ne dites pas *toute* la vérité ; vous parlez seulement d'après l'Ancien Testament. Mais je sais qu'il y en a un Nouveau, où il est dit que la femme a été affranchie et que l'homme et la femme seront tous deux également libres dans le Christ. Je sais encore qu'il est dit que pour ceux qui auront été dignes de la résurrection, il n'y aura plus ni mariage, ni époux, ni épouses, parce que tous seront comme des anges et enfants de Dieu. Et chaque jour ne demandons-nous pas à Dieu : Que votre volonté soit faite sur la terre comme au ciel. Princes de l'Église et serviteurs du Christ, pourquoi ne me dites-vous pas *toute* la vérité ? »

Alors un des évêques, un homme libre d'esprit se leva et dit : « Cette jeune femme a raison ; nous avons été injustes pour la femme. Celle que le Christ a appelée sa mère et sa sœur, avec laquelle il a conversé familièrement, et à laquelle il s'est révélé après sa résurrection, celle-là en vérité est devenue libre alors. Sa volonté ne doit être soumise à celle d'aucun autre que le Tout-Puissant, et elle doit être libre d'aller où Dieu l'appelle. Faisons des lois plus justes à son égard que celles qui gouvernent maintenant le monde, afin d'avancer le royaume de Dieu sur la terre. »

Mais à ces mots les autres évêques entrèrent dans un grand courroux contre celui qui les avait prononcés ; ils l'appelèrent un protestant caché, un chercheur de nouveautés, un visionnaire. Hertha demanda à dire un mot, mais une voix forte sortit de l'assemblée et dit : « Que la femme garde le silence dans les églises ; » et les évêques, étendant leurs crosses vers Hertha, la courbèrent jusqu'à terre.

Le chagrin et une noble indignation rendirent plus vive la flamme de son cœur, et, obéissant à l'inspiration, elle prononça le grand, le saint nom du Sauveur. A ce nom, elle ne sentit plus les crosses qui pesaient sur elle ; elle le prononça encore une fois, et une main invisible la releva et la maintint debout. Elle répéta une troisième fois le nom du Sauveur et toute l'imposante assemblée s'évanouit comme dans un brouillard. Une figure pleine de majesté et de douceur lui apparut, traversant toute la terre, relevant tous ceux qui étaient courbés ou opprimés, l'esclave, la femme, le prisonnier, le pauvre ; elle passa, un rayon de lumière marquant sa trace, puis disparut à l'horizon, et le vide et la désolation reparurent.

« Oh ! pensa Hertha, c'était le Sauveur ! celui qui délivre ! Si je pouvais trouver son royaume ! Je voudrais lui obéir et le servir comme la dernière de ses servantes. » Et elle s'avança vers les régions où le Sauveur avait disparu.

Mais un chœur de voix de femmes s'éleva de la terre comme une lamentation et dit : « Tu cherches en vain son royaume sur la terre. Nulle part la Justice n'a encore préparé les voies pour la pleine révélation de l'Amour. Nulle part le genre humain n'a suivi la doctrine du Sauveur. Longtemps encore il nous faut demander : « Que ton royaume arrive. » Prie avec nous. »

Oui, je veux prier et mourir, pensa Hertha, et il lui semblait que tout espoir était mort en elle et que sa vie allait finir. Elle était fatiguée de vivre.

Mais elle se rappela sa terre natale, ses montagnes vêtues

7

de mousse, ce vieil arbre toujours vert de la liberté, le murmure de la fontaine d'Urda et les âpres chants des cygnes. Elle savait que la femme était là plus opprimée et plus dépendante que dans aucun autre pays chrétien, mais enfin c'était sa patrie; un irrésistible désir de la revoir la saisit et l'y transporta.

Elle revit ces montagnes, avec leurs tapis de mousse et de primevères, et entendit au loin le bruissement des branches de l'arbre du monde d'où sortait encore une voix qui murmurait :

> « Écoute le murmure des bois
> Au pied desquels est fixée ta demeure. »

Et au pied de l'arbre, mais hélas! bien loin d'elle, elle aperçut les grandes et sévères Nornes assises près de la fontaine d'Urda, et elle entendit leurs voix, se mêlant au murmure du feuillage, chanter :

> « Elle est réservée aux cœurs héroïques, la liberté, aux voyants, à ceux qui ont bravement combattu. Ne demande rien aux hommes, écoute la voix intérieure, veille et attends. Seulement rends-toi digne et persiste dans ta volonté. L'heure viendra. Qui *a vu* vaincra. »

Comme le vent de la montagne, ces chants donnaient de la force à celui qui les entendait; mais le sens en était caché à Hertha, et ils semblaient s'adresser à d'autres qu'à elle.

Elle se retrouvait dans son petit berceau sur la montagne de granit, et elle entendait autour d'elle les chants monotones des fileuses. Les feuilles lui offraient encore leurs gouttes de rosée: elle retrouvait toute chose comme naguère; elle seule était changée, car elle avait perdu la fraîcheur de la jeunesse et ses heureuses espérances. Assise en silence, elle ne souhaitait plus que la mort. Les jours, les semaines, les mois, les années passèrent; mais la mort ne vint pas.

Les nuages sombres s'amoncelaient au-dessus de sa tête et la montagne de granit l'enfermait comme une prison. Ses membres étaient engourdis, mais le feu de son cœur ne s'éteignait pas; il brûlait constamment et sans se consumer. Quelquefois elle était fortifiée par les paroles de la Norne, qui semblaient lui arriver à travers les espaces infinis. Quelquefois elle sentait son cœur mourir sous le poids de cette existence monotone, et elle ne pouvait s'empêcher de dire en soupirant : «Que me veux-tu encore, flamme de la vie? Tu as des moments brillants, mais le plus souvent tu me brûles et me tortures en me montrant les ténèbres qui m'environnent. Meurs, pauvre étincelle, meurs, et que tout rentre dans la nuit et dans le silence pour jamais! »

«Non, vis! et jouis avec nous de la vie!» répondirent des voix; et Hertha revit le brillant nuage des jeunes filles couronnées de roses.

«Tu vois,» dirent-elles, «nous sommes toujours près de toi. Nous sommes de tous les pays, partout libres, partout heureuses, sois des nôtres. »

«Arrière!» répondit Hertha, «arrière! vous mentez! Vos joues sont fardées et vos fleurs artificielles, je vois sur votre gaîté une continuelle inquiétude. Pauvres sœurs, vous avez peur de la vieillesse et de la mort. .... moi je n'en ai pas peur. Je sens quelque chose de grand dans mes souffrances et dans mes désirs que je ne vois point en vous. J'aime mieux mourir malheureuse que de vivre de votre bonheur. Je pleure, vous souriez, et cependant, pauvres sœurs, c'est moi qui vous plains!»

Alors le groupe brillant se sépara; d'un côté continuèrent les rires moqueurs, mais de l'autre des voix plaintives disaient :

«Il fut un temps où nous étions comme toi. Nous demandions aussi la lumière et la liberté; mais la société nous

ferma tous les sentiers qui conduisent à la lumière et à la
vie. Nous avons couru après des feux follets qui nous pro-
mettaient liberté et bonheur. Nos ailes s'y sont brûlées ;
nous sommes tombées, nous le savons, et c'est la cause de
notre secrète angoisse. Qui compte nos douleurs muettes ?
Nous aurions pu être si différentes ! Maintenant il est trop
tard ! enivrons-nous et oublions, puisqu'il faut vivre ! »

Le groupe se réunit, mais au même moment une flamme
rouge s'éleva de terre ; elle saisit les gazes légères, et le brillant nuage ne fut plus qu'un monceau de cendres qu'un
vent d'orage dispersa. Hertha entendit un cri d'horreur et
d'angoisse, puis des lamentations se perdant dans l'espace,
et elle pleura sur le sort des filles du plaisir. Mais dans la
tempête elle entendit encore leurs voix qui disaient : « Pleure
sur toi-même. Tu es différente de nous, mais tu n'es pas
meilleure, et ton destin sera peut-être pire encore.»

Alors il sembla à Hertha que la flamme de son cœur
changeait de nature : elle avait jusque-là brûlé pour échauffer
et ranimer son âme ; maintenant elle la torturait. Elle-même
se voyait changée en un être affreux, répandant autour de
lui la destruction et la mort. De ses mains sortaient des
flammes qui remplissaient la maison de son père ; elle les
voyait s'élever toujours plus terribles, gagnant d'autres maisons ; les cloches sonnaient, le tambour battait, elle entendait les cris de désespoir et de terreur de la foule, et les
mots : au feu ! à l'incendie ! retentissaient à son oreille.

Une affreuse angoisse la saisit, car il lui semblait que
c'était son ouvrage. Elle se demanda, comme cela arrive
dans le sommeil, si ce n'était qu'un rêve ; elle voulut s'é-
veiller, elle lutta contre le cauchemar qui l'oppressait ; enfin
elle s'éveilla. . .

L'INCENDIE.

———

Une sinistre lueur rouge illuminait la chambre des deux sœurs, qui donnait sur la cour. Les cloches sonnaient, on entendait battre le tambour, et au milieu d'une horrible clameur de voix humaines, on distinguait les cris de : au feu! au feu! au secours! de l'eau! sauvez-nous! Hertha crut que c'était encore un rêve, une hallucination causée par les gouttes d'opium qu'elle avait prises; mais quelques gorgées d'un verre d'eau, posé à côté d'elle, qu'elle but rapidement, et les coups qui retentissaient à sa porte : « Hertha! ouvrez! vous seriez brûlée dans votre lit!» dissipèrent toutes les vapeurs du sommeil. Elle ouvrit la porte; Rodolphe entra, les regards égarés : «Venez, criait-il, «venez, je vous sauverai! »

«Aidez-moi d'abord à sauver Alma ,» dit Hertha avec calme et décision.

Rodolphe obéit. Elle prit vivement les vêtements de sa sœur, l'enveloppa dans un manteau et la conduisit, soutenue par Rodolphe, jusque dans la cour. Ils y trouvèrent la tante Pétronille et les deux enfants tremblantes, éperdues et à peine vêtues.

Hertha emmena sa tante et ses sœurs à l'extrémité de la cour, aussi loin que possible du feu, et leur dit de l'attendre là. Alors elle revint vers la maison en feu, d'un pas rapide mais assuré, pour voir ce qu'il y aurait à faire. Toute la partie supérieure de la maison brûlait déjà, et des langues de feu sortaient de toutes les fenêtres du second étage.

«Mon père!» s'écria Hertha, «où est mon père?»

«Là!» murmura Rodolphe à son oreille, et une sorte de joie féroce et insensée brillait dans son regard en désignant le second étage de la maison; «là, où le feu gagne maintenant; il ne peut échapper!»

«Malheureux! qu'avez-vous fait?» dit Hertha, une horrible idée traversant comme un éclair son esprit.

«Je vous ai délivrée et moi avec vous!» répondit Rodolphe. «Venez, je vous sauverai. Oh! je vous porterais à travers mille flammes!» Et, l'entourant de ses bras, il voulut l'entraîner; mais Hertha le repoussa avec force et avec un regard terrible lui dit : «Laissez-moi et sauvez-le, ou je ne vous reverrai jamais!»

En ce moment un horrible craquement se fit entendre. Une portion du toit tomba; une masse d'épaisse fumée et de flammes sortit du gouffre ouvert; un moment de silence et de terreur suivit. Alors on entendit un faible cri de détresse et d'agonie, comme d'un vieillard ou d'un enfant, et il sortait de cette partie de la maison dont la toiture venait de s'enfoncer.

Un autre cri y répondit de la cour, mais un grand cri plein de force et d'énergie qui semblait dire : Prenez courage! Et une jeune fille s'élança dans la maison en flammes; c'était Hertha. Rodolphe voulut la suivre ; une poutre enflammée, détachée du toit, tomba sur lui et le frappa à la tête. Il chancela, tomba et resta étendu sans connaissance.

Le vieux Falk dormait profondément, avec son trésor sous son oreiller, quand les cris : au feu! et le tumulte l'avaient éveillé. Sa chambre était déjà pleine de fumée. Aveuglé et suffoqué, son premier mouvement fut cependant de saisir sa précieuse cassette, puis, se soulevant sur son lit, il essaya de rappeler ses sens. Il appela par son nom sa fidèle servante, mais ne reçut point de réponse; avec diffi-

culté il parvint à se mettre debout et essaya de gagner la
porte qui ouvrait sur la salle à manger, mais sa tête tournait, ses jambes paralysées ne pouvaient le soutenir, il
tomba ; se traînant sur ses genoux et ses mains, et poussant
toujours devant lui la cassette, il voulut gagner la porte ; ses
membres lui refusèrent tout service. Il appela alors la
vieille servante, il appela Rodolphe ; la terreur rendait sa
voix forte et vibrante ; mais aucune voix ne répondit à la
sienne, aucune main ne vint soulever le loquet de
la porte qui restait inexorablement fermée. Et il crut entendre, se mêlant aux sourds grondements et aux craque-
ments du feu, de sauvages cris de joie et des rires ironiques.
La chaleur devenait à chaque instant plus intense, la fumée
plus suffocante. Les angoisses de la mort saisirent le cœur
du vieillard, la sueur de l'agonie coula de son front, et au
fond de son âme il entendit une voix qui disait : « Insensé,
cette nuit on te demandera ton âme ! »

Enfin dans les ténèbres qui s'épaississaient autour de lui,
il aperçut de pâles figures au regard sombre et menaçant. Il
les reconnut ; c'étaient ces êtres innocents que Dieu lui avait
confiés pour qu'il les protégeât et leur donnât le bonheur,
et qui semblaient lui demander comment il avait rempli ce
devoir.

La fumée et les flammes formaient autour de lui un cercle
qui se rétrécissait d'instant en instant ; il voyait approcher
sa dernière heure, et au delà il ne distinguait que quelque
chose de menaçant et d'informe, quelque chose d'indéfini
et de plus horrible que la plus horrible réalité, quelque
chose d'inconnu mais d'inévitable qui, à chaque moment,
s'approchait de plus en plus avec la plus terrible mort.

La terreur lui rendit un instant la force ; il se souleva,
saisit le pêne et ouvrit la porte ; mais aussitôt une fumée
brûlante se précipita par la nouvelle issue qui lui était ainsi

offerte : un horrible craquement se fit entendre ; le malheureux vieillard tomba suffoqué sur le seuil ; alors, et pour la première fois, une lamentation, une prière sortit de ses lèvres :

«Seigneur, mon Dieu! me laisserez-vous mourir ainsi? Seigneur, mon Dieu, ayez pitié de moi! au secours!»

Et, pour un instant, ses mains lâchèrent la cassette pour se joindre dans une dernière, une agonisante prière.

Un affreux craquement ébranla encore la chambre, mais la porte opposée s'ouvrit soudain et, enveloppé de flammes et de fumée, apparut, non l'Ange du Jugement, mais celui de la délivrance, la fille du vieillard, Hertha.

Il tendit vers elle ses mains tremblantes ; elle s'élança vers lui et le souleva dans ses bras ; elle ne se serait jamais crue si forte, elle ne l'avait jamais été. Elle porta son père à travers toute la salle. . . De ses mains tremblantes il avait repris le précieux coffret.

«Il est encore temps, mon père,» disait Hertha, l'encourageant et le soutenant,» n'ayez point peur, nous serons bientôt dehors.»

Les flammes semblaient vouloir arrêter les paroles sur ses lèvres et partout barrer son chemin ; son visage et ses vêtements étaient effleurés par la flamme ; elle avançait toujours.

«Courage, mon père, courage» murmurait-elle en portant son précieux fardeau à travers les flammes dévorantes avec autant de calme et de résolution que si la mort ne l'avait point menacée à chaque pas. Elle savait, elle était sûre qu'elle sauverait son père, et cependant les flammes serpentant autour d'elle semblaient la poursuivre de leurs dards. Enfin elle avait franchi la limite du feu, elle descendait rapidement le long escalier, lorsque le toit de la salle qu'elle venait de quitter, s'écroula derrière elle.

Quand elle parut sur les marches du péristyle avec son
père entre ses bras, la foule éclata en cris d'enthousiasme.
Alors, alors seulement, ses forces la trahirent, ses membres
fléchirent; mais, dévouée comme la mère qui étreint son
enfant, elle ne lâcha point son fardeau; insensible à ce qui
l'entourait, les yeux fixés sur son père, elle ne voyait plus
que lui et murmurait :

« Nous sommes sauvés, mon père! »

La foule les entourait; on les transporta plus loin du feu,
à la place où le reste de la famille était réuni. Le vieillard
reprit peu à peu l'usage de ses sens, mais encore sous
l'impression des terreurs horribles qu'il avait subies, un
tremblement nerveux continuait d'agiter tout son corps, et,
après qu'il eut, non sans émotion, pressé ses enfants sur
son cœur, il s'assit en contemplant, immobile et muet, la
destruction de sa maison.

Hertha cependant, après avoir bu un peu d'eau fraîche,
parut tout à fait remise et s'occupa à préparer des brancards
couverts de matelas et de couvertures; elle y étendit son
père avec Alma, et les fit transporter loin de la scène du
désastre. Puis toute la famille, y compris la vieille Anna qui,
s'étant endormie le soir précédent près du feu de la cuisine, au lieu de coucher dans sa chambre, près de celle de son
vieux maître, n'avait pu répondre à son appel, quitta la cour
même de la maison. Le feu avait déjà atteint plusieurs maisons
voisines et éclatait avec une violence qui défiait tout effort.
Les habitants fuyaient en toute hâte, jetant par les fenêtres
matelas, meubles, effets, dans la plus affreuse confusion.
L'incendie, la terreur, le tumulte allaient toujours croissant.

Hertha, remarquant que les flammes étaient poussées par
le vent vers le quartier Nord de la ville, composé en grande
partie de maisons construites en bois, dirigea sa fuite et
celle de sa famille dans la direction opposée; et, passant

un pont qui traversait la rivière, ils se trouvèrent dans une plaine plantée d'arbres, lieu de promenade et de plaisir pour les habitants pendant l'été, et qu'on appelait le Champ-du-Roi. Beaucoup de ceux qui étaient déjà sans maison ou qui craignaient pour la leur, suivirent leur exemple et firent bien, car ceux qui s'établirent dans des maisons ou des lieux plus voisins du sinistre eurent bientôt à quitter leurs abris pour de plus éloignés, l'incendie gagnant toujours. Le vent soufflait malheureusement avec violence ; les flammes étaient poussées au loin et s'élançaient d'une maison à l'autre, d'une rue à l'autre ; en quelques heures toutes les maisons de bois furent brûlées.

Quand on voulut songer sérieusement à arrêter l'incendie, à sauver les habitants et leurs biens, on eut un exemple du détestable système qu'ont fait adopter, en pareilles occasions, le caractère et les habitudes des Suédois, et que nous ne pouvons désigner que par les mots de désordre et de confusion. Les autorités supérieures de la ville, le magistrat du district et le bourgmestre ne purent s'entendre sur les moyens qu'il fallait employer pour éteindre le feu. Les pompes ne se trouvèrent point à portée ou furent trouvées hors d'usage. On demandait de l'eau, mais il n'en venait point. Plusieurs commandaient et personne n'obéissait ou ne pouvait même obéir, tant il régnait de confusion dans les ordres donnés. En outre la terreur était telle que beaucoup de gens perdaient complétement la tête. On voyait un homme grand et fort occupé à sauver une petite armoire d'enfant ; un autre courait à travers les rues portant un verre d'eau ; un troisième transportait hors de la ville, sur une petite voiture, les quatre fagots qu'il possédait. Une vieille dame s'enfuyait de sa maison n'emportant que son trousseau de clefs, et une jeune fille qui avait pris à peine le temps de s'habiller enlevait sa robe de bal.

Des misérables profitaient de la terreur et de la confusion pour piller et voler, et personne ne veillait à empêcher ces désordres. Beaucoup de bons citoyens cependant n'avaient point perdu leur présence d'esprit, et faisaient d'incroyables efforts pour être utiles; mais ils agissaient isolés ou par petits groupes. Toute direction, tout ensemble manquait complétement.

L'incendie, poussé par le vent, avançait dans sa carrière de destruction; avant que l'aurore eût paru, toutes les rues ouvrant dans celle où était la maison des Falk aussi bien que la grande place du marché étaient remplies de cendres brûlantes. Bientôt le marché prit feu à ses quatre coins. La nouvelle maison de ville avec sa splendide salle où devait avoir lieu ce bal costumé dont l'attente avait fait battre de joie tant de jeunes cœurs, fut atteinte par le feu. Ce furent les flammes impétueuses qui dansèrent triomphantes dans les vastes salons; dévorant toutes les tentures de soie, réduisant en cendres meubles et tapisseries et toutes ces splendeurs. Une heure après, la grande maison en face de la maison de ville brûlait aussi. C'était la maison même où la veille Dieux et Déesses causaient si gaîment. Le vieux couple aux cheveux blancs qui s'apprêtait à célébrer sa *noce d'or*, la belle hôtesse, son mari et leurs sept filles, les sept demoiselles Dufva, étaient sans abri sur la place du marché et voyaient leur belle et confortable demeure devenir la proie des flammes. Dans le cours de la matinée toutes les maisons de la place du marché prirent feu et l'incendie se précipita vers le quartier qu'habitait la classe pauvre de la population. Il atteignait le Grand-quartier, cet antre de misère, comme l'appelait Mimmi Svanberg, et une masse de misérables vieillards, de femmes en haillons, traînant leurs enfants demi-nus, se précipitaient, se heurtaient au milieu d'un pêle-mêle de paquets, de vieilles loques, de meubles brisés, d'ustensiles en morceaux, de vieilleries sans noms, le tout dans le plus horrible désordre. La confusion qui régnait parmi les travailleurs croissait toujours ; beaucoup, voyant l'impuissance de leurs efforts, y renonçaient ; d'autres étaient comme stupides et insensibles à ce qui les entourait, et aux demandes de secours on entendit souvent répondre : «Cela ne me regarde pas! tirez-vous en vous-même!» Personne ne commandait, personne n'obéissait plus. Tout ce peuple se précipitait au hasard, emportant ce qu'il pouvait sauver et laissant l'incendie et le destin maîtres de la ville.

«Le jour est venu où maître et serviteur c'est tout un ; travaille qui veut et se croise les bras qui veut;» disait un homme dont toute l'apparence prouvait qu'il avait incessamment et bravement travaillé. « Allons, pour ma part, je ne comprends pas ceux qui abandonnent l'ouvrage », et, ce disant, il se hâtait d'aller là où il croyait pouvoir être utile.

C'était le domestique du pasteur, l'honnête Jacques, qui voyait se vérifier les tristes pressentiments de sa maîtresse, mais combattait bravement contre la triste réalité.

La ville n'offrait plus qu'une mer de flammes oscillant sous le souffle du vent, et s'étendant de plus en plus. Une foule de gens sans abri, éperdus, fuyaient avec leurs enfants et les débris de leurs biens vers le Champ-du-Roi, seul endroit où il semblait que l'on pût encore trouver un refuge contre l'élément furieux.

Au milieu de cette presse et de cette confusion une vieille dame avec une masse de vêtements de toutes couleurs flottant autour d'elle, courait, cherchant et demandant de tout côté: «Avez-vous vu ma noble jeune demoiselle, l'honorable mademoiselle Krusbiörn ?»

«Elle aura pris le plus court chemin pour aller en enfer,» dit un travailleur qui n'avait pas renoncé à faire de l'esprit.

«Non; elle sera montée au ciel sur des ailes de flammes,» dit un autre.

«Vous êtes des paresseux et des menteurs!» s'écria Mme Tupplander, car c'était elle. «O ma pauvre jeune dame, où est-elle? personne ne l'a donc rencontrée?»

Deux dames étaient alors arrêtées sur le pont qui traversait la petite rivière; c'étaient la femme du pasteur, Mme Dahl, et Mimmi Svanberg.

«Oh mes pressentiments!» disait la première, «je sentais hier soir qu'un grand malheur pesait sur cette ville.»

Une main toucha légèrement l'épaule de Mme Dahl et une voix douce lui dit : «C'est horrible à voir! que pourrait-on faire? ne pourrions-nous pas secourir de quelque manière ces pauvres gens?»

La femme du pasteur se retourna et vit la jeune et charmante comtesse P...., qui vêtue d'un peignoir, des souliers de soie aux pieds et un châle sur la tête, avait quitté précipitamment la maison qu'elle et son mari habitaient passagèrement pour se diriger vers l'incendie. «Oh! certainement il y a quelque chose à faire,» dit Mimmi Svanberg vivement, «au moins pour moi qui suis forte et robuste. Mais la comtesse et vous, Mme Dahl, vous ne devriez pas rester ici au risque de vous rendre malades. Il faut retourner chez vous et préparer du café et de la soupe pour tous ces pauvres gens; car j'imagine qu'ils en auront bientôt grand besoin. Pour moi, j'ai ordonné à Louise de faire chauffer le grand pot au café et j'ai laissé mon père occupé à moudre.»

«Ah! bon Dieu! n'avez-vous pas vu ma noble jeune demoiselle!» s'écriait une voix désespérée, et les trois dames apercevaient Mme Tupplander aussi singulière par son costume que par son air de désespoir : «Où peut-elle être?»

«Où était-elle la dernière fois que vous l'avez vue, chère Mme Tupplander?» dit Mimmi Svanberg.

« Dans l'office aux conserves, » reprit Mme Tupplander, « parce que, bien que le feu n'eût pas encore atteint ma maison, il pouvait y arriver d'un moment à l'autre, et j'avais résolu de mettre le plus de choses possible en lieu sûr. Mais justement lorsque je croyais tout en sûreté et que je comptais sur mademoiselle Krusbiörn pour veiller sur tout ce que j'avais sauvé, il n'a point été possible de la retrouver, et personne ne peut dire où elle est! — Mais la dernière fois que je l'ai vue elle était dans l'office aux conserves. »

« Alors elle se retrouvera, » reprit Mimmi d'un ton consolant, « parce que, si elle a une fois échappé au feu, elle n'y retournera certainement pas. »

« Qui sait ? Ce feu fait perdre la tête aux gens. Oh! ma pauvre Krusbiörn! ma pauvre jeune demoiselle! »

« Je vais donner des ordres pour faire de la soupe, » dit la femme du pasteur, « c'est une bonne idée; justement nous avons tué un bœuf ces jours-ci. »

« Je vais faire faire aussi de la soupe et du café, » dit la jeune comtesse. « Mais ne pourrions-nous d'abord aider ces pauvres gens à sauver ce qu'ils pourront? Voyez : voici deux jeunes filles qui portent un lit et qui plient sous le faix. Il y a certainement dedans une personne malade. Il faut les aider. »

Sur le lit était étendue une pauvre vieille habitante du Grand-quartier. Elle était toute percluse de rhumatismes. Lorsqu'elle entendit le tumulte et vit les flammes s'élancer à travers les crevasses des murs : « Je serai brûlée ici dans mon lit, » se dit-elle, « qui penserait à moi, pauvre malheureuse ? »

Mais deux très-jeunes filles, deux mendiantes, comme on les appelait parce que leurs vêtements étaient en lambeaux et que, faute d'un costume plus propre, elles ne pouvaient trouver d'ouvrage, pensèrent à la pauvre vieille femme et se dirent l'une à l'autre : « Si nous sauvions cette pauvre créature! »

Elles s'élancèrent dans la misérable chambre et emportèrent le lit avec la vieille femme couchée dedans à travers les rues en feu dans la direction du Champ-du-Roi ; mais le lit était pesant, et elles succombaient sous leur fardeau quand la comtesse et Mimmi les aperçurent et leur vinrent en aide. Grâce à ce secours, la vieille femme fut bientôt en sûreté dans le Champ. La comtesse ôta son châle pour la défendre de l'air glacé, et, en dépit de toutes ses protestations, elle fut chaudement enveloppée dans le jupon de laine que Mimmi portait sous son manteau. Puis la comtesse et Mimmi se hâtèrent pour aider d'autres malheureux pesamment chargés aussi.

Le fléau s'accroissait toujours, animé par un vent furieux. C'était un terrible et triste spectacle. Cependant Mimmi ne put retenir un sourire en voyant madame Tupplander dans un costume de plus en plus désordonné, cherchant dans la foule des fugitifs et demandant incessamment : « Ma noble jeune demoiselle! quelqu'un l'a-t-il vue? » et de temps à autre elle criait d'une voix perçante : « Mademoiselle Krusbiörn ! » Mais aucune voix ne répondait.

La comtesse et Mimmi avaient trouvé une active coopératrice à leurs charitables travaux. Hertha n'avait pas plus tôt vu sa famille en sûreté, réunie à l'abri d'un grand chêne, qu'elle s'était mise à chercher comment elle pourrait être utile à ses compagnons d'infortune.

Il était midi et aucune barrière n'était encore imposée à l'élément destructeur qui semblait devoir étendre ses ravages sur toute la ville.

A deux lieues de là, cinquante hommes travaillaient en ce moment au nouveau chemin de fer sous le commandement du lieutenant Yngve Nordin.

«Le feu est à Kungsköping,» dit-il à ses ouvriers. «On doit avoir besoin de secours. Je vois une épaisse fumée de ce côté depuis le lever du soleil et qui semble plutôt augmenter que diminuer. J'y vais, et si parmi vous, mes braves, il y en a quelques-uns qui veuillent me suivre, ils seront les bien-venus. Je voudrais pouvoir leur dire que leur journée de tra-vail leur sera payée néanmoins; mais je ne le puis; il est plus que probable qu'ils n'auront rien pour leurs peines. »

Les cinquante hommes quittèrent à l'instant leur ouvrage et, sans hésiter, se disposèrent à accompagner leur bien-aimé chef.

En deux heures environ ils furent sur le lieu du sinistre. Nordin et deux de ses amis firent à la hâte un plan pour arrêter les progrès du feu. Et les cinquante hommes tra-vaillant vigoureusement et avec une parfaite union sous les ordres d'un chef intelligent, changèrent bientôt la face des choses. L'incendie perdit de son ardeur et ses progrès sem-blèrent arrêtés. Néanmoins ce résultat ne fut pas obtenu sans des difficultés imprévues, venant en partie du manque d'eau, en partie du peu d'entente avec les autorités de la ville.

Par exemple quelques jeunes manœuvres sous les ordres de Nordin avaient réussi à étendre une toile à voile sur le toit d'une maison, située au coin d'une rue étroite et juste en face d'une maison tout en flammes. Ils se regardaient comme parfaitement sûrs de sauver cette maison et toutes celles adjacentes; assis sur le toit, ils versaient des torrents d'eau sur la toile étendue, quand vint ordre des magistrats d'ôter de là cette voile pour la placer sur une autre maison qui brûlait déjà. Les jeunes ouvriers résistèrent, renvoyèrent leur messager, et restèrent assis, triomphants, sur leur toit. Mais la foule ignorante s'assemblait dans la rue au pied de la maison et demandait qu'on retirât la voile; il fallut céder, couper les cordes qui la retenaient ; elle fut emportée, et bientôt consumée avec les maisons qu'elle devait protéger.

« Il faut abattre cette maison pour isoler le feu » disait avec autorité, une heure plus tard, Nordin à un des magistrats, en désignant une maison que le feu n'avait point encore atteinte.

« L'abattre ! » s'écria l'autre tout ému ; « c'est bien assez de voir brûler tant de maisons sans abattre celles qui restent. Non, tant que je vivrai cela ne se fera pas ! »

Nordin fut obligé de restreindre ses opérations au bon usage des pompes. Il se mit à la tête de cette partie du travail et dirigea lui-même un des tuyaux, mais l'eau manquait :

« Veuillez nous faire avoir de l'eau ici ; » dit-il à un monsieur qui se tenait à petite distance de lui, les mains dans ses poches, et surveillant avec beaucoup de calme les progrès du feu. « Il nous faut de l'eau tout de suite, ou nous ne pouvons pas sauver cette maison. »

« Cela ne me regarde pas, » reprit M. Von Tackiern, « je ne m'occupe pas des maisons des autres, j'ai bien assez de veiller sur la mienne. »

« Votre maison ne court aucun danger et, avec l'aide de Dieu, n'en courra pas, j'espère ; vous pouvez donc sans risque vous occuper de nous faire avoir de l'eau. »

« Allez-y vous-même, et que le diable vous emporte ! » reprit l'égoïste propriétaire.

Prompt comme l'éclair, Nordin s'élança de son poste, renversa presque Tackiern en passant, et courut pour demander de l'eau lui-même, quand une voix dans la foule s'écria : « Restez ! dans un instant vous aurez de l'eau. »

Cette voix, c'était celle d'Hertha. Elle et Mimmi Svanberg, en poursuivant le cours de leurs charitables travaux, s'étaient trouvées conduites de ce côté et avaient été témoins de la scène qui venait d'avoir lieu. Hertha était partie et avait fait amener bientôt l'eau nécessaire.

A cet instant Mimmi remarquait M. Von Tackiern parlant
bas à un homme de mauvaise apparence et lui offrant quelque monnaie. L'homme fit un signe de consentement et
comme Nordin, qui continuait à diriger le tuyau de la pompe,
se détournait pour voir où l'eau devenait maintenant le plus
nécessaire, il reçut entre les deux yeux un coup violent qui
brisa ses lunettes.

Nordin ne chancela pas, mais, sautant sur l'homme, il le
renversa d'un coup vigoureux sur la tête, et celui-ci se releva en murmurant des imprécations. Quoique ses yeux
n'eussent point souffert, Nordin, avec sa vue basse et sans
lunettes, eût été incapable de continuer à diriger les travaux.
Heureusement il était pourvu en cas d'accident ; et avec le
grand calme, comme si rien de désagréable ne lui fût arrivé, il prit une seconde paire de lunettes dans sa poche et
retourna à l'ouvrage.

Quand il voulut reprendre la pompe, il la trouva avec surprise dans la main d'une jeune femme qui, en ce moment,
ne la dirigeait pas sur le feu, mais bien sur le misérable qui
avait donné le coup et sur celui qui l'avait excité ; tous deux
s'enfuirent à cette douche inattendue. Hertha en rit et dirigea
l'eau vers le feu ; mais l'homme étant revenu vers elle pour
l'insulter, une seconde douche lui arrêta les paroles dans la
bouche ; puis le tuyau fut de nouveau tourné contre le feu.

Nordin avait immédiatement reconnu Hertha. Il resta
quelques instants spectateur de ses actions, qu'il suivait
avec un singulier plaisir. Mais quand il vit quelques étin-
celles tomber sur ses beaux cheveux, le mouchoir qu'elle
avait noué sur sa tête étant tombé, il ôta son chapeau, le lui
posa sur la tête, et dit en souriant, avec un ton de profonde
sympathie, et en lui prenant le tuyau de la pompe des mains :

« Vous travaillez bien, ma camarade, mais votre main
n'est pas tout à fait assez forte pour cet ouvrage, qui con-

vient mieux à la mienne. Merci de l'aide que vous m'avez donnée. »

« Puis-je encore être utile ici ? » dit Hertha, en lui rendant son chapeau et en renouant son mouchoir sur sa tête.

« Ayez soin, s'il est possible, que l'eau ne me manque point, et alors j'espère, avec l'aide de Dieu, être bientôt maître de l'incendie. »

« Vous ne manquerez pas d'eau, » dit Hertha, et s'adressant à quelques personnes inoccupées dans la foule, soit par ses ardentes prières, soit par son air de calme et de résolution, elle parvint à les déterminer à l'aider et organisa une chaîne depuis la rivière jusqu'à l'endroit où Nordin et ses hommes travaillaient. Déjà le feu perdait de sa violence; il était évident que c'était là le point important et que, si le feu y était éteint, on n'aurait plus à craindre les nouveaux progrès de l'incendie. »

« Maintenant, mes enfants, » dit Nordin, « il me faut quelques hommes de bonne volonté pour monter sur ce mur là-bas et diriger l'eau de cette hauteur vers la maison opposée. Si vous pouvez y éteindre le feu, le reste ira bien. »

Il n'est point d'hommes plus intrépides et plus disposés à affronter le danger pour être utiles que nos Suédois des classes laborieuses. A l'instant plusieurs hommes s'élancèrent sur les ruines fumantes et les escaladèrent. De cette hauteur la force de l'eau était très-grande.

Une demi-heure après ils étaient maîtres du feu. Debout sur cette dangereuse élévation, les braves travailleurs poussaient des cris de triomphe, lorsque le mur s'écroula, les entraînant dans sa chute. Nordin lui-même fut gravement blessé au bras et au genou, mais c'était la dernière œuvre de l'incendie. Nordin ne voulut cependant pas quitter le lieu du sinistre avant d'avoir vu tous ses hommes réunis autour de lui, de s'être assuré qu'aucun n'avait été tué par la chute

du mur et d'avoir confié aux soins du médecin de la ville
ceux qui étaient blessés; alors seulement il consentit à se
laisser transporter au presbytère, situé à l'extérieur de la
ville, et où il avait déjà habité momentanément, lorsque les
devoirs de son service l'appelaient à Kungsköping.

La nuit descendait, et l'incendie s'éteignait lentement. Le
tambour battait pour annoncer cette heureuse nouvelle; mais
plus de deux mille personnes que le feu avait ruinées ou au
moins privées d'abri, erraient dans la ville ou dans les
champs environnants.

LA NUIT DANS LE CHAMP-DU-ROI.

Le plus grand nombre des fugitifs s'étaient réunis dans le
Champ-du-Roi, à cause de sa proximité de la partie de la
ville où avait éclaté l'incendie, et aussi parce que ses grands
arbres, quoiqu'encore privés de feuilles, semblaient offrir
quelque abri.

On était au mois de mars; le ciel était chargé et sombre.
Des débris encore en feu des maisons écroulées les flammes
s'échappaient par moment et éclairaient d'une sinistre lueur
la scène de ruines qu'offrait la ville et celle encore plus triste
que présentait le Champ-du-Roi. On voyait les malheureux
fugitifs, errant sans savoir ce qu'ils cherchaient, ou bien
assis en groupe et veillant sur ce qu'ils avaient pu sauver.
Un grand nombre avaient la tête ou les membres entourés
de bandages, qui prouvaient combien le feu les avait touchés
de près. Tous étaient pâles, abattus, épuisés. La plupart

s'abandonnaient au désespoir. L'obscurité de la nuit semblait encore augmenter cette misère. Ils se mouraient de
froid, les enfants pleuraient et beaucoup de pauvres mères
n'avaient d'autre moyen de les réchauffer que de les serrer
contre leur sein. D'autres semblaient être devenus par l'excès d'un sombre désespoir complétement stupides. En vain
Mimmi et la jeune comtesse allaient de l'un à l'autre, leur
offrant du café chaud, du pain, ou les pressant de venir se
réchauffer chez elles. Ils refusaient, ne sentaient ni la faim
ni la soif. Quelques-uns ne voulaient point quitter les ruines
fumantes de leurs maisons. Les plaintes des enfants, de
temps à autre un cri de douleur, un sanglot d'angoisse, troublaient seuls le silence de la nuit. De côté et d'autre des gens
parlaient de la cause et de l'origine du désastre. On émettait
d'affreux soupçons, et on commençait à murmurer le mot
d'incendiaire. Cependant quelques misérables cherchaient à
tirer avantage des ténèbres et de la confusion, et Mimmi
Svanberg entendit une femme dire à son fils, un enfant de
dix ans, en le grondant : « Encore, si tu étais comme le re-
nard, si tu rapportais ce que tu prends, tu serais bon à
quelque chose.»

La basse classe de la population, si longtemps abandonnée
à sa pauvreté et à son ignorance, était devenue dangereuse,
et les meilleurs d'entre les pauvres et les riches en avaient
peur et non sans raison.

Hertha cependant avait réussi à procurer quelques secours
à sa famille. Son père et sa sœur malade étaient couchés
sur des matelas au pied d'un vieux chêne. Ses jeunes sœurs
étaient chaudement vêtues et la petite tante Pétronille, au
milieu d'un monceau de vêtements de tout genre, veillait sur
son précieux portefeuille, et se tourmentait l'esprit pour
chercher si l'incendie n'était pas par hasard une conséquence
de tant d'intrigues dirigées contre elle.

Quant à Rodolphe, il s'était montré infatigable à seconder Hertha dans tous ses efforts pour installer aussi bien que possible sa famille, mais Hertha ne l'en avait point récompensé d'un seul mot, d'un seul regard. Elle parlait affectueusement à ses petites sœurs, entourait de soins son père infirme et sa sœur Alma, dont elle réchauffait les mains sur son cœur, s'occupait avec une tendre sollicitude de la tante Pétronille et même de la vieille Anna. Pour tous elle avait des paroles d'encouragement et d'affection, excepté pour Rodolphe, qui cependant tenait ses yeux toujours fixés sur les siens, et semblait implorer un regard comme le chien coupable et châtié semble implorer de son maître un signe de pardon.

Le Directeur, impassible, regardait l'endroit où sa maison achevait de se consumer, et ses lèvres murmuraient de temps à autre et comme involontairement la pensée qui troublait son esprit : «Elle n'était point assurée!» Un tremblement nerveux continuait à agiter tout son corps, et ses mains serraient toujours convulsivement la précieuse cassette.

Les ténèbres, toujours plus épaisses, voilaient la scène de désolation, mais pendant cette nuit le sommeil ne visita point les yeux des infortunés. La neige commença à tomber et ses flocons se mêlaient aux cendres soulevées par le vent du Nord dont les sifflements répondaient aux plaintes et aux gémissements des malheureux réfugiés.

Tout à coup une voix forte s'éleva et dit : «Venez à moi, vous tous qui souffrez et qui êtes opprimés et je vous soulagerai. Voilà, mes frères, ce que vous dit le Rédempteur; il vous le disait hier, il vous le dit aujourd'hui. Écoutez sa parole.»

A cette voix inattendue, toutes les têtes se relevèrent. L'obscurité était si complète qu'on ne pouvait discerner celui qui parlait. D'autant plus profonde, peut-être, fut l'impression produite par ces paroles de vie qui, au milieu des affreuses angoisses des ténèbres, tombaient des lèvres du prédicateur invisible, par cette voix inspirée qui versait les consolations et la lumière de l'Évangile sur ce peuple assis à l'ombre de la mort, leur montrant le Dieu qui voit tout, veillant sur eux dans les ténèbres de la nuit, el père plein d'amour prêt à les consoler et à les soutenir.

La stupeur du désespoir et l'angoisse muette et sombre s'éloignèrent des cœurs. Ce peuple gémit, pleura, éclata en sanglots, mais il n'était plus inconsolable. Tous se sentaient profondément émus à la pensée de Celui qui, avec nous, mais pour nous, porta la couronne d'épines et la croix. Jamais cette image ne s'était présentée si claire ni si lumineuse à leur esprit et, comme les eaux débordantes, leur émotion se répandait en torrents de larmes, en écoutant les paroles puissantes et pleines de foi du messager qui leur était venu.

Tout à coup un cri sauvage interrompit le discours, et une voix s'écria : « C'est moi, moi qui suis le coupable ! »

Mais ici la voix fut comme violemment interrompue. L'obscurité empêchait de voir qui avait parlé ; cependant quelques personnes près de l'endroit d'où était partie la voix avaient cru voir une ombre comme celle d'un jeune homme se lever subitement de terre, puis y être rapidement rejetée par une autre.

L'obscurité et le silence enveloppaient de nouveau la scène. Il y eut un moment d'inexprimable attente. Il semblait que le sombre mystère allait être révélé, que l'incendiaire allait s'avancer et avouer son crime, et déjà, comme involontairement, mille mains s'avançaient pour le saisir. On attendait ; tout resta silencieux. Un murmure menaçant comme celui du tonnerre qui approche commença à s'élever, sortant de tous ces cœurs, mais la voix forte et puis-

sante quoique douce du prédicateur, dominant le bruit, reprit :

« S'il y a ici un cœur chargé et prêt à s'accuser lui-même d'avoir causé par accident ou à dessein le malheur sous lequel nous gémissons tous, que Dieu lui fasse miséricorde ! Nous ne désirons point sa confession. Elle nous serait inutile ; elle rendrait les autres encore plus malheureux. Qu'il garde le silence, qu'il écoute dans les profondeurs de sa conscience la voix de Dieu qui le juge. Si cette voix lui était trop terrible, s'il ne pouvait la soutenir, qu'il se rappelle que le Seigneur notre Dieu est le Dieu du Pardon. Et nous, laissons-le au jugement du Dieu qui est plus grand que nous et qui sait tout. Ne nous jugeons pas mutuellement. »

En ce moment, la rougeur du matin commença de paraître à l'Orient, du côté opposé à la ville en ruines. Les sombres nuages se teignirent de pourpre. Le prédicateur s'arrêta un moment, puis : « Voyez, s'écria-t-il, voyez le signe du Rédempteur dans les nues, le Soleil, la lumière après la nuit sombre ! Lisez la parole de Dieu écrite en traits de feu dans le ciel : « Pas de nuit sans matin, pas de douleur que Dieu ne console. » Comme le jour vient à la terre, ainsi vient le Sauveur, ainsi vient le Consolateur à notre âme. Marchez à sa lumière ! Écoutez sa parole et ses promesses ! Levons-nous, mes frères, et louons le Seigneur. » Et il entonna l'hymne : « Béni soit celui qui vient au nom du Seigneur ! »

Ce fut alors une chose profondément émouvante de voir cette multitude de gens, dont beaucoup venaient de tout perdre dans l'incendie, ces centaines d'hommes et de femmes, de vieillards et d'enfants encore pâles, défaits, et portant les traces du malheur qui venait de les frapper, se lever comme un seul homme, et comme poussés par une secrète et puissante inspiration, entonner l'hymne glorieux :

« Hosanna au fils de David. »

L'astre des cieux montait à l'horizon, le chant s'élevait
de plus en plus puissant, et toutes ces figures pâles et souf-
frantes, tournées vers le soleil levant, s'illuminaient de sa
splendeur. Des larmes abondantes coulaient encore de bien
des yeux, mais ce n'étaient plus celles du désespoir.

Bien des années après, plus d'un de ceux qui avaient
assisté à cette scène disait que pour tous les biens que
le feu lui avait ôtés, il n'aurait pas voulu être privé de ce
moment. Le malheureux Rodolphe n'avait point pris part,
lui, à ce transport religieux. L'évidente horreur qu'il inspirait à Hertha, la vue de tous les malheurs et de toute la
misère que le sinistre avait causés, avaient jeté une terrible lumière dans l'esprit obscurci du jeune homme ; il
sentait au-dedans de lui-même comme une flamme brûlante
aussi, la conscience d'un crime qui toutefois n'avait paru à
cet esprit grossier qu'un moyen de délivrer celle qu'il ado-
rait et lui-même, et de se venger de leur commun tyran. Les
douleurs qu'il avait vues autour de lui et les paroles qu'il
avait entendues pendant la nuit, éveillèrent dans son cœur,
avec cette conscience du crime, un désir désespéré de le
confesser et de mourir. Peut-être qu'alors Hertha pleurerait
sur lui et que Dieu lui pardonnerait. Cette pensée sembla
lui offrir une issue hors du gouffre où il se sentait entraîné
et ces sentiments de repentir, si nouvellement éveillés en
lui, éclatèrent dans ce cri d'accusation qui eût révélé son
affreux secret, si la main d'Hertha, subitement posée sur
ses lèvres, n'eût arrêté ses paroles : — « Silence! voulez-
vous ma mort? Silence, ou je ne vous parlerai jamais! » —
Avec ces mots elle l'avait obligé à se rasseoir sur la terre,
auprès d'elle. Pendant que les cieux commençaient à répandre une lumière pourprée, et que l'hymne d'Hosanna
résonnait au-dessus de leurs têtes, elle lui mit dans la main
quelques pièces d'argent qu'elle avait pu sauver et qui étaient

le fruit de son propre travail, avec cela un petit bijou, une croix d'or qu'elle avait héritée de sa mère, et avant que l'hymne eût cessé et que le soleil se fût élevé au-dessus de l'horizon, Rodolphe n'était plus dans le Champ-du-Roi.

Les chants étaient finis; cette multitude de gens, debout et comme soulevés par l'inspiration du moment, retombaient sur la terre nue et y retrouvaient la douleur et l'inquiétude pour les besoins du jour qui commençait. Bientôt on vit reparaître les trois dames qui, la veille, mais presque en vain, avaient offert quelque nourriture; elles étaient suivies de deux jeunes filles portant sur les épaules un joug de bois auquel étaient suspendus deux grands sceaux remplis de café et de pains. Les jeunes mendiantes, car c'étaient elles, proprement vêtues maintenant, suivaient avec la provision de galettes de seigle et de café, Mimmi Svanberg et ses compagnes, qui allaient d'un groupe à l'autre, distribuant le vivifiant breuvage et y joignant des paroles de consolation et d'encouragement :

« Bonjour, ma bonne femme, » disait Mimmi avec cette manière gaie et engageante qui n'avait jamais trouvé meilleure occasion de se produire, « buvez une bonne tasse de ce café chaud, cela vous réjouira le cœur. Oui, c'est un grand malheur, mais tous les maux de ce monde passent bien vite. Voyez, voici un pain à tremper dans votre café. — Quels gentils enfants vous avez là, c'est une miséricorde de Dieu qu'aucun n'ait été atteint par le feu. C'est ainsi qu'on a toujours quelques motifs pour remercier Dieu. Mais des enfants comme ceux-ci apportent le bonheur dans la famille. Venez ici, mes chers petits, vous aurez chacun un beau petit pain blanc et une goutte de café aussi. Ils sont sages, n'est-ce pas? Nous aurons beau temps aujourd'hui. Après l'orage, Dieu fait briller le soleil. — Et vous, maître forgeron, comment allez-vous ? pas trop bien, je vois; mais notre bon et habile docteur va venir panser vos brûlures, et quand vous irez mieux, un brave et habile homme comme vous aura bientôt fait de rétablir sa forge et ses fourneaux, car vous allez avoir de l'ouvrage quand on rebâtira la ville. Cela sera votre affaire, maître forgeron, et vous et les vôtres vous serez bientôt trois fois plus riches qu'avant. Buvez une tasse de café à votre prochaine fortune et prenez un pain aussi. Chacun est le forgeron de sa propre fortune, vous vous en apercevrez un de ces jours. »

« Pauvre mère Marguerite, avec tous vos petits enfants ! voici quelque chose pour vous et pour eux. Après tout ceci, nous aurons une grande salle pour notre école d'enfants et, mère Marguerite, il faut promettre de laisser alors vos enfants y aller régulièrement; cela ne vaut rien de les laisser courir dans les rues. Voyez, petits enfants, voici du pain et du café pour vous, à condition que vous serez sages et que vous viendrez régulièrement à l'école. Tout ira mieux quand vous ne serez plus dans ce misérable et malsain quartier. Il n'y a pas de si grand malheur qui n'ait son bon côté. Il faut tâcher de faire sortir le bien du mal. — Bonjour à vous maintenant, vieille mère qui êtes là couchée; vous ne refuserez pas une bonne tasse de café, j'imagine. Quel âge avez-vous? » — « Quatre-vingts ans. » — C'est un grand âge... Vous en voudriez deux tasses peut-être? — Buvez, ma bonne femme, cela vous remettra le cœur. Tout ira bien pour vous finalement, vous verrez. Des malheurs comme ceux-ci font qu'on remarque les plus pauvres et qu'on s'en occupe. — Voyez, bonne mère, voici les deux jeunes filles qui vous ont sauvée du feu. Elles ont eu des vêtements neufs à cause de cela. Vous aurez des jours meilleurs. Notre Seigneur n'oublie aucun de nous; tout le monde s'en aperçoit un jour ou l'autre. A midi je vous rapporterai encore de la soupe chaude. —- Petite Mina ! Dieu vous bénisse, mon enfant; vous voilà là assise sur vos pauvres petites jambes; comment êtes-vous

venue ici? » — « Ma mère m'a mise sur son dos et m'a
apportée ici » dit l'enfant.

« C'est une bonne mère, mais elle en sera récompensée
un jour. Voyez, voilà à déjeuner pour vous et pour votre
mère et votre petit frère. Cela me fait plaisir, mon enfant,
de voir votre air heureux et vos yeux brillants. Vous ne
trouvez donc pas cela bien triste d'être assise ici en plein
air et au froid, sans maison ni abri? » — « Il faisait bien
plus chaud dans la chambre, c'est vrai, mais le soleil est
si brillant ici et nous avons eu de si beaux chants! » —
« Quand notre école d'enfants sera prête, vous y viendrez
chanter avec les autres enfants. — Ne vous tourmentez point
pour Mina, mère Granberg, elle deviendra un jour la mai-
tresse de chant de l'école. Une enfant qui a de telles dispositions est une bénédiction de Dieu. »

C'est ainsi que la nourriture pour le corps et les consolations pour l'âme étaient distribuées aux plus pauvres de
cette multitude par les trois compatissantes femmes qu'un
grand nombre de personnes, hommes et femmes, vinrent
bientôt aider dans leurs charitables travaux.

Un autre groupe encore de trois personnes s'occupait
depuis le lever du soleil à porter parmi les malheureux du
Champ-du-Roi des secours et des consolations. C'était le
médecin de la ville, le docteur Hedermann, suivi d'Hertha
Falk et d'Ingeborg Uggla; il examinait les brûlures, les
contusions des pauvres blessés que les deux jeunes filles
pansaient suivant ses indications. Tous trois marchaient
gravement, disaient peu de mots, mais la profonde sympathie qui s'unissait à la fermeté sur la noble physionomie
du docteur, et la vive compassion qu'on voyait empreinte
sur celle des deux jeunes filles, enfin, la tendre sollicitude
de tous les trois pour ces malheureux qui souffraient : tout
cela en vérité faisait un beau spectacle. Telle qui avait

paru vieillie et véritablement fort peu agréable dans une
salle de bal, ici au contraire, à la lumière du matin et
occupée de la sorte, semblait charmante et comme animée
d'une jeunesse nouvelle. Plus d'une personne le remarqua,
et Mimmi s'en réjouit tout bas, car c'était elle qui avait
envoyé au docteur Hedermann ces deux aides dont elle connaissait le zèle et l'habileté. Il fallait bien cela pour opposer
un contraste consolant à l'aspect qu'offrait au matin le Champ-
du-Roi; c'était celui d'un camp; on pensait aux horreurs et
aux désolations qui suivent la guerre.

Pendant la journée on vit errer un grand nombre de pâles
figures parmi les ruines de la ville, cherchant où avait été
leur demeure et ce qui pouvait en rester.

En face des ruines de leur confortable habitation , Mme
Christine Dufva , son mari et ses sept filles s'étaient arrêtés :
«Nous avons eu ,» dit-elle, «bonheur et prospérité pendant
bien des années ; il nous était peut-être nécessaire d'être
éprouvés par l'affliction. Dieu nous a tous sauvés les uns
pour les autres. Nous avons la santé , nous travaillerons. Ne
nous plaignons pas, remercions Dieu. »

«Mes enfants, mes bien-aimées,» disait le père, «je vous
ai toutes autour de moi! Dieu soit béni ! »

Et les sept jeunes filles se serraient autour de leurs parents,
les accablant de leurs caresses. « Elles travailleraient pour
eux , elles les aideraient et s'aideraient entre elles. »

Mme Tupplander, le matin de bonne heure, retourna
aussi à sa maison qu'elle trouva intacte. La première chose
qu'elle aperçut en entrant la frappa d'étonnement et presque
de terreur ; c'était sa noble jeune demoiselle, l'honorable
mademoiselle Krusbiörn, vivante comme la vie elle-même,
assise dans la cuisine et mangeant du pain et du beurre.
Nous tirerons un voile sur les émotions de cette réunion et sur
les explications qui suivirent. Au jour on vit paraître aussi

madame Uggla, se lamentant de tous les malheurs qui étaient
arrivés et de tous ceux qui en seraient la conséquence. Elle
allait nourrissant son imagination des plus sombres peintures
pour l'avenir, voyant tous les malheurs sans remède « et
par exemple celui des sept pauvres demoiselles Dufva, pour
lesquelles certes il n'y avait plus d'espoir. »

La plupart de ceux d'entre les incendiés qui avaient quelque importance dans la ville ou quelque fortune, trouvèrent
immédiatement à se loger chez des parents ou des amis, ou
bien à prix d'argent. Mais les familles pauvres eurent à passer
plus de vingt-quatre heures en plein air ; la pauvre vieille
femme de quatre-vingts ans y resta trois jours. En vain les
bons maîtres du presbytère et bien d'autres ouvrirent une
porte hospitalière aux malheureux. Leur nombre était trop
grand et en outre plusieurs de ceux qui dans la ville avaient
été assez heureux pour voir leurs maisons et leurs biens pré-
servés se disaient comme l'égoïste propriétaire dont on avait
réclamé le secours pendant l'incendie : « Cela ne nous regarde pas, » et restaient inutiles spectateurs des besoins et
des souffrances de leurs frères.

Le directeur Falk et sa famille louèrent une petite maison
à l'extérieur de la ville. Hertha se dévoua entièrement de
corps et d'esprit pour installer aussi bien que possible son
père et ses sœurs dans leur nouvelle habitation. Pour la première fois, toutes ses facultés étaient employées utilement,
et elle se sentait heureuse.

Les autorités de la ville étaient grandement occupées, en
partie à pourvoir aux besoins des plus nécessiteux, en partie
à poursuivre et punir les misérables qui profitaient de l'infortune publique et du désordre pour piller et voler ; le juge
du district jura solennellement qu'aucun de ceux qui seraient
coupables de semblables délits n'échapperait à sa vengeance
et à celle de la loi.

CONSÉQUENCES.

Silence ! elle veut parler ! elle a quelque chose à dire, la jeune fille mourante, étendue sur ce lit. Elle semble lutter contre les ombres de la mort pour jeter un dernier regard, pour dire un dernier mot à ce monde qu'elle va quitter. Ses yeux brillent d'une lumière surnaturelle et semblent plonger dans l'infini quand elle s'écrie : Oh ! le ciel, le ciel ! Mais les ombres l'enveloppent de nouveau.

« De la lumière ! Plus de lumière ! C'est aujourd'hui mon jour de noces ! Aujourd'hui je serai mariée à Arvid. Mettez-moi mes vêtements de noces, l'habit des fiancées, je suis la fiancée d'Arvid. Placez la couronne de myrte sur ma tête ! — Non!... laissez-la dans ma main, Arvid est parti ; je suis la fiancée de la mort ! Mon père l'a voulu ainsi ; il a banni Arvid, il fut bien sévère, et c'est pourquoi je suis ici. J'aurais pu vivre heureuse femme, Arvid m'aimait autant que je l'aimais. Nous aurions travaillé, l'héritage de ma mère nous eût suffi. Mais mon père ... ah ! qu'il ne le sache pas ! il en souffrirait trop ; je ne veux faire souffrir personne. Mais pourquoi parler du passé ? Qu'ai-je dit ? Ah ! j'ai tort... Je ne puis oublier !... Le moment est venu ; il faut que je parle, parce que je vais mourir. Père ! Père ! » Et par un violent effort la mourante leva sa tête, et ses yeux brillant d'un éclat singulier cherchèrent parmi ceux qui l'entouraient. Celui qu'elle appelait s'approcha de son lit en chancelant. Les yeux qui avaient été si sévères et sans pitié étaient maintenant obscurcis de larmes.

Doux ange de la mort ! tu donnes la force et l'autorité aux

faibles et tu renverses celui qui se croyait fort ! Alma prit la main de son père et attachant sur lui un regard pénétrant : « Mon père ! » dit-elle.

« Je suis là. Que me veux-tu, mon enfant ? »

« Mon père, donne à tes enfants ce qui est de leur droit : la lumière, la liberté ; tu leur donnas la vie, donne-leur ce qui donne du prix à la vie. Alors ils t'aimeront, ils t'aimeront comme ceux qui sont libres peuvent seuls aimer. Ce n'est pas pour moi que je t'implore, je pars, c'est Dieu qui me donne la liberté. Mais Hertha reste après moi. Père, donne-lui la liberté ; tu me comprends, mon père ? »

« Oui ; et je te promets de faire ce que tu désires. »

« Merci ; maintenant je meurs tranquille. Sois juste pour Hertha, mon père, ... Rappelle Arvid et dis-lui ! ... Ah ! non ... pardonne-moi ... Je ne sais plus ce que je dis. »

« Essaie de dormir, mon enfant ; cela te ferait peut-être du bien. »

« Non ! non ! il faut que je voie encore ceux que j'aime ! »

Et les regards d'Alma cherchèrent ses sœurs, et elle murmura : « Mes sœurs, embrassez-moi ! »

Elles l'embrassèrent en pleurant. Et maintenant le regard d'Alma s'arrêtait sur Hertha, et ses lèvres murmuraient :

« Hertha, ma bien-aimée ! »

Hertha se laissa glisser à genoux près du lit de sa sœur, l'entoura de ses bras et pressa ses lèvres sur son front. Les deux jeunes sœurs qui avaient si longtemps marché ensemble dans l'étroit et épineux sentier de la vie se tenaient encore enlacées comme si elles ne devaient jamais se quitter. Mais c'était la dernière fois qu'elles reposaient ainsi, la dernière fois que leurs lèvres avaient murmuré tout bas des mots qu'elles seules et Dieu avaient entendus.

LE CHANT DES CLOCHES.

La cloche des morts sonnait. Jamais en Suède le son des cloches n'est plus beau, plus animé, et ne semble plus joyeux que lorsqu'il retentit pour un trépas. Il y avait dans le son funèbre s'élançant libre à travers l'atmosphère pure et vivifiante d'une belle soirée d'avril comme une secrète harmonie de joie et de triomphe. Ainsi du moins semblait-il à quelques-uns de ceux qui l'écoutaient sur la tombe à peine fermée de la jeune fille morte au printemps de la vie. Mais il y avait une âme surtout pour laquelle le chant des cloches était plus intelligible qu'à toute autre et quand, le soir, Hertha resta seule près de cette tombe qui enfermait l'être qu'elle avait le plus aimé, c'était à elle que la voix des cloches disait :

> Pour la jeune fille
> A la terre si tôt enlevée,
> Ne pleurez pas,
> Elle a trouvé le bonheur.
> Des jours sombres et sans joie,
> Et de la vie sans lumière
> Elle a été délivrée ;
> Elle ne sera plus captive.
>
> O mort,
> Tu es plus miséricordieuse
> Que les cœurs humains,
> Que les lois humaines ;
> Elles ordonnent l'esclavage,
> Tu donnes la liberté,
> Tu brises les chaînes.

9

Celle qui souffrait, celle qui aimait,
Ne sera plus désormais captive.

— O glorieuse liberté !
Vérité ! amour immuable !
Fontaines éternelles
Auxquelles elle avait foi,
Et vers lesquelles elle a marché,
Pour elle vous coulez maintenant,
Elle est libre, libre avec ceux qui sont libres.

Réjouissez-vous donc et chantez,
Chantez ! vous qui l'avez aimée,
Réjouissez-vous, car la vie
Qui pour elle n'était que mort
     Est finie
Et la mort lui a donné la vie,
La vie pour l'éternité.

Ainsi chantaient les voix mélodieuses à travers l'air em-
baumé du printemps. Ainsi elles apaisaient la douloureuse
angoisse de celle qui, prosternée près de la tombe, arrosait
d'un torrent de larmes la terre fraîchement remuée.

Et l'alouette montait, montait dans le ciel bleu, et semblait répéter dans son chant triomphant :

Elle est libre, libre avec ceux qui sont libres...
Elle ne sera plus désormais captive.

LE PÈRE ET LA FILLE.

Une fleur sur la tombe.

Le Directeur Falk était assis dans sa chambre à Kullen (c'est le nom de la petite résidence hors de la ville où la famille s'était retirée après l'incendie). Ses pieds infirmes étaient toujours enveloppés de laine. L'expression de sa figure était peut-être moins dure, mais, s'il est possible, encore plus sombre. Sa tête et ses mains étaient visiblement agitées d'un tremblement de faiblesse. Sa pâleur, ses lèvres fortement serrées, prouvaient l'effort qu'il venait de faire pour prendre une résolution évidemment pénible. Il semblait attendre quelqu'un ou quelque chose......Il attendait sa fille Hertha, à laquelle il venait d'envoyer dire qu'il voulait lui parler.

Trois semaines s'étaient passées depuis la nuit de l'incendie et une depuis qu'Alma avait été emportée de la maison. Les horreurs de cette nuit du sinistre et le froid qui l'avait saisie, avaient hâté chez la jeune fille les progrès de la maladie et rapidement achevé l'œuvre commencée par le chagrin.

Bien des fois Hertha, qui savait la cause de la maladie de sa sœur, avait réfléchi, dans l'amertume de son cœur, comment, bientôt peut-être, au lit de mort de sa sœur, elle reprocherait tout haut à son père d'avoir été le meurtrier; elle avait pensé aux paroles terribles avec lesquelles elle punirait le dur et égoïste vieillard. L'heure prévue étant arrivée, elle avait vu son père courbé, brisé, tremblant près de sa victime; elle n'avait plus trouvé les paroles qui devaient le juger et le punir; elle n'avait eu que des larmes pour tous deux.

Depuis ce jour cependant le père et la fille semblaient s'éviter. La tante Pétronille et la vieille Anna portaient de l'un à l'autre les demandes et les réponses quand ils avaient quelque chose de nécessaire à se dire. Le nom de Rodolphe n'avait pas été prononcé par le Directeur depuis la nuit fatale, et il paraissait ne point aimer qu'on en parlât. Le malheureux jeune homme semblait comme mort pour sa famille où chacun le supposait auteur de l'incendie.

Hertha se sentait plus que jamais appelée à agir pour elle et pour les autres, et plus que jamais elle sentait le besoin de cette liberté qui lui avait été promise et qui la rendrait maîtresse de ses actions et de sa fortune. Elle désirait et craignait tout à la fois une conversation avec son père. Les choses en étaient là quand on vint lui dire de sa part de se rendre près de lui.

Si quelqu'un t'a gravement offensé et qu'il ait appelé en ton âme les démons de la tristesse et de la haine — et quel tort plus grand que celui-là peut-on faire à une âme? — puisse Dieu permettre que tu rendes à celui qui t'a offensé un grand service; alors tu sentiras ton cœur s'élever à une hauteur qui lui rendra facile le pardon, car tu auras agi comme le Tout-Puissant; et sa paix, qui surpasse toute paix, te couvrira de ses ailes et apaisera les orages de ton cœur.

Quand Hertha se présenta devant son père, son regard était moins froid et moins sévère que de coutume. Elle l'avait porté comme un enfant dans ses bras et sur son sein à travers les ruines et les flammes. Ce souvenir adoucissait merveilleusement son cœur. Cependant ce cœur battait violemment quand elle entra dans la chambre de son père et s'approcha doucement du fauteuil où il était assis. Il leva les yeux précipitamment, lui montra de la main une chaise près de lui et dit: « Asseyez-vous, ma fille; j'ai à vous parler.»

Hertha vit que sa main tremblait et en fut émue.

Après un moment de silence, le vieillard commença d'une voix qu'il s'efforçait de rendre ferme:

« Vous m'avez rendu un grand service. Vous m'avez sauvé la vie. Je veux vous montrer ma reconnaissance. Dites-moi ce que vous désirez que je fasse pour vous.»

«Donnez-moi ma liberté, mon père,» dit Hertha d'une voix douce, mais ferme, «et l'héritage de ma mère. J'ai vingt-sept ans, je désire être déclarée majeure.»

«Cela sera fait,» répondit son père, «aussitôt que les formalités nécessaires seront remplies. Je suis prêt à vous rendre compte de l'héritage de votre mère. J'en ai été un gérant fidèle et aussi habile que j'ai pu l'être. Le malheur qui vient d'arriver ne vous atteindra pas. Vous pouvez en être sûre.»

Hertha inclina la tête en signe de silencieux acquiescement. Son père continua:

«L'intérêt de l'héritage de votre mère, joint à la part qui vous revient par la mort de votre sœur, suffit pour vous permettre de vivre indépendante où vous voudrez. Vous avez le droit de vivre ainsi, vous êtes du nombre des femmes vraiment fortes, capables de se passer de soutien et même d'être le soutien des autres. J'ai longtemps douté qu'il y eût de telles femmes; j'ai été injuste à cet égard. Je l'ai reconnu lors de l'incendie et depuis. Soyez donc libre, ma fille, vivez et agissez selon qu'il vous convient; et de plus prenez cette somme d'argent;» et d'une main tremblante il mit dans la main de sa fille un rouleau de billets de la valeur de mille thalers de banque[1]. « C'est une partie de mes épargnes; employez-les comme vous le voudrez, pour un voyage ou ce qui vous plaira.»

1. Deux mille francs.

De l'argent en récompense d'un acte de dévouement qui l'avait sauvé d'une mort horrible! Et cependant Hertha le reçut avec reconnaissance, parce que l'argent est un moyen de faire le bien et de donner du bonheur et parce qu'elle comprenait les intentions réellement bonnes de son père; les larmes remplissaient ses yeux pendant qu'elle le remerciait. Il reprit d'un ton dur :

«Je sais que vous ne m'aimez pas et peut-être n'est-ce pas tout à fait votre faute, parce que vous n'avez pas compris mon affection pour vous. Je n'ai rien voulu et je n'ai rien fait que dans l'intérêt futur de mes enfants.... »

Mais il s'interrompit soudainement et son regard se fixa sur la terre comme s'il en eût vu sortir une ombre pâle qui disait : «Pourquoi suis-je couchée ici? J'aurais pu vivre heureuse épouse!»

Hertha était silencieuse. Le vieillard essuyait les gouttes de sueur sur son front. Tout son corps tremblait. Après un moment de silence il reprit :

«Si je me suis trompé, j'en suis peut-être assez sévèrement puni. Vous pouvez maintenant vivre libre et heureuse loin d'un père et d'une maison que vous n'aimez pas. L'intérêt du bien de votre mère vous sera payé où vous voudrez. Je ne vous demande plus que de savoir en quel lieu vous voulez vivre?»

«Ici, dit Hertha en se levant et posant sa main sur le fauteuil de son père; ici, avec vous, mon père, si vous me le permettez. Oh! vous avez bien peu compris quelle était la liberté que je demandais. Peut-être me comprendrez-vous mieux, si vous voulez m'accorder ce que j'ai à vous demander maintenant et ce qu'en vérité je mérite. »

« Qu'est-ce donc?» demanda le Directeur, en regardant sa fille avec étonnement.

«Votre confiance, mon père,» dit-elle gravement; «je ne désire que ce qui est bon et juste; laissez-moi rester près de vous pour vous le prouver. Ayez confiance en moi, et soyez bon pour moi et pour mes sœurs, afin que nous puissions vous aimer et tâcher de vous rendre heureux. Je ne suis plus une enfant, mon père! Je serai une mère pour mes jeunes sœurs; je dirigerai de mon mieux votre maison. Je sais que c'est là mon devoir; ce sera aussi mon plaisir, mon père, si vous voulez me donner ma liberté et votre confiance et être bon pour moi..... en souvenir d'Alma!»

Il était donc dit, ce mot de reproche, ce mot amer qu'Hertha enfermait depuis si longtemps dans son cœur; mais l'ange de l'amour avait émoussé la pointe acérée de la flèche, et si la blessure fut profonde, un baume céleste coula sur elle.

Le vieillard ne dit rien; il courba la tête, et de grosses larmes coulèrent sur ses joues ridées. Mais une autre tête se pencha doucement sur la sienne; des larmes, coulant sur une joue fraîche, se mêlèrent à ses larmes; un même souvenir, triste mais doux, unit dans une même douleur le père et la fille. — Bénis soient ceux qui pleurent ainsi!

Les sentiments d'amour et de douceur sont d'un bienfaisant effet sur les rudes natures. C'est la pluie douce et chaude du printemps qui amollit la terre encore durcie par la glace, et la prépare à s'ouvrir aux rayons du soleil.

Le vieux Falk l'éprouva; relevant la tête et parlant à sa fille d'une voix plus affectueuse qu'il ne l'avait jamais fait : «Qu'il en soit comme tu l'as dit, ma fille. Nous tâcherons de recommencer à nouveau l'un avec l'autre. Je crains seulement d'être bientôt un trop lourd fardeau pour toi. Je sens qu'un grand changement se prépare dans ma santé.»

Il ne savait pas que c'était justement ce même pressentiment, que c'était la vue de cette main paralysée et de cette tête déjà tremblante qui avait inspiré à Hertha de consacrer sa jeunesse et sa santé pour être le soutien de ses infirmités et de sa vieillesse.

LE FILS DES TÉNÈBRES.

Il était presque nuit quand Hertha quitta son père pour retourner dans sa chambre; mais, comme elle approchait de la porte, elle recula involontairement en apercevant, assise sur le seuil, une ombre noire et indécise. Deux yeux, brillant sous une masse de cheveux en désordre, fixaient sur elle un regard d'effroi.

Hertha tressaillit en s'écriant: «Rodolphe!»

Et lui continuait à tenir ses yeux fixés sur la figure d'Hertha, que l'émotion de la conversation avec son père et la lumière du soleil couchant couvraient d'une teinte pourprée.

«Rodolphe!» répéta-t-elle d'une voix de colère et de terreur, «Rodolphe! est-ce vous?»

«Oui, répondit-il, et vous, êtes-vous l'ange du jugement?»

«Je suis Hertha, votre cousine, dit-elle; levez-vous. Que signifie de gémir ainsi? Levez-vous, soyez un homme. J'attendais depuis longtemps de vos nouvelles. »

«Ne me parlez pas sévèrement, cela ne servirait de rien; j'y suis trop habitué. Et maintenant je ne me soucie plus de rien au monde. Foulez-moi aux pieds si vous le voulez. Je veux mourir ici. »

« Levez-vous, Rodolphe, et suivez-moi dans ma chambre. Là je vous parlerai. »

La voix calme d'Hertha et ces mots : «Dans ma chambre je vous parlerai» semblèrent produire un grand effet sur le malheureux jeune homme. Il se leva. Elle ouvrit la porte de sa chambre où il la suivit. Elle le regardait attentivement et quand elle eut remarqué l'état d'épuisement et de délabrement dans lequel il était, ce fut avec une sincère compassion qu'elle lui dit :

« Pauvre Rodolphe ! D'où venez-vous donc ? »

« Je ne le sais pas exactement... Des grands bois qui sont près d'ici. »

« Vous avez besoin de boire et de prendre quelque chose ; attendez un instant. »

Hertha sortit et revint bientôt apportant du pain, quelque viande froide, et un bol de lait.

« Le feu est éteint dans la cuisine, dit-elle, je ne puis vous offrir quelque chose de chaud ; mais prenez ceci, mangez et buvez. »

« O Hertha ! Prenez-vous donc encore quelque intérêt à moi ? »

« Oui, oui, je serai toujours votre amie, Rodolphe, mais maintenant mangez et buvez, nous causerons après. »

Rodolphe mangea et but comme quelqu'un qui n'a rien pris depuis plusieurs jours.

Quand il eut fini, Hertha lui dit avec une résolution calme : « Il faut que nous parlions sérieusement maintenant, Rodolphe ; dites-moi ce que vous voulez faire dans le monde, ce que vous désirez, ce que vous aimeriez. »

« Vous voir. »

« Et après cela. »

« Mourir... Pourquoi vivre encore ? »

« Vous ne devez pas mourir, Rodolphe, » dit Hertha gravement, « vous devez vivre pour mériter que les amis que vous avez offensés vous pardonnent, pour réparer le mal que vous avez fait, pour devenir un homme de bien. »

« Comment pourrais-je vivre ? Où pourrais-je aller ? »

« Le monde est grand ; il faut aller dans un pays étranger, loin, bien loin. Ici on vous soupçonne déjà, on commence

à vous chercher. Si vous étiez saisi, vous seriez jugé et exé-
cuté ou emprisonné comme un criminel. O Rodolphe ! vous
nous avez fait assez de mal déjà, n'ajoutez pas à nos infor-
tunes. »

« Dites-moi, dites-moi ce que je dois faire ? » dit Rodolphe,
bouleversé et incapable de prendre conseil avec lui-même.
« A vous, à vous je veux obéir. O Hertha ! vous avez un grand
pouvoir sur moi. Mais quand je pense à cette horrible nuit,
à ces flammes, à cette foule désespérée et à vous, me regardant comme l'ange du jugement et du châtiment !. . . »

« Je ne vous regarderai plus ainsi, Rodolphe ; je serai
votre amie, votre sœur. Maintenant écoutez-moi. Il faut
partir d'ici immédiatement. Voici quelque argent, trois cents
thalers ; ils sont à moi et maintenant ils sont à vous. Je sais
que vous connaissez le prix de l'argent. Avec cela il faut
immédiatement partir pour Gothenbourg et de là pour Copenhague. Vous irez chez notre parent, le banquier Falk ;
je vais vous donner une lettre pour lui. Il vous recevra et
vous gardera au moins quelque temps. Aussitôt que vous
serez à Copenhague, vous m'écrirez, et si vous avez besoin
d'argent, je vous en enverrai. »

« Je n'en aurai pas besoin, reprit Rodolphe, je puis gagner ma vie à quelques écritures et à tenir les livres. Je ferai
tout ce que vous m'ordonnez, Hertha, si seulement vous
voulez me promettre de penser quelquefois à moi et de
m'écrire. Je sais quel crime j'ai commis dans cette nuit
affreuse. Une lumière terrible est entrée dans mon esprit...
Hertha, ne m'abandonnez pas !... Vous êtes le seul être qui
ait encore pitié de moi, le seul qui s'occupe de moi, qui me
veuille du bien, le seul... »

« Non, non, pas le seul, Rodolphe, interrompit Hertha,
qui sentait l'inspiration du ciel descendre en ce moment
dans son âme ; pas le seul, le Christ est venu en ce monde

pour sauver les pécheurs. Allez à lui, Rodolphe, et Lui aura pitié de vous, Lui sera votre ami. »

« Comment le pourrais-je? Vous ne m'en aviez jamais parlé. Croyez-vous donc en lui, Hertha? »

« Je ne le comprenais pas comme je le comprends aujourd'hui, Rodolphe; mes yeux étaient fermés. Mais Alma le connaissait. Tenez, voici un petit livre qui parle du Christ et qu'elle lisait souvent; elle y a marqué bien des passages; prenez-le, lisez-le, suivez les commandements du Sauveur et vous marcherez vers Dieu. Le péché que vous avez commis, Dieu vous le pardonnera, parce que vous ne saviez ce que vous faisiez; votre raison était obscurcie, pauvre Rodolphe, et vous n'aviez pas d'amis pour vous guider. Maintenant vous savez que ce fut un crime, et Dieu vous ouvre une voie pour l'expier. Je sais que votre cœur n'est pas mauvais. Si vous suivez le Seigneur Jésus, il vous sera bon et vous ne ferez plus que ce qui est bien. Quoi qu'il vous arrive, Rodolphe, souvenez-vous d'aider toujours les opprimés et ceux qui souffrent, quels qu'ils soient. Ne cherchez jamais la vengeance, mais laissez-la au Dieu qui voit tout. Allez et soyez bienfaisant pour vos semblables comme le Christ l'a été. O Rodolphe! il y a beaucoup de choses obscures et douloureuses en ce monde, mais Dieu est la lumière, Dieu est la bonté, et avec Lui pour guide vous atteindrez à la lumière et à une vie meilleure. Cherchez ce qui rend la vie bonne, noble et divine. Vous avez vécu comme un pauvre enfant des ténèbres; vivez pour devenir l'enfant de la lumière, l'enfant de Dieu. »

Des larmes s'échappaient des yeux d'Hertha pendant qu'elle parlait ainsi sous l'influence d'un puissant enthousiasme. Rodolphe l'écoutait en silence, ses regards attachés sur elle, et de temps à autre il respirait profondément comme si un poids accablant se fût soulevé de dessus sa poitrine et qu'il eût aspiré un nouveau souffle de vie. Quand elle eut cessé de parler, il leva la tête et dit : « Dieu m'a parlé par votre bouche. J'ai bien entendu et compris ce que vous avez dit. Oui, je veux être un enfant de Dieu, je veux suivre Jésus. Vous le suivez aussi, ainsi nous marcherons dans le même chemin, et nous nous rencontrerons un jour. »

« Oui, Rodolphe, oui, dans le ciel, comme des anges de Dieu, si nous sommes dignes de devenir tels. Mais maintenant, cher Rodolphe, il faut que vous partiez. Le bateau à vapeur pour Gothenbourg part demain de bonne heure. Il faut vous hâter pour arriver à temps. Tout le succès de vos projets pour l'avenir peut dépendre de ce départ. Rappelez-vous ce que je vous ai dit ! »

« Oui, je veux partir, adieu ! »

Il lui tendit la main, elle la prit et sortit dans la cour avec lui. Il faisait une froide et brillante nuit de la fin d'avril ; une gelée blanche couvrait la terre ; les étoiles se montraient brillantes dans les profondeurs du ciel. Quand ils eurent atteint le petit sentier qui conduisait de la maison à la grande route, Rodolphe dit : « Hertha, permettez-moi de vous embrasser en partant. »

En ce moment elle ne pouvait le refuser, mais lorsqu'elle le sentit la serrer avec transport dans ses bras, un sentiment involontaire d'horreur et d'aversion la saisit, elle le repoussa en lui disant : « Partez, partez ! »

Rodolphe s'éloigna et se dirigea vers la route en sanglotant tout haut. Mais lorsqu'il arriva à l'extrémité du sentier, il sentit une main qui touchait son bras. Hertha était devant lui, sa physionomie n'exprimant plus que l'espérance et la compassion. Elle lui montra le ciel et dit : « Là, Rodolphe, là seulement ! »

Puis, retournant vers la maison, elle écoutait le bruit de ses pas, qui diminuait de plus en plus dans le silence de la

nuit. Quand elle eut cessé de les entendre, elle respira plus
librement; et là, seule sous la brillante voûte étoilée, dans
ce silence absolu, elle sentit une douce paix descendre dans
son esprit. Le léger souffle du vent rafraîchissait et caressait
son visage et lui apportait les vivifiantes émanations du printemps qui approchait. La vertu fortifiante des paroles qu'elle
avait dites et la consolation qu'elles avaient donnée à un
autre, venaient la fortifier et la consoler elle-même, avec
le sentiment qu'un amour infini gouverne le monde et
qu'elle avait été son interprète. La pensée de cette communion avec le Saint, le Tout-Puissant, l'auteur de la vie fondit
son âme en une de ces prières si puissantes, mais qui ne
trouvent point de mots pour s'exprimer, et par lesquelles les
pauvres enfants des hommes encore assis dans les ténèbres
essaient de s'élever vers la source de toute lumière :

« O toi! pensait-elle en son cœur, toi dont j'ai le pressentiment, que je ne connais pas encore, mais que je veux
connaître et aimer, Dieu! tourne vers moi ta face, éclaire-
moi de ta lumière et de ta grâce! »

Puis la pensée d'Alma, le désir de savoir quelque chose
sur elle se mêlaient avec une inexprimable mélancolie dans
la solennité de la nuit à ce désir de la divine lumière. Et
qui est celui qui ayant perdu par la mort un être aimé, n'a
pas, aux heures les plus sérieuses ou les plus désolées de
sa vie, prononcé dans les profondeurs de son cœur le nom
de cet être, et demandé un signe, ah! seulement une
croyance intérieure que celui que nous ne voyons plus ne
nous a pas quittés, qu'il nous entend, qu'il nous aime, qu'il
jouit du ciel et des joies après lesquelles nous soupirons
encore; qu'il prie pour nous, encore plongés dans les
ténèbres, aux pieds du Dieu dont il est plus près que nous.

C'était ce qu'éprouvait Hertha lorsque, étendant les bras
dans l'espace vide, elle appelait à demi-voix : Alma! Alma!

Mais aucune voix, aucun son ne répondit dans la solitude immense. Ses bras retombèrent, elle essuya ses yeux et rentra dans sa chambre, pour chercher dans le sommeil l'oubli de ses inquiétudes et de ses intimes angoisses. Les larmes calmèrent son agitation. C'est un grand soulagement que de pouvoir pleurer. Elle s'endormit ; dans ses rêves elle crut voir à travers l'azur des cieux une étoile qui l'enveloppait de ses lumineux rayons ; cette lumière était si douce que tel on peut se figurer le regard des bienheureux.

PROJETS ET ENTREPRISES.

Quelque chose de nouveau sous le soleil.

Madame Tupplander est dans toute sa splendeur, mademoiselle Krusbiörn est dans toute son activité, toutes les servantes de la maison sont aussi affairées que les abeilles dans une ruche ; car il doit y avoir un grand déjeuner de chocolat et de bouillon, avec l'accompagnement obligé de petits pains et de gâteaux. On ne sait pas au juste combien on aura de convives, mais on sait seulement qu'ils seront nombreux.

La Société de dames proposée le jour du bal et la veille du grand incendie n'a point encore été organisée, mais cependant, vu l'urgence, elle a commencé à fonctionner. La nécessité a aussi fait former précipitamment une société d'hommes sous le nom de Comité de secours pour venir en aide aux victimes de l'incendie, et les deux sociétés doivent se réunir ce matin chez madame Tupplander, pour arrêter ensemble leurs règlements et se consulter sur quelques mesures

générales en vue des plus pressantes misères. Le pasteur Dahl
doit occuper le fauteuil de président et Mimmi Svanberg doit
remplir les fonctions de secrétaire. Le secrétaire du protocole N. B. est venu aussi pour recueillir les matériaux nécessaires à son ouvrage contre les Sociétés de Dames.

Dames et Messieurs arrivent en grand nombre. On se
salue; on se serre les mains; puis on s'assemble en petits
groupes, les femmes d'un côté, les hommes d'un autre,
suivant l'usage de nos salons du Nord. Chacun parle à voix
basse à son voisin; le chocolat et les biscuits circulent; on
boit, on mange, on pose les tasses, on s'assied et le
silence se fait, car le petit pasteur, debout à l'extrémité du
salon, se dispose à parler, et comme toujours, c'est avec
plaisir et sympathie qu'on se dispose à l'écouter.

Mais alors il lui arrive — ce qui lui arrivait souvent; l'é-
motion s'emparant de son cœur, ses pensées prennent une
direction inattendue, et, suivant l'inspiration qui le guide,
il dit tout autre chose que ce qu'il avait préparé la plume
à la main. Son émotion est évidente, ses yeux brillent comme
s'ils voulaient répandre la lumière sur tous ceux qui l'écoutent, et il dit :

« Mesdames et Messieurs! pourquoi être ici comme étrangers les uns aux autres, les hommes ici et les femmes là?
Quoi! ne sommes-nous pas tous frères et sœurs, enfants du
même père et réunis ici pour le servir dans un même dessein? Pourquoi nous diviserions-nous en Société d'hommes
et Société de Dames? Pourquoi ne pas nous unir en une
seule Société, divisée en familles de frères et de sœurs,
nous aidant mutuellement, et travaillant en esprit de charité
pour le service du Père de la famille céleste? — Quand
Dieu créa la race humaine, il créa l'homme et la femme et
les donna pour soutiens l'un à l'autre dans la vie, comme
on rapproche deux moitiés pour former un tout parfait.

Cette loi qu'il a posée est la loi éternelle. L'homme et la femme doivent se tendre la main l'un à l'autre, non-seulement comme époux et épouse, mais aussi comme frère et sœur, non-seulement dans la communauté privée de la famille, mais aussi dans la grande communauté de la vie sociale; ainsi en était-il dans les temps primitifs du christianisme; hommes et femmes fraternellement unis, distribuaient ensemble le pain et la prière. Ainsi et d'une manière bien plus excellente cette union sera-t-elle complétée quand l'Esprit saint aura pénétré de son influence tous les royaumes de la terre, et alors que le céleste jardin d'Éden s'ouvrira encore pour tous les enfants d'Adam et d'Ève! Mais dès à présent sur cette terre, pour cette faible portion du grand champ du Père de famille, commençons l'ouvrage. Unissons-nous dans une intelligence plus profonde de cette salutaire union; donnons-nous la main les uns aux autres comme gage d'un lien vraiment fraternel; ainsi nous accomplirons le dessein du Créateur qui n'a pas voulu donner à l'homme seul ni à la femme seule, mais à l'homme et la femme unis, à l'être parfait, la domination de la terre.»

« Voici vraiment quelque chose de nouveau sous le soleil» dit Mimmi, souriant au pasteur tandis qu'elle notait rapidement les principaux points de son discours. « Pourvu que cela réussisse! »

Pendant les terribles malheurs qui venaient de frapper la ville, hommes et femmes avaient travaillé ensemble comme frères et sœurs pour le soulagement général, unis par la souffrance et la pitié. Et ces mêmes personnes réunies en ce moment se trouvaient, sous l'impression vivante encore d'un tel souvenir, très-disposées à accueillir la proposition qui venait de leur être faite. Aussi quand le noble et respectable jurisconsulte M. Carlsson se leva pour remercier l'orateur et pour dire que, s'associant à toutes ses vues, il adoptait sa proposition, l'assemblée répondit par des acclamations presque unanimes, et deux ou trois votes négatifs se perdirent dans l'approbation générale.

On commença donc immédiatement sous la direction du bon pasteur à organiser la nouvelle Société. Une première famille fut formée pour diriger les affaires d'argent, et le travail fut distribué aux divers membres. Puis toutes les autres familles se formèrent selon les divers besoins. Chaque famille eut un père et une mère qui choisirent les autres membres. C'est ainsi que le docteur Hedermann fut nommé père de la famille chargée de soigner les pauvres victimes de l'incendie et que, souriant et ému tout à la fois, il choisit pour ses enfants et coopératrices Ingeborg et Hertha, heureuses de se placer sous sa direction. La femme du pasteur, madame Dahl, qui n'avait jamais eu d'enfants, mais dont le cœur était si vraiment maternel, fut à l'unanimité nommée mère de la famille des pauvres enfants abandonnés; elle reçut cette mission avec des larmes dans les yeux, et en voyant déjà dans son imagination se réaliser par ses soins les désirs de son cœur, l'ouverture d'un asile et la fondation d'une école pour les pauvres enfants.

Madame Tupplander parut un peu confondue quand elle s'entendit proposer comme mère de la famille chargée de la marmite des pauvres, et elle semblait considérer cette mission comme très-au-dessous de sa dignité, mais sa physionomie s'éclaircit quand l'aimable comtesse P. vint gracieusement lui offrir son assistance et promettre de fournir de sa campagne à la marmite des pauvres tous les légumes nécessaires. Le comte déclara en riant qu'il ne se séparerait pas de sa femme, qu'il enverrait deux voies de bois et qu'il ferait tuer de temps à autre un bœuf pour la marmite.

Une douce joie régna bientôt dans toute l'assemblée; l'esprit de charité qui avait inspiré la proposition semblait peu

10

à peu pénétrer tous les cœurs. La vanité, l'égoïsme, les petites rivalités disparaissaient sous cette douce et magique influence; chacun sentait naître en son cœur le courage et une noble confiance en ses propres forces et en celles d'autrui pour faire le bien. Beaucoup étaient émus sans savoir pourquoi. On souriait à ces noms de frère et de sœur, de père et de mère, mais avec quelques larmes; on se serrait les mains et l'on se sentait véritablement les membres d'une même famille.

Mimmi Svanberg n'avait pu refuser son assistance à personne; elle se trouvait membre de toutes les familles à la fois; on déclara qu'elle serait « citoyenne libre », qu'on la laissait à ses propres inspirations, mais que son aide serait bien accueillie partout.

Les futures réunions, particulières ou générales, furent réglées, puis on se sépara.

Ainsi fut fondée, au milieu du contentement et de l'attendrissement de tous, et avec une bonne volonté générale, cette petite Union fédérale qui devait avoir une si grande influence sur la destinée de beaucoup de ses membres et que Mimmi Svanberg appelait «quelque chose de vraiment nouveau sous le soleil. »

Madame Tupplander ne savait trop que dire de tout cela, et si c'était vraiment une chose à approuver; mais quand l'honorable mademoiselle Krusbiörn eut déclaré avec enthousiasme (car c'était une personne très-enthousiaste), qu'elle ne connaissait rien de plus beau, et que, pour elle, elle serait heureuse de faire tous les jours de sa vie de la soupe pour la société, parce qu'il lui semblerait que c'était la faire pour Dieu le Père et toute sa famille, madame Tupplander se trouva elle-même très-satisfaite et promit qu'aussi longtemps qu'elle vivrait, aucun pauvre ne manquerait de soupe dans la ville. Ainsi ces deux personnes même se trouvèrent satisfaites.

LA MISSION D'HERTHA.

La mission d'Hertha, comme celle d'Ingeborg, avait été
décidée par la part qu'elles avaient prise toutes deux dès le
lendemain de l'incendie dans les soins que le docteur Ile-
dermann donnait aux malades et aux blessés; il les appelait
avec une sorte de satisfaction paternelle ses filles et ses
aides, et il avait pris évidemment une grande confiance en
elles. Il leur donnait les médicaments, il leur indiquait le
traitement à faire suivre, et n'avait pu être témoin de leur
habileté et de leur adresse à panser et à soigner les malades
sans un plaisir et une secrète admiration qu'il avait cependant pris soin de leur cacher, n'ayant jamais eu pour elles
d'autre louange que celle-ci :

« C'est bien, pourvu que vous continuiez comme vous
avez commencé, pourvu que vous persévériez ! »

Le bon docteur était effectivement si occupé par la quantité d'accidents qu'occasionna le grand incendie, par les
rhumes, catarrhes et pleurésies qui en furent la conséquence,
qu'il avait grand besoin de l'aide qu'il trouvait dans les
membres de sa nouvelle famille.

On s'imagine en général que soigner et panser des blessés
doit être quelque chose de pénible et de repoussant. Nous
croyons cependant que quelques personnes nous compren-
dront si nous parlons de l'intérêt et même du charme d'une
telle occupation. Les femmes des temps anciens étaient
renommées pour leur grande habileté en chirurgie; dans
l'antiquité la plus reculée elles ont été célèbres à ce titre,
surtout dans le Nord, et aujourd'hui encore on peut en

citer quelques-unes qui, au milieu de nous, ont su se distinguer autant par l'habileté de leurs soins que par leur charité.

Pour une femme alors le blessé devient comme un enfant malade, et quand, soulagé, rafraîchi, il la regarde avec une expression de calme et de satisfaction, elle aussi éprouve un sentiment de satisfaction et de plaisir. Elle sait poser délicatement sur la plaie le linge fin et blanc, l'humecter d'une huile onctueuse, la bander en serrant doucement le membre malade comme un enfant qu'une mère emmaillotte soigneusement, et elle éprouve en faveur du pauvre patient qui la remercie un sentiment vraiment maternel. Chaque jour elle voit son malade aller de mieux en mieux; il y a une habileté, un art véritable, quelque simples qu'ils soient, un don, une délicatesse particulière des doigts, et, dans cet art comme dans un autre, on peut trouver, outre la joie de la charité, l'intérêt et le plaisir du succès.

Ainsi en était-il pour Hertha et Ingeborg. Par leur dévouement et leur habileté, elles savaient non-seulement être utiles, mais se faire aimer de tous ceux à qui elles donnaient leurs soins.

Yngve Nordin se trouvait, le lecteur peut se le rappeler, parmi les blessés, et avait été transporté après la fin de l'incendie au presbytère, gravement blessé au bras gauche et au genou par la chute d'un mur. Le docteur Hedermann emmena Hertha avec lui dans ses visites à Nordin et lui montra comment il fallait panser ses blessures. Pendant les premiers jours le malade souffrait de la fièvre, le docteur venait tous les jours; mais quand la convalescence commença, le docteur envoya souvent Hertha seule, venant tous les deux jours ou même seulement deux fois la semaine pour s'assurer que tout allait bien. Quand la jeune fille vint seule, elle demanda à la femme du pasteur de l'accompagner dans la chambre du malade, ce que celle-ci s'empressa de faire; mais il lui arrivait souvent de les laisser seuls, soit parce que Nordin causait sur des sujets qui ne l'intéressaient point, ou lisait quelques poésies dans des langues étrangères qu'elle n'entendait pas, soit parce qu'il lui était difficile d'y rester, sans être continuellement dérangée par toutes les personnes qui avaient recours à elle pour tant de choses diverses.

« Mais. . . est-il à propos en vérité que ces deux jeunes gens restent si longtemps ensemble?» dit un jour avec un peu d'inquiétude le pasteur à sa femme. «Cette jeune fille n'a plus sa mère; vous devez la remplacer auprès d'elle. »

« Je ne demande pas mieux » reprit madame Dahl, «mais je voudrais cependant bien n'être pas obligée de rester là tout le temps que dure le pansement; ils parlent ensemble de toutes sortes de choses qui ne me concernent point. Nordin fait la lecture en anglais et je ne comprends pas cette langue. Je reste là inutile, et — enfin — j'ai ma maison à soigner et mes servantes à surveiller. Il ne peut y avoir aucun inconvénient à laisser seuls des jeunes gens aussi raisonnables, et d'ailleurs, pour ma part, je suis sûre que Dieu les protége. »

Dieu les protégeait en effet et les conduisait en tout ceci bien plus que ne le supposait la femme du pasteur.

Les blessures ou plutôt les contusions de Nordin n'étaient point graves, mais elles étaient de nature, surtout celle du genou, à demander beaucoup de soins, beaucoup de temps et surtout beaucoup de patience; et le jeune homme en avait fort peu. Il soupirait après le moment où il retrouverait son activité ordinaire. Supporter le mal et attendre la guérison était pour lui une difficile épreuve. La société et la conversation d'Hertha lui devinrent bientôt aussi nécessaires que ses soins. Mais lui aussi, il ne tarda pas à exercer une influence inattendue sur elle. Ils s'étaient rencontrés et avaient travaillé ensemble à l'heure du danger, au milieu du feu et des flammes. Ceci joint à la similitude de pensées qui s'était trahie dès leur première conversation, leur donnait, à l'un envers l'autre, un sentiment de sincère amitié. Ils se sentaient frère et sœur. Aucun embarras n'existait entre eux, et leurs relations étaient aussi simples, aussi faciles que douces.

Hertha faisait faire à Nordin quelques lectures à haute voix pour l'occuper et le distraire pendant les longs pansements qu'exigeaient ses blessures. Elle apprit ainsi à connaître quelques-uns des poëtes qu'il aimait le plus parmi les modernes et principalement les ouvrages du jeune poëte américain, son ami, James H. Lowell. Ils y trouvaient exprimées avec une séduisante éloquence les idées d'un monde et d'un âge nouveaux de liberté, de travail, de joie pure et de fraternité. Ces lectures soulevaient bien des questions et bien des pensées. Nordin avait passé deux ans aux États-Unis, il éprouvait une profonde sympathie pour la vie énergique qui est propre aux états libres, mais qui ne s'exerce dans aucun de ceux d'Europe avec la même plénitude et la même jeunesse exubérante qu'aux États-Unis. Il aimait à parler sur ce beau sujet.

« Les femmes du Nouveau-Monde, lui demanda un jour Hertha, n'ont-elles pas exprimé les mêmes désirs passionnés vers un avenir meilleur ? »

Nordin lui cita alors parmi elles des femmes dont la religieuse ardeur et l'esprit libéral avaient eu une grande influence sur son esprit. Il développa à ses yeux tout ce mouvement qui se produit aux États-Unis par les assemblées pour les droits des femmes et dans lesquelles tant de nobles paroles ont été prononcées. Il les justifia des accusations que des esprits prévenus ont élevées contre elles et prouva que les

femmes dans ces occasions n'avaient réclamé que le droit à
une éducation et à une liberté qui leur permissent de devenir
ce que Dieu les appelle à être par les facultés qu'il leur a
données.

Hertha sentait son cœur battre plus fier et plus joyeux
pendant ces conversations. Elle était fière pour son sexe des
nobles paroles prononcées par ses pareilles; elle voyait avec
orgueil ces femmes marcher comme des pionniers de l'avenir;
elle se trouvait petite devant une si grande tâche, mais heureuse aussi de voir des hommes combattre pour cette cause
comme si elle eût été la leur, et un noble jeune homme
s'en faire l'avocat.

Elle se sentait bien moins portée à défendre les droits de
son sexe qu'à se rendre digne d'une si noble justice. Souvent
les deux jeunes amis se faisaient un tableau de l'avenir qu'ils
rêvaient, de la beauté d'une société dans laquelle l'homme
et la femme seraient mutuellement à un degré plus élevé le
soutien l'un de l'autre, portant ensemble le poids de la vie,
chacun cependant suivant sa nature et ses dons particuliers,
et partageant comme ami et comme égal les soucis et les
joies.

Au milieu de ces conversations, il se fit, comme on pouvait le prévoir, que ces deux âmes, qui s'éclairaient mutuellement, lurent profondément l'une dans l'autre et s'admirè-
rent. Souvent aussi le temps passa pour eux d'une aile si
rapide qu'ils ne remarquaient point sa fuite et que le son de
l'horloge seul venait rappeler à Hertha qu'elle était attendue
chez elle.

Une fois, dans une de ces conversations prolongées, il
leur arriva, par oubli d'un instant, de se nommer familièrement de leurs noms de baptême; ils rougirent, mais
Nordin s'écria avec enthousiasme :

« Oh! que cela continue ainsi! N'y a-t-il pas intimité

réelle entre nous par nos sentiments et nos désirs? pourquoi en craindre l'apparence? ce n'est pas par erreur ni hasard que ce nom a échappé de mes lèvres; il est conforme aux sentiments vrais de mon cœur. Hertha, soyez désormais pour moi une véritable, une sévère amie; je n'en ai jamais eu de telle; j'en ai besoin. J'aime et je désire le bien, mais je ne trouve pas en moi-même l'ardeur et la force nécessaires pour l'accomplir. J'ai été gâté par la prospérité, par des amis trop indulgents, par une mère trop tendre peut-être; j'aime trop la louange et le succès facile; j'ai peur même de heurter les préjugés d'autrui par mon respect de la vérité. Je voudrais changer, je voudrais être l'homme auquel Hertha pourrait accorder toute son estime. Aidez-moi à devenir tel, Hertha. Dites-moi toujours la vérité, n'épargnez pas mes faiblesses ni mes fautes. Soyez toujours sincère avec moi et vous n'aurez pas été bienfaisante seulement pour mon corps malade, mais aussi pour mon âme. »

Hertha se sentit heureuse d'entendre Nordin lui parler ainsi; elle lui demanda la même sincérité envers elle et ainsi se forma une amitié qui devait être pour eux un mutuel et incessant progrès dans la voie de la vérité et du bien.

Cet incident donna comme une nouvelle impulsion à leurs entretiens. Hertha avait pris depuis longtemps l'habitude de parler avec une franchise, avec une indépendance absolue, peu soucieuse de ne pas choquer l'opinion des autres; cette manière était naturellement celle d'un esprit qui se sentait supérieur à ceux qui l'entouraient et que le malheur avait aigri. Mais dans Nordin elle avait trouvé une âme sœur de la sienne, et si elle continuait à se montrer sévère et rude envers lui, c'est qu'elle croyait que les hommes étaient généralement gâtés par la faiblesse des femmes et par l'indulgence de l'opinion publique à leur égard.

Cette manière ne déplut point à Nordin, parce qu'elle

était conforme à ses vues et parce que, doué d'une élévation
et d'une noblesse de caractère peu ordinaire, il trouvait un
intérêt singulier à entendre une femme guidée par les seuls
instincts de son sexe s'exprimer librement sur des questions ordinairement bannies de la conversation entre homme
et femme. Il sentait chez Hertha un esprit si élevé, un amour
si sincère pour ce qui est bien, qu'il ne pouvait lui reprocher une sévérité dont la source était l'élévation et la pureté
même de son âme; il y puisait lui-même un désir passionné
de s'élever vers cet idéal qu'elle lui montrait.

Puis Hertha était si belle quand elle s'enflammait d'une
noble indignation contre ce qui lui semblait mal! Ses paroles
restaient calmes, mais ses yeux lançaient des éclairs. Et
enfin si elle était sévère et presque dure dans ses jugements,
elle montrait à Nordin tant de compassion et d'affectueuse
douceur en soignant ses blessures; et ses mains si régulièrement belles se montraient si adroites pour les soulager!

Nordin avait d'abord considéré Hertha comme une sorte
de phénomène moral intéressant à étudier; mais le pouvoir
qu'elle exerçait sur lui s'accroissait de jour en jour. Il
avouait qu'il était comme magnétisé par elle; seulement cette
influence, au lieu d'endormir ses facultés, les rendait plus
vives et plus ardentes.

Le sujet de leur première conversation, lors de leur rencontre le soir du bal, revint plusieurs fois, et fut de nouveau traité de mille manières. Nordin ne se montra pas toujours aussi indulgent pour les torts et les faiblesses des
femmes; Hertha ne cherchait point à les défendre, mais les
jugeait avec plus d'indulgence. «Les femmes, disait-elle,
ne sont pas encore ce qu'elles doivent être, leur jour n'est
pas encore venu. Attendez avant de les condamner.»

Un jour elle parlait avec amertume de l'indulgence du
monde pour les fautes des hommes et de sa sévérité pour

celles des femmes, même si elles sont jeunes, pauvres et
sans protection, même si elles ont le courage d'avouer ces
fautes et d'en supporter les conséquences. Nordin, tout en
étant d'accord avec elle, parut affecté péniblement, rougit
et détourna les yeux; Hertha rougit aussi et quitta ce sujet,
mais pour y revenir plus tard d'une manière plus pressante,
et, depuis ce moment, l'image de Nordin, qui dans son esprit commençait à paraître si pure et si belle, se voila d'un
nuage. Elle se rappela les paroles du juge Carlsson sur ses
succès dans le monde, le premier jour où elle l'avait rencontré, et se dit à elle-même : « Il ressemble à tous les autres
hommes et n'est pas plus qu'eux exempt de blâme ! » Attristée
par cette pensée, elle devint plus réservée et plus froide
avec lui.

On pourrait croire que cette manière d'être d'Hertha envers Nordin était de nature à l'empêcher de l'aimer. Oui,
certes, elle devait rendre impossible cet amour efféminé
que les poëtes ont placé sur les nuages, porté dans le char
de Vénus ou de Freya. Mais il y a un amour plus élevé
et plus digne et que l'on peut avec justice admirer et ré-
vérer; « car il est divin ; il a conscience de sa voie, et
cette voie monte aux cieux.» Une femme d'un caractère
fort indépendant et sévère comme Hertha pouvait facilement choquer ces hommes et ces femmes habitués à enfermer toute leur vie dans l'enceinte d'un salon et incapables
de s'élever dans une plus large sphère ; mais cette âme, se
dégageant de tout respect humain pour s'élever aux pures
régions où la vérité brille sans voiles, devait enchanter tout
esprit digne d'elle, se montrât-elle avec la sévérité d'une
Euménide. Les Euménides étaient femmes et un charme
secret attirait vers leur puissance vengeresse.

Nordin éprouvait devant Hertha ce charme singulier et
s'abandonnait avec délice au sentiment d'admiration qu'elle

lui inspirait. Elle éveillait encore en lui un sentiment d'un autre genre. Souvent, quand avec une amertume poignante elle donnait cours à son indignation contre quelque chose de bas ou d'injuste, Nordin, les yeux fixés sur elle, se demandait comment, si jeune, tant de découragement et d'amertume pouvaient trouver place dans son âme; et il sentait naître le désir de la réconcilier avec la vie.

Hertha voyait ce désir, car entre deux âmes qui se comprennent, il n'est pas besoin de mots pour s'entendre.

Hertha n'avait vu la vie et le monde que sous son aspect le plus sombre; elle n'y trouvait que des persécuteurs et des victimes; les premiers excitaient sa haine, les autres sa compassion. L'injustice, la souffrance, l'erreur et les ténèbres lui semblaient de siècle en siècle avoir l'empire de la terre. Aucun âge de l'humanité ne lui semblait préférable à un autre. Les hommes avaient découvert de nouveaux moyens de plaisir et de bien-être et de nouveaux moyens aussi de guerre et de destruction; mais l'homme, pris individuellement, était toujours le même : aussi borné, aussi faible, aussi cruel, aussi imparfait hier qu'aujourd'hui, dans le passé que dans le présent. Si quelques êtres supérieurs, portant l'empreinte de cette perfection idéale dont le sentiment est cependant au fond de la conscience humaine, avaient paru sur la terre, ils avaient été le plus souvent méconnus, persécutés, crucifiés par ceux qu'ils avaient trop aimés. Mais le grand Dieu invisible restait caché pour tous et incompréhensible dans le gouvernement du monde. Les ténèbres continuaient à envelopper le mystère de la vie; est-ce autre chose qu'un voyage qui, pour la plupart, n'offre pas un instant de joie et dont le but est inconnu? On parle d'une foi et d'une espérance qu'on ne possède pas réellement. On marche dans les ténèbres sans savoir où l'on va et d'où l'on vient. Lorsqu'Hertha exprimait ces sombres pen-

sées et laissait voir à Nordin tout ce trouble qui remplissait
son âme, il y opposait les enseignements qu'il avait puisés
dans l'étude de la théologie et de l'histoire. Il les avait longtemps et profondément étudiées, se destinant à être ministre
de l'Évangile. Il n'avait abandonné cette carrière que, parce
que forcé de subvenir non-seulement à ses besoins, mais à
ceux de sa mère bien-aimée, il avait dû en chercher une
plus lucrative; mais il n'avait point négligé à cause de cela
ses études favorites. Une intelligence nette et un cœur droit
l'avaient guidé pour séparer l'or pur de l'alliage, et maintenant il voulait faire partager à son amie cette foi et cette
espérance qu'il considérait comme les plus précieux trésors.

Il essayait de lui montrer dans l'histoire Dieu toujours
présent; la conscience humaine, obscurcie au commencement, ne le comprenant que confusément d'abord, mais
s'éclairant peu à peu à sa lumière; n'en saisissant d'abord
que quelques traits et leur donnant une forme bornée; quelques éclairs de la vérité éclatant passagèrement, mais l'œil
de l'humanité se fermant devant une lumière encore trop
vive; la vérité cependant perçant les nuages jusqu'au moment où elle dévoile sa face divine dans le Verbe fait homme,
et révèle par lui Celui qui est de toute éternité. Si Nordin
essayait de placer devant Hertha l'histoire de l'humanité,
c'est qu'il la considérait comme un moyen de mieux comprendre Dieu et soi-même. Il essayait surtout de fixer ses
regards sur le moment de la révélation, car il croyait avec
le grand historien Jean de Müller, que « par ce point on pouvait répondre à toutes les grandes questions de l'histoire
et de la destinée humaine, que par là toutes les énigmes
étaient résolues, et que le monde, plongé comme il était
dans le mal et dans la douleur, s'illuminait tout entier à cette
lumière. »

Plus d'une fois Nordin crut voir Hertha saisir pleinement

les vérités qu'il exposait devant elle ; mais, hélas! elles tra-
versaient son esprit comme l'éclair dans la nuit ; toujours
un regard désespéré sur tous les maux et toutes les douleurs
de cette vie la ramenait au doute.

Alors Nordin lui montrait que de siècle en siècle un flot
de lumière et de liberté avance toujours sur la terre et s'é-
tend de plus en plus ; quelquefois arrêté, repoussé même,
il reprend son cours victorieux, gagnant de nouveaux peuples,
de nouveaux royaumes, poussant toujours plus avant ceux
qu'il a déjà conquis ; comme le Nil, dès que la pluie commence à tomber du ciel, enfle ses ondes graduellement et
fertilise les campagnes de l'Égypte, ainsi l'humanité, surtout depuis que le christianisme l'a touchée, s'avance par
un progrès lent mais continu vers la lumière, la liberté et
le bonheur.

« Vous dites, continuait Nordin, que les hommes ne sont
point meilleurs maintenant qu'il y a dix-huit siècles, qu'aucun être n'est aujourd'hui plus vertueux que les apôtres du
Christ et que Jean le disciple bien-aimé ; peut-être est-il un
degré de perfection que l'homme ne peut dépasser et qui
doit lui suffire pour le rendre digne du Royaume de Dieu.
Mais de siècle en siècle, particulièrement depuis le christianisme, le nombre de ceux qui s'élèvent vers la perfection
s'accroît. A mesure que le monde donne plus de citoyens
au ciel, il devient capable et digne de posséder plus de
liberté pour faire le bien. L'important pour l'homme est de
marcher vers Dieu ; la joie ou la douleur ne sont que des
accidents passagers, et c'est là l'explication de la Providence
sur la terre. La prospérité et le bonheur des sociétés sont
proportionnés à leur liberté et à l'usage qu'elles savent en
faire. Comparez le peuple chrétien de ce siècle avec les
peuples des premiers siècles après le Christ. Comparez les
païens de la Chine avec les libres communautés du Nord de

l'Amérique. Vous verrez que Dieu fait connaître par les progrès de l'humanité sa direction sur elle, et que la doctrine divine jette des racines dans le cœur des peuples. Si nos sociétés offrent encore tant de vices et d'imperfections, c'est que la vraie liberté chrétienne n'appartient encore qu'à un petit nombre; il y a encore beaucoup à faire, et nous devons travailler parce que Dieu est avec nous. »

« Mais il y a des milliers d'individus qui vivent rampant sur la terre et qui meurent sans que la lumière céleste ait frappé leurs yeux. »

« Le Dieu suprême est vivant, reprit Nordin avec enthousiasme, et nous savons qu'il est la suprême justice et le suprême amour. Tel il s'est révélé à nous, et tel il sera dans toute l'éternité. Cela doit nous suffire; toutes ses œuvres seront conformes à la loi de justice et d'amour dans tous les temps, dans tous les mondes. Nous savons que sa volonté est que tous les hommes puissent atteindre à la vérité tôt ou tard sur cette terre ou dans un autre monde. Il appelle quand il le veut un être ou un peuple à entrer dans sa vigne. Mais tous seront appelés, tous devront choisir et décider librement pour eux-mêmes. Ceci est la loi du gouvernement de Dieu, évidente pour nous dès cette vie terrestre. »

« Que vous êtes heureux, disait Hertha, d'avoir pu étudier toutes ces questions, d'avoir pu y réfléchir longuement et de les voir clairement! Il y en a dont le cœur et la vie sont dans les ténèbres, seulement à cause de leur ignorance! »

On croit souvent que la conversion du sceptique peut être l'ouvrage d'un moment, un miracle de la grâce divine dans lequel les efforts de la raison n'ont point de part. Nous ne croyons point qu'il en soit ainsi. La conversion de Saint-Paul est un miracle et une exception. Nous croyons qu'en général la vérité pour l'âme qui la cherche est comme le soleil derrière un ciel nuageux pour la terre qui le désire. Les nuages

sont les doutes, les douleurs, les épreuves de cette la vie;
mais nous croyons fermement que le soleil est derrière.
Quelquefois un rayon traverse le nuage, puis les nuées s'épais-
sissent encore et l'ombre couvre encore la terre. Que le
vent s'élève et emporte les nuages, les ténèbres et la lumière luttent, et le soleil reste vainqueur, et aucun nuage
ne voile plus sa céleste beauté. « Il passe des ténèbres à
l'éclat à travers les ombres. » C'est ainsi, nous le croyons,
que l'âme humaine s'élève à la vérité; mais le moment où
le soleil de la vérité paraît en plein est merveilleux et semble
vraiment miraculeux à l'âme qui doutait.

C'est ce que nous avons vu dernièrement dans les con-
fessions d'un membre éminent du clergé de Danemark,
l'évêque Mynster. Il raconte ses doutes cruels et les luttes
de son intelligence pendant bien des années, durant lesquelles il prêchait un Évangile auquel il ne croyait pas, mais
dont la beauté cependant le transportait; puis il expose
comment la lumière et la certitude entrèrent tout à coup
dans son âme comme il lisait un passage de Spinosa sans
aucun rapport avec les pensées qui, se présentant soudainement à son esprit, firent de lui un ferme et heureux
chrétien.

C'est la fleur qui s'épanouit soudainement à la lumière;
nul n'a vu sous la terre le long travail des racines.

Ainsi cherchait notre Hertha; elle cherchait au milieu des
ombres de la terre le Dieu qu'elle voulait implorer, non
pas seulement pour elle-même, mais pour toutes les âmes.
C'est pour cela que la méthode que Nordin avait adoptée
pour la convaincre était la meilleure. Un esprit comme celui
d'Hertha, passionné pour la vérité, mais ferme et hardi,
ne pouvait se contenter de demi-solutions, et posait devant
Nordin des questions et des doutes qui obligeaient celui-ci
à réfléchir profondément aux doctrines qu'il lui prêchait.

Plus d'une nuit sans sommeil fut passée à résoudre des difficultés nouvelles pour lui. Car il était trop sincère et trop
honnête pour proposer à Hertha des preuves qui ne l'eussent
point complétement convaincu lui-même. La franchise avec
laquelle il confessait, s'il y avait lieu, son ignorance, ou
même ses propres doutes, lui donnait sur l'esprit d'Hertha
plus d'autorité que la science la plus complète, parce qu'elle
était sûre de sa sincérité, et qu'alors elle cherchait elle-
même à s'éclairer avec lui.

Hertha était de ces âmes qui veulent voir pour croire.
Elle voulait voir la Providence de Dieu dans le gouvernement du monde avant de s'abandonner à elle.

Nordin apercevait cependant avec joie l'ascendant toujours plus grand qu'il prenait sur elle. Au désir si noble de
l'attirer à la vérité se joignait pour le jeune philosophe le
plaisir de s'occuper d'études qu'il aimait; et quand il vit
qu'il se passerait sans doute plusieurs mois avant que sa
santé lui permît de reprendre ses occupations, il voulut
entreprendre un travail sur toute l'histoire destinée à prouver à son amie la sagesse de la Providence.

A chaque visite, il lisait quelque fragment de son travail.
Le plus souvent elle le rendait heureux par son approbation;
d'autres fois elle revenait aux objections tirées des douleurs
et des injustices du monde. Nordin avait toujours pour dernières raisons la suprême justice et la suprême bonté de
Dieu. «Dieu est amour» disait-il, et Hertha commençait à
comprendre que ce mot seul pouvait bien éclairer toutes les
ténèbres, et la pensée du Dieu qui donna cette parole à la
terre s'élevait au-dessus de toutes les autres dans son âme
pour s'en emparer entièrement.

La légende raconte que jadis l'île suédoise de Gothland,
«l'œil de la Baltique», alternativement s'élevait au-dessus de
la surface de la mer et s'abaissait au-dessous, mais que le

feu y ayant été apporté et allumé, elle resta fixée désormais au-dessus des flots. Ainsi s'élève et s'abaisse l'âme humaine, obéissant aussi à tous les caprices des vagues jusqu'à ce qu'un feu y soit allumé, le feu de l'amour divin !

Cependant le printemps s'avançait ; les bouleaux commençaient à verdir et leurs feuilles légères à trembler au vent. Les moineaux construisaient leurs nids et remplissaient l'air de leurs cris perçants ou plaintifs ; l'aubépine rougissait dans les champs, les lilas montraient leurs boutons, les abeilles bourdonnaient et les arbres fruitiers se couvraient de fleurs.

La petite rivière murmurait au pied de la montagne où elle avait sa source et baignait les prairies qui avoisinaient la maison du pasteur. Quand Nordin put se soutenir, il essaya quelques pas, aidé par Hertha, sous les arbres du jardin ou au bord de la rivière sous les pins et les bouleaux. Il se sentait encore bien faible et cependant plein de vie ; il souffrait de se voir encore malade, mais il était ému et charmé par la beauté de la nature, car dans notre Nord elle a au printemps une grâce touchante et mélancolique, comme celle de nos vieux chants populaires.

Son cœur était plein de reconnaissance pour celle dont le bras le soutenait avec force et douceur ; il était heureux d'avoir besoin d'elle, et Hertha, est-il besoin de dire? combien elle était heureuse de lui prêter son aide!

Dès qu'il fut capable de marcher jusque-là, elle le conduisit au cimetière, situé sur une colline, à peu de distance du presbytère, là où était la tombe d'Alma. Elle était couverte de fleurs ; un petit banc était placé auprès. Pour la première fois Hertha parla alors à Nordin de sa sœur bien-aimée, de la manière dont leur jeunesse s'était écoulée, et Nordin pour la première fois aussi comprit que des trésors de tendresse étaient cachés au fond de ce cœur, et que cette tristesse

11

amère, ce découragement qu'il n'avait pas compris ne venaient que de la vivacité de ses sympathies pour les souffrances des autres. Nordin répondit à cette confidence en
lui faisant aussi connaître sa famille à lui-même, en lui
parlant de sa mère bien-aimée. Il la peignit comme une
personne si remplie de l'amour du Sauveur que ce sentiment la dominait seul et l'inspirait sans cesse, et qu'ainsi
on sentait dans toutes ses paroles, dans toutes ses actions,
une droiture et une force qui captivaient, et lui soumettaient
tous ceux qui l'approchaient, comme par le pouvoir d'une
harmonie parfaite. Il lui parla de son heureuse enfance,
lorsqu'ils étaient, ses frères et lui, sous la direction de leur
mère ; comment elle lui enseignait à agir toujours selon sa
conscience sans s'occuper des conséquences. Elle lui répétait souvent ces mots d'un vieux psaume : « Fais le bien ;
fais le bien jusque dans la mort, et laisse le reste à Dieu. »
Ainsi il s'était habitué à vivre joyeux, confiant et libre de
souci pour l'avenir. Il lui disait aussi combien sa mère
était belle, douce, aimable, comment elle cherchait toujours
à soutenir, à encourager, à consoler les autres, et comment
la paix intérieure de son âme rayonnait autour d'elle comme
l'auréole d'une sainte.

Les deux amis revinrent souvent dans ce lieu et pour
causer des mêmes sujets ; Nordin lut à Hertha quelques
passages des lettres qu'il recevait de sa mère, alors retenue
auprès du lit d'un frère malade. Et cette âme, dont Nordin,
avec tant d'affection, avait essayé de retracer la beauté, se
montrait dans ces lettres. Hertha recevait ses confidences
avec un mélange de plaisir et de peine. Quelquefois les
larmes remplissaient ses yeux à la pensée de liens si doux
entre un fils et une mère. Quelquefois aussi son cœur était
percé comme d'un trait aigu en voyant le spectacle de ce
calme, de cette paix de l'âme dont elle était si loin ; et,

lorsque Nordin exaltait le caractère de sa mère comme le vrai type féminin dans toute sa beauté, elle éprouvait involontairement un sentiment d'amère jalousie. Alors son esprit fier se révoltait comme pour se défendre. Dans une de ces occasions elle s'écria : « Ah ! c'est qu'elle n'a jamais souffert l'injustice et la dureté, elle n'a jamais été entourée que d'amour ! la douceur et l'amabilité sont faciles ainsi ! »

Puis elle rougit, confuse de la vivacité qu'elle avait mise dans ses paroles et du sentiment qui les avait dictées, surtout lorsqu'elle vit les yeux de Nordin fixés sur elle, comme pour lui demander comment il l'avait offensée. Elle essaya de détourner son attention en lui faisant de nouvelles questions sur sa mère et sur sa famille.

Sa mère, veuve depuis longtemps, vivait chez un frère aîné ; Nordin n'était point content de la situation qu'elle y trouvait, non qu'elle s'en fût jamais plainte, mais il savait qu'elle n'était point heureuse, et il soupirait après le moment où il pourrait la recevoir chez lui. Il parlait avec une joie d'enfant du plaisir qu'il aurait à arranger tout à son gré, à meubler sa chambre selon ses goûts simples et élégants. Nordin était l'aîné de trois fils, et leur mère avait épuisé toutes ses ressources pour leur donner une éducation aussi complète que possible. Elle était maintenant obligée de vivre de peu ; mais elle se trouvait, toutes ses lettres l'attestaient, riche de ses fils et de leur avenir.

Nordin parlait aussi de ses frères ; il les aimait cordialement. L'un était instituteur dans une maison particulière, et l'autre officier de marine.

« Ce sont de bons garçons, d'excellents garçons » disait-il ordinairement en parlant d'eux, « quoiqu'ils n'aient pas toujours été exempts de fautes. » Et il était évident que ces fautes lui avaient donné bien des inquiétudes. Il en parlait d'un ton si paternel qu'Hertha lui demanda un jour en riant s'il était donc bien plus âgé que ses frères.

Ceci fit découvrir que Nordin était à peu près du même âge qu'Hertha, cette dernière ayant seulement quelques mois de plus. Cependant elle se sentait en réalité bien moins jeune que lui, car il était jeune par l'esprit; la vie et l'espérance s'épanouissaient en lui. Souvent sa gaieté éclatait en jeux et en rires; il s'amusait si spirituellement et si gaiement des ridicules ou des singularités qu'il rencontrait, qu'Hertha riait en dépit d'elle-même; elle se sentait rajeunir près de Nordin; sa physionomie, comme son esprit, prenaient plus d'animation; elle redevenait belle.

----o─o;o;o─o----

LA NOUVELLE DEMEURE.

La nouvelle demeure d'Hertha et de sa famille, appelée Kullen, était à une demi-lieue environ du presbytère. La portion de la ville qui avait été brûlée et qui était toujours en ruines les séparait. A Kullen comme au presbytère, il y avait un jardin rempli d'arbres en fleurs. Un jardin avec ses lilas et ses arbres fruitiers en fleurs autour desquels murmurent des milliers d'insectes, où de jour en jour tiges et branches ouvrent de nouvelles feuilles et de nouvelles fleurs, est tout un petit poëme fait pour éveiller la poésie dans toutes les âmes, oui, dans toutes, car il n'en est point qui n'ait reçu, quelque enveloppée qu'elle soit par l'égoïsme ou

les soins journaliers de la vie, quelque étincelle du feu
sacré. Aux âmes vraiment remplies de poésie, un seul trait de
cette beauté du printemps suffit pour les ravir. Notre poëte
et historien Geijer jouissait de toute la beauté de la nature
en admirant un cerisier en fleurs devant sa fenêtre.

Le vieux monsieur Falk, lorsqu'il habitait la ville, et au
milieu de sa vie affairée, avait presque oublié ce que c'était
qu'un jardin. Éloigné maintenant de ses occupations, et les
ayant en grande partie abandonnées à cause de sa santé,
devenu peut-être plus impressionnable par son état même
de faiblesse, il se trouva comme étonné du charme de la
campagne; elle lui parlait de mille choses qu'il avait connues
dans sa jeunesse, mais qui depuis lors étaient comme
sorties de sa mémoire.

Le printemps fut cette année-là singulièrement beau. Le
Directeur se promenait dans son jardin sous les arbres
fleuris, il remarquait les progrès de la végétation et commença à s'occuper de quelque culture. Les arbres l'occupaient surtout. Les deux jeunes sœurs d'Hertha, Marthe et
Marie, étaient prises d'une véritable passion de jardinage.
La première semait des pois, des haricots et toutes sortes
de légumes; la seconde plantait des fleurs. Bientôt leur père
vint travailler au jardin avec elles, et son caractère devenait
en même temps plus doux et plus facile, surtout depuis
que, suivant sa promesse, il avait avec une entière confiance
laissé à Hertha le gouvernement de la maison. Il lui donnait
tous les mois une certaine somme à dépenser, et ne s'occupait point de l'emploi qu'elle en faisait. On ne peut trop
dire combien une semblable manière de s'arranger peut
contribuer au bonheur domestique. L'homme le plus excellent devient insupportable s'il prétend prendre sur lui les
peines et les soucis de *Marthe*, et nous avons connu un
habile homme d'État qui était devenu le fléau de sa famille

en voulant gouverner le ménage. Arago raconte qu'il sentit
sa vénération pour Laplace diminuer un jour qu'il entendit
sa femme lui demander à demi-voix la clef pour avoir du
sucre. C'est avec raison que l'on demande aux femmes l'habileté et l'ordre nécessaires pour que les hommes puissent
en toute confiance leur laisser le soin de l'intérieur; — mais
c'est un sujet sur lequel on les a assez prêchées pour qu'il
soit inutile d'y revenir. Qu'une femme ait la bonne volonté,
le temps et l'occasion, et soyez tranquille; sur mille, neuf
cents feront bien.

Hertha avait un si grand désir de se montrer digne de la
confiance de son père et de le rendre content qu'elle sur-
monta bien vite son peu de goût et son inexpérience des
soins du ménage; et jamais le Directeur n'avait trouvé ses
dîners si bons et n'avait été aussi satisfait de la tenue de sa
maison. En outre, depuis qu'il avait tout remis entre les
mains de sa fille, il ne se tourmentait plus pour chaque verre
cassé ou pour l'emploi de chaque pièce de monnaie, et cela
lui épargnait une foule d'impatiences et de contrariétés qui
autrefois troublaient sa vie et celle des autres.

Peu à peu aussi quelques embellissements furent intro-
duits dans la maison. Le Directeur regarda d'abord avec
déplaisir ces innovations; mais il s'y accoutuma quand on
lui fit remarquer qu'elles ne coûtaient rien, que c'étaient
quelques ouvrages que ses filles avaient faits de leurs mains,
quelques objets achetés sur l'argent qu'il avait donné à Hertha et qu'elle employait ainsi à rendre plus agréable leur
nouvelle demeure. Il y avait dans la maison une pièce
qu'Hertha ornait avec une affection particulière; elle ouvrait dans sa propre chambre, et ses sœurs l'appelaient le
cabinet d'Hertha; mais Hertha dans son cœur lui donnait
un autre nom.

La maison était bâtie en bois, spacieuse et régulière.

Tout honneur étant rendu aux maisons de pierres, nous avouons que, pour nous, les maisons de bois nous ont toujours semblé plus confortables; elles sont certainement plus chaudes et plus saines. Quelque chose du calme et de la paix des forêts semble y rester, et, parées de leurs porches et de leurs galeries, elles s'harmonisent généralement mieux avec la campagne.

Il en était ainsi à Kullen. Le porche, ombragé par de grands arbres, ouvrait sur le jardin, et des guirlandes de chèvrefeuille pendaient autour de ses colonnettes et de ses treillages. Là, pendant les longues et claires soirées d'été, le Directeur venait s'asseoir fumant sa pipe, et la tante Pétronille, près de lui, dévidait ses écheveaux, et entretenait son beau-frère d'histoires qui peu à peu captivaient son attention.

Le Directeur et la tante Pétronille avaient passé ensemble les jours de leur jeunesse, et on dit même qu'une mutuelle affection avait existé entre eux; cela était vrai au moins pour Pétronille, quand sa sœur, plus jeune qu'elle et plus riche, étant née d'un second mariage, revint de Stockholm, où elle avait achevé son éducation, et reçut les hommages d'un cœur que Pétronille commençait à regarder comme sa propriété. Mais elle aimait tendrement sa sœur, et avec douleur mais sans colère et sans plainte, elle se retira pour ne point troubler ce bonheur. Tel était l'épisode romanesque, secret mais touchant, qu'offrait la vie de la tante Pétronille; telle était la cause de son inaltérable dévouement à sa sœur, à son beau-frère et à leurs enfants. Elle conservait pour son beau-frère un amour mêlé de crainte qui la pliait sous son autorité sans que jamais elle se plaignît. Elle était heureuse de vivre chez lui. Elle y était comme la lampe qui veille la nuit dans un coin obscur et sert sans éclat. Elle avait vu sa sœur souffrir et s'éteindre dans les douleurs d'une union

mal assortie, et en silence elle·avait quelquefois remercié
Dieu de son propre sort. Néanmoins elle restait aveugle jusqu'à un certain point pour celui qui avait été son premier
et son seul amour, pour ce qu'elle appelait *ses idées fixes* :
elle lui était attachée, à lui et à ses enfants, comme le serf
à la maison de son seigneur. La vivacité constamment com-
primée de son cœur et la solitude où elle passait sa vie
avaient peuplé son imagination d'extravagances, de véritables
idées fixes, sans fondement ni réalité. Mais, sauf sur ces
sujets, la tante Pétronille était une personne parfaitement
raisonnable et honnête. Elle avait une mémoire excellente,
surtout pour tout ce qui se rattachait à sa jeunesse, et,
comme la plupart des personnes âgées, elle aimait à vivre
encore par le souvenir dans le passé. Ces souvenirs étaient
aussi ceux de la jeunesse du Directeur et l'amusaient pendant les longues soirées d'été. Il attendait avec impatience
le moment où on servait le thé; c'était à sept heures du soir;
maintenant, au lieu de le prendre seul dans sa chambre, il
le prenait sous le porche; il envoyait demander à la tante
Pétronille: «si elle ne voulait point une tasse de thé?» La
tante arrivait bien vite et toute fière, son sac à ouvrage à la
main, elle s'asseyait sur le banc, en face de son beau-frère,
qui lui disait ordinairement: «Eh bien la tante, vous souvenez-vous de telle ou telle chose, de telle ou telle personne» des jours de leur jeunesse, et immédiatement la
vieille petite dame était prête à débrouiller les fils passable-
ment confus de ses souvenirs de jeunesse; mais, quelque
mêlés qu'ils fussent, elle avait, comme les Indiens du Pérou
dans leur quipos, certains nœuds, certains points qui lui
servaient à se retrouver. Le grand procès revenait bien de
temps en temps, ou plutôt il était au fond de toutes ces
histoires; mais alors le Directeur coupait court, lui disant
avec impatience: «Encore! Laissez-là toutes ces absurdités

et parlons des choses réelles.» Mais le grand procès était pour la tante Pétronille la plus réelle des réalités, il reparaissait donc; et, comme petit à petit de nouvelles complications survenaient et enveloppaient le Directeur lui-même, celui-ci finissait bien par prêter involontairement quelque attention et par écouter avec une certaine curiosité.

La tante Pétronille avait pris un air d'importance et de satisfaction depuis qu'elle était ainsi appelée tous les soirs à distraire son redouté mais toujours aimé beau-frère. Et elle était incontestablement devenue fort utile pour toute la famille, en arrivant à occuper et à amuser le Directeur. Ses histoires étaient de plus en plus longues et animées. L'été se passa ainsi et un peu de bonheur rentrait dans cette maison. Hertha jouissait de la plus entière liberté dans l'emploi de son temps; pourvu qu'elle fût présente aux repas, cela suffisait pour satisfaire son père.

Une seule chose l'inquiétait toujours; son père ne semblait pas s'occuper de tenir la promesse qu'il lui avait faite de lui accorder légalement son indépendance. Deux fois elle lui avait avec anxiété rappelé sa promesse; mais il lui avait été brusquement répondu : «qu'elle n'avait pas besoin de s'en inquiéter. — Cela était-il donc si pressé? Si elle manquait d'argent, elle pouvait en demander.»

L'émotion et la bonne volonté qui avaient paru après la nuit de l'incendie et la mort d'Alma semblaient avoir disparu et l'ancien égoïsme reprenait tout son empire.

Une situation comme celle où se trouvait Hertha est désespérante pour une fille; plus ses sentiments sont nobles et délicats, plus sa position est difficile. Il y a des gens qui, sans vouloir agir injustement, éprouvent une insurmontable difficulté à abandonner quelque chose de leur argent ou de leur autorité. Ne les condamnons pas trop sévèrement. L'égoïsme et l'avarice ont comme la légèreté ou l'indolence leurs racincs dans l'organisation naturelle et sont jusqu'à un certain point involontaires.

«Comment pourrais-je me défaire de cette maudite avarice?» demandait un homme riche à son ami.

Il eût souhaité de se défaire de ce vice héréditaire, mais il n'en avait pas la force. Bien des êtres humains sur cette terre s'arrêtent à souhaiter le bien, mais ce souhait est déjà un progrès; car ce qui est impossible à l'homme est possible à Dieu.

Laissons donc sans les condamner l'égoïste et tous les pécheurs, mais souhaitons sincèrement que la destinée et le bonheur de tant d'êtres humains ne dépendent pas de sentiments ou de caprices individuels. Les femmes suédoises ont sous ce rapport beaucoup à se plaindre des lois de leur patrie.

Hertha eût été plus irritée du manque de bonne foi de son père à son égard, s'il n'eût été bien évident pour elle que ses facultés déclinaient, et que de là pouvait venir son apathie. Elle voyait avec inquiétude la mémoire des événements récents s'affaiblir chez lui: il comprenait avec peine les affaires d'argent; et cependant il voulait avec une singulière obstination s'en occuper seul et ne consentait à en parler à personne. «Dis-moi si tu manques d'argent,» disait-il à sa fille, et il semblait incapable de comprendre que cela ne suffisait pas pour assurer sa tranquillité et son avenir. Elle ne pouvait, en effet, penser qu'avec inquiétude à son avenir et à celui de ses jeunes sœurs, dont elle s'occupait aussi tendrement qu'une mère. Elle cherchait autour d'elle qui pourrait l'aider et la soutenir; mais plus elle regardait, plus elle se sentait seule, sans parent ou ami auquel elle pût recourir. Ni sa liberté, ni sa fortune ne lui appartenait, et il lui répugnait de demander conseil à un étranger ou d'en appeler à une cour de justice pour obliger son propre

père à lui accorder la liberté qu'il lui refusait. En outre,
elle savait quels avaient été les sentiments des cours de justice, lorsque fut agitée la proposition d'accorder l'indépendance légale aux femmes non mariées à un certain âge, et
elle avait peu de confiance en elles.

Ce fut au milieu de ces inquiétudes que son âme trouva
la paix dans la conscience que ses désirs étaient purs et dans
la conviction que le Dieu qui régit le monde est plus juste
que les lois et les jugements des hommes.

L'Évangile que Nordin lui avait fait comprendre répandit
en elle sa lumière. Elle répétait souvent à elle-même ses
paroles : *Père juste, le monde ne t'a point connu*, et elle en
appelait de l'injustice de son père à la justice du Père céleste, maintenant son seul espoir. Elle continuait à remplir
avec calme ses devoirs journaliers ; veillant cependant avec
attention pour saisir l'occasion, si elle se présentait, de décider son père à assurer son sort et son avenir.

Elle s'occupait de plus en plus de l'éducation de ses jeunes
sœurs. Elle cherchait à les accoutumer à remplir régulièrement les devoirs de chaque jour et leur en montrait le but
comme placé au delà de cette vie : « C'était travailler pour
Dieu et son royaume en faisant le bien ; le résultat actuel était
secondaire. Ainsi la vie, quelle qu'elle fût, avait un but
grand et élevé. »

Ainsi parlait Hertha et souvent elle était transportée elle-
même par la doctrine qu'elle prêchait ; mais souvent aussi
elle se cachait pour verser des larmes de doute et de douleur.
Il lui semblait qu'elle paraît l'agneau pour le sacrifice, et
elle pleurait sur ses sœurs et sur tant de jeunes âmes qui
devaient naître, vivre et mourir au milieu de la douleur dans
ce triste et injuste monde. Mais quand elle reparaissait devant
les autres, ses larmes étaient séchées ; elle était calme, prête
à soutenir et à consoler. Elle cachait la tombe au fond de son

cœur et laissait les autres voir les fleurs qui la couvraient et
respirer leur parfum. Un charme singulier, élevé et touchant
se développait en elle; ses regards, sa voix avaient un empire extraordinaire; elle ne le sentait point sans plaisir. Ses
jeunes sœurs en particulier s'attachaient à elle avec un dévouement enthousiaste.

Ce fut vers ce temps que la Providence lui donna :

UN NOUVEL AMI.

Une dame spirituelle de mes amies disait : «qu'elle ne
comptait point sa vie par les années, mais par les amitiés
nouvelles qui y avaient pris place.» J'aime cette manière de
compter et j'ai de bonnes raisons pour l'adopter. N'ai-je pas
commencé ma vraie jeunesse par une nouvelle affection,
lorsque les années qu'on appelle communément les jeunes
années étaient depuis longtemps derrière moi !

Hertha avait dit de même : «Ma jeunesse est finie, finie
pour jamais!» Mais depuis qu'elle avait connu Nordin, elle
se disait qu'elle éprouvait pour la première fois ce qu'était
la véritable jeunesse de l'âme. Un jour que, comme à l'ordinaire, elle venait de visiter son malade avec la femme du
pasteur, elle trouva près de lui le juge Carlsson, celui dont
nous avons déjà parlé comme d'un noble vieillard. Sa belle
figure, couronnée de cheveux blancs, sur laquelle se peignait
l'honnêteté, la droiture et encore une certaine ardeur de
printemps, attiraient vers lui dès le premier abord, et, si l'on
causait avec lui, il était impossible de n'être pas charmé de
son amabilité en même temps que pénétré de respect pour
sa droiture et son amour de la vérité.

La Vérité était sa seule passion. Comme un disciple fidèle, il avait passé sa vie à ses pieds, l'écoutant et s'instruisant. Il n'hésitait jamais à abandonner son opinion s'il s'apercevait qu'elle était erronée et avouait franchement son erreur. Les gens qui s'effraient des petites conséquences et préfèrent le petit intérêt présent à la vérité même appelaient cette manière d'agir faiblesse et versatilité.

Il avait été élu avec Nordin membre du comité ou plutôt de la famille chargée de préparer les plans pour les nouveaux bâtiments destinés à la classe ouvrière qui devaient s'élever dans le quartier incendié de la ville.

Ils développèrent tous leurs plans devant Mᵐᵉ Dahl et Hertha, en leur demandant de faire partie de leur famille.

«Il faut, dit le juge Carlsson, qu'en Suède les maîtresses de maison n'aient jamais été consultées pour la construction de nos demeures. Comment expliquer autrement le manque de convenance qui se remarque dans leur distribution, et en particulier dans les cuisines et les offices. Dans notre pays, où les années peuvent être comptées par les hivers, le comfort et l'agrément intérieur des habitations ont une grande importance, surtout pour les femmes, dont la plus grande partie de la vie se passe dans les occupations du ménage. Les salons et salles à manger, il est vrai, sont fort bien d'ordinaire dans nos appartements; mais les autres pièces, celles destinées aux domestiques en particulier, sont complétement sacrifiées, et dans les petites habitations, la maîtresse de la maison a souvent à traverser une cour, un palier, ou même à descendre un étage pour aller dans la cuisine. C'est une chose qu'il faudrait changer. Il faut que l'on construise nos demeures de manière à ce qu'elles soient convenables et commodes pour ceux qui doivent les habiter. Nous voulons commencer à faire ainsi dans notre ville, et nous espérons que vous nous y aiderez.»

Ces derniers mots s'adressaient aux deux dames.

Ils éveillèrent dans l'esprit d'Hertha les pensées qui y étaient en quelque sorte toujours présentes, et étaient comme l'âme de sa vie.

«Je vous remercie, dit-elle, de permettre à des femmes de donner leur opinion sur un sujet qui concerne leur propre bien-être.»

Quoiqu'Hertha eût dit ces mots en souriant, elle ne put empêcher qu'ils ne continssent un secret reproche. Le juge le sentit et acceptant le défi avec amabilité :

«Il n'y a personne, répondit-il, qui souhaite plus que moi de voir les dames consultées. Dans la plupart des questions, leur tact naturel et la finesse de leur intelligence en feraient d'excellents conseillers, surtout si elles étaient élevées de manière à comprendre pleinement les sujets qui sont de leur compétence.»

«Quels sont ces sujets?» demanda Hertha.

Il y avait une grande différence entre les idées du juge Carlsson et celles d'Hertha. Le vieillard accordait à la femme une grande influence, une influence qui s'exerçait en vérité sur toute l'humanité, mais seulement par son action sur la vie morale domestique ; il désirait voir son influence s'élever et s'étendre, mais pour le bien de sa famille, de son mari, de ses enfants, de ses parents, de ses frères et de ses sœurs, dans le monde domestique et dans cette société; il n'entendait pas que son éducation fût dirigée vers aucune sphère d'action qui dépassât la vie domestique et son cercle immédiat. Il désirait des écoles publiques pour les femmes, mais seulement dans l'intention de les développer pour cette sphère d'action «pour laquelle la nature et le maître de la nature les avaient certainement faites.»

Enfin, il soutenait les vues de l'ancienne école, avec quelques modifications cependant dans un sens libéral, et en

faisant une exception pour les femmes douées d'une manière
extraordinaire.

Hertha ne pouvait entendre un homme qu'elle estimait
exprimer des vues suivant elle si imparfaites, sans sentir aussitôt son esprit s'enflammer.

« Quel est celui, s'écria-t-elle, qui peut être juge en cette
matière ? S'est-il assis au conseil de Dieu ? a-t-il entendu le
Créateur dire à la femme : Tu iras jusque-là et tu n'iras pas
plus loin ? N'est-ce pas usurper sur l'arbitre suprême des
destinées que de fixer les lois à l'être qu'il a créé à son
image, de l'enfermer dans un cercle étroit et de lui dire : dans
ces limites tu peux respirer, penser, regarder, mais tu ne
dois point les franchir. Est-ce là la volonté de Dieu ? Oh !
non, Dieu ne l'a pas voulu de la sorte, » continuait-elle,
toujours calme, mais une flamme intérieure animant toute
sa physionomie. « Demandez à toutes ces âmes qui cherchent
la lumière ce que Dieu leur dit au fond de leur cœur et
vous entendrez de bien autres paroles.... — Mais n'ai-je
point tort de parler ainsi ? »

« Non, non, parlez, » reprit le juge étonné d'une telle
ardeur, et très-curieux de savoir ce qu'elle voulait dire.
« Parlez, je vous écoute.... et je m'instruis, » ajouta-t-il
cordialement en voyant qu'elle hésitait à continuer.

Hertha reprit : « Voici ce qu'il me dit et à toutes les âmes
mes sœurs qui cherchent la liberté et la lumière : Tu es mon
enfant ; la liberté, la science, les arts, le pouvoir, le bonheur, tout ce que j'ai créé dans le monde t'appartient ; c'est
ta part et ton héritage ; j'ai tout donné à toi et à ton frère,
tout mis sous votre domination. Tu es mon œuvre la plus
jeune, mon dernier témoin parmi les êtres créés sur la terre.
Dans ton cœur j'ai écrit ma loi d'amour. Va, possède ta
part, afin que tu puisses partout me rendre témoignage et
aider ton frère à étendre mon royaume.

« C'est ainsi que le Père céleste parle chaque jour au cœur de sa fille; mais qu'a dit l'homme, le frère? N'a-t-il pas dit à sa sœur : Je suis le premier-né. La plus grande portion de l'héritage m'appartient, et tu dois te contenter de celle que je te laisse. Parce que je suis le plus fort, le pouvoir, l'honneur et la gloire m'appartiennent. Cherche le travail, la lumière et la joie dans le cercle que je t'ai tracé, et alors tu auras mon appui et mes faveurs; mais ne le dépasse point; n'usurpe point sur ma part; il t'arriverait malheur, car tu sortirais de ta vocation particulière, qui est de m'amuser et de me servir. »

Hertha s'arrêta; le juge dit :

« Je reconnais la vérité du discours du frère, quoique dans beaucoup de pays il se soit considérablement adouci et soit devenu beaucoup plus raisonnable et plus aimable; mais voyons ce que répond la sœur ?»

« Elle répond, continua Hertha : Frère, Dieu nous a créés tous deux à son image, à tous deux il a donné la domination de la terre, et nous a donnés comme soutiens l'un à l'autre pour le glorifier. Il ne t'a pas fait pour être mon maître, et quand tu devins tel, l'ordre fut détruit et le paradis nous fut fermé. Nous étions égaux ce premier matin, quand tout était bon; nous étions égaux au second jour de la création, quand l'homme fut régénéré sur la terre, et Dieu nous plaça l'un à côté de l'autre à la recherche de l'Éden, que nous ne pouvions retrouver qu'ensemble, la main dans la main. Tu ne sais pas et je ne connais pas non plus toute l'étendue de notre puissance à tous deux. Mais donne-moi mon héritage paternel de liberté, ma portion du royaume de la vie et de tout ce que Dieu nous a donné, et tout ce qui est à moi sera à toi, et ton lot, comme le mien, sera doublé. »

Hertha s'arrêta encore; le juge dit :

« La sœur ne doit pas parler seulement par abstractions.

Venons-en un peu à l'application pratique de son discours :
Qu'est-ce que, par exemple, dans le temps présent, elle
demanderait de son frère ?

« La possibilité d'une éducation et d'une action indépen-
dantes comme celles dont il jouit » reprit Hertha avec chaleur ;
« ouvrez-lui des écoles où elle pourra développer et connaître
elle-même l'étendue de ses facultés. Ouvrez-lui les sentiers
dans lesquels elle pourra librement les exercer ; autrement
elles restent mortes et inutiles pour elle-même et pour les
autres. Ouvrez toutes les anciennes barrières ; rejetez la
crainte et remplacez-la par une confiance large et élevée en
Dieu qui saura guider et préserver l'œuvre de ses mains.

« Laissez la sœur aussi bien que le frère se demander : Dans
quelle voie dois-je servir Dieu et son royaume sur la terre,
et laissez-la se répondre comme lui : Par le développement
des dons et des talents particuliers qu'il lui a donnés. Ainsi,
cherchant ensemble le suprême bien, ils se rencontreraient
l'un l'autre, et il y aurait réellement entre l'homme et la
femme cette union des âmes, si rare maintenant. Frère !
sœur ! enfants de Dieu ! ces mots doivent devenir une vérité
sur la terre, mais ce ne sera que lorsque la liberté du frère
et de la sœur les aura mis tous deux en possession de la
plénitude de leurs facultés. Ne dites donc pas : Ceci est la
part de l'homme, ceci celle de la femme. L'homme et la
femme, formant un même tout, sont appelés à servir Dieu
l'un comme l'autre, selon les facultés particulières qu'il a
données à chacun. »

Hertha se tut, mais elle avait parlé avec cet enthousiasme
qui résulte d'une conviction profonde, et qui produit toujours de l'impression sur les auditeurs. Le juge Carlsson
l'avait écoutée attentivement et la contemplait tandis qu'elle
parlait, animée par une noble et sincère inspiration. Quand
elle s'arrêta, il resta un instant dans le silence, puis il dit :

« Vous êtes le meilleur avocat de cette cause que j'aie jamais entendu, et j'avoue que vous l'avez placée sous un point de vue nouveau pour moi. Il est possible que notre manière de l'envisager jusqu'à ce jour ait été trop étroite. Mais cependant considérons les choses d'un peu plus près dans quelques cas particuliers. Vous avez placé seulement devant nous le côté brillant de l'émancipation, cherchons pour un moment à voir le côté opposé. »

Et le juge parla de divers exemples peu encourageants tirés de la vie réelle, dans divers pays. Il rappela les excès dans lesquels étaient tombées les femmes émancipées, excès trop connus et trop souvent racontés pour qu'il soit nécessaire de les retracer ici. Hertha répondit :

« Ayez foi dans la vérité. Laissez-la libre et elle conquerra la terre. Laissez-la agir et Dieu sera son guide. Les absurdités dont vous parlez sont de pures contradictions, de même que des monstres parmi les fleurs naissent des plantes privées d'air et de lumière, de même vous avez eu les résultats d'une tentative qui a avorté. Elle a prouvé seulement l'existence d'espérances et de désirs vers une vie meilleure qui auraient pu être mieux dirigés. Éveillez chez les femmes par la justice et l'amour une conscience plus haute. Laissez l'idéal féminin ou plutôt l'idéal humain que la femme représente, être ce qu'il doit être dans la vie domestique et civile, dans les sciences, dans les arts, dans l'industrie et plus haut encore dans la vie religieuse; placez-le devant les yeux des femmes pendant les années de leur jeunesse et de leur éducation, et elles apprendront à l'aimer; permettez-leur de se former d'après un type admirable, et ces essais ridicules dont vous parliez disparaîtront comme les feux follets au lever du soleil. »

La conversation continua longtemps sur ce sujet et Hertha, animée par son sujet aussi bien que par le plaisir de discuter avec un homme dont l'esprit cultivé, noble, élevé, égalait le sien dans l'amour de la vérité, laissa voir de plus en plus la richesse de son intelligence, la largeur de ses vues et de ses sentiments dans les questions générales, bien que, dans celles de détail, son inexpérience se trahît.

Nordin, au commencement de la discussion, n'avait pu, sans crainte et sans inquiétude pour Hertha, l'entendre exprimer si vivement ses opinions. Mais il se rassura bientôt et se sentit heureux et fier pour son amie de l'impression que ses paroles produisaient sur le vieux juge. Et, après avoir d'abord soutenu Hertha, il ne prit plus part à la conversation que par quelques remarques tantôt en faveur de l'un, tantôt en faveur de l'autre. La femme du pasteur, qui considérait sans doute cette discussion comme « au-dessus de sa portée », allait et venait dans la chambre, occupée à placer sur une table des fruits de la saison. Hertha se leva pour l'aider. Excitée par la conversation, elle n'avait jamais paru si belle que lorsqu'elle vint avec une grâce charmante offrir les beaux fruits du petit jardin. Nordin suivait tous ses mouvements et répondait silencieusement aux sentiments d'admiration qu'exprimait pour elle le juge. Hertha voyait des regards d'approbation et d'amour se fixer sur elle et se sentait heureuse.

Celui à qui Dieu a donné une étincelle du feu sacré, et qui l'a sentie longtemps ensevelie sous les cendres au fond de son cœur, quand au contact d'un événement subit, d'une conversation, d'une parole profonde, l'air pénètre tout à coup, et, allumant l'étincelle, la fait jaillir, quand lui-même, en la voyant briller aux yeux des autres, sent quels trésors renferme son cœur, qui peut dire le sentiment délicieux qu'il éprouve ? C'est ce sentiment qui animait alors la physionomie d'Hertha.

Bien peu de femmes de nos jours l'éprouvent jamais. Il

est si rare que les dons de leur intelligence trouvent une atmosphère digne d'eux. Celles qui les possèdent les mettent au service de la vanité de la vie de salon, les enferment dans les détails du ménage et de la toilette, ou les cachent au fond de leur cœur, dussent-ils le briser.

Quand le juge Carlsson se leva pour prendre congé, il prit la main d'Hertha et lui dit avec une affectueuse expression : « Nous avons combattu l'un contre l'autre aujourd'hui, mais promettez-moi, si un vieil ami peut vous être utile, de vous adresser à moi et de compter sur moi. »

Hertha pressa sa main entre les siennes et lui répondit : « Permettez-moi de causer quelquefois avec vous, vous me ferez aimer le bien et la justice et me donnerez foi dans leur progrès. »

« Le progrès du bien » s'écria le vieillard avec ardeur; « il est certain, il est inévitable comme la providence de Dieu. Nous ne devons, surtout dans ce siècle, désespérer du progrès d'aucune des libertés et des vérités qui nous sont chères. Nous n'avons besoin que de patience et de cœurs courageux et aimants comme le vôtre, jeune fille »; et, avec une tendresse paternelle, il prit Hertha dans ses bras et imprima un baiser sur son front pur, en ajoutant : « Que Dieu vous donne la lumière, et vous éclairerez les autres. »

Et après l'avoir saluée profondément, il se retira.

Hertha avait reçu avec joie le baiser du vieillard. Elle resta un instant silencieuse et plongée dans de douces pensées. Nordin, lui, n'avait pu voir cette scène sans un certain sentiment de jalousie, mais quand Hertha se tourna vers lui, toute rayonnante, il ne put s'empêcher de dire :

« Comme vous êtes belle, Hertha! »

« Alma me disait cela quelquefois » répondit Hertha, en même temps qu'une expression de mélancolie voilait sa figure. « J'avoue que je puis sembler telle à ceux que j'aime, ou bien quand je suis heureuse; mais pour ceux que je n'aime pas, je puis être excessivement laide, Nordin. »

« Je veux bien le croire » reprit Nordin en souriant, « quoique je ne l'aie jamais vu. Pour moi, vous m'avez toujours semblé belle. Vous comprenez que je ne parle pas seulement de la seule beauté extérieure. Vous savez très-bien que vous n'êtes pas ce qu'on appelle communément belle. Mais je parle de l'expression de toute votre personne. Tout à l'heure quand vous nous offriez des fruits, il me semblait voir en vous une véritable Iduna. Et vous êtes réellement mon Iduna, et vous continuerez à être pour moi une douce et bienfaisante divinité ! »

« . . . . Qui a ce soir presque oublié son malade » reprit Hertha en riant et en s'asseyant à la table pour préparer l'appareil du pansement. Le soleil couchant, pénétrant dans la chambre à travers les feuillages du jardin, jetait un reflet doré sur les cheveux et les mains d'Hertha. Jamais Nordin n'avait été aussi frappé de leur beauté. Il le dit; mais Hertha le regardant cette fois avec gravité et presque avec reproche, lui dit :

« Ne me parlez pas ainsi, Nordin. »

« Pourquoi, reprit-il, puisque c'est ma pensée sincère ? ne puis-je dire ce que je pense? Et vous, Hertha, êtes-vous vraiment sincère, et cela vous déplait-il réellement que je vous trouve charmante et que je vous le dise ? »

« Non; au contraire, cela me plaît; et c'est le plaisir même que j'y prends qui me déplaît et m'humilie. N'ayant jusqu'ici cherché ensemble de plaisir que dans ce qu'il y a de plus élevé, de plus pur, de plus saint, pourquoi descendre maintenant à ces petites et vulgaires fadeurs du monde ? »

« Vous êtes trop sévère, mon amie; une joie innocente à admirer la beauté, même physique, chez les autres, ou à

la reconnaître chez nous-mêmes, est juste et permise. Dieu
a créé la beauté comme une expression de sa gloire et nous
en a donné le sentiment, comme pour nous faire deviner et
entrevoir le ciel.»

« Peut-être avez-vous raison, reprit Hertha, et cependant je m'en tiens à la demande que je vous ai faite de ne
plus me parler ainsi. Peut-être est-ce parce que je suis
effrayée de ma propre faiblesse. J'aurais peur d'attacher
trop de prix à l'admiration de ces choses pour lesquelles on
loue les femmes dans le monde, et c'est ce que je ne veux
pas. La vie me semble trop sérieuse et trop grande pour
qu'il y ait place aux mesquins efforts et aux petites satisfac-
tions de la vanité. Si vous êtes mon ami, vous ne vous
unirez pas au monde contre moi; mais vous m'aiderez au
contraire à mépriser ses louanges insignifiantes. Suis-je
assez sincère maintenant, Nordin? »

« Vous êtes. . . une admirable femme, et je ferai ce que
vous désirez. C'est-à-dire que dans certains cas, je ne dirai
pas ce que je pense, car vous ne pouvez me défendre de le
penser.»

« Voulez-vous, interrompit Hertha, qu'avant le coucher du
soleil nous fassions notre promenade ordinaire vers la tombe
d'Alma? Vous me parlerez en chemin de ce noble vieillard
dont j'ai fait ce soir la connaissance et que j'aime déjà. Je
me sentais heureuse tandis qu'il était avec nous. »

Et bientôt ils furent sur le chemin qui conduisait au paisible cimetière, causant de choses qui font du bien à l'âme,
car il était question du caractère et de la vie d'un homme
vertueux. Le cimetière était situé sur une hauteur et, de la
tombe d'Alma, la vue s'étendait sur la rivière, sur les
champs et les fermes qu'elle arrosait, et au delà sur les
bois.

Hertha s'assit sur le banc de mousse près de la tombe et

Nordin à quelque distance sur une autre tombe que l'herbe avait couverte. Le soleil, s'abaissant dans sa gloire, se mirait dans l'eau limpide; le vent du soir soufflait paisiblement sur le champ du repos, et des fleurs qui couvraient les tombes s'exhalait un doux parfum. Ils contemplèrent ce spectacle en silence jusqu'à ce que la lumière eût pâli. Hertha sentait son âme se détacher du moment présent pour s'élancer dans l'avenir qui lui apparaissait de plus en plus clair et beau, et ses yeux reflétaient sa flamme intérieure. Nordin, s'abandonnant au charme de ces instants passés près de sa noble amie, la contemplait sans vouloir la troubler d'aucune question. Il respectait son silence comme on respectait jadis celui de la prêtresse quand le Dieu lui parlait.

Hertha voyait son intelligence s'éclairer de plus en plus et s'abandonnait à l'espérance. — Souvent elle retrouva au presbytère, près de Nordin, son nouvel ami le juge, et les conversations, auxquelles le pasteur prenait quelquefois part, étaient pleines d'instruction et de sérieux intérêt.

Quand, après ces entretiens, Hertha rentrait chez elle, il lui semblait qu'elle respirait plus librement et qu'elle marchait avec des ailes. L'ordre et l'harmonie rentraient dans son âme et y apportaient un calme et un bonheur qui l'étonnaient elle-même. Auprès de son père elle ne se sentait plus la même; une vie nouvelle l'animait, et, sous son influence bienfaisante, tout s'améliorait en elle, tout lui devenait plus facile dans la vie.

Mais nous nous sommes assez occupés d'Hertha. Il nous faut revenir un peu aux autres personnages, qui sont dans notre histoire comme les boutons et les feuilles autour de la fleur; et, comme on profite d'une belle journée pour aller faire des visites à ses amis et connaissances, savoir de leurs nouvelles, causer des événements de la ville, des mariages et des naissances, de la santé ou de la maladie de chacun, nous allons, nous aussi, faire quelques courtes visites chez nos anciennes connaissances de Kungsköping.

———oo°o°oo———

COURTES VISITES.

———

Le professeur Méthodius est assis à sa table; dans son orgueil et dans sa joie d'auteur, il revoit la première feuille de son grand ouvrage : « L'histoire de la création, du développement de la terre et de la race humaine dans le passé, le présent et l'avenir. »

De l'autre côté de la table, sa fille Mimmi est assise et écrit :

« Mon cher Gustave,

« Convenez que je suis la meilleure sœur du monde, car j'ai refusé cinq invitations et je néglige au moins vingt-sept commissions pour avoir le plaisir d'obéir à vos gracieux commandements, et vous amuser par le récit de tous les cancans de notre bonne ville de Kungsköping, la ville des cancans, comme vous l'appelez. Vous me demandez cependant d'abord des nouvelles de mon père et des miennes. Je vous remercie de vous en informer. Mon père est sur le point d'envoyer à l'impression la première feuille de son grand ouvrage, dont je ne puis jamais me rappeler le titre tout entier. C'est vous dire qu'il est aussi heureux qu'il est toujours bon et aimable. Quant à moi, j'ai comme à l'ordinaire la tête occupée d'une foule de projets, desquels je

vous fais grâce — pour en venir aux nouvelles de vos *aver-
sions* et de vos *inclinations* à Kungsköping. Je commence pre-
mièrement par le *Corsaire de Kungsköping*, comme vous l'appelez, c'est-à-dire *l'honorable Mme Tupplander*. J'aurai
incessamment une lutte à soutenir contre elle au sujet de
la pauvre Amélie Hârd que je ne puis voir calme, méprisée
et foulée aux pieds pour une faute qu'elle cherche à expier
par toutes les vertus possibles. Si vous étiez ici, je ne doute
pas que vous ne fussiez prêt à prendre avec moi sa défense.
Mme Tupplander a déployé depuis quelque temps une grande
activité, allant dans toutes les maisons grandes et petites,
cherchant, furetant, et son sac est si plein de nouvelles et
de cancans qu'il est près de crever et Dieu sait ce qui pourra
en sortir! J'en viens à vos *inclinations*. Rassemblez toute
votre force d'esprit pour supporter ce que j'ai à vous apprendre. D'abord votre *grande inclination* — Hertha semble
avoir de vives sympathies pour un jeune homme dont
elle a soigné les blessures après l'incendie, et le bruit d'un
mariage entre ces deux personnes court dans la ville. Je le
souhaite de tout mon cœur, car ils sont dignes l'un de
l'autre. Pourvu que le vieux Falk n'y mette point d'obstacle,
car le jeune homme est sans fortune. Hertha paraît bien
plus heureuse qu'autrefois; elle est devenue si charmante....
qu'il est fort heureux pour vous que vos affaires vous retien-
nent à Stockholm. Pour votre *petite inclination*, Aline Dufva,
prenez garde à vous, cher frère; un aigle guette votre colombe; vous pourriez bien ne plus la retrouver au nid, et
Mme Uggla n'aurait plus que quatre demoiselles Dufva sur le
sort desquelles elle pût se lamenter. Quant à votre *vieille inclination*, Ingeborg Uggla, elle pourrait bien aussi, mon
frère, ne pas attendre votre retour, et le docteur Hedermann
me semble disposé à vous barrer le chemin. Dernièrement,
dans une réunion où l'on s'ennuyait fort, il s'assit près de

moi et me dit : « Ne trouvez-vous pas qu'Ingeborg est bien changée depuis quelque temps ? » — « Comment l'entendez-vous, Docteur ? » — « Je veux dire qu'elle est devenue bonne, active, occupée des autres, au lieu d'être toujours courbée sur sa broderie ou taillant et cousant des chiffons. Elle s'habille simplement, elle n'a plus cette fureur du monde qui est à mes yeux une véritable maladie; mais elle a pris une manière de vivre simple, modeste et tranquille. » — « Ne savez-vous pas, repris-je, que bien des jeunes filles n'ont la maladie du monde, comme vous l'appelez, que parce qu'elles ne trouvent chez elles ni joies ni occupations; je crois qu'Ingeborg était dans ce cas. Sa mère a une fureur de marier sa fille que vous pourriez aussi appeler une maladie et dont elle la tourmente sans cesse. Mais Ingeborg n'employait beaucoup de temps à sa toilette et à coudre des chiffons que pour économiser l'argent qu'elle savait employer utilement; elle fait beaucoup de bien en silence et en a toujours fait. » — « Est-il possible? s'écria le docteur, qui semblait surpris et ému. Je croyais que c'était une de ces aimables femmes du monde qui détournent la vue des malheureux et même souvent de leurs créanciers. » — « Vous vous trompez; Ingeborg est bien une aimable femme, mais aussi une femme d'un cœur généreux et noble, pleine de compassion pour ceux qui souffrent et d'estime pour les personnes d'un mérite sérieux — comme vous, par exemple, Docteur. » — « Moi! s'écria le Docteur, c'est impossible! » et il devint tout rouge. — Je me mis à rire et lui dis : « Demandez-lui à elle-même » puis je lui racontai divers traits de bonté d'Ingeborg. Notre bon docteur écoutait très-attentivement et semblait tout ému; il me répondit seulement : « Comme les apparences peuvent tromper! » — Pour moi, j'imagine que la timidité seule a empêché ces deux personnes de se mieux connaître et de se comprendre;

je crois que depuis longtemps Ingeborg aime secrètement le docteur, mais que l'idée qu'elle ne lui plaisait point la rendait timide et gauche en sa présence. J'espère que vous supporterez cette découverte avec courage et, pour vous distraire, je vais vous parler un peu des affaires de notre société de charité ou plutôt de notre *Union de familles*. Elle réussit beaucoup mieux que vous et bien d'autres ne l'aviez prédit et c'est un plaisir de voir combien ces familles d'un nouveau genre semblent faites pour rendre les gens aimables les uns envers les autres et pour former entre les divers membres des liens d'amitié et même des liens plus tendres comme vous venez de le voir. Puis la sympathie pour les pauvres s'augmente quand on va les visiter chez eux et qu'on entre dans tous les détails de leur misère. Je vous assure, mon frère, que le bien que l'on fait ainsi est incroyable ; donner seulement à de pauvres parents l'occasion de parler de leurs enfants, de leurs peines, de leurs souffrances, de leurs désirs et de leur espoir pour l'avenir, c'est faire entrer dans les ténèbres ordinaires de leur vie un peu de lumière et d'air pur. Le travail, l'industrie pour améliorer sa situation, l'espérance enfin deviennent pour le pauvre plus faciles s'il reçoit de bienveillants encouragements, et beaucoup de bien peut déjà être fait sans qu'il y ait eu de l'argent donné. La comtesse P. est d'une activité et d'une charité admirables ; c'est un plaisir de l'accompagner dans ses visites aux pauvres. La femme du pasteur est incessamment occupée des enfants et de leur école, et surtout pour les orphelins c'est une véritable mère. Elle veut obtenir un plus vaste logement pour son école, car continuellement de pauvres mères viennent lui demander l'admission de leurs enfants pendant la journée, afin d'être libres d'aller travailler elles-mêmes. J'ai été dernièrement visiter avec elle la salle où les enfants ont été mis après le grand incendie ; ils y sont

bien à l'étroit, mais tout est propre et en ordre. Deux enfants nous ont naïvement raconté comment ils avaient
échappé au feu et avaient été conduits dans cette salle ; puis
que leur maîtresse était tombée malade et qu'ils auraient
été bien malheureux si *maman Amélie* n'était venue les
soigner, qu'elle était si bonne, si aimable, qu'elle leur racontait de si belles histoires et leur enseignait de si belles
choses!... Et savez-vous maintenant quelle est cette maman
Amélie, qui est venue ainsi prendre soin de ces pauvres enfants, qui leur distribue leur nourriture, leur apprend leurs
prières, à lire, à chanter, qui les instruit enfin avec une
fermeté et en même temps une douceur maternelle qui fait
qu'ils lui obéissent sans effort? Cette maman Amélie, que
ces pauvres enfants aiment tant, elle n'est autre que cette
Amélie Hârd dont vous vous rappelez la jeunesse si gaie et
si légère, et dont vous avez su la triste histoire. Lors de
l'incendie, l'école d'enfants fut transportée dans la maison
qu'elle habite. Elle a recueilli dans sa petite chambre la
maîtresse d'école malade, elle la soigne et la remplace,
tandis qu'une petite fille infirme est assise près du berceau
de son enfant qu'elle garde en lui chantant de belles chansons qu'Amélie lui a apprises. Amélie a toujours montré un
bon cœur au milieu même de ses folies d'autrefois. Elle y
joint maintenant une raison et un désir de faire le bien que
nous n'avions jamais vus chez elle. Son amour pour son
enfant semble l'avoir transformée et avoir développé en elle
le sentiment maternel même envers les autres enfants.
Comme il semble probable que la maîtresse de l'école ne se
rétablira pas, Amélie serait bien sûrement nommée à sa
place si Mme Tupplander n'était pas là. Le monde est bien
injuste de condamner si sévèrement un moment d'erreur et
de compter pour si peu des années de repentir, de vertu,
de sacrifice, de travail — enfin le désir ardent de faire le

bien. Amélie semble tout à fait renouvelée et presque complètement heureuse depuis qu'elle a pris ces nouvelles occupations; puisse-t-elle les continuer! Je prévois que nous aurons bientôt une lutte contre Mme Tupplander; la femme du pasteur hésite, mais j'espère qu'avec l'aide de Dieu le parti d'Amélie, c'est-à-dire Hertha et moi, l'emportera. A propos de moi, savez-vous que je suis en beau chemin de donner mon cœur? Devinez à qui? A nul autre que votre ami le Secrétaire N** B***, l'ennemi juré des sociétés de dames! Il est devenu si bon pour nos pauvres que je lui ai pardonné. Et vous savez que j'ai toujours dit que si je rencontrais un homme riche (car je n'ai pas envie d'être pauvre, si je puis l'éviter), bon et serviable pour les autres (dans tout ce qui est raisonnable cependant), que je puisse aimer et qui veuille bien de moi, et de papa avec moi, je ne répondais pas de ce qui pourrait arriver. — Maintenant, mon cher frère, riez de tout cela si vous voulez, comme je le fais moi-même. Je vous quitte pour aller voir si le souper est prêt et m'occuper de cinquante autres choses, mais je reste pour toujours et de tout mon cœur

Votre sœur dévouée, Mimmi S. »

————

Deux jeunes filles dans lesquelles nous reconnaissons Ingeborg et Hertha marchaient ensemble par une belle soirée de la fin de l'été sur la route qui conduisait à la ville. Les lueurs chaudes du soir éclairaient la campagne, l'air était calme et le cricri chantait dans l'herbe. Ingeborg, animée par une course rapide, était bien différente de ce qu'elle nous avait paru il y a quelques mois dans une salle de bal; la fraîcheur et la joie faisaient resplendir sa figure. Les deux amies avaient gardé quelque temps le silence, quand Ingeborg le rompit en disant :

« On parle beaucoup du bien que par la charité l'on fait
aux pauvres, mais on ne parle pas du bonheur que la charité donne, du bien qu'elle fait à ceux qui la pratiquent.
Pour moi je les trouve si grands que j'y sens la récompense
que Dieu a promise à ceux qui le servent, et j'avoue qu'il y
a bien des années que je n'avais été heureuse, comme je le
suis depuis ces quelques mois où les devoirs de notre société
m'ont occupée activement. C'est une si bonne chose que de
pouvoir s'oublier un peu soi-même, afin de penser aux autres
et de travailler pour eux ! quelle douceur de sentir sa vie et
son travail utiles à d'autres, et combien cela élève et fortifie
l'âme ! Cet actif emploi de la journée, ces visites aux pauvres
dissipent les malaises du corps et ceux de l'esprit. Pourquoi
la vie de tant de nos pareilles est-elle comme une eau sta-
gnante et inutile, et pourquoi dissipons-nous si souvent ce
temps et ces facultés que nous pourrions rendre utiles à des
misérables sans nombre ? »

« Je me suis souvent fait cette question, répondit Hertha,
et n'ai pas encore trouvé la réponse. La faute vient sans
doute en grande partie de la position où nous placent les
lois de la société et de notre éducation ; mais la faute vient
aussi pour bien des femmes de leur apathie ou plutôt de
leur égoïsme. Plus d'une est tentée de voir le monde entier
dans le petit cercle étroit dont elle se fait le centre. D'autres
voient bien quelque autre chose au delà, mais n'osent pas.
Cependant ces sociétés de bienfaisance qui de notre temps
se fondent dans tous les pays sont les signes qu'un horizon
plus large va s'ouvrir pour notre sexe ; c'est l'empire de
l'amour et du cœur qui commence à s'étendre. Cela est
bien, et les personnes de bonne volonté y trouveront des
encouragements et une direction. Mais je vous avoue que
cela ne me suffit pas. Ces œuvres de bienfaisance, comme
on les appelle, ce soulagement des misères extérieures ne

satisfait point mon âme ni mon intelligence. Ce que je voudrais, c'est la charité pour les âmes elles-mêmes. Servir les intelligences, n'est-ce pas adorer Dieu au même titre que de nourrir ceux qui ont faim et de vêtir ceux qui sont nus? »

« Assurément, reprit Ingeborg, la plus amère misère est celle de l'esprit, et la plus cruelle faim celle de l'âme. Mais il y en a bien peu qui soient capables de donner aux autres cette nourriture de l'âme. Tu es, Hertha, du nombre des intelligences d'élite qui le peuvent faire, et à cause de cela il y en a beaucoup qui te béniront. Toutes nous avons besoin de plus de liberté et d'un horizon plus large; mais il y en a bien peu parmi nous qui soient capables d'entrer dans la voie dont tu parles. La plupart des femmes sont faites pour trouver leurs joies les plus pures dans celles d'épouse et de mère et ne chercher rien au delà. »

« Mais c'est un tort, Ingeborg, et une contradiction si, épouses et mères, elles ne visent à rien de plus qu'à être heureuses. Et ce qui, plus que tout le reste, me semble être le grand tort de notre sexe, c'est justement de méconnaître ainsi la grandeur de sa vocation. De là vient qu'il y en a tant qui vivent, souffrent ou jouissent comme des êtres passifs, se soumettant aux circonstances au lieu de les dominer 'endant tout des autres et vivant comme des plantes parasites au lieu de chercher la vie et la paix en Dieu seul et de vivre comme les enfants de Dieu et les bienfaitrices de leurs semblables. »

« Tes paroles sont belles et nobles, » dit Ingeborg dont les yeux se remplissaient de larmes; « elles me font du bien quoiqu'elles me montrent combien je suis loin du but que tu désignes. Il y en a beaucoup qui, comme moi, sont liées par des circonstances sur lesquelles elles n'ont aucun contrôle, et ne peuvent qu'agiter leurs ailes pour tenter de s'élever au-dessus; leurs chaînes ne se rompront qu'avec leur vie. »

« Et moi aussi, dit Hertha, souriant tristement, je suis plus faible que mes paroles. Je dis seulement ce que je désire, ce que je voudrais et. . . .

« Comment peuvent-elles marcher si vite ?» s'écriait en ce moment par derrière une grosse voix. Ingeborg et Hertha se retournèrent et virent le docteur Hedermann qui arrivait à pas pressés et qui, s'arrêtant dès qu'il les eut atteintes, et s'essuyant le front :

« Il faut, dit-il, que vous ayez des ailes aux pieds. Voilà un quart d'heure que je cours après vous depuis le village. Mais vous vous sauviez comme si vous aviez eu peur de moi ; avouez que vous m'aviez vu et que vous n'alliez si vite que pour éviter votre méchant et médisant docteur ? »

Les deux jeunes filles n'étaient pas de cet avis. La discussion s'engagea avec le docteur sur les affaires de la société de charité et sur diverses mesures à prendre dans l'intérêt de la santé des enfants pauvres. Le bon docteur et Ingeborg s'occupaient surtout de ce dernier point. La nuit tombait peu à peu et les étoiles paraissaient au ciel pendant que leur charité s'efforçait de faire aussi briller quelques lueurs dans les ténèbres de ces pauvres enfants. Hertha prit congé de ses amis pour rentrer chez elle, et le docteur resta pour accompagner Ingeborg jusque chez elle. Mais la conversation, si animée jusque-là, sembla tarie. Le docteur devint sérieux, préoccupé, et ne répondit pas à une tentative ou deux que fit Ingeborg pour renouer la conversation. Ils continuèrent donc à marcher en silence, le docteur cueillant çà et là quelques petites fleurs champêtres sur les bords de la route. Ils gagnèrent ainsi la ville et la maison d'Ingeborg. Le docteur s'arrêta. — « Ne .venez - vous pas causer un instant avec maman ? » dit Ingeborg timidement.—

« Non, pas ce soir » répondit le Docteur d'un ton décidé, « mais je viendrai un autre jour, et j'aurai alors une question à vous faire, mademoiselle Ingeborg... Aimez-vous les fleurs des champs, mademoiselle Ingeborg?.. de simples fleurs toutes communes? »

« Oui, mieux même que les fleurs de nos jardins. »

« En vérité! je ne l'aurais pas cru... Mais on se trompe singulièrement en ce monde. Je suis très-heureux que vous aimiez les fleurs des champs; prendriez-vous celles-ci, car en voici quelques-unes?... Adieu. »

Et, en offrant à Ingeborg son petit bouquet, le docteur fixa sur elle un regard pénétrant qui alla comme une flèche jusqu'à son cœur et éveilla en elle un sentiment à la fois inquiet et doux. Il ne l'avait jamais regardée ainsi.

Ingeborg trouva sa mère dans un état d'agitation extraordinaire : une invitation venait d'arriver pour un grand bal dans le voisinage, donné par le comte***, gentilhomme de la chambre du roi. « Toute la meilleure société de la ville et les environs sera là, disait Mme Uggla; le baron P***, le comte S***, etc.; il te faut absolument, Ingeborg, une robe de soie neuve pour cette occasion. »

« En ce moment, ma mère! dit Ingeborg, quand après cet incendie tant de gens sont sans vêtements! Oh! si vous voulez me faire un plaisir, donnez-moi l'argent qu'elle coûtera et laissez-moi l'employer à mon gré! »

« Mais, ma chère enfant, tu ne peux aller à ce bal avec une vieille robe? »

« Hé bien! si nous n'y allions pas? » répondit Ingeborg.

« Ne pas aller à ce bal! » s'écria avec terreur Mme Uggla!

« N'y allons pas, ma mère, » reprit Ingeborg avec plus de fermeté qu'elle n'en montrait d'ordinaire. « Je sais que vous n'y allez que pour me faire plaisir, et j'aime mieux rester à la maison. »

13

«Autant te faire nonne tout de suite et entrer dans un couvent,» dit avec un certain dépit Mme Uggla. «Tu t'es mis dans l'esprit de rester vieille fille, d'avoir une vie singulière et contraire à la nature!»

«Êtes-vous si fatiguée de moi, ma mère, que vous souhaitiez de vous en débarrasser à tout prix? j'en serais bien malheureuse!»

«Je ne suis pas fatiguée de toi, ma chère enfant,» dit la pauvre femme en soupirant, «mais ne vois-tu pas que c'est dans ton intérêt? Je sais que j'ai un mauvais caractère, surtout depuis la mort de ton père, et que je ne te rends pas heureuse; cela me désespère de te voir passer ta vie de la sorte, perdre ta santé, avoir des migraines, et d'entendre les gens s'étonner que tu ne sois point mariée... Je sais que tu aurais déjà pu faire un bon mariage, si tu avais été raisonnable et si, comme toutes les jeunes filles, tu te donnais un peu de peine pour plaire.»

«C'est une peine que je ne prendrai plus jamais, répondit Ingeborg, au moins comme vous l'entendez. Si je ne puis trouver un mari que par ma toilette et ma danse, je ne me marierai point. Mais, ma chère maman, c'est une chose à laquelle nous n'avons que trop pensé, et dont nous n'avons que trop parlé. Laissons-la entre les mains de Dieu, et tâchons de n'y plus songer et de nous occuper d'autre chose : par exemple de rendre notre intérieur heureux, de servir Dieu selon les talents qu'il nous a donnés. Dites-moi, ma chère maman, ne trouvez-vous pas que j'ai l'air en meilleure santé et plus heureuse depuis quelque temps?»

«Oui certainement.»

«Et la raison en est que j'ai commencé à m'occuper d'autre chose que de bals et de soupers, d'autre chose que de chercher à plaire, ce qui est bien, je l'affirme, le travail le plus rude, surtout pour qui n'est plus extrêmement jeune. Voulez-vous, ma chère maman, me permettre de continuer comme j'ai commencé? et je vous promets que vous pourrez ne plus vous tourmenter de mon sort. »

« Ah! tu ne comprends point les choses, reprit la mère tristement, je serai tourmentée jusqu'à ce que tu sois mariée... Tu ne sais pas ce que c'est que de vivre seule, avec peu de fortune. Moi, je le sais, et c'est pour cela que je te voudrais un autre sort. Mais si celui-ci te plaît, je ne puis y mettre obstacle. Toutefois j'aimerais autant te voir dans un couvent! » Et Mme Uggla rentra fort agitée dans sa chambre.

«Plût à Dieu,» se dit en soupirant Ingeborg, «qu'il y eût des couvents dans notre pays! Cela doit être beau et grand de vivre soutenue par un désir commun de se sanctifier, chantant des hymnes saints et dévouant sa vie, unie d'affection avec des sœurs, à un service qui n'est point celui du monde, et ayant la paix de la conscience!.... Mais,» continua-t-elle en levant les yeux au ciel, «pourquoi regretter l'impossible? Demandons plutôt à Dieu de m'éclairer sur ce que je dois faire maintenant ici.»

Une lueur comme celle qui annonce l'avénement d'un nouveau jour pénétrait l'âme d'Ingeborg; elle se rappela sa conversation du soir avec Hertha et avec le docteur; elle sentit qu'elle aussi avait une vocation à remplir et un horizon ouvert vers une vie nouvelle et plus grande.

Une confiance nouvelle dans la providence de Dieu, le sentiment intime qu'elle choisissait maintenant la bonne voie, celle que Dieu lui marquait, remplit son âme d'une joie pure. Elle entra dans la chambre de sa mère, l'embrassa et lui dit : «Ne vous inquiétez pas pour moi, ma mère, je serai heureuse, j'en suis sûre!»

La pauvre mère la regarda tout étonnée; mais quand Ingeborg essaya de lui faire comprendre les pensées et les sentiments qui remplissaient son cœur, elle l'arrêta et lui dit :

« Tu es une bonne fille, Ingeborg, tu vaux mieux que ta pauvre mère ; tu as peut-être raison, mais que veux-tu? je suis de la vieille école et je ne comprends rien à toutes ces nouvelles idées. Nous verrons qui aura raison; Dieu seul le sait. Fais ce qui te semble le mieux. »

Quand elle revint seule dans sa chambre, Ingeborg posa le petit bouquet de fleurs des champs près de son lit et réfléchit longtemps à la douceur d'une vie si nouvelle, d'une vie consacrée à être utile aux autres, à de nobles et de sérieuses amitiés. Ces pensées étaient douces à son cœur comme le parfum des fleurs placées près d'elle, et elle se fût endormie tranquille, sans ce regard que le docteur Hedermann avait attaché sur elle en la quittant. Que signifiait-il? et quelle était cette question qu'il devait lui faire?.. Il était trop tard à présent pour la regarder ainsi..... Si cela eût été sept années auparavant!.... mais maintenant était-il possible?..... » Et Ingeborg ne put fermer l'œil de la nuit.

Mᵐᵉ Uggla ne dormait pas non plus; elle ne pouvait se consoler de voir une si belle chance perdue et redisait : « Elle est décidément folle avec toutes ces idées nouvelles! Elle ne se mariera jamais, ma pauvre fille! cela est sûr. »

———

Voilà que Mᵐᵉ Tupplander arrive chez elle dans un état d'excitation extraordinaire; elle jette sur un meuble son châle et son chapeau et s'écrie : « Mademoiselle Krusbiörn! mademoiselle Krusbiörn ! venez entendre des nouvelles! J'ai un beau scandale à vous raconter! je ne veux certainement pas le répandre, mais il faut que la lumière se fasse. Figurez-vous qu'Amélie Hârd est revenue dans la ville avec son enfant et qu'elle se fait appeler Amélie Winter.... à cause de sa famille, je pense; elle habite la maison où l'on a transféré l'école des enfants et c'est elle qui la dirige! Une belle instruction que donnera une femme comme elle! Que pensez-vous de cela! Il faut n'avoir pas de honte! Et en outre je sais qu'elle reçoit chez elle le soir des visites d'un jeune homme qui doit être le père de son enfant. Je ne sais pas encore qui il est, mais j'arriverai à le savoir. — N'est-ce pas une belle histoire? — Et la femme du pasteur et Mimmi Svanberg qui souffrent tout cela! — Peut-être qu'Hertha les y pousse sous main pour trouver une situation à sa cousine. Mais si j'ai un peu d'influence auprès des directeurs de l'école, tout cela aura une fin! Ne pouvait-on trouver une personne d'un nom honorable et d'une bonne conduite pour remplacer la maîtresse pendant sa maladie? J'en connais plus d'une, et très-certainement c'est seulement à une personne honorable que l'école sera confiée, aussi sûr que je m'appelle Catherine Tupplander! — En outre, il y a une intrigue dans la ville qui ne va à rien moins qu'à rompre le mariage entre Von Tackiern et Éva Dufva, et il doit positivement être rompu. La jeune fille a appris je ne sais quel cancan sur la conduite de son futur pendant l'incendie... des stupidités! — et elle a supplié ses parents de rompre tout engagement. Maintenant elle passe son temps à s'instruire, à lire, et on a peur qu'elle ne devienne un vrai bas-bleu. Ses parents vont l'emmener en voyage pour la distraire. Mais s'il y a des fiançailles rompues, il y en a bien d'autres qui commencent. Les jeunes gens se trouvent si souvent ensemble dans toutes ces sociétés de famille que c'est véritablement effrayant. De mon temps, mademoiselle Krusbiörn, on ne faisait point si facilement connaissance, et c'est pourquoi la modestie et les bonnes mœurs dominaient. Les jeunes gens ne se fiançaient pas si vite ni si légèrement. Une fille tournait sept fois sa langue avant de dire oui. Elle restait assise à filer toute la journée et dansait un menuet le soir ; elle ne sautait pas et ne tournait pas comme on fait dans toutes ces danses modernes, mademoiselle Krusbiörn! Mais d'autres temps d'autres mœurs!—Voilà deux des demoiselles Dufva qui vont se marier, dit-on — et Hertha Falk aussi qui doit être fiancée au lieutenant Nordin... parce qu'elle a été sa garde-malade tout l'été. C'est fort peu convenable pour des jeunes gens d'avoir des relations si familières, s'ils ne sont point déjà fiancés. C'est ce que je compte dire à ma chère Hertha; et, comme cela, je saurai peut-être où elle en est avec son fiancé. Le papa Falk pourrait bien avoir un mot ou deux à dire là-dessus.— Mais maintenant il faut que je sache avant tout qui est ce jeune homme qui va le soir chez Amélie Hârd; il y a été deux fois la semaine dernière. — A présent écoutez-moi, mademoiselle Krusbiörn, j'ai promis de réunir mes amis pour prendre le café samedi soir. Il faut bien voir ses amis quelquefois et l'on apprend beaucoup de choses quand on se réunit ainsi dans l'intimité. Voyons un peu ce qu'il nous faudra de gâteaux et de biscuits pour vingt-cinq ou trente personnes environ. Les choses sont devenues terriblement chères, mademoiselle Krusbiörn; mais il faut bien voir ses amis quelquefois !...»

C'est assez nous occuper de toutes les petitesses du monde ; parlons maintenant de ce que la vie a de plus sérieux et de plus intime.

L'AMOUR.

—

> « Miracle de la terre et du ciel, souffle vivant du bonheur, fraîche brise envoyée du ciel dans le désert douloureux de la vie, toi qui respires dans toute la création, consolation des dieux et des hommes! » SHAKSPEARE, *Sonnets*.

Nous ne parlons ici que de ce noble et glorieux amour qui mérite vraiment d'être appelé «la fraîche brise envoyée du ciel.» Nous ne parlons pas de toutes ces vaines copies, enfants ailés auxquels on a donné le nom d'amours et qui s'envolent tirant leurs flèches au hasard, papillons volant de fleurs en fleurs, flammes qui s'allument, étincellent et s'éteignent, feux follets qui dansent sur les champs obscurs de la vie, ne brillent que dans les ténèbres et disparaissent au lever du soleil, ou bien encore pâles enfants de l'habitude et de la paresse. Tous ces symboles et bien d'autres encore trouvent leurs prototypes dans la vie d'aujourd'hui et d'hier, et nous n'en aurions pas fait mention, s'ils restaient en effet dans l'obscurité, s'ils ne se donnaient pas pour ce qu'ils ne sont point et s'ils n'usurpaient le nom du véritable amour.

Le véritable amour aime ce qui est éternel, et plus il rencontre de grandeur et de noblesse dans ce qu'il aime, plus il grandit, se nourrissant d'estime et d'admiration, trouvant une pure et divine joie dans la beauté et la bonté de l'être aimé, éprouvant quelquefois une compassion divine aussi pour ses faiblesses, pourvu que l'âme reste toujours noble et le désir toujours pur. Heureux celui qui aime un noble objet; oui, quand même il ne serait point payé de retour. Sa vie en sera plus grande et plus belle; son amour l'élèvera vers le ciel et là il sera uni à ce qu'il aime dans le sein de l'éternel amour! Mais que sera-ce pour celui qui est aimé autant qu'il aime!

Ainsi en était-il entre Nordin et Hertha. C'étaient les plus nobles facultés de leurs âmes qui les conviaient à s'aimer. Plus ils se connaissaient, plus le bonheur qu'ils trouvaient l'un dans l'autre était pur et profond, plus ils se sentaient intimement unis. Mais le caractère sérieux de leurs relations et les sujets habituels de leurs entretiens retenaient l'expression de ce sentiment aux enchantements magiques que le poëte appelle « l'âme qui respire dans toute la création, » par lequel la nature revêt sa merveilleuse beauté, qui rend la mer lumineuse, qui donne aux fleurs leur parfum, aux oiseaux leurs chants et leur brillant plumage, qui fait enfin voir à l'homme dans un être égal un être supérieur, dont la démarche et la voix font battre son cœur d'une joie merveilleuse, capable de transformer toute l'existence en une fête.

Nordin et Hertha avaient cru se lier par une amitié si sévère qu'elle excluait tout sentiment plus faible et plus passionné. Le charme inexprimable, la grâce, la fascination qu'ils trouvèrent l'un dans l'autre firent naître involontairement et spontanément l'amour dans leur cœur comme l'été naît du printemps, comme la fleur sort éclatante du bouton que les rayons du soleil ont pénétré. Si Hertha eût continué à se montrer à Nordin seulement comme une femme fière et sérieuse, aux paroles sévères et dures même, elle aurait pu gagner son estime, son admiration même, mais n'eût jamais excité en lui un sentiment plus tendre. Mais son cœur si aimant et si vraiment d'une femme s'était de plus en plus révélé. D'un autre côté, l'esprit noble et droit, la foi simple et calme qu'elle trouvait en Nordin, et surtout cette douceur mâle qui était le trait principal de son carac-

tère, avaient agi sur elle comme un jour calme et brillant
sur les vagues de la mer qu'aurait soulevées un orage
de la nuit. Involontairement son esprit comme son langage
avait pris plus de douceur, toute sa personne plus de grâce
et de charme; son regard laissait deviner maintenant l'ardeur et la sensibilité de son cœur et ne les cachait plus sous
une froide réserve.

Nordin s'abandonnait entièrement et avec joie au sentiment qui, si exclusivement mais avec tant de douceur, captivait
son âme. Il n'en était pas de même d'Hertha; elle refusait
d'écouter le sentiment qui l'attirait vers Nordin. La situation
où elle voyait les femmes dans son pays et les circonstances
particulières de sa vie l'avaient rendue fière et soupçonneuse
à l'égard des hommes. Elle résistait à l'impression que Nordin produisait sur elle. « C'est un homme comme les autres,
se disait-elle, et je ne veux pas aimer, je ne veux pas mettre
mon âme et mon bonheur au pouvoir d'un homme ! » Elle
ne voulait voir dans l'amour qu'une faiblesse indigne des
âmes fortes, indigne de remplir sa vie. « Je serai, se disait-
elle, l'amie de Nordin, sa sœur aînée, je ne veux l'aimer
que comme un frère. » Mais l'image aimable de Nordin
occupait de plus en plus son âme et la suivait même dans
ses rêves.

Une nuit, elle se vit flottant dans l'espace, cherchant à
s'élever vers la lumière, mais un poids oppressait sa poitrine, l'empêchait de respirer, et l'entraînait vers un abîme
sans fond ouvert au-dessous d'elle. Tout à coup le poids fut
soulevé; elle se sentit soutenue, portée vers la lumière
céleste; un ange brillant montait avec elle en lui donnant la
main, et cet ange avait le regard de Nordin.

Hertha écrivit ce rêve sur son journal, et au-dessous elle
ajouta ces mots :

« Oh ! Nordin, il me semble que je supporterais beaucoup

de choses, mais point la perte de mes espérances de liberté et ma confiance en vous! »

Sous l'influence de ces sentiments, Nordin et Hertha cherchaient presque involontairement à se plaire en tout, mais d'une manière toujours digne et sérieuse. Nordin, dans sa conversation comme dans ses manières, prenait de plus en plus la délicatesse et l'élégance de la véritable distinction. Hertha, quoique conservant la même simplicité dans ses vêtements, avait cependant plaisir à choisir l'arrangement et les couleurs qui plaisaient à Nordin. Chaque jour ils trouvaient plus de charme, plus de bonheur l'un dans l'autre, et ils se devenaient plus nécessaires.

L'été s'avançait; le papillon d'Apollon, avec ses larges ailes blanches tachetées de rouge, se jouait dans les églantines qui ornent avec tant de profusion nos haies et nos bois. Les champs couverts de fleurs remplissaient l'air de parfum. Nordin et Hertha se promenaient presque tous les jours, lui s'appuyant sur elle le long des champs où le vent faisait murmurer les blés jaunes, ou dans les grands bois de sapin où les rayons de soleil se glissaient discrètement entre les hauts troncs d'arbres réguliers comme des colonnes. La mousse couvrant le sol formait un doux tapis sous leurs pieds, et la *fleur de Linné* leur envoyait ses parfums. Ou bien c'était sur les bords de la petite rivière dont les eaux claires comme le cristal coulaient entre des bords ombragés et fleuris, qu'ils venaient causer de ces chers sujets, sources des intimes confidences, ou bien marcher lentement et en silence, jouissant de la douce et profonde certitude de l'union de leurs âmes, écoutant le vent dans les bois ou le chant expressif de la grive. En eux et autour d'eux, partout la paix et en même temps la vie.

Quelquefois, pendant ces promenades, Hertha dirigeait l'attention de Nordin vers les beautés de la nature. Comme

presque toutes les femmes, elle en avait un sentiment profond, mais comme à presque toute femme aussi, toute
connaissance scientifique lui manquait. Elle questionnait
Nordin sur les arbres et les fleurs, les pierres et les insectes.
Nordin lui disait leurs noms et leurs qualités particulières;
il ramassait les mousses charmantes et les lichens qui
croissent sur nos roches de granit, et lui faisait remarquer
les formes singulières, les douces couleurs, les bienfaisantes
propriétés de ces humbles enfants de la nature. Il lui montrait l'étincelle dans la pierre et la vie dans l'insecte.

« Combien vous êtes heureux, vous autres hommes, disait
Hertha, de pouvoir apprendre tant de choses! Et quelle
funeste ignorance chez les femmes en général sur un grand
nombre de choses qui les entourent; cependant elles pourraient occuper et nourrir utilement leur âme! La nature,
par exemple! nous l'aimons; nous vivons au milieu d'elle;
elle a d'essentielles affinités avec nous-mêmes, et cependant
elle nous est inconnue, et nous restons en face d'elle
comme des étrangères. Comment pourrions-nous comprendre, comment pourrions-nous sentir sa merveilleuse richesse,
son ordre et sa vie?»

«Ah! répondit Nordin, ne dites pas cela, vous la sentez,
vous la comprenez en général bien mieux que nous. Nous
savons quelque chose de ses distinctions extérieures, mais
vous la comprenez dans sa plénitude, dans sa vie intime et
divine.»

Hertha secoua la tête et dit en souriant :

« Je vous remercie de votre compliment, s'il ne ressemble
pas à tant d'autres compliments avec lesquels les hommes
nous repoussent de la sphère où eux-mêmes cependant se
trouvent heureux de vivre. Je sais, Nordin, que vous me
parlez sincèrement. Mais s'il était vrai que Dieu nous eût
donné une faculté particulière pour comprendre la vie et la

beauté divine de la nature, cette faculté s'affaiblirait-elle quand nous en connaîtrions les lois et les caractères, les intentions, si je puis m'exprimer ainsi. Serait-elle pour nous moins magnifique et moins divine, cette nature, si nous pouvions l'étudier et apprendre à réfléchir sur elle, si nous la voyions de nos yeux ouverts au lieu de nous perdre en rêveries sur ses mystérieuses beautés ? Alors vraiment l'amour de la nature nourrirait nos âmes, et peut-être si ce sentiment qui nous fait comprendre plus profondément sa beauté était aidé du microscope de la science, serions-nous capables de faire des observations, des découvertes qui ne seront pas faites et dont la science et l'humanité seront privées. Nous pourrions connaître et suivre tant d'admirables desseins au lieu d'y substituer, comme il arrive ordinairement, nos propres fantaisies. Dans mon enfance je regardais les rochers, les bois, le feuillage et tous les objets créés avec un désir inouï de connaître quelque chose de leurs caractères, de leurs lois, de leur but. Mais le manque de connaissances et l'impossibilité d'en acquérir ont fait pour moi de la nature un livre fermé ; et encore maintenant elle est plutôt comme une eau qui me tente, m'invite et toujours se retire, que comme une fontaine de vie où je puisse me désaltérer en remerciant Dieu. »

« En est-il réellement ainsi ? dit Nordin ; cela ne doit pas durer. Vous avez raison, parfaitement raison. Je n'avais pas vu juste sur ce sujet. Comme nous sommes égoïstes, nous autres hommes ! Voulez-vous que nous commencions dès demain quelques leçons suivies d'histoire naturelle ? Je vous enseignerai tout ce que je sais. C'est bien peu de chose, mais cela vous servira d'introduction, et, avec le secours de bons livres, vous pourrez continuer par vous-même. Pour les commencements nous pourrions les étudier ensemble. »

« Merci, Nordin, j'accepte. » Et elle ajouta à demi-voix, en regardant avec émotion la campagne qui l'entourait, parée comme une fiancée de toute la beauté de l'été : « Je pourrai donc la mieux connaître ! Oh ! la vie est après tout bien belle ! »

Ces mots tombés des lèvres d'Hertha remplirent de joie le cœur de Nordin, parce qu'il trouvait en eux l'accomplissement du désir de son cœur qui était de la réconcilier avec la vie.

Et leur bonheur augmentait de plus en plus pendant qu'ils vivaient de la sorte ensemble, s'instruisant, contemplant l'œuvre de Dieu et sa sagesse dans cette grande histoire qui seule explique la beauté de l'œuvre divine, son ordre admirable et ses apparents désordres. Hertha le comprenait plus profondément encore que Nordin :

« La nature est un ange tombé, mais sur le front de l'ange tombé « brille clairement le reflet d'une céleste origine. Le cœur de Daphné bat « sous l'écorce ! »

Ils ne se parlaient jamais d'amour, mais l'amour resplendissait autour d'eux et les revêtait ainsi que tout ce qui les entourait de sa lumière magique. Ils marchaient purs, confiants l'un dans l'autre sous l'œil de Dieu, semblables au premier couple qui s'aima sur la terre dans le paradis terrestre.

LE SERPENT.

Hertha dit un jour à Nordin : « Aidez-moi, je vous prie, à m'expliquer cette antique et primitive histoire; mais je veux d'abord vous la lire tout haut. Ces contradictions m'ont depuis longtemps tourmentée. Et elle lut :

« Or le serpent était le plus fin de tous les animaux que le Seigneur avait faits sur la terre.

Et il dit à la femme : «Pourquoi Dieu vous a-t-il com-
mandé de ne point manger de tous les arbres qui sont dans
le Paradis? »

La femme répondit : «Nous mangeons du fruit de tous
les arbres qui sont dans le Paradis; mais pour ce qui est du
fruit de l'arbre qui est au milieu du Paradis, Dieu nous a
ordonné de n'en point manger et de n'y point toucher, de
peur que nous ne fussions sujets à la mort. »

Le serpent répartit à la femme : «Assurément vous ne
mourrez point. Mais c'est que Dieu sait que, dès que vous
aurez mangé de ce fruit, vos yeux seront ouverts, et que
vous serez aussitôt comme Dieu, connaissant le bien et
le mal. »

La femme considéra donc que le fruit de cet arbre était
bon à manger et agréable à la vue, et désirable parce qu'il
donnait la science, et, en ayant pris, elle en mangea et en
donna à son mari. »

Ici Hertha s'arrêta, regarda Nordin et lui dit : « C'était
après tout une grande chose dans notre première mère que
de chercher la science, de chercher à «devenir comme Dieu,»
même au risque de perdre la vie et ses jouissances de chaque
jour; elle obéissait à une puissante inspiration. »

«Mais le serpent la trompait, » dit Nordin.

«Oui, cela est écrit, mais maintenant écoutez-moi, Nordin. Si la science et la sagesse sont les moyens d'atteindre
à la perfection, de «devenir comme Dieu», et nous savons
que ce n'est que par là que nous pouvons connaître Dieu et
sa vérité, pourquoi est-il dit que la science est défendue? Et
quand l'amour de la science est ce qui transporte notre
mère Ève, pourquoi est-elle punie et après elle toutes ses
filles par l'exclusion de l'arbre de la science qui enseigne
le bien et le mal, et de l'arbre de la vie qui donne l'im-
mortalité? Combien cela n'est-il point déraisonnable et

inique, au moins à ce qu'il me semble. Le législateur-juge
me paraît ici aussi sévère qu'injuste.»

«Au point de vue chrétien très-certainement, dit Nordin
— quand nous prenons ce récit dans les détails et littérale-
ment — et en considérant comme certain que notre traduction de l'original soit parfaitement fidèle. Pour moi, il m'a
toujours paru que cette traduction porte, en certaines parties, les traces des ténèbres qui enveloppent les idées même
les plus profondes des nations dans leurs siècles d'enfance.
Mais l'idée première me semble claire et profonde, et les
détails de la narration peuvent être expliqués de ce point de
vue. Pour entrer en possession de la plénitude de sa conscience et pour être libre, l'être humain devait avoir passé
par une forte tentation. Cette tentation, c'est pour l'être humain, selon la loi spirituelle, le désir de faire du *moi* son
centre au lieu du vrai centre, Dieu. L'égoïsme, c'est-à-dire
l'orgueil et l'amour du plaisir, voilà le tentateur, le Serpent, qui pousse l'homme à manquer à sa fidélité envers son
légitime seigneur et son bienfaiteur, et à se saisir par seul
désir de sa propre grandeur de ce qui est le fruit défendu
— défendu seulement pendant la période d'enfance et quand
l'homme est encore trop faible pour le supporter. L'obéissance et la foi envers son grand bienfaiteur étaient pour
l'homme ses premiers devoirs. La défense que Dieu avait
prononcée, ce n'était point à l'homme à l'écarter. Dieu pouvait avoir marqué le temps où lui, source de toute science
et de toute sagesse, prendrait l'homme par la main, le con-
duirait vers l'arbre de la science et lui enseignerait le bien
et le mal. La science aussi bien que le plaisir est défendue,
mais seulement pour l'égoïsme de l'humanité. L'homme
doit y atteindre uniquement par l'obéissance et l'amour de
Dieu. La chute fut ceci, la victoire de l'égoïsme, la volonté
de l'homme de se faire soi-même Dieu et de s'élever au plus

haut sans celui qui est le plus Haut. La conséquence naturelle et inévitable de la chute est la perte de l'innocence,
la dégradation, les ténèbres couvrant l'humanité. Le renouvellement moral viendra par une nouvelle inspiration de la
conscience humaine..... Mais comme vous me regardez,
Hertha! comme vos yeux brillent! »

« C'est mon âme qui est éclairée, Nordin. Oh! je vois,
je comprends maintenant.... le puissant désir de notre
première mère, la chute, la longue excommunication et le
renouvellement par une nouvelle naissance dans l'âme de la
nouvelle Ève. Je la vois assise aux pieds du Sauveur, je la
vois, illuminée de son regard, guidée par sa parole, portée
par une nouvelle et plus haute inspiration, s'approcher encore de l'arbre de la science, cueillir le fruit qui n'est plus
défendu et le partager avec son ami, son époux. Le dernier témoin du créateur dans la première création sera
aussi le dernier dans la seconde, portant témoignage de
Dieu du fond d'une conscience plus profonde, et par une connaissance plus haute, une intelligence plus pure de la vie et de
la réalité! Ne voyez-vous pas cela comme moi, Nordin? »

« Je le vois! Plus le témoin sera noble, élevé dans ses
désirs et ses inclinations, plus l'intelligence des choses sera
élevée, profonde, intime. Mais la vie du cœur est pour
toujours la puissance de la femme, et c'est par là, c'est
surtout par la supériorité de l'amour qu'elle doit atteindre
à la supériorité de l'intelligence. Ne le croyez-vous pas,
Hertha ? »

« Oui. Elle doit aimer Dieu et la vérité au-dessus de
toutes choses. »

« Mais les créatures, dit Nordin d'une voix émue, peuvent-elles comprendre l'amour de Dieu autrement qu'en
aimant sur terre ? N'êtes-vous pas comme moi, Hertha ? Je
n'ai jamais aimé Dieu comme depuis que j'aime... ici-bas!»

Hertha était silencieuse; le regard de Nordin l'interrogeait avec passion...

« Quoi! Ne pourriez-vous pas, continua-t-il, aimer de tout votre cœur une créature votre égale? »

« Peut-être, répondit Hertha en hésitant, mais je serais effrayée d'un tel sentiment, égoïste et destructeur de tout autre. »

« Mais si celui qui vous aime ne cherchait, comme vous-même, que ce qu'il y a de plus élevé, seriez-vous encore effrayée de répondre à son amour? O Hertha! auriez-vous peur de m'aimer? »

Hertha pâlit. Elle jeta sur Nordin un regard ardent comme l'éclair, mais aussi vite voilé d'un nuage, et dit à voix basse : « Oui! »

Cet aveu bizarre fit jaillir la flamme que Nordin depuis si longtemps enfermait dans son cœur; il saisit la main d'Hertha et la pressa sur son cœur en s'écriant : « Hertha! ma bien-aimée, n'ayez pas peur de m'aimer; aimez-moi comme je vous aime! Dieu nous a donnés l'un à l'autre, je le sens au fond de mon cœur, vous êtes mienne pour toujours! »

Mais tandis que Nordin attachait sur Hertha des regards brûlants d'amour, Hertha devenait de plus en plus pâle, et quand elle sentit ses lèvres brûlantes se presser sur ses yeux et sur ses lèvres, elle murmura comme dans un inexprimable sentiment d'angoisse : « O Nordin! pourquoi rompre la paix entre nous? »

Elle semblait près de perdre connaissance : « De l'air! de l'air, » demanda-t-elle vivement en se dégageant des bras de Nordin et en courant vers la fenêtre.

Nordin se leva.... il ne lui fut pas très-agréable de voir entrer en ce moment la femme du pasteur; les fruits qu'elle venait leur offrir n'empêchèrent pas Nordin de souhaiter

14

que la bonne dame fût partout ailleurs, surtout lorsqu'Hertha, après un moment, profita de sa présence pour quitter la chambre. Nordin la suivit et lui dit à demi-voix, avec une tendre inquiétude : « Hertha, il faut que je vous voie, que je vous parle; demain j'irai chez vous. »

« Non, pas demain, répondit Hertha, demain je ne pourrais, mais bientôt, puisque vous le souhaitez. »

Il y avait dans l'expression d'Hertha une tristesse que Nordin ne pouvait s'expliquer et qui l'inquiétait.

« Vous aurais-je déplu? lui demanda-t-il. Oh! songez que je vous aime si tendrement et depuis si longtemps en silence. . . . »

Il ne lui fut pas agréable non plus de voir en cet instant arriver le petit pasteur lui-même, lequel vit clairement que sa présence était peu opportune et dit en souriant :

« Oh, oh! vous avez quelque chose à vous dire que je n'ai pas le droit d'entendre, à ce que je vois; bien, bien, je m'en vais. . . et quand vous aurez besoin du vieux pasteur, vous me le ferez savoir, mes enfants, j'arriverai avec le livre. »

Mais avant qu'il se fût éloigné, Hertha l'avait salué et était partie.

En retournant chez elle, elle essaya de lire clairement dans son âme et de se rendre compte de son émotion. Que lui était-il donc arrivé? quelque chose qui n'avait rien d'extraordinaire, et fût arrivé à toute autre femme; la vivacité de ses sentiments s'était révélée à elle par la déclaration passionnée et le baiser de celui qu'elle aimait. Était-elle donc offensée de la hardiesse de Nordin? Non, en vérité; une femme n'est point offensée d'une telle vivacité chez celui qu'elle aime, quand elle connaît la pureté et la sincérité de son amour; Hertha ne doutait point de celui de Nordin. Mais elle regrettait cependant l'explosion de ses senti-

ments et l'impression qu'elle en avait éprouvée; elle pleurait
comme la sylphide enfermée dans un cercle magique pleure
en voyant tomber ses ailes. Les sentiments qui remplissaient
son cœur l'enivraient comme les chauds zéphirs chargés des
parfums du midi, et cependant elle regardait avec regrets
les pures et calmes régions où avec Nordin elle avait vécu
jusque-là.

« Nous ne serons plus jamais ensemble comme autrefois, »
se disait-elle avec regret. Puis elle sentait que Nordin avait
pris sur son esprit un pouvoir qu'elle ne lui abandonnait
pas volontiers, et le vieux serpent de la défiance lui murmurait à l'oreille :

« Peut-être a-t-il parlé de la sorte à une autre avant
moi, et l'a-t-il ensuite abandonnée. Peut-être était-elle
faible comme moi et suis-je folle comme elle. Nordin a été
infidèle… peut-être coupable!… N'en ai-je pas lu l'aveu
dans ses regards. Et je pourrais… Non, Nordin! il n'est
pas si facile de me conquérir! Ce n'est pas pour des paroles
d'amour, pour un amour égoïste que je veux donner une
vie où j'ai tant souffert, tant espéré. Maintenant que Dieu a
répandu sa lumière dans mon âme, je ne m'abandonnerai
point à cette faiblesse, à ces sentiments d'un bonheur
égoïste. »

Et Hertha marchait plus vite à travers les ruines de la
ville incendiée. Mais alors elle se rappelait le caractère noble
et aimable de Nordin, son dévouement respectueux pour
elle, cette lumière que tant de fois il avait fait descendre
dans son âme. Elle se reprochait son injustice, et la paix et
l'harmonie rentraient dans son cœur. Elle se disait : « Je lui
parlerai ouvertement, je lui ouvrirai mon âme, et, s'il est
tel que je le crois, s'il est ce noble cœur que je puis aimer,
il m'écoutera, il me comprendra, et tout sera éclairci entre
nous. Je prendrai sa main et je le ferai entrer dans le plus

saint sanctuaire de la vie. Rien de terrestre ne restera entre nous et ensemble nous nous élèverons vers ce qu'il y a de meilleur. Ainsi seulement, Nordin, vous pouvez être mien et moi vôtre ! »

Hertha sentit alors son cœur battre plus librement; ses yeux rayonnèrent d'une joie pure comme celle des anges du ciel. Ses jeunes sœurs venaient au devant d'elle : « Comme tes yeux sont brillants! Hertha, dit l'une d'elles, et comme tu es belle ce soir! »

« Oh! certainement, Hertha est la plus belle créature du monde, » s'écria l'enthousiaste petite Marie en l'embrassant.

Hertha souriait et rendait à ses sœurs leurs baisers; elle se sentait maintenant heureuse et forte. Mais quand elle rentra dans sa chambre, elle trouva sur la table près de son lit une lettre dont la vue seule lui causa un involontaire frisson. Elle lut ces mots d'une écriture inconnue :

« Des amis d'Hertha Falk croient qu'il est de leur devoir de l'informer que le jeune homme dans la société duquel elle se trouve presque tous les jours, et auquel on a toute raison de la croire fiancée, fait de secrètes visites à une personne d'une réputation fort mauvaise demeurant rue ***, et qu'on le considère comme le père de l'enfant de cette personne qui se nomme Amélie Winter. »

« C'est un mensonge! » dit Hertha froidement en jetant la lettre à terre, un mensonge scandaleux. — « Nordin! nous nous voyons depuis six mois! nous avons ouvert nos âmes l'un à l'autre, nous nous sommes promis vérité et sincérité, et vous auriez pu?... Non, non, ce n'est pas vrai.» Et elle foula aux pieds la lettre avec colère et mépris. Mais la fièvre l'agita toute la nuit et elle ne put dormir. Le jour suivant elle s'occupa activement et sans relâche des devoirs de l'intérieur. Mais le soir venu elle prit son châle et son chapeau et courut chez Amélie.

En approchant de sa demeure, elle vit, malgré l'obscurité croissante, un homme qui en sortait; il descendit la rue du côté opposé à celui par lequel elle arrivait; la nuit était épaisse et il disparut comme une ombre; mais cependant à la difficulté de sa démarche, à d'inexplicables indices, une voix qui ne permettait point le doute s'éleva dans le cœur d'Hertha, et prononça son nom.

◆

LE NOM.

Hertha entra dans la chambre d'Amélie, dans un état d'émotion inexprimable. Elle la trouva seule, assise auprès du berceau de son enfant. Amélie, elle aussi, était visiblement émue; mais, bien que ses yeux portassent la trace des larmes, ce n'était point évidemment de la douleur qu'ils témoignaient. Elle courut avec vivacité vers Hertha, l'embrassa avec effusion et cacha sa figure sur son épaule.

Hertha se dégagea doucement de ses bras, prit sa tête entre ses mains et, ses regards profonds interrogeant ceux de sa cousine, elle dit :

« Qu'y a-t-il, Amélie, tu es émue, tu as pleuré ? »

« Oui, répondit Amélie en se plaçant auprès du berceau de son enfant, oui, mais pas de chagrin. J'ai eu une joie, une consolation inattendue; je serai bientôt plus heureuse, plus que je ne le mérite. Mais ne me fais pas de questions, Hertha; je ne puis, je ne dois pas en dire davantage. »

« Si, tu dois m'en dire plus, Amélie, reprit Hertha avec
une effrayante vivacité. Tu dois me dire le nom de celui qui
est le père de ton enfant. »

« Impossible, répondit Amélie, demande-moi tout ce que
tu voudras, Hertha, tout, excepté cela. J'ai juré de ne point
le révéler. Cela pourrait faire son malheur, entraver son
avenir. Non, non, jamais! »

« Réponds-moi, dit Hertha d'une voix qui avait quelque
chose de terrible, calme et sourde, mais cependant impéra-
tive qu'elle était. Son nom serait-il... Yngve Nordin ? »

Amélie tressaillit : « Mon Dieu! Hertha, ce nom....
comment l'as-tu pu savoir? Je ne l'ai jamais dit à personne.
J'avais juré de le cacher, je le lui avais juré à lui, parce
que j'ai été la plus coupable; mon inexcusable légèreté fut
seule à blâmer; c'est moi qui l'entraînai. Voilà la vérité, la
vérité entière. Il fut faible, mais il n'est point vicieux; et
maintenant il se repent; il veut pourvoir aux besoins de son
enfant. Oh! il est en réalité noble et bon. »

Amélie aurait pu continuer longtemps à parler ainsi;
Hertha ne l'entendait plus. Tout ce qui l'entourait chancelait
autour d'elle; elle fut obligée de s'asseoir et, la tête dans
ses mains, elle resta immobile et muette. Amélie à la fin
s'étonna de son silence et, s'approchant, lui demanda avec
inquiétude :

« Hertha, qu'as-tu donc? tu ne me dis pas un mot?.. pas
un regard? es-tu malade? »

« Oui, répondit Hertha, se levant péniblement. Je souffre
dans la tête d'une manière singulière; il faut que je te
quitte, Amélie; adieu, mais tu auras de mes nouvelles....
bientôt. »

Elle était d'une pâleur de mort, mais l'obscurité empêcha
Amélie de s'en apercevoir. Elle la suivit cependant avec inquiétude : « Tu seras bientôt mieux » lui dit-elle.

« Je l'espère, je le crois. »

« Et tu reviendras me voir ? »

« Oui… aussitôt que je pourrai. »

« Et tu cacheras le secret…. son nom…. comme dans
la tombe ? »

« Comme dans la tombe » répéta d'une voix presque inin-
telligible Hertha, en quittant la chambre.

Elle fut obligée de s'arrêter en descendant l'escalier et
d'appuyer sa tête contre le mur. Elle souhaita pour un moment perdre la vie avec le souvenir. Des gens qui montaient
l'escalier l'obligèrent à se remettre en marche ; elle alla vers
sa demeure comme dans un rêve affreux ; un poids intolérable oppressait sa poitrine et les ténèbres éternelles lui
semblaient étendre leurs ailes noires sur la vie et sur le
monde. Quand elle atteignit la partie ruinée de la ville, elle
s'assit sur des débris : « Est-ce donc, se dit-elle, le dernier
mot de la réalité et de la vie, une ruine ?…. Oh ! Nordin,
Nordin ! »

Elle arriva chez elle. Ses jeunes sœurs coururent se jeter
dans ses bras.

« Comme tu es restée longtemps dehors, ma sœur ! il fait
si noir ! nous étions si inquiètes ! »

Hertha les embrassa en leur demandant de la laisser seule
pour un moment. Elle courut s'enfermer dans sa chambre ;
elle en sortit bientôt, évidemment plus calme, et alla ré-
joindre au souper le reste de la famille. Le Directeur et la
tante Pétronille causaient avec plus d'entrain que d'habitude.
Hertha, comme à l'ordinaire, veillait à tout. Elle mangea et
but un peu ; mais cependant ses jeunes sœurs la regardaient
de temps en temps avec anxiété. Elles voyaient bien qu'il y
avait quelque chose d'extraordinaire en elle et quelque chose
de bien triste.

Quand le soir la famille se sépara, Hertha emmena ses

deux sœurs avec elle dans sa chambre, s'assit, et les entourant de ses bras, leur dit :

« Mes chères petites, il faut que je parte pour un voyage
qui me demandera une semaine, peut-être deux; il faut que
pendant ce temps vous ayez soin du ménage et que vous
veilliez à ce que tout soit bien pour notre père et notre
tante. Demain de bonne heure, toi, Marie, tu donneras
cette lettre à notre père, et après tu lui liras le journal à
ma place. Marthe, elle, s'occupera du ménage; voici les
clefs du cellier, de l'office, et voici l'argent pour la dépense
de la fin du mois. Fais-moi voir, ma petite Marthe, que tu
sauras aussi bien conduire la maison toute seule que tu le
fais sous mes ordres. Tâchez toutes deux que je n'aie que
des louanges à vous donner à mon retour. Faites tout ce qui
pourra plaire à notre père et à notre tante, et ..... pensez
aussi à moi, mes chères enfants, et priez Dieu pour moi! Je
vous écrirai pour vous dire le jour où je devrai revenir;
ce sera peut-être plus tôt que je n'espère maintenant; en
tout cas je vous écrirai. »

Les deux jeunes filles commençaient à pleurer : « Qu'est-
il donc arrivé? demandaient-elles; tu es si pâle, Hertha!
tes mains sont froides; oh! certainement il est arrivé un
malheur! »

« Oui, mais ne m'en demandez pas davantage en ce
moment. Un jour peut-être je pourrai vous le dire. Adieu
maintenant, et bonne nuit, chères petites sœurs. »

Elle les serra dans ses bras, les embrassa, puis les engagea
à retourner dans leur chambre; mais elles se suspendaient
en pleurant à son cou.

« Hertha, disaient-elles, tu reviendras bientôt, tu ne nous
abandonneras pas. Nous n'avons que toi; tu es notre seul
guide, notre seule joie en ce monde; ne nous quitte pas! »

« Non, non, jamais! dit Hertha avec décision, jamais de

l'âme ni du cœur; si je vous quitte pour un temps qui sera
court, c'est seulement pour pouvoir avec plus de calme me
consacrer ensuite à vous, mes sœurs, mes bien-aimées! »

Mais Hertha ne put se séparer d'elles avant qu'elles
n'eussent couvert de leurs caresses et de leurs larmes leur
sœur chérie.

Heureuse la maison où le nom de sœur est prononcé avec
joie et amour. C'est l'image du ciel et de la pure communion
des anges. Aucun sentiment n'apporte autant de pureté et
de fraîcheur à l'âme; aucun n'est si tendre, si doux et si
paisible; aucun n'a de plus profondes racines dans le cœur
que cet amour entre sœurs, source féconde des joies innocentes et des rires toujours jeunes.

Mais malheureuse la famille où ce nom n'élève dans les
cœurs que ressentiments et amertume. Le ver rongeur y
habite; les sources de la joie sont taries. Sœurs qui vivez de
la sorte ensemble, mieux vaut vous séparer pour toujours!
— C'est à vous que je pense, sœurs bien-aimées avec lesquelles j'ai vécu dans une si douce union et qui ne m'avez
causé de chagrin que quand le ciel vous a enlevées à moi,
c'est à vous que je pense en parlant de ce sentiment pur et
doux qui lie la sœur à la sœur, de cet amour qui soutient
dans tant d'épreuves et console parmi tant de douleurs!

Quand Marthe et Marie rentrèrent dans leur petite chambre, elles donnèrent cours à leurs larmes et aussi à leurs
conjectures sur le voyage d'Hertha; mais ne pouvant rien
deviner à ce sujet, elles finirent par songer à tout ce qu'elles
feraient pendant l'absence d'Hertha pour qu'elle fût contente
à son retour; et, au milieu de ces plans, elles s'endormirent
paisibles et consolées.

Hertha, de son côté, avait renouvelé dans son cœur, en
recevant les caresses passionnées de ses sœurs, la ferme
résolution de leur consacrer sa vie; mais dans ce dessein

même, et précisément pour avoir la force de l'accomplir, elle devait les quitter en ce moment ; il fallait qu'elle partît.

Lecteur ! Si tu as éprouvé un de ces malheurs qu'on croit sans remède, qui frappent comme d'une terreur panique, qui jettent un poids sur la poitrine, qui en quelque sorte ôtent le souffle et obscurcissent la vue, si tu as cru que le bonheur et la liberté du cœur n'existaient plus pour toi, tu comprendras ce qu'Hertha éprouvait. Si la mort ou la folie, comme cela arrive quelquefois, ne délivre pas l'infortuné, souvent alors une étrange inquiétude s'empare de lui ; pour échapper au malheur qui, comme une bête féroce, semble vouloir dévorer son âme, il veut fuir, fuir loin des lieux où il a souffert, loin des choses, loin de lui-même, s'il était possible, loin de l'horrible oppression qui pèse sur lui, loin du fantôme qui est là devant ses yeux et dont le regard fixe l'empêche de rassembler ses pensées, de rentrer en possession de sa raison. Oui, s'il est posssible, il faut fuir comme avec des ailes. Ce n'est pourtant, il est bien vrai, qu'un moyen matériel, extérieur, mais il peut être de quelque secours, ne serait-ce que pour permettre de respirer plus librement, pour donner à l'âme le temps et le pouvoir de réfléchir sur elle-même et sur le coup qui l'a frappée. Les voyages servent à distraire l'esprit, à endormir le noir chagrin qui ronge. L'action et le mouvement donnent des forces pour le combattre.

Ainsi, dans le dessein d'échapper à l'angoisse qui la torturait, d'éviter les visites et le voisinage de Nordin, de se donner le temps de méditer sur la ligne de conduite qu'elle devait suivre, d'essayer de lire dans les profondeurs de son propre cœur et de chercher quelque lumière au milieu des ténèbres qui maintenant obscurcissaient sa vie et celle de Nordin, Hertha sentait qu'il lui fallait s'éloigner quelque temps. Où irait-elle? Peu lui importait, pourvu que ce fût loin de lui. Pendant toute une nuit sans sommeil et sans repos, elle marcha dans sa chambre ; quelquefois elle s'arrêtait à la fenêtre et regardait le ciel ; mais elle ne priait point, elle était incapable même de penser ; elle ne voyait plus que cet abîme du doute sur lequel si longtemps son âme avait été suspendue, et que depuis quelque temps elle croyait fermé sous la verdure et les fleurs.

Au point du jour elle s'habilla pour partir, prit dans une petite malle quelques effets et une somme d'argent qui lui restait du cadeau de son père, puis elle se dirigea vers le port, éloigné seulement d'une heure environ.

Comme Rodolphe quelques mois avant, elle marchait sur la route déserte, l'âme accablée aussi par un immense malheur, et elle allait chercher au loin le repos. Pauvre Rodolphe ! pensa-t-elle involontairement ; et au fond de sa conscience, elle sentit comme un reproche de l'avoir presque oublié, bien qu'ils eussent échangé quelques lettres.

« Je veux aller le voir, se dit-elle ; j'aurai maintenant plus de pitié qu'autrefois pour son malheur ; je l'aiderai à prendre courage pour supporter sa malheureuse vie. — Peut-être, lui disait une voix au fond de sa conscience, trouverai-je moi-même, en faisant cela, quelque courage ; ce sera d'ailleurs un but et comme une lueur qui dans ma route sombre dirigera mes pas. »

Pour un cœur énergique et pour un cœur de femme, il n'y a rien qui donne plus de force dans un grand malheur et qui soit plus propre à consoler que de pouvoir soutenir et calmer une autre infortune, surtout celle d'un ami. C'est une ancre de salut ; l'âme s'y attache au milieu de la tempête, et sent moins son propre danger ; elle l'oublie peut-être par moments.

Lorsqu'Hertha atteignit le port, le paquebot de l'ouest

allait justement partir; sa colonne de fumée noire tourbil-
lonnait sur le ciel bleu. Elle fut bientôt à bord, et le navire
s'éloigna du rivage.

———•o°o°o•———

LE VOYAGE.

———

Quel poëme que ce gigantesque ouvrage suédois qui unit
la Baltique au Cattégat, et que nous appelons le canal de
Götha, « la ceinture bleue de la Suède! » Que de merveilles
ne renferment pas son histoire et ses beautés naturelles, la
grandeur du dessein et de l'exécution, tant de grands ou
charmants souvenirs! Pendant trois cents ans les rois de
Suède, depuis le premier Gustave jusqu'à Charles-Jean,
soutenus par le génie de la patrie et par des grands hommes
tels que Brask, Polhem, Svedenborg, Thunberg et Platen,
ont lutté pour achever l'œuvre, de concert avec les bras et
les richesses de la nation. Obstacles naturels, difficultés de
tout genre, calamités, guerres, discorde, perte de la Fin-
lande, rien n'a découragé les gouvernements ni les peuples.
Après chaque malheur, après chaque épreuve, ensemble ils
ont repris le travail, comme par un sentiment commun que
c'était dans la vie, la richesse, la puissance intérieure de
la patrie qu'il fallait chercher le secours, la force, l'espoir
pour l'avenir. Quel poëme que le voyage qu'on peut faire
maintenant de Stockholm, la ville de Birger Iarl, des rives
du lac Mélar et de la Baltique, aux bords du Cattégat, à la
ville de Gustave-Adolphe, Gothenbourg, en suivant le bleu
ruban du canal, à travers tout l'intérieur de la Suède! Les

premières montagnes so présentent; les écluses l'une après
l'autre s'ouvrent en grondant; comme porté sur d'invi-
sibles bras, le bateau monte, de plateau en plateau, à la
hauteur des anciennes forêts primitives et des lacs sauvages
creusés au sein des montagnes; il traverse silencieusement
ces solitudes, puis descend graduellement d'écluse en écluse
jusqu'à ces lacs enchantés que le voyageur voyait tout à
l'heure, bien loin sous ses pieds, briller comme de purs
miroirs. Il parcourt maintenant de fertiles contrées émail-
lées de châteaux, de riches domaines et de chaumières. Il
passe à travers de beaux parcs dont les arbres touffus viennent familièrement le caresser à son passage de leurs
branches qui se baignent dans l'eau; puis il entre dans une
vaste et sauvage contrée; les géants de la nature qui la gar-
dent encore n'arrêteront point sa marche :

« Les eaux sauvages se précipitent en tonnant du haut des montagnes,
et les malignes puissances de l'île d'or sont furieuses; mais le génie de
l'homme s'avance, le roc est percé, et le navire pénètre dans son sein ! »

Par les bras puissants de la science, le navire est comme
porté à travers ces grands désordres de la nature, à travers
les rochers et les chutes de Trolhætta, vers des scènes plus
douces, vers les eaux calmes de la rivière de Götha. Cependant les anciens souvenirs et les sujets d'un intérêt présent
n'ont point cessé d'accompagner le voyageur; ce sont les
antiques champs de bataille, les runes, les vieilles sagas,
les légendes et l'histoire, les tombes des héros; les cavernes
et les secrètes retraites des géants et des fées, les vieux
châteaux et les couvents en ruines; çà et là le souvenir de
quelque grande ou tragique aventure, ou bien les monuments
des temps modernes: l'usine ou le fort, les splendides demeures, les humbles chaumières peintes en rouge, se cachant
à l'ombre des sapins. N'est-ce pas, en effet, tout un poëme,

où se mêlent la fiction et la réalité, la nymphe des bois, le roi
de la montagne, la fée des eaux, les prodiges de la science, la
mémoire de l'homme d'État, les peintures de la vie réelle ?

Le point le plus remarquable du voyage cependant est bien
Trolhætta. On a quitté les hauteurs, les montagnes et leurs
lacs sauvages. On a traversé le grand lac Wéner, auquel des
provinces et des montagnes environnantes vingt-quatre
rivières envoient leurs eaux; le canal va percer la forêt de
Westergyll; mais les eaux du Wéner, suivant leur pente,
vont tomber du haut de roches déchirées et abruptes, et
forment les sauvages, les grandioses chutes de Trolhætta. Le
navire passe tranquille dans la forêt de pins à travers les
flancs ouverts des rochers, et le voyageur entend seulement
la voix tonnante des eaux qui frappent contre le rocher, la
lutte des géants de la nature. Le navire sort des écluses
juste à l'endroit où la puissante masse d'eau, d'un bleu sombre
et couverte d'écume, se change en un fleuve calme et profond, qui marche d'un cours désormais régulier vers cette
ligne lointaine et bleuâtre de basses collines derrière lesquelles la mer cache ses flots.

« Il entend, le grand fleuve, les chants du poëte retentir de sa louange ;
hommes et navires, il les entraîne avec lui. Hôte désiré, les grandes
cités l'appellent, et les prairies parsemées de fleurs l'étreignent et l'em-
brassent. Mais elles ne l'arrêtent pas ; il marche, il dépasse tours dorées
et riches campagnes ; il marche toujours en avant, jusqu'à ce que le
dernier pas de sa course le précipite dans le sein de l'Océan, son père,
où il s'en va mourir. »   TEGNER, *Le fleuve (Floden)*.

Quelle vue solennelle et charmante à la fois de ce lieu
même où le navire sort paisible de la montagne boisée que
divise le canal pour descendre dans les eaux courantes du
fleuve! Quel contraste entre cette paisible scène et celle que
présentait la lutte sauvage des eaux se brisant furieuses
contre les rochers avec un assourdissant fracas !

Tel, dans les temps anciens, Starkodder le géant, épris de la belle épouse d'Hergrim, la fille chérie des Elfes, vint la disputer et lutta appuyé sur ces rochers. Ce fut l'homme qui fut vainqueur, mais l'amante ne voulut pas survivre et suivit Starkodder dans la mort[1].

Mais nous nous sommes oubliés dans ces souvenirs; il faut revenir à la pauvre voyageuse qui nous intéresse et qui était bien peu en état de jouir des beautés que nous venons de décrire.

Le vent froid du matin soufflait. Enveloppée dans un manteau sombre et perdue dans ses pensées, Hertha parcourait d'un œil distrait les eaux tranquilles, les bords fuyants et la campagne déjà couverte d'une blanche gelée d'automne. Les heures passaient; Hertha restait immobile.

L'une après l'autre, quelques personnes sortirent des cabines et parurent sur le pont. Quelques jeunes gens, en fumant leur cigare, remarquèrent la voyageuse; sa pâleur, son costume sévère, son immobilité, excitèrent leurs observations; l'un d'eux, d'un extérieur peu distingué, dit qu'il voulait voir si cette statue avait de la vie; il s'approcha d'elle, son cigare à la bouche, et laissant échapper sa fumée devant son visage, il lui adressa quelques paroles insignifiantes; Hertha tourna la tête et le regarda; devant cette pâleur, ce regard austère et fixe, il resta interdit, la salua, et, retournant vers le groupe des fumeurs: « C'est une folle, dit-il, à coup sûr; son regard m'a fait peur! »

Pour échapper à ces importunités, Hertha se dirigeait vers l'autre côté du navire; mais tous les passagers étaient maintenant montés sur le pont, et Hertha, ne voyant point de place vacante, restait debout, hésitante, quand un jeune homme, se levant, lui offrit respectueusement sa place. Hertha accepta avec reconnaissance, et se trouva de la sorte

1. Ancienne légende scandinave.

assise auprès d'une vieille dame qui lui adressa aussitôt la
parole et se hâta d'entamer d'interminables confidences sur
sa famille, le but de son voyage, sa santé, etc.

Le jeune homme qui avait offert sa place à Hertha descendit sous le pont et revint bientôt apportant quelques feuillets
imprimés, qu'avec une expression de politesse respectueuse
et de bonté compatissante il offrit à Hertha. Elle les prit
avec gratitude pour cette délicate attention; mais, incapable
de chercher à lire, elle continua de prêter une oreille
distraite aux longues histoires de sa vieille voisine.

Cependant quelques mots de la brochure qu'elle tenait à
la main frappèrent ses yeux et fixèrent malgré elle son esprit.
Elle lut :

«Souffrir l'agonie comme je le fais et vivre néanmoins,
est ce que personne, humainement parlant, ne peut appeler
désirable. Pourtant il peut se faire que, me plaçant à un
point de vue plus élevé, j'en bénisse Dieu comme du plus
grand bienfait. Être plongé dans la douleur et dans le mépris,
même pour une noble cause, est une chose qui, humainement parlant, il est vrai, ne peut être souhaitée, qu'on devrait même éviter à tout prix, — si l'on n'était soutenu par
cette pensée que la plus extrême souffrance peut devenir le
plus grand bienfait.......»

Hertha tourna la page et continua à lire :

«Au milieu de tourments auxquels un être humain a rarement survécu, dans des agonies morales de huit jours de
durée, et qui eussent suffi à priver un esprit de la raison,
je subsiste cependant.......

«Mes souhaits ont souvent été pour la mort et j'ai souvent
invoqué le tombeau! J'ai désiré que mes souhaits et mon
invocation fussent exaucés. Oui, mon Dieu, il fallait bien
que tu fusses le Tout-puissant; il fallait bien ton impulsion
souveraine, ton irrésistible amour; il fallait bien tout cela pour

que je pusse choisir la vie qui est la mienne...... Mais ton amour donne la force d'oser t'aimer et m'entraîne, sur la foi de ton inspiration toute-puissante, à désirer avec reconnaissance et joie d'être ce qu'il faut être sur la terre pour t'aimer et être aimé de toi,.... sacrifice offert pour un monde aux yeux duquel l'idéal est une folie, un rien; et le temporel, le terrestre — la seule réalité.»[1]

Hertha ne chercha pas par qui ces aveux d'un cœur brisé avaient été écrits, mais elle y sentit une âme souffrant et luttant à l'unisson avec la sienne, une âme déchirée, saignante et cependant aimant toujours, quoique au milieu des tortures, et se tenant ferme à Dieu; et elle se sentit moins isolée dans le monde.

Quand le paquebot atteignit les écluses de Trolhætta, tous les passagers descendirent comme à l'ordinaire pour aller visiter les chutes. Hertha les suivit tristement.

Mais quand la société quitta les chutes pour revenir au bateau, Hertha n'était plus avec elle. La cascade sauvage, la solitude du lieu, cette lutte entre les puissances de la nature, ces eaux dont les voix tumultueuses semblaient s'adresser à elle, l'avaient attirée et retenue; il lui sembla bon de se retrouver seule, loin du mouvement importun de ses compagnons de route.

Quand le bateau à vapeur entra dans la rivière, Hertha était encore assise seule dans l'île de Gull, le petit livre de Kierkegaard dans la main. Les eaux tonnantes se brisaient autour d'elle, et elle demandait au tumulte des eaux d'apaiser celui de son cœur, au vertige de l'empêcher de fixer sa pensée. Quand le soir vint, elle retourna à la petite ville voisine et prit une chambre à l'auberge.

Elle passa une nuit sans sommeil; aux premières lueurs

1. Citations d'un des derniers ouvrages du théologien danois S. Kierkegaard.

du matin elle sortit; elle erra au milieu des chutes, dans les bois et sur les rochers, descendit au Trou d'enfer, s'arrêta un instant dans la caverne du Géant, mais pour reprendre bientôt sa course errante, éprouvant comme un allégement à sa torture morale par la fatigue du corps et espérant se procurer par là un moment d'oubli, un moment de sommeil. Les natures énergiques peuvent beaucoup souffrir sans être accablées et subjuguées; mais il est une chose à laquelle nulle ne résiste, c'est l'absence du sommeil. L'insomnie, qui donne à chaque jour vingt-quatre heures, vingt-quatre heures d'angoisse, pendant lesquelles les yeux secs et brûlants se fixent sur un même point, l'insomnie est la vieille femme qui renversa Thor, le dieu fort, après qu'il avait victorieusement lutté contre dieux et géants. L'extrême souffrance fait perdre la conscience de soi-même, de sa raison, de sa force. Si on avait demandé à la pauvre désolée, errant autour des chutes de Trolhætta, ce qu'elle cherchait, elle aurait répondu : Moi-même!

Les paroles du livre de Kierkegaard ne la consolaient plus; la lutte était encore trop vive dans son cœur. Le livre échappa de ses mains et tomba dans les eaux écumantes; elle le vit tourbillonner un instant et disparaître. — Heureux qui disparaît dans les profondeurs de l'oubli!

« Nordin! Nordin! est-il possible? » telle était l'incessante pensée qui, comme le dard d'un serpent, perçait le cœur d'Hertha, et l'amour, l'horreur, le mépris se disputaient son cœur; la confusion et l'égarement s'emparaient de son esprit.

Du bord de l'île de Gull, un sapin solitaire penche sa sombre couronne et ses branches dépouillées et tortueuses au-dessus du gouffre béant. Étrange et fantastique figure, qui semble représenter le démon de l'abîme, a-t-il surgi de l'empreinte que laissa sur le rocher le pied de l'amante du géant quand elle se jeta dans l'abîme?

Le regard d'Hertha ne pouvait, dans l'obscurité croissante, se détacher de la sombre figure, qui semblait lui montrer l'abîme et lui crier : là ! là ! Mais la brise caressante lui apportait le doux murmure des sapins, et une illusion plus douce saisit bientôt son âme ; elle crut sentir les baisers de ses sœurs et entendre leurs voix qui disaient : « Ne nous abandonne pas ! »

Elle s'éloigna vivement et regagna la ville, décidée à prendre, s'il était possible, quelques moments de sommeil, afin de reposer son esprit et de le rendre à la réflexion. Elle se procura une potion calmante ; mais elle ne trouva, au lieu du repos, que les rêveries agitées de la fièvre : la figure de Nordin paraissait devant elle, et quand il allait s'approcher et lui parler, une autre figure se levait et les séparait ; c'était celle d'Amélie.

Plusieurs jours et plusieurs nuits se passèrent ainsi. Un matin, après une nuit de douloureuse agitation, elle sortit dans la campagne et marcha dans une direction opposée à celle des chutes dont le bruit terrible et incessant commençait à être un tourment pour elle. Elle entendit sonner les cloches et rencontra les gens de la campagne dans leurs vêtements de fête ; elle s'aperçut que c'était dimanche. Elle les suivit jusqu'à une église de campagne, située sur la lisière de la forêt. C'était une construction en pierre, très-simple, mais pittoresque cependant ; le chœur était vaste et profond ; à l'extrémité était suspendu un grand crucifix doré qui se détachait brillant sur un fond obscur. Les paysans, dans le costume du pays, remplissaient l'église. Le pasteur était à l'autel. Hertha, immobile au bas de la nef, ne pouvait suivre tous les mots de son exhortation ; elle comprit seulement qu'il invitait les fidèles à une sainte et consolante communion. Quand on commença à chanter l'hymne : « O Agneau de Dieu...... » et que les fidèles se levèrent pour s'avancer vers l'autel, elle suivit invinciblement, et vint courber son front chargé de douleurs au pied de la croix.

La paix de cette église, les paroles mystiques qui venaient d'être prononcées par le pasteur, les figures calmes et émues qui l'entouraient, hommes et femmes, vieillards et infirmes, la vue du crucifix, la pensée de Celui dont il était l'image, tout cela agit puissamment sur l'âme d'Hertha, et quand le pasteur s'approcha d'elle et la regarda avec étonnement et hésitation, elle répondit par un tel regard de souffrance et d'ardente prière qu'il ne put lui refuser la sainte communion, à laquelle, suivant les lois de l'Église luthérienne suédoise, elle n'avait point droit, parce que son nom n'avait pas été publié d'avance et qu'elle ne s'était point présentée à la confession. Mais le pasteur obéit à l'inspiration du moment, certain qu'il avait devant lui un être ayant besoin du secours de la grâce divine. Après avoir reçu la communion, Hertha baissa la tête et un flot de larmes s'échappa alors de ses yeux. Entre elle et l'homme coupable mais toujours aimé qui causait sa douleur, une figure divine se plaçait. Devant cette figure le monde disparaissait; à ses pieds, elle mit toute sa vie, ses douleurs, celui qu'elle aimait avec ses fautes, leur commun avenir à tous les deux, cela avec une entière et complète résignation, et elle se sentit intérieurement soulagée et sauvée; comme le voyageur épuisé du désert qui s'assied au bord d'une fraîche fontaine et y puise une nouvelle vie.

Fête silencieuse! Qui peut dire les miracles cachés de salut que, depuis ta première institution, tu as accomplis dans le monde et que tu y accomplis encore? Les formes de la religion peuvent varier, les Églises vieillir et changer, les générations paraître et passer; mais toi, fête mystique, tu restes toujours, toujours la même, rassemblant les brebis dispersées du troupeau; nourrissant les âmes du même corps

et du même sang, et tous les mystères de l'existence se con-
centrent en toi, rayonnent de toi. Fête sacrée, communion
dans toutes les sectes, lien mystique de l'âme avec l'âme, et
de tous avec l'Unique! Toi qui conserves la vie de l'amour
dans un monde si pauvre en amour, en ayant cependant un
si grand besoin; toi qui donnes l'espérance, qui alimenteras
la communauté du ciel aussi longtemps que tu seras admi-
nistrée dans l'église ou portée aux mourants, aussi longtemps
que demeureront en toi la vie et la puissance du Christ! Si
nous soupirons, moi et bien d'autres, après l'Église de l'a-
venir, plus vraie et plus active que celle qui dans notre Nord
règle aujourd'hui les consciences, c'est pour que tous puissent un jour plus facilement, plus intimement venir et
prendre part à la plénitude de tes joies silencieuses et sacrées,
ô fontaine de vie!

Quand Hertha, quittant l'église, traversa la forêt de pins
pour revenir à Trolhœtta, elle sentit dans son âme que tout
n'était pas perdu pour elle; que Celui que rien n'ébranle,
celui qui est toujours là, l'ami des âmes, le céleste pasteur,
celui que l'on peut aimer pour toujours, lui restait. Elle
comprit que les eaux tumultueuses, l'orage grondant, tous
les troubles et tous les malheurs de la vie humaine ont leur
temps et leur terme marqués, tandis que Lui demeure
éternellement; que chagrins et troubles sont le moyen,
l'épreuve, mais que Lui seul est la fin; elle sentit qu'il était
présent à son cœur et lui faisait sentir sa puissance. Dans
le monde elle voyait la lutte, mais en Lui elle savait qu'elle
trouverait la paix. Une résignation calme, élevée et pleine
d'amour remplit son âme, avec une reconnaissance profonde
pour le changement qui s'était opéré en elle et pour les
sentiments qu'elle venait d'éprouver.

Le souvenir de semblables moments est pour toute la vie
d'un prix inestimable; il donne à l'âme une certitude de

Dieu et de sa providence immédiate que rien ne peut plus ébranler. Qu'ensuite Dieu l'élève jusqu'à lui pour lui faire goûter les joies qu'aucune langue ne peut exprimer, ou qu'il la courbe vers la terre comme le vent courbe les roseaux, peu lui importe, si elle sait que Dieu, l'éternel amour, est avec elle. Dans la nuit la plus profonde elle aura cette lumière.

Telles étaient les pensées d'Hertha en retournant chez elle, à travers le bois solitaire; devant le flambeau qui brillait maintenant dans son âme, les ténèbres qui l'environnaient se dissipaient. Même l'image confuse et souillée de Nordin se transfigurait. N'était-ce pas de ses lèvres qu'elle avait reçu cette doctrine religieuse dont elle comprenait mieux que jamais en ce moment la vérité? Était-il possible que celui qui avait communiqué la vérité fût devenu un imposteur? et ne fallait-il pas accuser tout le monde avant lui? Hertha prit aussitôt la résolution de le questionner lui-même et de laisser la vérité être leur juge à tous deux. Mais d'abord il lui fallait aller voir Rodolphe; dans la nouvelle situation d'esprit où elle se trouvait maintenant, elle sentait qu'elle pourrait lui faire du bien; et, redevenue calme et résolue, elle décida de partir le lendemain pour Copenhague, après une seule nuit de repos; il y avait sept nuits qu'elle n'avait goûté le sommeil.

Elle eut un sommeil lourd et profond; mais la lutte de l'âme réagit sur le corps; elle s'éveilla le matin avec des douleurs de tête; elle envoya chercher un médecin qui lui fit une abondante saignée. Ce fut avec une sorte d'amer plaisir qu'elle vit son sang couler presque jusqu'à ce que ses sens la quittassent; que ne pouvait-elle de tout son sang effacer la faute de Nordin! Après la saignée, Hertha se sentit beaucoup mieux. Elle resta couchée tout le jour, les yeux fermés; de temps à autre une larme qui s'échappait de ses paupières et coulait lentement sur ses joues pâles, faisait seule connaître sa muette douleur.

Elle était encore dans le même état vers le soir, quand elle entendit sa porte s'ouvrir et quelqu'un entrer silencieusement dans sa chambre.

Croyant que c'était une des servantes de l'hôtel, elle restait les yeux fermés, lorsqu'elle sentit un baiser sur sa main et quelques larmes. Elle ouvrit les yeux et vit une charmante jeune fille à genoux près de son lit, et qui la regardait avec une expression d'affection vive.

«Oh! pardonnez-moi, lui disait la douce voix d'Éva Dufva, et laissez-moi près de vous. J'avais entendu dire qu'une personne malade et malheureuse était ici, et j'étais venue voir si je pouvais lui être utile, moi qui suis triste aussi et malade de cœur. Quand je vous ai reconnue, je me suis dit que je ne vous quitterais pas; laissez-moi rester près de vous jusqu'à ce que vous soyez guérie; laissez-moi vous soigner comme une sœur. Je ne vous gênerai pas; je resterai silencieuse, mais je serai si heureuse d'être près de vous! Cela me fera plus de bien que d'être partout ailleurs.

«Comment vous trouvez-vous ici?» demanda Hertha en posant affectueusement sa main sur la tête de la jeune fille.

«Je suis avec mes parents, répondit Éva; nous allons à Copenhague, où mon père est appelé par ses affaires. On nous a emmenées, ma sœur et moi, pour nous distraire, dit-on. J'ai été et je suis encore bien tourmentée... Mais je vous dirai tout cela plus tard, si je puis rester près de vous. Vous dissiperez les incertitudes de mon esprit. Vous m'aiderez à voir clair dans ma route. Nul mieux que vous ne peut faire cela. Que je puisse seulement rester avec vous! J'abandonne bien volontiers le voyage de Copenhague pour rester à vous soigner. Ma sœur accompagnera mes parents.»

«Demandez à votre mère qu'elle vienne me voir un ins-

tant,» dit Hertha; et Éva qui vit dans ces mots un consentement, embrassa vivement Hertha, et courut chercher sa
mère.

La chose fut bientôt arrangée. Il fut décidé qu'Éva reste-
rait à soigner Hertha jusqu'à son rétablissement, qu'alors
elles reviendraient ensemble à Copenhague, où Éva rejoin-
drait ses parents. Hertha avait dit qu'elle s'y rendait pour
visiter un parent malade, et elle était si universellement
estimée et respectée que Mᵐᵉ Dufva n'hésita pas à laisser sa
fille sous sa protection.

Éva était enchantée de cet arrangement; elle était à l'âge
des affections vives et enthousiastes; elle éprouvait pour
Hertha cet attrait particulier qu'éprouvent les caractères
faibles pour les caractères forts; elle était attirée vers elle
comme la liane grimpante vers l'arbre autour duquel elle
doit s'enrouler pour s'élever jusqu'aux rayons du soleil.

Dans la petite chambre donnant sur les chutes de Trolhætta qui, depuis plusieurs jours, avait vu de si sombres et
de si amères douleurs, une touchante scène eut lieu ce
soir-là.

La pâle malade, évidemment convalescente, était assise
sur son lit. Sa riche chevelure dorée couvrait ses épaules
et les oreillers qui la soutenaient; ses yeux encore affaiblis
par la fièvre, se reposaient avec une affection toute maternelle sur la jeune fille qui, agenouillée près du lit, tenait
ses mains dans les siennes, les pressant sur ses lèvres et
les posant sur ses joues brûlantes, tandis qu'elle laissait
déborder toutes les angoisses de son cœur.

Éva racontait que la conduite égoïste de M. Von Tackiern
lors de l'incendie avait augmenté la répugnance qu'elle avait
toujours éprouvée à l'épouser; que la pensée de ce mariage
était devenue si intolérable pour elle qu'elle avait demandé
et obtenu de ses parents de rompre tout engagement; que

cependant, par suite de l'incendie et d'autres pertes encore, la situation de sa famille était devenue fort embarrassée; qu'elle voyait la gêne de ses parents et leur désir évident que l'engagement avec le riche M. Von Tackiern fût renoué. Lui, de son côté, en avait exprimé le désir; il considérait la rupture des fiançailles comme un de ces caprices ordinaires aux femmes et qu'il pardonnait volontiers; il proposait que, sans nouvelles fiançailles, le mariage fût fait immédiatement. « Et maintenant, continuait Éva, voilà ce qui s'offre à moi; après ce voyage qui doit, comme on dit, dissiper mes fantaisies, je dois me décider. Mes parents me diront de faire ce que je veux, qu'ils ne veulent point m'influencer; mais ils me regarderont avec inquiétude et je lirai dans leurs yeux leur désir. Je verrai combien mon mariage serait avantageux pour eux et pour l'avenir de mes sœurs, qu'il rendrait tout le monde content et heureux, excepté moi. Est-il bien de ne penser qu'à son propre bonheur? de contrister toute ma famille pour ma seule satisfaction? N'est-ce pas égoïste et coupable? Ah! j'ai cherché conseil, j'ai interrogé d'église en église; on m'a prêché une soumission, une obéissance contre lesquelles mon cœur cependant se révolte, parce que je ne crois pas que ce soit ici la volonté de Dieu! Oh! si je pouvais la connaître, cette volonté! J'ai prié le jour et la nuit, j'ai demandé la lumière, et aucune lumière n'est venue à mon pauvre cœur. Et quelquefois j'ai désespéré; je me suis dit que je me laisserais aller aux circonstances, puisque Dieu m'abandonnait. Ah! c'était une pensée coupable, car c'est lui qui m'a conduite près de vous, et, je le sais, vous me direz ce que je dois faire, vous m'éclairerez. »

Hertha avait laissé la jeune fille décharger tout son cœur; elle lui dit alors : « Avez-vous quelquefois pensé que ce mariage pourrait vous rendre mère? »

« Non, répondit Éva, ou du moins c'est une pensée sur laquelle je n'ai pas voulu m'arrêter. »

« C'est néanmoins la seule qui puisse vous guider, reprit Hertha. Si vous aviez un père, un conseiller, un guide à choisir pour votre enfant, pourriez-vous choisir M. Von Tackiern? »

« Non, répondit Éva avec décision, non, certainement non. »

« Croyez-vous que son caractère puisse changer? que vous puissiez avoir de l'influence sur lui ? »

« Ah! répondit Éva en soupirant, on me dit cela, mais je ne le crois pas; il est trop âgé, trop positif, et je suis trop faible. Je n'aurais jamais le courage de lui parler ouvertement. Je sens que si j'étais unie à lui, je deviendrais moins sincère et moins franche; j'aurais recours à l'adresse et à la ruse, parce que j'aurais peur de lui. Non, je ne voudrais pas dépendre de cet homme, et j'aurais été bien malheureuse d'avoir un père semblable. »

« Alors ne devenez pas sa femme, » dit Hertha avec une grande décision et en posant sa main sur la tête de la jeune fille. « Autrement vous pécheriez contre la vocation de mère que Dieu peut vous imposer par ce mariage et qui oblige à veiller sur le bien et le bonheur de ses enfants. Éva, je m'étonne tous les jours de voir comment en général dans le mariage et hors du mariage on se préoccupe peu de ceci, qu'on communiquera à d'autres l'existence, ce grand et amer présent dont le ciel ou l'enfer est la fin dernière; comme on pense peu à ces enfants, êtres humains, âmes immortelles, capables de tant de souffrances, de tant de désespoir et qui un jour pourront reprocher qu'on leur ait donné la vie. C'est spécialement au cœur maternel de la femme que Dieu a confié la responsabilité et le soin de son enfant; et cependant combien il y a peu de femmes qui réfléchissent à cela quand elles acceptent un mari. Éva! c'est mon dernier mot : Une femme ne doit point épouser un homme dont elle eût été malheureuse d'être fille ou qu'elle ne choisirait point pour père de ses enfants. »

« Hertha, s'écria Éva, vous avez soulevé une pierre de dessus mon cœur, un bandeau de dessus mes yeux. Je vois clairement les choses maintenant, et c'est Dieu qui m'a conduite près de vous. . . Mais, Hertha, ne m'abandonnez pas. J'aurai encore besoin de votre secours et de vos avis. Mes parents sont bons, très-bons, mais ils pensent qu'une jeune fille doit ou se marier ou rester à la maison, occupée de ses petits ouvrages de femme, et qu'elle ne doit rien entreprendre au delà des soins de sa toilette ou des devoirs de société. Cela ne m'a jamais suffi et me deviendrait encore plus insuffisant désormais. Nous sommes nombreuses à la maison, et nous n'y sommes pas toutes nécessaires. Si je pouvais ailleurs me rendre utile à mes parents et à mes sœurs, j'irais là volontiers. Mais hélas! je suis si incapable et si ignorante! J'ai appris un peu de beaucoup de choses, mais tout superficiellement, rien sérieusement. Néanmoins j'aurais un grand désir d'apprendre, un grand courage pour travailler, si je voyais seulement un but utile et si le travail pouvait m'aider à sortir de cet état d'incertitude et de vie incomplète dans lequel je suis et dans lequel je reste chez mes parents. J'avance comme dans l'obscurité. Je ne sais ni ce que je suis ni ce que je pourrais être; je me cherche moi-même. Il me semble que je suis comme un champ inculte mais qui, par la culture, pourrait donner des fruits. »

A mesure qu'Éva parlait ainsi, les yeux d'Hertha s'animaient en l'écoutant. Relevant la tête et prenant cette expression de résolution et de force qui vient de la foi en soi-même et qui lui était particulière, attachant son regard

pénétrant et affectueux sur la jeune fille qui venait ainsi de
lui découvrir le fond de son âme :

« Je vous comprends, lui dit-elle, et ce que vous me dites
me réjouit. Pour beaucoup de femmes le champ de la vie
reste sans culture et les hommes empêchent cette culture.
Mais une volonté éclairée et forte peut triompher de bien
des obstacles. Vous sentez-vous dans le cœur, outre le désir
d'exercer votre activité d'une manière plus large et plus
utile, une vocation particulière? »

« Je ne sais, répondit Éva. Je crains l'opinion du monde
et je sens mon incapacité à agir de moi-même. Mais j'aurais
été heureuse de dévouer mon temps et mes moyens, si
faibles qu'ils soient, à quelque chose qui me parût bon,
noble et digne de mériter qu'on y dévouât sa vie. Il me
semble par exemple que si j'avais un enfant, un pauvre enfant à réchauffer sur mon cœur, pour qui vivre et pour qui
travailler, je serais heureuse et ne craindrais ni la peine ni
la gêne. Je saurais pourvoir à sa vie et à la mienne. Voilà
mon rêve le plus doux pour l'avenir. Mais je veux d'abord
me rendre meilleure, plus instruite, plus sérieuse et par
conséquent plus forte à faire le bien, et pour cela laissez-
moi vous aimer et vous voir souvent; il est si doux et si bon
de pouvoir aimer, contempler et admirer! »

« N'admirez pas une créature votre égale, interrompit
Hertha avec décision, ou bien vous éprouverez de grandes
déceptions. Fiez-vous en Dieu seul. On ne peut trop le
répéter, les créatures sont faibles; les meilleures, imparfaites, et notre vieux proverbe : Ne te fie pas à ce que tu
peux attendre d'un autre, est vrai, trop tristement vrai. »

Il y avait tant de vivacité et de douleur dans l'expression
avec laquelle Hertha avertissait Éva de ne point mettre sa
confiance dans les créatures, que celle-ci en fut étonnée et
émue, et lui dit, mais toujours avec son expression caressante :

« O Hertha! vous pouvez vous fier, je vous assure, à mon affection pour vous ; je mourrais pour vous ; ceux qui vous ont été attachés une fois ne peuvent cesser de vous aimer et cette affection doit les rendre meilleurs. Je ne demande pas, je ne mérite pas que vous me confiiez les causes de votre douleur et de votre mépris du monde ; mais certainement vous avez beaucoup souffert et la souffrance obscurcit l'esprit et l'empêche de voir toujours juste. Pardonnez-moi d'oser vous dire cela, mais je vous aime tant que je souffre de vous voir des sentiments si désespérés. » Et Éva couvrait les mains d'Hertha de ses baisers et de ses larmes.

Dans l'ancien chant sur la douleur de Gudrun qui, assise auprès du corps de Sigurd, ne peut pas pleurer comme les autres femmes et veut seulement mourir, il est dit que les nobles épouses des iarls étaient assises couvertes d'or autour d'elle, que chacune d'elles rappela le plus amer chagrin qu'elle eût jamais éprouvé, et qu'à la fin l'infortunée se trouva consolée, de sorte que sa douleur put éclater en chants et en larmes.[1]

Ainsi les souffrances individuelles sont soulagées par la sympathie. Ainsi les douleurs des deux jeunes filles se trouvèrent allégées par la mutuelle pitié que l'une éprouvait pour l'autre. Bientôt Éva, l'esprit plus calme, s'occupa silencieusement à préparer un petit souper pour Hertha. Elle semblait s'oublier elle-même en la servant, et Hertha, avec une tranquille résignation, se laissait soigner et recevait même avec un sourire le verre de lait et le pain préparés. Et lorsque, assez tard dans la soirée, Éva se mit à faire une lecture à haute voix, choisissant les plus belles pages dans les poésies de Wallin, publiées tout récemment alors. Hertha, les yeux fixés sur cette gracieuse et innocente figure de jeune fille penchée sous la douce lueur de la lampe,

1. V. J. J. AMPÈRE, *Littérature, voyages et poésies*, 1850, p. 350.

et en même temps charmée par ces beaux vers, tomba bientôt dans une profonde rêverie, puis enfin dans un calme et suave sommeil. Éva continua quelque temps à lire pour la laisser s'endormir davantage encore, puis arrangea pour elle-même un petit lit au pied de celui d'Hertha et dormit, elle aussi, plus tranquille qu'elle ne l'avait été depuis bien longtemps, la bonne et charmante enfant.

Le jour suivant Hertha se sentit beaucoup mieux; elle écrivit à son père et à ses sœurs, fixa l'époque de son retour et, le jour suivant, traversa avec Éva Dufva le Cattégat pour se rendre à Copenhague, où elle remit la jeune fille à sa famille, non sans avoir formé avec elle une étroite amitié pour l'avenir. Et alors Hertha alla trouver Rodolphe.

Il fut heureux pour elle qu'elle vînt en ce moment. Le malheureux jeune homme, obsédé par un trouble intolérable et par l'horrible souvenir de la nuit de l'incendie qui s'imprimait de plus en plus fortement dans son esprit, était décidé à quitter la maison où il était placé pour errer dans le monde, sans autre objet que de se fuir lui-même. Hertha ne le dissuada pas de ce dessein. Au contraire elle l'affermit dans le projet d'entreprendre un long voyage à pied et, de concert avec les parents qui l'avaient pris sous leur protection, elle lui traça sa route et lui donna des lettres pour trouver en diverses villes des amis et des protecteurs s'il en avait besoin. Cela était utile pour l'infortuné jeune homme, mais ce qui l'était bien plus, c'étaient la présence d'Hertha, ses paroles consolantes, la pensée qu'elle était venue à Copenhague exprès pour lui, qu'elle s'intéressait à lui enfin. La joie et la reconnaissance le lui rendaient docile comme un enfant. Elle, de son côté, fortifiée par la communion qu'elle venait de recevoir, elle parla au pauvre malheureux avec plus de sagesse et d'autorité que jamais, le consolant et l'affermissant à la fois.

Après qu'elle eut avec un soin maternel pourvu aux objets nécessaires à Rodolphe pour son voyage, quand elle l'eut vu, la besace sur le dos, le bâton du pélerin dans la main, ému mais plus confiant et plus heureux à cause des consolations qu'elle lui avait apportées, commencer sa course solitaire, elle repartit sans avoir songé seulement à jeter un coup d'œil sur les œuvres d'art que possède l'Athènes du Nord.

Elle fut reçue avec une vive joie par ses jeunes sœurs, dont les larmes et les caresses lui firent sentir tout ce qu'elle était pour elles. Son père l'accueillit avec des regards durs et sévères, mais sans lui dire un seul mot, quoiqu'au dedans de lui-même il prononçât des malédictions contre « l'émancipation des femmes. » Mais désormais il éprouvait pour sa fille aînée une estime mêlée de crainte. Il sentait qu'il avait besoin d'elle et avait peur de l'éloigner par sa sévérité. La tante Pétronille était totalement confondue de cet inexplicable voyage d'Hertha, et murmurait toutes sortes de choses sur les idées singulières d'Hertha et leurs déplorables conséquences, tandis qu'elle démêlait les écheveaux nécessaires à une grande pièce de toile qui devait être tissée dans la famille.

Les jeunes sœurs avaient beaucoup de choses à raconter sur Nordin : il était venu le jour même qu'Hertha était partie ; il avait paru extrêmement contrarié de sa soudaine absence ; il avait fait beaucoup de questions auxquelles elles n'avaient pu répondre d'une manière satisfaisante ; il était revenu bien des fois pour savoir si on avait de ses nouvelles et enfin il avait laissé une lettre à son adresse. Hertha y trouva seulement ces mots :

« Hertha ! que veut dire ceci. N'ai-je pas le droit de demander une explication ?

Nordin. »

Pourquoi Hertha pressa-t-elle avec une énergie convul-
sive ces lignes sur son cœur? C'est parce que leur expression franche et nette semblait défier tout soupçon et apportait
à son âme la conviction qu'elles étaient écrites par une
personne calomniée qui, avec la candeur de l'innocence,
demandait satisfaction. Oh! s'il en était ainsi! si elle avait
été trompée! Mais était-ce possible ou croyable?. . . . Noire
énigme! Comment la résoudre?

L'ÉTÉ DE SAINTE-BRIGITTE.

Non pas ravissante, il est vrai, comme l'été indien de
l'Amérique du Nord, mais charmante encore est la saison
que nous appelons en Suède l'été de Sainte-Brigitte. Elle
commence au même moment que le second été d'Amérique,
mais elle finit bien plus tôt. Sa vie est comme un dernier et
rapide sourire de l'année qui s'en va.

Déjà sont enlevées les récoltes de nos champs, et les gelées
de la nuit, les grosses pluies, quelquefois la neige ont ôté à
nos prés leur beauté, aux arbres leur épais feuillage; les fleurs
ont courbé leurs têtes et les feuilles deviennent rares, quand,
au commencement d'octobre, le soleil reparaît brillant et
chaud; la campagne suédoise se présente encore une fois
dans toute la splendeur de l'automne, avec ses feuillages
aux mille couleurs, avec les grappes rouges des aliziers et
des sorbiers, les brillantes fleurs du tourne-sol, les baies
de myrtilles éclatantes dans les bruyères, et les jolis oiseaux

tournant au sommet des arbres, et, comme la jeune novice, mettant leur plus belle parure le jour où il faut prendre congé des joies de la vie pour s'ensevelir dans la tombe d'hiver.

La Sainte suédoise, dont la fête se place pendant cette saison, et dont l'ardeur intérieure était telle que, durant les plus rudes hivers, elle restait agenouillée sur le sol nu de sa cellule sans feu, à Wadstena, sans s'apercevoir du froid, n'était peut-être pas plus extraordinaire que cet été au milieu de la froide saison d'octobre.

Aliziers et sorbiers, tout autour du presbytère de Solberg, resplendissaient de rouges grappes becquetées des oiseaux, par un brillant matin de l'été de Sainte-Brigitte. Le presbytère lui-même, aussi brillant que des mains actives avaient pu le rendre, avait un air de fête; des petites branches de genièvre fraîchement coupées couvraient le sol du vestibule et de la salle à manger; le soleil entrait gaîment par les vitres claires et nettes et éclairait les tables blanches et les fleurs toutes fraîches. La femme du pasteur avait un nombre incroyable de choses à faire; toutes les servantes étaient à l'ouvrage; on pouvait la voir elle-même avec un grand trousseau de clés, allant du grenier à la cave, du cellier à la laiterie, d'une armoire à l'autre, sortant le linge, l'argenterie, la porcelaine. Juste au moment où elle était tout absorbée dans son armoire à linge, dans les angoisses du choix entre les divers services dont elle était propriétaire, entre celui qui avait de grandes fleurs et celui qui en avait de petites, le pasteur entra dans la chambre et s'écria :

«Eh bien, ma chère petite femme? Il est inutile de tenter d'avoir avec toi un moment de conversation aujourd'hui? C'est vraiment terrible d'avoir une telle quantité de choses à faire! Que de tracas! Mᵐᵉ Uggla te plaindrait certainement beaucoup.»

16

« Me plaindre! reprit la bonne petite Mme Dahl en riant;
me plaindre! Ne sais-tu pas que ces tracas sont mes plus
grands plaisirs, surtout s'ils peuvent être utiles à mon école
d'enfants. Cette école et les occupations qu'elle me donne
— que Dieu les bénisse — sont ma vie et mon plaisir, et,
sans elles, je ne saurais que faire. Aujourd'hui, par exemple,
me voilà en mouvement dans ma maison depuis quatre heures
du matin, et tout va à plaisir. Ce qui me manque m'arrive
comme par l'aide de quelque bon ange. Devine un peu le
cadeau que j'ai reçu ce matin? »

« Un quartier de venaison? »

« Un quartier de venaison? Tu n'es pas bien loin. Quelque
chose de presque aussi bon : trois lièvres et un coq de
bruyère. Ils seront cuits pour la fête. »

« Trois lièvres et un coq de bruyère! Il me semblait bien
aussi sentir quelque chose d'extraordinaire dans la cuisine.
Dis-moi, ne pourrions-nous pas donner un lièvre au sacristain ? »

« Nous verrons cela demain, mon cher mari, s'il en reste;
car il faut te mettre dans l'esprit que nous aurons bien
trente personnes. Mais si tu veux, nous pourrions bien dire
au sacristain de venir manger un morceau de rôti...... — Je
crois décidément que je prendrai le service à petites fleurs;
il est bien un peu usé, mais on n'y verra rien à la lumière...
— Et quant aux vieilles femmes de la maison des pauvres,
je ne les ai pas oubliées; elles auront chacune leur pain dimanche. »

« Tu es une excellente femme et une admirable maîtresse
de maison, » dit le pasteur enchanté.

« Il faut, en effet, un peu d'habileté à une maîtresse de
maison qui n'a pas plus à dépenser que moi. Mais vois-tu,
aujourd'hui même je remerciais Dieu de n'être pas riche,
car alors je n'aurais plus le plaisir de faire mes plans, de

calculer, d'arranger, de travailler de manière à ce que nos
petits moyens soient suffisants et que j'épargne encore quelque chose. Et quand j'ai bien travaillé et qu'à la fin de la
semaine je me trouve avoir de reste quelques petites économies que je puis employer, sans nuire au ménage, en vue
de quelque charité, ne suis-je pas réellement bien heureuse?
Et puis il y a une nouvelle vie pour l'âme et pour le corps
dans ces occupations que le riche ne connaît pas; et quand tout
le jour je vais et viens, de la basse-cour au cellier ou au
jardin, et que je vois les récoltes mûrir, avec un beau ciel
au-dessus de ma tête, la terre me paraît si belle, Dieu si
bon et la vie si douce, que je suis près de pleurer!»

«Et pourquoi?» dit le pasteur.

«Parce que je n'ai personne près de moi qui puisse sentir
toutes ces choses avec moi; parce que......, je suis sans enfants! Oh! si j'avais huit ou neuf filles, une demi-douzaine
tout au moins à occuper autour de moi, à qui j'enseignerais
à travailler et à jouir de la bonté de Dieu comme je le fais!
Comme je serais heureuse et elles aussi! Je commence à
devenir vieille. J'aurais vraiment besoin de quelqu'un dans
la maison à qui je pusse me fier; car les servantes ne sont
que des servantes, et on ne peut pas s'en rapporter à elles.
Je pense quelquefois que j'aurai des filles dans le ciel puisque ce bonheur m'a été refusé sur la terre.»

«Mais dans le ciel, ma chère femme, on n'a pas à s'occuper du ménage ni des servantes......»

«Non, non, mon cher mari, ne me parle pas de ton ciel
dans lequel on n'aura qu'à se tenir debout ou bien assis avec
des palmes dans les mains et en chantant des hymnes nuit
et jour, sans avoir rien à faire. Je te le déclare, je ne voudrais pas aller dans un ciel semblable, quand même tu y
serais. Je ne pourrais pas rester éternellement assise avec
des palmes dans les mains, et je suis bien certaine que

Notre Seigneur n'exigera point de moi ni des autres une chose aussi inutile. Non, non, travailler et faire effort, prendre de la peine, avoir beaucoup à faire, voilà ce que je trouverai là-haut, si j'en suis digne, comme ici. Et ne me dis pas que Notre Seigneur n'a aucun autre moyen de m'employer, moi et tous ceux qui veulent le servir, que de rester assis avec des palmes à chanter des psaumes. Il y a assez à faire dans la grande maison du père de famille. N'a-t-il point aussi des jardins et des arbres fruitiers (le tout de nature spirituelle peut-être bien, comme le dit Swedenborg); n'a-t-il pas de pauvres âmes à soigner, à nourrir. Je ne désire rien de plus que de servir Notre Seigneur, mais de quelque service réel. Oh! s'il est aussi bon que je crois qu'il est, il me donnera des filles à élever et à instruire, pour être ses servantes, et alors le Royaume du ciel sera un véritable paradis pour moi....... — Allons, je prendrai le service à grandes fleurs, les petites fleurs ont trop de reprises! »

« Écoute, ma femme, dit le pasteur, tu parles souvent de tes futures filles comme d'un paradis. Pourquoi n'en aurions-nous pas une sur la terre si nous le pouvons? Nous avons des chambres de reste depuis que nous sommes venus habiter ici ; et je suis convaincu qu'il serait aussi agréable qu'heureux pour nous d'avoir dans la maison une couple de jeunes filles auxquelles nous pourrions nous attacher et qui nous aimeraient. Peut-être Notre Seigneur nous a-t-il refusé des enfants afin que nous pussions plus facilement adopter ceux auxquels nous pouvons ainsi être utiles. Si tu le veux, le plus tôt sera le mieux. »

La femme du pasteur était assise avec les serviettes aux grandes fleurs étalées sur ses genoux; elle regardait sa fidèle moitié avec une expression qui prouvait clairement que ses paroles lui allaient au cœur. A la fin elle dit :

« Si tu savais combien de fois j'ai pensé à cela? Mais jus-

qu'ici je ne connaissais pas de jeunes filles que réellement
et de tout mon cœur je souhaitasse appeler miennes et
prendre chez nous. Maintenant j'en sais deux dont je sens
que je pourrais vraiment devenir comme la mère et que tu
aimeras facilement aussi, très-certainement. »

« Qui sont-elles? qui sont-elles? que j'aille les chercher.»

« C'est Éva Dufva et sa sœur Marie. Ce sont toutes deux
de bonnes et charmantes filles; elles deviendraient d'habiles
et excellentes femmes, si elles étaient en bonnes mains et
bien dirigées. Leur mère est une admirable personne; mais
elle fait tout elle-même dans sa maison et laisse ses filles
s'occuper à ces riens qui ne remplissent ni le temps ni le
cœur. En outre, comme cette famille est très-nombreuse et
que les affaires du père sont dans un état assez inquiétant,
j'imagine que les parents consentiront volontiers à voir deux
de leurs filles adoptées dans une autre famille. Éva a besoin
de sortir de la maison paternelle et de rompre complétement
avec un engagement que je suis heureuse qu'elle n'ait pas
accepté. Il lui sera bon dans ces circonstances de trouver
une nouvelle activité dont elle manque chez elle. Quant à
Marie, ce n'est encore qu'une enfant, mais c'est une angélique enfant; elle a une affection toute particulière pour toi
depuis que tu l'as instruite pour sa confirmation. J'ai un
pressentiment que ces deux jeunes filles viendront très-volontiers avec nous, si seulement leurs parents y consentent.
Que penses-tu de ce projet?»

«Je dis qu'il me semble venir du ciel, tant il me paraît
excellent. Je pense que les parents en seront heureux eux-
mêmes. Et quant aux jeunes filles, nous leur exposerons la
chose; si elles ne courent pas dans nos bras en nous appe-
lant mon père et ma mère, eh bien! nous n'y penserons
plus. »

«Doucement, doucement, mon cher mari, pas tant. de

vivacité, tu leur ferais peur. Il faut leur dire que nous voulons seulement faire une expérience, pour une année ou deux, pour voir de part et d'autre comment cela nous conviendra et s'il faut continuer.»

«Cela va sans dire, mais elles nous conviendront, et nous à elles, j'en suis sûr. Elles doivent venir aujourd'hui avec leur mère, n'est-ce pas? Il faut qu'aujourd'hui même la chose soit proposée — et arrangée, s'il est possible.»

«J'ai eu tout ce matin, reprit la femme du pasteur, un pressentiment que quelque chose d'extraordinaire et d'heureux m'arriverait aujourd'hui.»

«Dieu le veuille! répondit le pasteur; moi au contraire j'ai été tourmenté et inquiet tout ce matin à propos de ce pauvre garçon, Nordin. Depuis que cette petite sorcière, Hertha, que je voudrais bien tenir en confession et sermonner entre quatre-s-yeux, est partie d'une manière si singulière et si inexplicable, sans dire un mot à personne, il n'a plus été le même, comme tu sais. Il ne mange plus, ne dort plus, ne lit plus, mais se promène, se désole, se désespère, et quelquefois semble se repentir de quelque chose. Je ne comprends rien à tout cela. Il ne dit mot, mais je l'ai vu se tordre les mains à les faire craquer, se frapper la tête avec le poing comme dans le désespoir; d'autres fois il reste assis, immobile, sombre, mais la fièvre colore ses joues et fait briller ses yeux. Je désirerais de tout mon cœur que le comte P. l'emmenât avec lui dans son voyage de France, avant que notre sorcière ne revienne. Ce serait bien fait pour elle et peut-être le seul moyen de salut pour lui. »

«Oui, mais elle est de retour et viendra peut-être ici aujourd'hui.»

«Que dis-tu! s'écria le pasteur troublé; pourquoi ne m'as-tu pas dit cela plus tôt?»

« Parce que je ne sais que de ce matin qu'elle est arrivée

hier soir à Kullen. Je viens de lui envoyer un message pour l'inviter à se joindre aujourd'hui à nous et aux autres membres de la société de charité. Je lui ai fait dire qu'elle ferait bien de venir si elle voulait encore voir son malade, parce qu'il allait voyager pour rétablir sa santé et que, d'après l'avis des médecins, il comptait partir la semaine prochaine avec le comte P. qui l'avait invité à venir avec lui en France.»

«Tu as fait tout cela ce matin? dit le pasteur étonné; tu es vraiment une femme remarquable... quelquefois. Mais il faut que je m'en aille porter ces nouvelles à ce pauvre garçon. »

«Attends, attends! s'il sait qu'elle est revenue, rien ne pourra l'empêcher de courir vers elle; et, avec son genou malade, faible comme il est..., songe qu'il a craché deux fois le sang la semaine dernière. Non, il ne faut pas y aller. »

«Eh bien alors! je vais aller la trouver, elle, et lui dire un peu le fond de ma pensée,» dit le pasteur avec véhémence.

«Attends un peu, mon cher mari; mon messager va revenir.»

«Attendre! attendre! dit le pasteur impatienté; je ne peux pas attendre toujours. Qui sait quand ton messager reviendra? Je suis moi-même mon meilleur messager. En outre je veux voir la jeune fille et savoir d'elle, s'il est possible, ce qu'il y a au fond de tout cela. Si elle n'est pas inquiète et changée, et malheureuse comme lui, comme le pauvre Nordin, et qu'elle veuille prendre avec moi ses grands airs, alors!... que Dieu ait pitié d'elle.» Et avec ces mots le petit pasteur sortit et fut bientôt sur le chemin de la ville.

«Ces hommes! soupira sa femme en secouant la tête; il faut toujours qu'ils fassent à leur manière. Le voilà mainte-

nant qui va courir, se mettre en nage, pour prendre froid
après cela, — et s'il avait voulu attendre un quart d'heure...
Mais voyons, il s'agit de fermer mon armoire, et aussi bien
je prendrai les grandes et les petites fleurs....; il peut bien
me venir plus de monde que je ne pense; il me faut des
serviettes pour les enfants; celles qui sont raccommodées
seront bien assez bonnes pour eux... Ah! il faut que j'aille
trouver Nordin et que j'assaisonne son déjeuner de mes
bonnes espérances; il ne faut pas lui en dire plus à présent.»

Tout cela avait été dit moitié à demi-voix, moitié *in petto*,
suivant l'habitude de mainte vieille dame.

Elle n'avait pas peu à faire en vérité ce jour-là, la bonne
dame, car, comme nous l'avons dit, toute la société de
bienfaisance devait se réunir au presbytère, et puis tous les
pauvres enfants de l'école dont un grand nombre appartenait aux familles ruinées par l'incendie. Les enfants
devaient recevoir chacun un vêtement complet pour l'hiver
qui approchait; et il y avait encore de petites blouses, des
tabliers, etc. qu'il fallait achever de coudre pendant l'après-
midi. La fête devait se terminer par un bal. Pour ce qui
concernait les rafraîchissements, plusieurs des dames invitées y contribuaient de manière à ce qu'on n'eût point à
craindre d'en manquer. Une fête de ce genre se donnait
deux fois l'an chez le pasteur; mais on avait soin qu'elle ne
fût pas coûteuse pour lui. Il y apportait pour recevoir ses
hôtes sa gaîté, son entrain, et l'on disait que nulle part on
ne s'amusait comme au presbytère. On y trouvait ce qu'on
ne trouve plus souvent, vieil hydromel et vieille cordialité.

Quand le petit pasteur revint, sa physionomie était très-
différente de ce qu'elle était en partant.

«Je ne comprends rien à toute cette histoire, dit-il; mais
c'est plus sérieux que je ne pensais. Je n'ai pas pu tirer
d'Hertha un mot, pas seulement un demi-mot d'explication.

Mais elle m'a donné une lettre pour Nordin. Quant à votre
messager, ma petite femme, j'aurais pu l'attendre longtemps;
en revenant, je l'ai rencontré qui allait à Kullen. Vous lui
aviez donné une demi-douzaine de commissions à faire en
route et. . . »

« Oh! une demi-douzaine! seulement quatre... ou cinq...
Mais Hertha viendra ici aujourd'hui? »

« Il y avait bien six ou sept commissions. — Oui, Hertha
viendra; mais si c'est pour apporter de la joie, Dieu seul le
sait! »

« Comment? est-ce qu'elle a pris son air raide et fier? »

« Non, non, pas le moins du monde; cela vaudrait bien
mieux! Elle est pâle comme un marbre, comme si elle
n'avait plus de sang dans les veines, et une expression!
comme si elle était près de marcher à la mort ou au jugement dernier! J'arrivais décidé à lui prêcher un rude sermon; je suis resté devant elle interdit comme un écolier
qui a oublié sa leçon. J'ai essayé de prendre un air sérieux;
je lui ai dit : Nordin est malade; il va partir pour un long
voyage; venez le voir. Elle m'a répondu très-doucement,
mais les lèvres pâles et la figure impassible et blanche
comme si elle était morte : J'irai. — Aujourd'hui? ai-je
repris. — Aujourd'hui, a-t-elle répondu, et soyez assez
bon pour donner ceci à Nordin. Et elle me tendit une lettre
qu'elle avait préparée. Je la regardai surpris et lui demandai
si elle n'avait rien à dire de plus : — Rien de plus à présent, reprit-elle, mais. . . je viendrai. — Au nom de Dieu
vous serez la bien-venue; et, en disant cela, je me suis
hâté de partir, ne m'étant jamais senti plus gêné et plus
embarrassé. »

« Si elle vient ici, tout s'arrangera, dit la femme du pasteur. Je ne comprends pas mieux que toi ce qu'il y a entre
eux, mais je suis persuadé que d'une façon ou de l'autre

tout ira bien aujourd'hui. Le pain a levé admirablement, je me sens dans un état d'animation et de contentement comme si...»

« Comme si nous allions avoir deux filles, n'est-ce pas ? et cela va arriver. Mais il faut d'abord que je donne cette lettre à Nordin. Pourvu qu'elle ne le rende pas encore plus fou !»

Nordin prit avec une vivacité passionnée le petit billet sur lequel il reconnut l'écriture d'Hertha; il rompit le cachet et lut en silence ces mots :

«Nordin, trouvez-vous à cinq heures près de la tombe d'Alma; c'est là que je désire vous parler.

Hertha. »

« Elle est revenue, elle est donc revenue enfin! s'écria Nordin avec transport. Je vais la voir, l'entendre, lui parler! Mon Dieu, je te remercie! près de la tombe, oui, là; et, quand ce serait la mort qu'elle m'apporterait, je la bénirais. Oh! Hertha, tu ne sais pas!... tu ne peux pas comprendre... et il cacha sa tête dans ses mains et pleura.

« Pauvre jeune homme, pauvre garçon ! se dit le pasteur en essuyant ses yeux; c'est affreux d'être amoureux comme cela. J'aimais bien mon Élisa, certainement, mais pas de cette façon, Dieu merci !» et pour éviter des questions auxquelles il eût été fort embarrassé de répondre, il se hâta de sortir en disant : « J'ai un enfant à baptiser. » Et il laissa Nordin lire et relire les quelques mots du billet d'Hertha, le presser sur son cœur, sur ses lèvres brûlantes, et s'abandonner à toutes les folies qui sont la sagesse et la suprême vie pour ceux qui aiment.

LE RENDEZ-VOUS PRÈS DE LA TOMBE.

Le cimetière où Nordin avait déjà passé tant d'heures près de sa bien-aimée, offrait un lieu vraiment convenable pour une solennelle entrevue. Il était planté d'érables touffus et de tilleuls. Le soleil de l'été de Sainte-Brigitte versait une chaude lumière sur les feuillages d'or et de pourpre. Comme si le cœur de la nature eût été à l'unisson de celui du jeune homme, elle semblait aussi lutter entre la vie et la mort. A de soudaines raffales de vents sifflant entre les arbres, courbant convulsivement les branches, et chassant rapidement les nuages dans le ciel pur, succédait un calme profond; on aurait entendu la chute d'une feuille; puis le vent, un vent sec et ardent comme les inquiétudes de l'amour, gémissait à travers les arbres et jonchait les tombes de feuilles mortes.

Nordin, debout près de la tombe d'Alma, attendait celle qui allait lui donner la vie ou la mort, — il le sentait au battement de son cœur épuisé par tant d'émotions, tant d'incertitudes et de souffrances. Il y avait déjà cinq minutes que l'heure fixée était passée; si elle allait ne pas venir? Un moment de calme avait succédé au vent. Appuyé au tronc d'un vieil arbre, Nordin ferma ses yeux fatigués et éblouis par l'ardeur du soleil. Il était bien sûr de reconnaître le bruit de ses pas... Bientôt un vent doux et frais caressa son visage; un murmure passa sur les feuilles; il sentit qu'elle était là, il ouvrit les yeux; elle était devant lui....

mais si changée, si pâle, si grave, qu'elle semblait un fantôme sortant de la tombe et portant le poids du dernier
rêve de la vie.

Il étendit involontairement les bras vers elle. Elle, la
femme fière et forte, elle fut obligée de s'appuyer sur une
tombe, parce que ses genoux tremblaient. La figure amaigrie de Nordin montrait ce qu'il avait souffert, mais sur
cette figure franche, pure, éclairée en plein par le soleil
couchant, on ne pouvait lire la conscience d'une faute. Tous
deux se regardaient en silence. Il le rompit le premier :

« Vous avez souffert aussi, Hertha, dit-il; je le vois. »

« Oui, répondit-elle, et... » elle allait ajouter : vous en
avez été la cause, mais elle s'arrêta; plus ses regards inter-
rogateurs s'attachaient sur Nordin, plus elle se sentait
convaincue qu'il ne pouvait être coupable; cédant à cette
douce impression, elle s'écria : « Non! non! vous n'êtes pas
coupable de mensonge; vous ne m'avez pas trompée! Non!
je le vois sur votre visage; c'est impossible. Mon Dieu! je
voudrais mourir en ce moment, si cette confiance doit être
trompée. Nordin, vous n'êtes pas... vous ne pouvez pas
être... l'amant d'Amélie... le père de son enfant! »

« Vous avez raison, je ne le suis pas, » répondit Nordin
avec calme.

« Je vous crois! Nordin, je vous crois et je bénis Dieu!
s'écria Hertha les mains jointes; mais pourquoi Amélie a-t-
elle prononcé ce nom d'Yngve Nordin, votre nom? »

« Parce que, répondit Nordin, ce nom est celui de mon
plus jeune frère comme le mien. Tous trois nous portons le
même prénom, et l'on nous distingue par d'autres noms.
Mon jeune frère s'appelle Yngve-Alfred et moi, je suis Yngve-
Frey. »

« Je comprends tout maintenant! reprit Hertha hors
d'elle-même; c'est lui qui est coupable, et vous, vous êtes

Yngve Frey[1]. Oh! pourquoi n'ai-je pas su cela plus tôt? bien des souffrances eussent été épargnées.»

« Pourquoi n'ai-je su moi-même qu'il y a quelques jours, dit Nordin, qu'Amélie était votre cousine? Vous ne m'aviez jamais parlé d'elle, ni elle de vous. Je n'ai reçu les confidences de mon frère qu'il y a peu de semaines, et je n'avais aucun droit à trahir son secret, avant que les circonstances m'en fissent une loi. »

« Oh! Nordin, j'ai pu vous croire coupable! me pardonnerez-vous jamais? »

« Hertha, donnez-moi le droit d'effacer ce souvenir: accordez-moi votre main, devenez ma femme. Désormais tout sera clair; il n'y aura plus rien de dissimulé entre nous. — Dites-moi seulement; est-ce bien la seule chose qui vous ait éloignée de moi?»

«Écoutez, Nordin, il faut que tout soit dit en ce jour. J'ai entendu dire que vous aviez eu une jeunesse légère et que vous aviez aimé d'autres femmes avant moi. Répondez-moi; n'y en a-t-il aucune qui ait droit à votre fidélité. . . . aucun enfant qui ait le droit de réclamer de vous la protection d'un père?»

La voix d'Hertha ne faiblit pas en disant ces mots; mais elle était d'une pâleur effrayante et sa voix avait pris cette expression fréquente chez elle de grave sévérité.

Heureusement Nordin n'avait pas besoin d'éviter son regard scrutateur, et il pouvait la regarder en face en lui répondant :

«Donnez-moi votre main, Hertha, la mienne est libre; aucune responsabilité ne pèse sur mon cœur. J'ai aimé avant de vous avoir connue; mais c'était de l'effervescence de la jeunesse et non de la plénitude de l'âme. J'aurais pu

1. Il y a ici un jeu de mots, qui reviendra encore tout à l'heure. *Frey* veut dire *libre*, en même temps qu'il est un nom propre.

errer, j'aurais pu tomber si ma mère, comme mon bon ange, n'eût été près de moi. Quand elle vit ma facilité à me laisser emporter par les sentiments du moment, — elle me parla à langage ouvert, elle me montra le danger de ces entraînements, me convainquit par ces exemples qu'offre tous les jours le monde des misères qu'entraînent des liaisons qui craignent la lumière et imposent des devoirs et une responsabilité destinés à être l'oppression ou le remords de toute la vie. Elle me fit comprendre combien il était plus beau et plus noble de se conserver digne de l'amour d'une femme pure, et combien ne l'en ai-je pas bénie, non seulement en ce moment, mais depuis que je vous connais! »

« En est-il vraiment ainsi ? » dit Hertha avec émotion, mais avec confiance, car les paroles simples et franches de Nordin avaient dissipé toute ombre de doute dans son âme. » Vous êtes donc réellement l'homme que j'avais quelquefois rêvé, l'ami que je puis aimer et dont je puis être fière d'être aimée, mon Nordin, mon Nordin *Frey!* Oh! Nordin, cette certitude est le bonheur du ciel, quand les hommes ou le destin devraient nous séparer. »

« Non, interrompit Nordin avec ardeur, on ne nous séparera pas; l'homme ne séparera pas ce que Dieu a uni, et vous êtes à moi devant lui. Soyez-le aussi devant les hommes. Soyez ma fiancée, et bientôt ma femme. Donnez-moi le droit de veiller sur votre bonheur et. . . »

« Silence, mon bien-aimé, interrompit Hertha; ne parlons pas de l'avenir. . . pas maintenant; goûtons cette heure; elle est complète et parfaite! Vous êtes encore troublé, mon ami, par l'inquiétude de ces jours passés, et je suis aussi épuisée par tant de douleurs et de luttes. Asseyez-vous près de moi, donnez-moi votre main. Vous êtes beau, Nordin! vous êtes noble et bon. — Les rayons du soleil vous aiment et vous sourient; l'esprit de Dieu nous enveloppe; le murmure des arbres applaudit au-dessus de nos têtes ; les fleurs caressent nos pieds. .... elles sortent de cette tombe, du cœur d'Alma, qui a reçu par mon bonheur une nouvelle vie. Combien la vie est belle! oh! Nordin, comme il est grand et magnifique de vivre et d'aimer!»

Ainsi parlait Hertha avec un ravissement calme ; ses yeux nageaient dans la lumière ; cette puissance d'expression qui caractérisait sa figure la transfigurait en ce moment en une admirable beauté. Nordin la contemplait ébloui et savourait ses paroles comme un élixir de vie. Quand elle se tut, c'est que ses lèvres étaient scellées par un baiser «aussi ardent que la vie, aussi fidèle que la mort.»

Ce n'était pas, comme chez les âmes faibles, l'oubli de tout excepté du transport du moment, ce n'était pas le ravissement du feu de la passion. Non, c'était la claire conscience d'une éternelle union, d'un immortel amour qui unissait les deux amants.

Tout à coup un bruit les fit tressaillir; c'était le puissant tintement de la cloche qui sonnait pour un enterrement. Un groupe de personnes habillées de noir s'avançait vers une tombe ouverte.

Le cortège s'arrêta, les cloches se turent, et l'on entendit la voix du prêtre à laquelle se mêlaient les plaintes du vent; puis trois fois le prêtre prit de la terre et la jeta sur le cercueil où elle tombait lourdement, et il dit :

«Tu es poussière et tu retourneras en poussière. Notre Sauveur t'éveillera au dernier jour. Prions.»

Et après la prière ordinaire il dit encore tout haut :

«L'homme né de la femme vit peu de jours et ils sont remplis de misère. Il passe comme la fleur qui est coupée; il fuit comme l'ombre qui passe et ne revient pas.»

Nordin pressa Hertha sur son cœur et dit : «L'amour est plus fort que la mort.»

« Oui, répondit Hertha, je le crois, je le sais. »

« Hertha, soyez à moi dans la vie et dans la mort! »

« Je suis à vous, répondit Hertha. — Mais il faut encore que je vous parle. — Comme ce chant est beau, Nordin! Il me semble sanctifier le sommeil de la tombe. Seulement il est trop triste. Des hymnes de joie devraient aussi être chantés sur les tombeaux, des hymnes où s'unissent la nuit et le jour, le temps et l'éternité, des hymnes sur la vie future, sur le commencement et la fin. — Mais vous êtes pâle, Nordin; la soirée devient fraîche; le soleil est couché, rentrons. — Appuyez-vous sur mon bras comme naguères.»

En ce moment les cloches recommencèrent à tinter, et un homme, se séparant de la procession funèbre, s'approcha vivement d'eux; c'était le petit pasteur, inquiet de la longueur de leur conversation. Ils lui tendirent les mains et leurs yeux rayonnants disaient plus encore que leurs paroles que tout nuage était dissipé entre eux et qu'ils étaient heureux.

« Allons, que le Seigneur soit loué ! dit le pasteur. Mais il ne faut pas rester là toute la nuit. Venez finir la soirée chez nous. Ma chère femme ne serait contente ni de moi ni de vous si je ne vous ramenais; tout le monde serait surpris et me ferait des questions. Venez, mes enfants. »

Hertha et Nordin accompagnèrent leur ami, pendant que la procession funèbre se séparait. Les cloches tintaient encore.

« Qui a été enterré ce soir ? » demanda Nordin.

« Un jeune homme de votre âge et qui, depuis peu de temps, était fiancé, » répondit le pasteur tristement.

Tous trois continuèrent en silence leur marche vers le presbytère.

Là tout était vie et gaîté. On buvait le café, on mangeait les biscuits; les dames achevaient et disposaient les petits vêtements qui devaient être distribués aux enfants; les hommes prétendaient les aider et commettaient mille gaucheries dont on s'amusait. Mimmi Svanberg était, comme toujours, l'âme et la vie de la réunion. Quand les enfants vinrent recevoir leurs nouveaux vêtements, on leur fit chanter leurs petites chansons de l'école. Puis on commença à danser, d'abord avec les enfants; et ceux-ci étant partis, les grandes personnes continuèrent.

Quelques-uns de nos lecteurs savent sans doute par expérience combien une fête qui a commencé par une bonne œuvre est animée et joyeuse. Le cœur, pour ainsi dire, est lui-même en fête; dans la réunion dont nous parlons ici, il semblait qu'il eût donné à chacun des ailes aux pieds. Rarement les danses nationales suédoises, rondes et polkas, auxquelles ce soir-là tout le monde prenait part, jeunes et vieux, avaient été dansées avec plus d'entrain et de franche gaîté. De temps en temps la femme du pasteur offrait son hydromel mousseux et pas un cœur ne battait plus joyeusement que le sien et celui de son mari, car les bons époux allaient avoir maintenant une fille dans leur maison, Éva Dufva elle-même, qui avait accueilli leur proposition, comme la colombe épuisée de l'arche avait trouvé la branche d'olivier sur laquelle elle pouvait se reposer au-dessus des eaux agitées. M. et Mme Dufva n'avaient pas voulu encore se séparer de la petite Marie.

Hertha avait quitté la société pour retourner chez elle lorsque la danse avait commencé; Nordin l'avait suivie.

CONVERSATION EN ROUTE.

La pleine lune s'était levée, et tantôt éclairait brillante la route que suivaient les deux amants, tantôt disparaissait derrière les nuages qu'un vent doux chassait dans le ciel.

17

Nordin s'appuyait sur le bras d'Hertha; tous deux marchaient en silence, sentant que le moment décisif approchait.

Nordin le rompit le premier :

« Nous devons bientôt nous séparer, Hertha, dit-il. Il faut que je m'éloigne de vous. Dans quelques jours, vous le savez, je dois partir pour le continent afin de rétablir ma santé ét de pouvoir au printemps prochain revenir à mes anciennes occupations, retrouver tout ce qui m'est cher, ma patrie, ma mère... laissez-moi ajouter ma fiancée. Si vous ne m'accordez pas cela, si vous ne décidez de notre sort à venir, je ne puis partir tranquille; la pensée que je dois conserver ma santé, non-seulement pour moi, mais pour vous, me fera plus de bien que toutes les eaux du monde. Vous savez, car je vous l'ai dit, que je suis sans fortune; mais je puis me promettre d'arriver bientôt dans la carrière où je suis entré, à un emploi suffisant pour assurer à moi et aux miens une vie indépendante. Vous connaissez mon cœur, Hertha, vous savez si je vous aime. Ai-je besoin de vous en dire davantage? Pouvez-vous m'aimer? Pouvez-vous vous fier de tout votre cœur à moi? Avez-vous foi en moi comme moi en vous? Si cela n'était pas, je ne vous demanderais plus rien. Vous m'avez demandé un cœur non divisé, je ne demande pas moins de vous. »

« Écoutez ma confession entière, Nordin, répondit Hertha, et ensuite vous déciderez de notre avenir. Vous n'êtes pas mon premier amour, bien que je n'aie jamais aimé aucun homme avant vous. Mon enfance et ma jeunesse n'ont point été heureuses, mes premières impressions sur la vie de famille et le mariage me vinrent au milieu des dissensions d'un intérieur malheureux, devant les larmes et les souffrances de ma mère. Je pris de bonne heure l'aversion du mariage, et je fis en moi-même le vœu que jamais un enfant ne naîtrait de moi, au milieu de mensongères caresses, pour goûter à la coupe d'amertume de cette vie. J'ai vu de bonnes et nobles femmes opprimées, j'ai entendu leurs soupirs étouffés, je les ai vues pâlir et se pencher vers la tombe après une vie sans joie et sans but. En même temps que ma haine contre les oppresseurs, a crû en moi une pitié immense, un amour ardent pour les victimes, que je puis bien appeler mon premier amour. Je m'étais promis de vivre pour elles et de ne jamais donner mon cœur à un homme. Mais je vous ai connu, Nordin, je vous ai aimé, et vous m'avez appris à croire à la justice et à la magnanimité d'un homme. C'était beaucoup ; vous m'avez donné plus, vous m'avez donné la foi en Dieu, en me faisant comprendre sa providence et croire à sa révélation. Je vous dois beaucoup. »

« Est-ce donc seulement la reconnaissance, dit Nordin, qui vous lie à moi ? En ce cas, Hertha, la séparation.... »

« Non, interrompit Hertha, non, vous ne pouvez rien souhaiter au delà de ce que mon cœur vous donne. Ce fut involontaire d'abord de ma part, je l'avoue, mais ensuite j'ai agi volontairement et joyeusement lorsque je vous ai pleinement connu ; et cependant je ne puis m'empêcher de redouter un mariage, même avec vous. Je crains.... de devenir mère ; je crains de devenir surtout mère d'une fille! Pourquoi, Nordin, en même temps que la femme reçoit dans le monde entier avec les noms de fille, d'épouse, de mère, ceux d'amie, de consolatrice, d'appui de ceux qui souffrent, pourquoi la naissance d'une fille est-elle regardée dans les familles avec indifférence, avec regret, même avec pitié ? N'est-ce pas parce que le lot de la femme sur la terre est un lot inférieur, parce que les lois ne lui laissent pas comme aux hommes sa liberté et son action indépendante pour chercher le bonheur dans sa propre voie, parce qu'elle

est destinée à être abaissée et à souffrir beaucoup? Dans
notre patrie spécialement, combien sa situation n'est-elle
pas triste et son avenir borné? Ne doit-elle pas vivre courbée
toute sa vie sous d'injustes lois, sous le bon plaisir des
hommes? Non! non! je ne veux pas devenir mère d'une
fille! »

Nordin lui répondit avec autant de douceur et de tendresse
que lorsqu'on parle à une personne malade : « Je vous
comprends, ma bien-aimée, mais vous êtes trop dominée
par les sombres impressions de votre enfance et vous n'êtes
pas encore habituée à contempler des scènes plus heureuses.
Ayez foi en Dieu, et alors vous croirez à l'extension future
de son royaume, de son amour, de sa justice sur la terre.
Nos lois, en ce qui regarde la liberté de la femme et de son
avenir, peuvent changer; oui, elles seront bientôt changées,
ou bien il faudrait que notre nation abandonnât sa part dans
le progrès universel des nations libres. Il est impossible
d'ailleurs que les nations ne comprennent pas avant peu le
véritable moyen de leur ennoblissement moral et que le courant d'émancipation des esprits qui commence à pénétrer le
monde n'arrive jusqu'à notre pays pour l'affranchir et
l'élever en renouvelant ses institutions vitales. Je n'en puis
douter quand je vois ce que sont les femmes dans notre
patrie malgré des lois étroites et oppressives; je n'en puis
douter en présence d'une femme telle que vous; et vous et
moi, et tous ceux qui aiment leur pays natal doivent travailler pour avancer l'avénement d'un tel jour. »

Hertha leva ses yeux brillants d'un enthousiasme mêlé de
tristesse : « Oui, dit-elle, je dois combattre pour cet objet,
quand il devrait me séparer des plus douces joies de la vie.
Je veux rester fidèle à mon premier amour. »

« Que voulez-vous dire? » demanda Nordin étonné.

« Reposons-nous ici un moment, Nordin, vous devez

être fatigué de marcher; et ces ruines (ils étaient au milieu de la ville incendiée) nous offrent de quoi nous asseoir. Nous causerons mieux ici. »

Nordin s'assit sur un pan de mur, regardant Hertha qui restait debout, le bras appuyé sur une muraille encore noircie. La lune éclairant son expressive et noble figure, elle dit d'une voix douce et grave :

« N'y a-t-il pas un objet plus élevé pour l'homme et pour la femme, dans le mariage, que de se bâtir pour soi un petit nid, afin d'y vivre heureusement avec sa famille, comme l'animal ou le sauvage qui se rapproche de l'animal? Je ne blâme pas ceux qui ne cherchent rien de plus élevé dans la vie; mais Dieu ne me permet pas de trouver cela suffisant. Si je m'en contentais, je serais déloyale à mon premier amour; j'aurais vécu et souffert en vain. Nordin, je vous aime, et cependant je ne puis pas, je ne veux pas ne vivre que pour votre bonheur et le mien. Je ne croirais pas ainsi avoir mérité de vivre. »

« Étrange Hertha, pour quelle fin voulez-vous donc vivre?»

« Pour délivrer mes sœurs captives! répondit Hertha avec enthousiasme, pour délivrer ces âmes dont Dieu m'a donné de comprendre les vœux et les douleurs, pour — aussi loin que ma capacité et ma sphère étroite peuvent s'étendre — briser leurs fers, leur inspirer le désir qui m'inspire, leur donner l'espoir qui est devenu le mien depuis que je vous ai connu, et que par vous j'ai connu le Dieu de l'amour et de la liberté. Je ne suis pas si ardente que vous dans mes espérances; je sais que des hommes comme vous et comme le juge Carlsson sont très-rares, et je crains que beaucoup de temps ne s'écoule avant que nos législateurs suédois ne veuillent concéder à la femme ses droits à un développement et à une liberté sociale illimités, avant qu'ils ne consentent à ouvrir aux filles de la Suède ces écoles où elles pourraient acquérir la science et la confiance en elles-mêmes, en un mot avant qu'ils n'aient fait pour elles ce qu'ils ont fait pour les fils de la patrie. Je sais bien que je suis une faible femme, encore mineure aux yeux de la loi, ne pouvant disposer ni de ma propre fortune ni de ma conduite, et ignorante de bien des choses qu'il me serait important de connaître, mais cependant je sens en moi une volonté et une lumière intérieure qui me dit de travailler à une délivrance qui viendra. J'ai depuis quelque temps une vue de mon avenir qui devient de plus en plus nette dans mon esprit, en attendant qu'elle devienne le but et la lumière de ma vie. Je me vois d'ici dans de vastes salles, entourée de jeunes femmes et causant avec elles de ce qui se passe au fond de leur âme, de Dieu qui s'y fait connaître, de l'importance pour la société en général de chaque vie indi-viduelle, de l'emploi de tous les dons particuliers et de l'étroit rapport qu'il y a entre l'individu et la société, de la valeur de chacun comme membre d'une communauté divine de la terre et du ciel, de la grandeur des devoirs et de la grandeur des droits. Je voudrais fonder une maison d'édu-cation où l'on n'apprendrait ni le français, ni l'allemand, ni la musique, ni le dessin, — toutes ces choses-là s'ensei-gnent partout, — mais où des jeunes filles, à quelques classes de la société qu'elles appartiennent, sentant en elles la conscience de désirs intellectuels supérieurs à ceux qu'elles peuvent satisfaire dans l'étroite sphère où elles sont renfermées, puissent acquérir la véritable connaissance d'elles-mêmes et de leur vocation dans ce monde, apprendre à réfléchir et à répondre à ces questions : Que suis-je? — que puis-je faire? — que dois-je faire? Je voudrais donner à ces jeunes âmes une connaissance plus intime d'elles-mêmes qui leur apprît à mieux comprendre leur propre situation et ce qu'elle demande d'elles. Je voudrais ouvrir leurs oreilles à la voix de Dieu, enfermer leurs désirs dans l'accomplissement de ces ordres. Chacune devrait suivre sa voie individuelle, mais toutes devraient tendre à un même objet. La liberté de chacune devrait servir à la liberté de toutes. La prière et le travail seraient nos instruments. — « Liberté en Dieu par le Christ » serait notre mot d'ordre. Un jour viendra, Nordin, où la voix de ce petit troupeau d'âmes affranchies et éclairées s'élèvera et atteindra l'oreille de celui qui est assis sur le trône suédois et celles de nos législateurs, non pas comme un cri faible et discordant en faveur de l'émancipation des femmes, mais comme un chœur puissant et harmonieux ; alors il faudra qu'ils écoutent, il faudra qu'ils entendent, et peut-être alors agiront-ils selon la justice et la vérité. — Je ne vivrai pas assez peut-être pour voir ce jour, mais je puis préparer son avénement, voir les teintes rosées de son aurore éclairer des fronts purs et mourir contente. — Bien des choses dans mon plan sont encore indistinctes et peu mûries, mais je sais qu'il deviendra clair dans mon esprit. Je ne connais d'avance ni le temps ni l'heure où je pourrai l'exécuter, mais je sens en moi-même que ce temps viendra et je veux m'y préparer, je veux essayer d'acquérir les connaissances qui me manquent, chercher à connaître les personnes qui pourraient m'aider de leurs conseils ou de leurs actes, bien que je ne doive pas compter sur de tels secours, parce que je sais combien il est rare de trouver des gens qui veuillent bien tendre une main secourable à une bonne œuvre, si elle est singulière et hors de la voie commune. Celui qui se dévoue à celle-ci doit s'attendre à rester seul et sans appui, — souvent peut-être à être méconnu et entravé ; mais cela m'importe peu, je sais que Celui qui est au ciel me comprendra, et qu'il est quelqu'un qui me comprendra aussi sur la terre : vous, mon Nordin ! Et maintenant, je vous le

demande , Nordin , pouvez-vous, voulez-vous me donner
votre main comme un soutien dans mon entreprise, comme
un secours dans mon œuvre? Mon premier amour peut-il
devenir le vôtre, mes amies vos amies, l'objet de ma vie
celui de votre vie? »

« Vous m'ouvrez une avant-cour du royaume céleste, et
vous me demandez si je veux y entrer ! Oui, Hertha ! oui !
de tout mon cœur et de toute mon âme. Je ne vois pas que
mes occupations comme ingénieur puissent m'empêcher de
participer activement à une œuvre d'une plus grande importance que toutes celles n'ayant pour but que le progrès dans
le temps et l'espace. Oui, je sais que c'est précisément une
semblable activité intellectuelle qui pourra seule satisfaire
complétement les désirs de mon âme. Seulement il faut que
vous me promettiez une chose; j'ai aussi des conditions à
poser à ma bien-aimée. . . »

« Quelles sont-elles ? »

« Que vous permettiez aux jeunes garçons aussi bien
qu'aux jeunes filles de suivre vos classes et vos leçons. Pour
des études spéciales, pour des problèmes abstraits, nous
pouvons bien acquérir des connaissances suffisantes dans
nos colléges et nos académies, mais point une vue réelle de
la vie , de la société et de nous-mêmes. Ceci ne peut nous
être mieux communiqué que par une femme telle que
vous. Permettez donc à des jeunes gens aussi de suivre vos
classes. »

« Tous ceux qui me seront présentés par vous, Nordin ,
seront accueillis comme des frères. »

« Eh bien ! puisque nous sommes d'accord maintenant,
donnez-moi votre main , ma fiancée, ma femme, mon soutien dans le travail et dans le plaisir, dans la joie et dans la
douleur, dans la vie et dans la mort. »

Hertha, pour toute réponse, étendit les bras vers son

ami. — Le vent du soir les couvrait de la poussière et des cendres des ruines qui les entouraient; ils ne le sentaient pas. Ils s'étaient bâti pour l'avenir une maison qui n'était point l'œuvre de l'homme et qui subsisterait après que leurs mains seraient devenues inutiles et que leurs cœurs, qui battaient si vivement, pressés l'un contre l'autre, auraient cessé de battre. Ils le savaient, et c'était pour cela qu'ils étaient heureux et bénis; la joie du ciel s'unissait à celle de la terre dans leurs cœurs purs.

« Allons maintenant trouver votre père, dit Nordin, tout doit être dit ce soir. Pour pouvoir supporter une longue séparation de vous, il faut que je sache qu'au printemps je puis venir vous réclamer comme ma femme. »

Hertha secoua tristement la tête et commença à le préparer aux difficultés, à l'opposition même qu'elle prévoyait de la part de son père. Il fallait s'attendre à de longs délais, peut-être à un refus. Il fallait s'armer de patience.

Nordin ne concevait pas cela; il était irrité de la pensée qu'une femme telle qu'Hertha, de son âge et d'une fortune indépendante, ne pût donner sa main et décider elle-même de son avenir. « Cela est déraisonnable, disait-il, cela ne peut se comprendre. »

Mais la certitude qu'avait Hertha que cela était non-seulement possible, mais même probable, impressionna peu à peu Nordin. L'assurance de l'intime union de leurs cœurs et la pensée de l'engagement qu'ils avaient pris l'un envers l'autre ne lui suffisaient pas pour soutenir la joie dans son cœur quand la pensée d'une séparation prochaine l'obscurcissait.

Le reste du chemin se fit en silence. Comme ils approchaient de Kullen, Nordin dit :

« J'ai une prière à vous faire, Hertha. J'ai peu à peu fait venir au presbytère toute ma petite bibliothèque. Voulez-vous en prendre soin et permettre à mes livres de vous parler de moi pendant que je serai loin de vous?»

«Vous ne pouviez me faire un don qui me fût plus précieux, Nordin, répondit Hertha, excepté celui que je veux vous demander.»

« A moi! s'écria Nordin surpris et heureux, que pourrais-je vous offrir ? »

La voix d'Hertha n'avait jamais été si mélodieuse que lorsque timidement et avec émotion elle dit :

«Votre intervention auprès de votre mère, pour la décider à venir et à être une mère dans notre maison, pour moi et mes sœurs. Elle trouvera ici un amour et un respec filial. J'en ai parlé à mon père et il l'approuve. Nous avons besoin d'une sage et bonne maîtresse de maison; il faut à mes jeunes·sœurs une surveillance expérimentée et maternelle, à moi des loisirs pour me préparer à ma grande entreprise. Je connais déjà par vous votre mère; je sais que je l'aimerai et qu'elle sera un bon ange dans notre intérieur et pour moi, — pour moi qui espère apprendre d'elle cette douceur féminine que vous aimez tant. Il y a dans notre maison une chambre près de la mienne, avec une fenêtre au soleil couchant, une jolie petite chambre que je serai bien heureuse d'arranger au goût de votre mère et que depuis longtemps je lui destine. Priez-la, Nordin, de venir l'habiter et de l'accepter pour la sienne. Le voulez-vous, Nordin?»

«Je ne sais comment vous prouver ma gratitude, dit Nordin profondément ému, je vous comprends et je vous remercie.»

Ils étaient arrivés à Kullen; ils entrèrent inquiets de la réception qu'ils allaient y trouver; ils étaient loin d'avoir prévu ce qui les y attendait.

LE GRAND PROCÈS.

___

Au moment où ils entraient dans le grand sallon, la tante Pétronille s'y précipitait, son grand portefeuille sous le bras, ses yeux tout grands ouverts et avec un air tout bouleversé.

« C'est cela, dit-elle, s'adressant à Hertha d'un ton ému et de reproche; vous arrivez à temps pour voir conduire votre père en prison, à moins que je ne puisse le sauver et vous tous avec lui! Oui, maintenant tout a éclaté au grand jour, on verra ce qui en résultera. »

Et en disant cela la tante Pétronille s'élança sur l'escalier, le grand portefeuille dans ses bras, continuant à parler des ennemis, de la prison, du procès, et à dire qu'elle savait bien que tout cela arriverait, qu'elle l'avait bien dit : « mais je les vaudrai bien, je leur montrerai mes papiers. Ils verront, ils verront! »

Très-étonnés, Nordin et Hertha suivirent la tante jusqu'à la salle à manger, sur laquelle donnait la chambre du Directeur; elle était éclairée, et, par la porte entr'ouverte, Hertha vit son père debout, pâle de colère, parlant à deux personnes qu'elle ne connaissait pas. Un document écrit, apporté par elles sans doute, était placé sur la table, et le Directeur y jetait de temps à autre un regard irrité :

« Je continuerai mon procès contre vous aussi longtemps que je vivrai, » disait-il d'une voix que la fureur rendait tremblante.

« Comme il vous plaira, Monsieur le Directeur, répondit

un des étrangers avec une politesse calme ; mais plus vous continuerez, plus vous perdrez. Le verdict de la cour. . . . »

« La cour ! s'écria la tante Pétronille, se précipitant en avant avec son grand portefeuille, la cour devra d'abord entendre ce que j'ai à dire et voir mes papiers. »

Devant les yeux étonnés des assistants, elle ouvrit le portefeuille : « S'il faut, continua-t-elle, délivrer mon beau-frère et moi-même des serres de la loi, les moyens ne me manqueront pas ; » et, de la multitude de paperasses, de journaux, de patrons, de dessins de broderies qui gisaient pêle-mêle dans son portefeuille, elle tira quelques petits carrés de papiers qui fixèrent de suite l'attention des étrangers.

C'étaient diverses valeurs, les unes pour quelques mille, les autres pour quelques cents rixdales, le tout ensemble se montant à la somme d'environ dix mille rixdales[1]. Les interlocuteurs qui d'abord avaient pensé que cette vieille femme était folle, commençaient à dire qu'elle pouvait bien être plus sage qu'on ne pensait.

La tante Pétronille continua : « Mes ennemis m'ont longtemps persécutée en secret, mais maintenant leur malice est dévoilée ; ils cherchent à atteindre aussi mon beau-frère ; c'est mon devoir de placer dans ses mains cet avoir qui peut le délivrer et me délivrer moi-même. »

La tante Pétronille dit cela avec emphase et non sans dignité ; mais le Directeur, qui voulait mettre fin à cette scène, reprit d'un ton bref :

« Gardez votre argent, belle-sœur, je n'en ai pas besoin ; mais je vous remercie de vos bonnes intentions. Messieurs, nous n'avons, je crois, rien de plus à dire. J'ai reçu vos sommations ; je comparaîtrai devant la cour. Je vous salue. »

Les deux étrangers saluèrent froidement le Directeur et

1. Environ 20,000 francs.

avec un sourire la tante Pétronille, puis sortirent. Le regard étonné et presque de déférence que le Directeur attachait sur la tante Pétronille en ce moment disait clairement : « Qui aurait attendu cela de la tante Pétronille, dix mille rixdales ! Ce zéro a plus de valeur que je ne l'imaginais. »

La tante, de son côté, qui voyait l'étonnement du Directeur et l'attention toute nouvelle qui lui était accordée, se rengorgeait, ne comprenant pas que tout venait de la différence qu'il y a entre dix mille rixdales et un zéro. Cependant l'excitation qui avait donné des forces momentanées au vieillard disparut quand les deux étrangers furent partis ; il retomba alors lourdement sur son fauteuil en poussant un profond soupir.

Hertha alla vers lui et lui dit :

« Père, me voici. Ne voulez-vous pas me dire ce qui vous a troublé. Ne puis-je vous être utile ? Ne puis-je vous aider ? »

« Et moi ? » dit Nordin, s'avançant aussi et prenant la main du Directeur, « ne puis-je aussi vous servir ? Oh ! laissez-moi vous servir comme votre fils, comme le mari d'Hertha. Ma vie entière prouvera comment j'estimerai ce bonheur. »

Comme un rocher qui arrête un fleuve dans sa course, ainsi le Directeur arrêta les paroles de Nordin, le regardant ainsi qu'Hertha avec un étonnement et une sévérité de plus en plus dure à mesure que ces phrases brisées sortaient de sa bouche :

« Je vous remercie, je vous remercie de vos offres de secours ; — mais je ne me crois pas encore tout à fait incapable d'agir et de diriger moi-même mes affaires. — Je ne sens pas encore le besoin de recourir à d'autres. — Je me crois l'esprit aussi fort et aussi net que jamais. — Quant à votre offre à ma fille, lieutenant, je suis fort étonné qu'elle ne m'en ait point prévenu d'avance, comme, d'après mes idées, c'eût été de son devoir. — Je ne suis donc point préparé à y répondre. — Mon devoir comme père et comme tuteur me défend de la donner au premier venu qui me la demande, — soit dit sans vous offenser, lieutenant. — Et il me semble que le moment, pour cette proposition, aurait pu être mieux choisi. . . »

« Eh bien ! répondit Nordin avec calme et cordialité, permettez-moi de revenir dans un moment plus opportun ; assignez-m'en un vous-même, et je pourrai alors vous donner sur moi-même et sur ma situation tous les renseignements que vous êtes en droit de me demander. »

Il y avait quelque chose de si aimable dans la physionomie de Nordin, ses manières étaient si agréables, si simples et si cordiales, que tôt ou tard elles lui gagnaient tous ceux avec qui il se trouvait en contact.

Le Directeur lui-même ne put résister à cette influence ; d'un signe de tête il acquiesça à la demande du jeune homme ; Nordin parla de son prochain voyage et demanda que cette entrevue si désirée fût fixée à un jour rapproché. Le Directeur répondit : « Demain soir à six heures. »

Quand Nordin fut parti, le Directeur s'emporta violemment contre sa fille, lui reprochant de ne l'avoir pas averti des intentions de Nordin.

« Ne me dis pas que tu ne les connaissais pas toi-même ; une vieille fille comme toi n'est pas longtemps à s'apercevoir qu'on lui fait la cour ; et c'est le devoir d'une fille en pareil cas d'avertir son père. Tu sais que je n'aime pas les surprises. »

Se tournant vers la tante Pétronille, le Directeur lui dit : « Je n'ai réellement pas besoin de votre argent en ce moment, belle-sœur ; mais il ne faut pas laisser ces valeurs ainsi égarées sans soin au milieu de tous ces papiers inutiles. Il vaut mieux que je vous les garde ; vos intérêts vous seront payés régulièrement, je puis les placer à meilleur compte que vous ne sauriez le faire, et, si vous avez besoin d'argent, vous savez que je suis là — et que je puis répondre. »

« Ce sont mes épargnes de quarante ans, beau-frère, » dit la tante, et elle commença de pleurer.

« Oui, que vous avez faites presque entièrement dans ma famille, pendant que vous viviez ici à l'aise, n'ayant rien à dépenser. Mais, en tout cas, c'est très-bien à vous, belle-sœur, et je vous estime beaucoup pour votre prudence, pour votre économie et pour la preuve d'amitié que vous m'avez donnée aujourd'hui; je ne l'oublierai pas. Je regarderai ce qui vous appartient comme mon bien et j'en aurai tout autant de soin. »

Et, en disant cela, le Directeur mit dans son carnet les billets de la tante Pétronille, puis lui prenant et lui secouant les mains, il lui dit en riant à moitié :

« Qu'est-ce qui aurait cru qu'une petite femme comme vous possédât dix mille rixdales? Qui est-ce qui s'en serait douté? »

La tante Pétronille saluait, souriait, était heureuse de l'attention et des amitiés de son beau-frère. En remontant à sa chambre cependant, le précieux porte-feuille lui semblait singulièrement plus léger, et elle ne pouvait s'empêcher d'éprouver un certain malaise : mais elle pensait alors que ses intérêts et ceux de son beau-frère allaient devenir les mêmes dans le grand procès... Puis il semblait à la tante Pétronille qu'elle venait de faire une action magnanime, comme celles des héroïnes de roman. Car elle était secrètement (je ne sais si je l'ai déjà dit) très-passionnée pour la lecture des romans. Elle prévoyait qu'il arriverait un moment dans le grand procès où sa noble conduite serait connue et solennellement approuvée, car c'est ainsi qu'elle avait vu les choses se passer pour ses héroïnes de roman. Pauvre tante Pétronille !

Dès ce jour elle put jouir du plaisir d'être considérée par son beau-frère tout autrement qu'autrefois. Il était évident qu'il ne la regardait plus comme un zéro, mais comme quatre zéros précédés d'une unité.

—∘∘⋆∘∘—

UN MOMENT DE BONHEUR.

———

Généralement dans nos mélodies populaires du Nord on remarque, interrompant le ton mineur et mélancolique par lequel commence et finit le chant, quelques mesures en majeur qui réjouissent l'oreille de la manière la plus charmante, quelques notes brillantes qui semblent promettre à l'âme les joies du printemps et de l'amour. Le soir où, suivant l'invitation du Directeur, Nordin revint à Kullen, fut dans la vie de nos deux amants la phrase joyeuse de la mélodie.

Le Directeur, qui semblait avoir pris sa résolution à l'égard de Nordin, le reçut avec politesse et sans froideur repoussante; il lui permit d'expliquer ses désirs, et lui répondit qu'il voulait le mieux connaître et lui voir une situation plus importante et des espérances plus assurées avant de consentir à son union avec Hertha. Celle-ci, il est vrai, possédait quelque bien venant de sa mère, mais pas autant qu'on le croyait, et ce bien était loin de pouvoir suffire aux besoins d'une famille; c'était son devoir, comme père et comme tuteur, de veiller sur la destinée de son enfant.

L'avenir seul pouvait décider de la possibilité de ce mariage; cependant il lui permettait de plaider ouvertement sa cause auprès d'Hertha et il serait le bien-venu dans la maison de son père.

Tout cela était assez raisonnable; Nordin n'espérait pas autant après la scène du soir précédent. Il remercia donc vivement le Directeur, exprima l'espoir qu'il pourrait bientôt satisfaire à de justes exigences et offrir à Hertha une position à l'abri des difficultés pécuniaires. Il chercha à intéresser le Directeur à ses espérances, en lui parlant des entreprises dans lesquelles il était employé et de l'avenir qu'elles pouvaient lui promettre. Il réussit si bien qu'on le pria de rester à souper.

Un jeune homme invité à souper, c'était dans la famille du Directeur un événement qui ne s'était pas produit depuis le temps où le jeune homme qui avait aimé Alma fréquentait la maison. La salle à manger de Kullen prit ce soir-là un aspect d'agrément qui ne lui était pas ordinaire. Le grand feu de souches de pins, qui craquait et flambait, éclairait le père de famille assis dans un confortable fauteuil, fumant sa pipe et causant avec Nordin de divers projets de chemins de fer et de canaux en Suède et en d'autres pays; la petite tante, assise près du feu, dévidait son fil et marmottait comme toujours, mais avec une expression de satisfaction particulière; la flamme joyeuse du foyer se projetait sur la table du souper que Marthe et Marie avaient préparée et ornée de fleurs, et sur Hertha, qui allait et venait en silence occupée de ses devoirs de maîtresse de maison. Elle paraissait à Nordin, dans ses simples occupations, si noble et si belle qu'il se laissait par moments absorber par le plaisir de la regarder et oubliait de répondre aux questions du Directeur ou bien répondait tout de travers. Par exemple, questionné à propos d'un certain embranchement de chemin

18

de fer, il lui arriva de répondre : « Une véritable Iduna[1] ! »
Et sur le tracé d'une autre voie de fer, il répondit avec chaleur : « Pour l'éternité ! »

Le Directeur le regarda étonné, mais, observant la direction de ses yeux, il sourit, poussa quelques bouffées de fumée
en l'air et ne parut point offensé. Rarement on avait vu le
Directeur aussi poli et aussi aimable. Combien Hertha se
sentait heureuse ! Les douces prévisions qui remplissaient
son cœur et celui de Nordin peuvent se comprendre.

Le repas du soir fut un des plus gais qui eussent jamais
été partagés dans cette maison. Quand il fut fini, le Directeur parla à Nordin de sa mère et lui fit pour elle l'offre de
venir habiter dans sa famille. Nordin s'aperçut facilement
que le Directeur considérait cela comme une affaire qui
devait être avantageuse pour lui, et en lui-même il admira
l'adresse d'Hertha. Avant qu'on se séparât, Hertha conduisit
son ami dans la chambre qu'elle avait préparée pour sa
mère.

« Voyez, Nordin, dit-elle, votre bibliothèque sera de ce
côté ; voici, tout auprès, le fauteuil où votre mère s'asseoira,
et moi en face d'elle. C'est là qu'ensemble nous lirons vos
livres et vos lettres. Voici la table où elle vous écrira, — et
moi aussi quelquefois. »

Hertha désirait, au moment de la séparation, lier dans la
pensée de Nordin son souvenir à celui de sa mère. Elle voulait que de loin il les vît toujours ensemble.

Nordin était en même temps touché et heureux de cette
soirée ; quand il dut quitter la famille Falk, il serra les deux
petites sœurs si affectueusement dans ses bras, qu'elles en
furent tout émues ; il baisa la main de la tante Pétronille,
et même ses joues, ce qui causa à celle-ci une si agréable

1. Déesse de la mythologie scandinave, à laquelle Nordin comparait
Hertha.

surprise qu'elle en rompit son fil et découvrit subitement
une grande ressemblance entre Nordin et un de ses admi-
rateurs dans les bals de son jeune âge; sa tête commença à
travailler là-dessus. Nordin, dans l'ardeur de sa joie, était
disposé à embrasser tout le monde, même le Directeur;
mais l'adieu froid, bien que poli, qu'il reçut, supprima toute
démonstration extraordinaire. Néanmoins, quand Nordin,
avec sa belle et franche figure empreinte de reconnaissance
et de respect filial, vint lui serrer la main en partant, le
Directeur l'accompagna jusqu'à la porte et lui dit avec une
évidente bienveillance : «Je vous souhaite bon succès et
heureux retour. Vous êtes encore jeune. Le patriarche Jacob
attendit sept ans et encore sept ans Rachel; vous pouvez
bien attendre un an ou deux celle que vous aimez. Le
temps passe vite. »

Hertha, ce soir-là, baisa la main de son père avec une
affection qu'elle n'avait pas sentie depuis les jours de son
enfance, depuis le temps de la tendresse et du respect
aveugles.

———oo:o:oo———

LES SEPT ANNÉES DE JACOB.

———

Nous lisons dans l'histoire du patriarche Jacob que les
sept années qu'il servit pour Rachel ne lui parurent que
quelques jours à cause de l'amour qu'il avait pour elle. Et je
connais une jeune fille suédoise qui, pendant dix ans, se
dévoua à servir un père aveugle et pauvre; jeune et pleine
de santé quand elle entreprit cette tâche, elle était pâle et
épuisée quand la mort de son père y mit fin; et cependant ces

dix années ne lui avaient paru ni longues ni pénibles. La raison en est que l'amour avait été à l'un et à l'autre leur soutien, qu'il avait donné des ailes au temps, avait fait aimer même la fatigue et changé le travail en joie.

Combien n'est pas différent le dévouement à ceux qu'on ne peut aimer, quand la force injuste enchaîne seule une âme libre à un sort qu'elle n'a pas choisi ! Combien alors chaque jour est pesant, chaque année interminable ! Cœur, avenir, providence, comme tout devient sombre !

Nous passerons rapidement sur les années de l'histoire d'Hertha que nous avons maintenant atteintes ; quelques indications seulement nous en montreront les lumières et les ombres.

Six mois après la séparation que nous avons racontée, Nordin revint en Suède ; sa santé était rétablie ; il était plein d'ardeur et d'espoir. Une année après il obtint un avancement qui lui assurait un sort modeste mais sûr pour l'avenir. Il renouvela sa demande au père d'Hertha. Le Directeur répondit qu'il ne considérait pas encore la situation de Nordin comme suffisante. En outre, avec sa santé, il avait besoin des soins de sa fille et il ne lui convenait pas en ce moment de lui rendre compte de sa fortune. Il croyait donc à propos que les fiancés attendissent encore un an ou deux. Alors, pour la première fois, Hertha rompit le silence qu'une longue habitude de soumission et de respect pour son père lui avait jusque-là imposé ; elle parla sérieusement et sincèrement à son père, lui rappela toutes ses promesses, lui dit qu'elle avait le droit légitime de disposer de sa personne, de sa fortune, et de choisir sa destinée. Elle en appela auprès de lui à la justice et à la raison ; mais hélas ! son père pouvait lui répondre en invoquant la légalité et l'autorité paternelle ! Il l'écouta avec un calme méprisant, et, lui montrant le code suédois, il lui fit voir qu'elle n'avait d'autres droits sur sa propre fortune, sur elle-même, sur son avenir, que ceux que son père voudrait bien lui laisser, qu'elle était mineure aux yeux de la loi, entièrement soumise à son tuteur. Quant aux promesses dont elle parlait, il ne se rappelait lui en avoir fait aucune. En tout cas il ne pouvait en avoir fait qu'en se réservant de les accomplir dans un cas qui lui semblerait juste et raisonnable, et personne ne pouvait l'obliger à faire quelque chose contre son gré. Il n'était pas homme à se laisser conduire. Il avait parlé; on n'avait plus qu'à lui obéir.

Hertha résista au sentiment de révolte qui s'élevait en elle. Elle supplia son père d'écouter la voix de la raison; elle lui rappela avec larmes la dernière prière d'Alma. Elle n'exigeait pas sa liberté, mais elle le suppliait à genoux de la lui donner; elle ne lui demandait pas de la lui accorder comme un droit par justice, mais seulement comme une grâce, par affection, par bonté pour elle.

Cela mit le Directeur hors de lui; il lui demanda si elle voulait le tuer ou le rendre fou. Ne pouvait-elle pas attendre encore un an ou deux? il n'en demandait pas davantage, et il finit en invoquant son affection filiale. Ne devait-elle pas obéir à son père? Il savait mieux qu'elle ce qui lui était avantageux. Il n'aimait pas les scènes sentimentales. Il savait ce qu'il avait à faire, et il le ferait; c'était là sa dernière raison.

Lecteur, si tu as jamais prié pour obtenir quelque chose de juste et de raisonnable, et prié avec instance, en mettant toute ton âme dans ta prière; si tu t'es humilié avec renoncement pour obtenir comme un don et comme une grâce ce que tu croyais pouvoir exiger justement, et que tu aies été refusé, alors peut-être comprendras-tu les sentiments d'Hertha quand elle quitta son humble position aux genoux de son père. Pâle, froide, mais le désespoir dans le regard et un sombre pressentiment dans l'âme, elle se releva lentement et quitta la chambre de son père sans dire un mot, mais le trouble était dans son cœur.

Cependant elle avait recouvré du calme et sa triste résolution était prise quand, dans l'après-midi du même jour, elle raconta la conversation qu'elle avait eue avec son père à Nordin et au juge Carlsson, venus pour en savoir le résultat.

Tous deux en furent violemment irrités et lui conseillèrent d'en appeler aux cours de justice qui décideraient certainement en sa faveur.

« Je le crois aussi, répondit Hertha, mais il y a une chose certaine, c'est que je n'emploierai jamais ce moyen pour obtenir justice de mon père. »

« Alors vous ne m'aimez pas ! s'écria Nordin désespéré ; vous voulez me laisser mourir dans l'agonie d'un désir toujours trompé, plutôt que de consentir à un procès fâcheux, sans doute, mais devenu nécessaire. Vous ne comprenez pas mon amour pour vous; vous n'éprouvez pas le même sentiment pour moi. — Vous avez peur de votre père, — peur de l'opinion du monde! — Je ne suis rien pour vous; ma vie et mon bonheur vous sont indifférents ! »

Hertha fixa sur Nordin un regard de reproche et de douleur inouïe, mais ne répondit pas.

« J'honore votre délicatesse de sentiment et votre respect filial, dit le juge, mais peut-être les portez-vous trop loin. Réfléchissez que vous sacrifiez votre avenir et peut-être celui des autres à un égoïsme et à une obstination illimités. Vous m'avez confié vos inquiétudes sur les affaires de votre père, vos craintes qu'il ne soit devenu inhabile à les conduire. Réfléchissez donc que vous sacrifiez probablement, non-seulement votre fortune et votre avenir, mais peut-être la fortune et l'avenir de vos sœurs.

Hertha cacha sa tête dans ses mains et resta un moment silencieuse. Quand elle releva sa tête, son visage était couvert de larmes.

« Oh! mes amis, dit-elle, pardonnez-moi, je ne puis agir autrement, ma conscience me le défend. Parce que mon père est un père injuste, dois-je être une fille dénaturée? Puis-je m'élever contre celui qui m'a donné la vie pour remplir la sienne d'amertume, pour ternir sa réputation dans tout le royaume, pour faire paraître au grand jour ses faiblesses et son injustice? Non. Je ne mériterai pas le reproche d'avoir mal agi comme fille. Je ne me croirais plus digne de devenir un jour mère. Non, je ne paraîtrai pas publiquement comme accusatrice de mon père! Sachons plutôt, Nordin, attendre patiemment — et mourir, s'il doit en être ainsi. — Tout ce qui peut être fait pour l'accomplissement même de mes devoirs et par la persuasion pour attendrir mon père, je le ferai; — et peut-être un jour son cœur ne me sera-t-il plus fermé comme maintenant. Mais jamais, jamais par la révolte et la force je ne m'attirerai sa haine et sa malédiction. Et si vous m'accusez à cause de cela, Nordin, vous n'êtes plus ce Nordin au cœur noble et droit que j'aimais. »

« Mais vos sœurs? » reprit le juge.

« Montrez-moi, dit Hertha, un moyen d'assurer leurs espérances pour l'avenir sans frapper à mort mon père dans son honneur, dans sa vie peut-être, en exposant devant le roi et la nation mes soupçons sur la manière dont il a rempli ses devoirs de tuteur. — Y a-t-il un autre moyen? Nos lois en offrent-elles un autre? »

Le juge et Nordin restèrent muets. Hertha se leva :

« Donnez-moi vos mains; vous ne pouvez désapprouver mes sentiments. Nordin, soutenez-moi plutôt dans ce temps de rude épreuve que je vais avoir à subir. Et le regard d'Hertha disait ce que les |mots ne peuvent exprimer, ce qu'elle souffrait à cause de lui.

Il comprit ce regard et répondit en la serrant sur son cœur : « Jamais vous n'entendrez plus de moi un mot de reproche. »

La résolution de Nordin fut prise dès ce moment. Il se décida à quitter sa patrie et Hertha pour quelque temps et accepta une offre avantageuse qui lui était faite à l'étranger. Il devenait intolérable pour lui de vivre près d'Hertha dans la gêne où la réserve de celle-ci et la nature de leur demi-engagement le retenaient; il avait raison. Hertha n'aimait pas Nordin comme elle en était aimée. Aucune femme ne peut comprendre entièrement la passion qui dévore un jeune homme qui aime, ni la partager. Elle peut aimer autant, souvent plus et mieux, mais d'une autre manière.

Le juge Carlsson contemplait ses deux jeunes amis avec une profonde sympathie et Hertha surtout avec une admiration réelle, parce qu'il la comprenait parfaitement.

« Rappelez-vous votre promesse, lui dit-il à la fin de cette entrevue, de penser à moi si vous aviez besoin d'un vieil ami, de quelqu'un... qui voudrait être pour vous un père; et plût à Dieu que je le fusse réellement ! »

Nordin partit peu de temps après avec un jeune ami pour le Piémont, où l'appelaient les nouvelles occupations qu'il avait acceptées. Le juge Carlsson fut éloigné lui-même par ses fonctions. Hertha resta seule dans la maison de son père.

La santé du Directeur s'améliora pendant l'année suivante, dans le cours de laquelle il reçut diverses marques flatteuses de l'estime publique; il s'était fait connaître comme un habile et ferme serviteur du gouvernement; l'ordre de l'Étoile du Nord lui fut conféré; il reçut en même temps le titre de Directeur en chef et fut anobli; son nom de Falk fut changé en celui de Falkenhjelm, qui avait été porté par une branche aînée de sa famille. On parla de lui comme d'un homme considérable, d'un homme habile, prudent, honorable, d'un homme d'une grande intelligence pratique, et ayant une fortune solide. Cependant le mystérieux procès continuait; la tante Pétronille lançait à ce sujet des regards mystérieux et significatifs et prenait des airs importants; mais, par crainte de déplaire à son beau-frère, elle n'osait plus en parler tout haut. Pour lui, il n'en parlait jamais, excepté avec l'avocat auquel il avait confié sa cause, et avec lequel il avait de longues et secrètes conférences. Ce procès et ces conférences avaient évidemment une grande influence sur l'esprit du Directeur, et le rendaient de plus en plus chagrin et irascible, en dépit de l'éclat que les faveurs royales avaient répandu sur ses services civils. Hertha qui doutait quelquefois de l'exactitude de ses soupçons sur la manière dont son père gérait sa fortune, retrouvait cependant ses inquiétudes en présence de preuves fréquentes de l'affaiblissement de sa mémoire et de ses facultés; mais là aussi il lui était difficile d'arriver à la certitude.

Il y eut alors pour elle une de ces périodes de douteuse lumière qui se rencontrent fréquemment dans la vie des femmes, surtout en Suède, état dans lequel chaque objet est entouré d'ombre, dans lequel on ne peut agir et travailler qu'à la lueur d'une flamme incertaine, état qui nous fait penser à « l'Hadès[1] » de nos pères, ce monde mystérieux, plein de nuages brumeux, de formes indécises, d'eaux vaseuses et empoisonnées...

Mais il y a deux genres de crépuscule, celui du soir et celui du matin. Le premier s'assombrit jusqu'à la profonde obscurité, le second s'illumine jusqu'à la clarté resplendis-

1. *Hadès* est un mot grec qui signifie les enfers, la région de la mort.

sante du jour. Les caractères faibles et mélancoliques appartiennent au premier, — mais les caractères forts, ceux dans
lesquels l'amour de Dieu a mis sa flamme puissante — quand
même toute leur vie devrait se passer dans l'obscurité, n'en
sont pas moins les enfants de l'aurore, et leurs âmes comme
leurs œuvres sont touchées de son rayon enflammé.

Nous n'avons pas besoin de dire à laquelle de ces deux
classes Hertha appartenait. L'énergie de son âme, la lumière qui lui était venue par son ami, et qui l'avait réconciliée avec la vie, sa foi dans une providence paternelle qui
ne l'abandonna plus depuis qu'elle en eut clairement reconnu
l'existence par l'épreuve de sa propre vie, la pureté et la
beauté du lien qui l'unissait à Nordin, la certitude qu'elle
avait agi d'après les sentiments les plus délicats du devoir
et de la conscience, tout cela l'aidait à surmonter l'amertume que l'injustice éveillait en elle, et entretenait pendant
ce long temps d'obscurité dans sa vie la flamme qui non-
seulement l'éclairait elle-même, mais éclairait les autres
autour d'elle, et que sentaient presque tous ceux qui entraient dans la sphère de sa vie.

Envers son père, elle continuait à se montrer fille obéis-
sante et dévouée, même lorsqu'elle dut abandonner tout
espoir de trouver en lui, à aucun égard, la bonté paternelle.
Mais l'aimer et le lui témoigner, cela lui était impossible :
elle ne pouvait non plus avoir pour lui ces douces et affectueuses attentions que l'amour filial seul inspire. Aussi,
quoiqu'il obtînt d'elle tout ce qu'il exigeait : ponctualité,
obéissance, ordre en tout ce qui le concernait, il se plaignait
souvent à sa vieille fidèle servante de l'obstination de sa fille
aînée, de son manque d'affection et de déférence. C'était,
disait-il, un caractère inflexible, qui ne voulait se plier à rien
pour lui plaire et le rendre heureux, plein de raideur, d'en-
têtement, de rancune; elle ne pensait qu'à elle, etc.

Insensé! tu veux l'amour et le pardon, et toi-même tu pratiques le contraire; tu te plains de ne trouver que des regards et des manières froides, et toi-même tu les attires en refusant de rien faire pour inspirer de plus affectueux sentiments! Celle dont tu te plains a des trésors d'amour et de tendresse dans son cœur, mais tu ne les connaîtras jamais, jamais ses yeux ne les trahiront pour toi, parce que tu as éloigné de toi le rayonnement de son regard par ton injustice et ta sévérité; tu as élevé un mur de granit entre ses regards et les tiens. Insensé, qui vois la paille dans l'œil de ton voisin, accuse-toi toi-même et deviens différent de ce que tu as été. Cette âme est froide, dis-tu? Elle est simplement sincère et vraie envers elle-même et envers toi. Il est mieux, il est plus noble de se montrer telle qu'elle est que de feindre l'affection et de te tromper en te plaisant. Elle ne peut ni ne doit sentir autrement; l'estime et l'amour ne viennent pas quand on les appelle; il faut les conquérir.

L'attachement qu'éprouvait Hertha pour ses jeunes sœurs et pour la mère de Nordin était une lumière dans sa vie; elle en eut une autre dans la grande entreprise dont nous avons déjà parlé.

Pendant les trois années qu'Hertha consacra aux études préparatoires qu'elle considérait comme lui étant absolument nécessaires pour diriger l'établissement d'éducation qu'elle avait résolu de fonder, — elle fut assez heureuse pour rencontrer deux hommes d'une instruction et d'une élévation d'esprit plus qu'ordinaires. Ils s'attachèrent à elle comme des frères et lui firent part des trésors de leurs connaissances pratiques et de leurs vues larges et élevées; rien ne pouvait lui être plus utile; eux-mêmes eurent beaucoup à gagner au contact du noble esprit d'une femme supérieure. Hertha éprouva ce que celle qui écrit cette histoire a aussi éprouvé, et qui vivra toujours dans sa reconnaissance comme une de ses plus précieuses expériences de la vie : que quelque opposés que soient les lois et l'esprit de la société au complet développement des femmes, cependant il est rare qu'une femme douée de quelques dispositions ou de quelque ardeur non ordinaires ne rencontre pas tôt ou tard, dans l'autre sexe, quelques amitiés généreuses pour l'aider à atteindre le but vers lequel la pousse son intelligence.

Autre question est de savoir si ce secours n'est pas généralement insuffisant, s'il n'arrive pas presque toujours trop tard. Les connaissances techniques, la vue nette du but et des moyens d'y atteindre, la science d'employer ses propres facultés, tout cela ne s'obtient pas sans une direction sûre, imprimée dès l'enfance, sans une longue pratique et sans l'expérience. Le manque de direction première se fait sentir même à l'esprit le mieux doué, s'il est abandonné à lui-même dans le vaste monde.

Hertha s'en aperçut bientôt et avec un profond chagrin; elle sentit tout ce qui lui manquait, et combien il était difficile de l'acquérir. Son esprit courageux cependant la soutint pour persévérer dans la voie qui conduisait au but qu'elle avait placé devant elle. « Il y a des sujets, se disait-elle, sur lesquels je puis, après tout, donner à de jeunes âmes aspirant à la lumière des notions meilleures que ne sauraient le faire les hommes les plus instruits. »

En même temps il lui devint évident que, pour exécuter son plan, elle devait le rendre plus conforme aux idées du cercle dans lequel elle vivait. Sa situation particulière et l'humeur de son père pour tout ce qui touchait à l'argent l'obligeait aussi à chercher dans son propre travail les moyens qui lui étaient nécessaires.

Beaucoup de nos jeunes lecteurs se sont déjà demandé comment Hertha n'avait point essayé de recourir à sa

plume pour se procurer l'indépendance qui lui manquait.
Mais Hertha savait qu'elle ne possédait pas les facultés nécessaires pour devenir auteur. Elle n'aimait point à écrire ;
elle parlait mieux qu'elle n'écrivait. L'action et la vie étaient
les sources de son inspiration. C'était au contact d'autres
âmes que la sienne qu'elle sentait ses ailes et les déployait.

Mais laissons-la parler elle-même et donnons seulement
quelques extraits de son journal :

« 18 mai. Je veux commencer par établir une école externe, ou une *pension*, comme cela s'appelle, où des jeunes
filles apprendront tout ce qui est considéré par ce monde
comme spécialement nécessaire pour elles : langues, histoire, géographie, ouvrages à l'aiguille, dessin, musique,
etc., toutes choses certainement utiles. Cette école m'aidera
à établir une haute école destinée aux exercices de l'âme
et des facultés de l'esprit, mais que je veux appeler
École pratique de langage et de conversation, afin de ne
point mettre l'alarme dans le camp, et de n'éveiller aucun
soupçon de projet d'émancipation. Dans la petite école,
pour laquelle je me ferai aider par des professeurs, hommes
et femmes, les cours auront lieu tous les jours. La haute
école libre ne se réunira que deux fois la semaine. Des
élèves choisies y seront seules admises. On entrera dans la
petite école en payant; dans la seconde seulement par l'a-
mour des biens éternels. »

« J'ai besoin de quelque argent pour me procurer les
livres et le matériel nécessaires à la petite école ; je m'adres-
serai pour cela à mon père, je lui demanderai seulement la
petite somme des intérêts qui me reviennent sur la fortune
que m'a laissée ma mère. Je ne demande que ce qui m'appartient et ce qui m'est nécessaire pour me fournir le
moyen de m'assurer des ressources pour l'avenir ; mais j'ai
un amer pressentiment que je serai refusée. Hélas! se peut-il

qu'adresser une juste demande à son père soit pour une fille quelque chose d'affreux ! »

« 20 mai. Mes pressentiments ne me trompaient pas. J'ai reçu un refus. Mon père m'a répondu que de semblables établissements ne sont point nécessaires et ne servent qu'à rendre les jeunes filles pleines de prétentions, paresseuses et inutiles dans le ménage ; du reste il y a déjà une pension dans la ville, c'est plus qu'il ne faut ; une autre ne pourrait pas se soutenir. C'était son devoir comme tuteur, a-t-il ajouté, de ne pas laisser la fortune de mineurs se mal employer, mais au contraire de l'augmenter, en joignant les intérêts au principal ; ce devoir, il le remplirait aussi long-temps qu'il en aurait le pouvoir ; je pouvais faire ce que je voudrais pour cette pension, mais je ne devais pas m'adresser à lui pour avoir de l'argent. — Je vais écrire au juge Carlsson pour lui demander de me faire quelques prêts. Cela répugne à mes sentiments, mais c'est ma seule ressource. Voudra-t-il tenir sa promesse ? »

« Prenez la meule, ma chère¹ ? » disait une vieille et spi-rituelle dame, au sourire malin, à une jeune femme qui se plaignait de ne pouvoir obtenir de son mari l'accomplisse-ment d'une promesse. Il y a en effet, je le sais bien, un cer-tain système d'obsession qui triomphe de tout, une manière de remettre constamment la chose sur le tapis, de taquiner, de houspiller, avec renfort de tristes attitudes, de regards, de larmes, de froideurs, de mots aigres, etc., qui est ca-pable de vaincre les plus fermes résistances et de donner à celle qui est habile dans ce manége un pouvoir illimité pour obtenir tout ce qu'elle veut. Mais je sais aussi une

---

1. Le mot suédois, employé proverbialement, est *mala*, moudre. Moudre quelqu'un, c'est ce que nous appelons vulgairement en français le *tanner* pour en obtenir quelque chose.

hose certaine, c'est que je ne pourrais ni ne voudrais me
servir de ce moyen. Le royal chemin de la vérité et de l'a-
mour est le seul que je veuille prendre ; et la société ou la
famille où l'on atteint moins aisément un but légitime par
la voie large et droite que par ces chemins obscurs et dé-
tournés a quelque chose de mauvais en elle. »

« 30 mai. Puisse le noble juge Carlsson me pardonner
l'avoir douté un instant de la générosité de son caractère!
Puisse-t-il me pardonner de n'avoir pas entièrement compté
sur son amitié et sa promesse! il m'a maintenant prouvé par
ses actions comme par ses paroles qu'il était réellement mon
ami. Père dans le ciel, ceci est ton œuvre, et tu en as donné
le commencement. Désormais je compterai sur toi comme sur
mon soutien et mon conseil ; je te suivrai comme mon seul
guide ; tu seras près de moi! Et maintenant, courage ! courage à la prière et au travail ! »

Dans l'automne de la même année, Hertha écrit :

« Ma petite école externe réussit très-bien ; j'ai trouvé plus
d'élèves que je n'en espérais. Elles me donnent toutefois
beaucoup de peine et non de celle qui me plairait. Je ne
puis commencer ma haute école avant l'année prochaine. »

Au commencement de la nouvelle année, Hertha écrit en
effet :

« 18 janvier. — J'ai commencé mes leçons de langues et
de conversation avec quelques-unes des jeunes filles les plus
avancées par la lecture de l'*Antigone* de Sophocle. Cette
femme héroïque qui, fidèle dans ses paroles comme dans
ses actions aux lois du devoir et de la conscience, résiste
aux ordres les plus sévères des tyrans, à l'esclavage des
mœurs et des usages, aux timides conseils de ses sœurs et
même aux prières de celui qu'elle aime, et brave la mort en
invoquant « la loi infaillible, la suprême loi non écrite, la loi
qui « ne date pas d'aujourd'hui ni d'hier, mais de l'éternité,

du moment qu'aucun homme n'a connu ; » cette femme qui,
au milieu de la jeunesse et dans la plénitude de la vie brillante, sentant bien toute l'horreur naturelle que doit inspirer
la mort affreuse qui l'attend si elle persiste à résister à
l'injustice, persiste cependant, toujours ferme, et au dernier moment, doutant à moitié de la justice des dieux, ne
doute jamais de la voix de sa conscience, celle qui, confiante
jusqu'à la fin en elle-même, accuse sa patrie de ce qu'elle
la laisse souffrir et mourir « pour avoir tenu comme sacré ce
qui est vraiment sacré » ; ce glorieux type de l'héroïne de la
conscience peut conduire mes jeunes filles à comprendre
plus parfaitement l'idéal de la femme chrétienne, en montrant en elle, non pas seulement cette humilité qui mène si
souvent à la servitude, mais encore l'héroïsme. »

« Je lis cette tragédie dans la traduction allemande de
Stollberg, pour que ce soit aussi une étude de langue, puis
nous causons sur ce qui a été lu. J'ai encouragé mes jeunes
filles à écrire leurs réflexions sur cette lecture avant notre
prochaine réunion. C'est les exercer à réfléchir sur des sujets qui donnent de la force à l'âme. »

« 1er mars. — Nous avons fini la lecture d'Antigone ; je
suis contente du résultat de cette expérience. Parmi les dix
jeunes filles qui suivent mon cours, quelques-unes en auront
retiré une impression durable, et toutes une impression
élevée et féconde. »

« Aurora, que son caractère et ses facultés naturelles
poussent à une démonstration si vive de ses sentiments, et
qui certainement sera une femme remarquable si elle peut
se développer comme poëte ou comme artiste, a appris
d'Antigone à mépriser les inspirations inférieures et les
petits résultats, et à ne se laisser inspirer que par le soleil
même. »

« Éva et Marie, ces natures élevées et timides, qui voudraient, comme la nymphe Égérie, rester cachées dans le bocage sacré, et de là murmurer la sagesse à une oreille fidèle, ont appris d'Antigone la foi et la confiance en soi-même, ainsi que dans la voix intérieure qui parle pendant les communications de l'âme avec la divinité. »

« Marthe, nature prosaïque et pratique, a appris qu'avec ses facultés plus voisines de la terre, elle pouvait cependant, elle aussi, devenir une servante du Très-Haut. »

« En quelque lieu que ce soit, quelque mission terrestre qu'elle remplisse, la femme peut se montrer l'héroïne de la conscience. Toute femme chrétienne peut et doit en être assurée, et trouver dans cette assurance, avec plus de joie que l'héroïne antique, plus d'excitation pour sa méditation intérieure à l'endroit de ses devoirs et de ses prérogatives. »

En mai de la même année Hertha écrit :

« Nous avons commencé nos exercices de langage en français et en anglais. Le programme sera : Examiner la femme chrétienne par rapport à sa mission dans la société, et à l'accomplissement de cette mission d'après les facultés ou la vocation particulière. Les vies des femmes célèbres, élevées par leur position ou leur caractère, ou de celles qui ont brillé dans la vie privée, serviront de texte à nos réflexions. »

« Cela nous préparera à nos conversations sur la société. Nous considérerons dans leurs relations mutuelles la famille, la société, l'état, les arts, les sciences, l'industrie, toutes les sphères dans lesquelles agit l'activité humaine, et enfin la religion, celle-ci semblable au soleil dans lequel résident la lumière et la vie, et par lequel tous les dons naturels se transfigurent pour glorifier le créateur. »

« Un regard sur le travail de l'homme dans ce qui est grand et dans ce qui est petit : — Chaque être humain a sa tâche. —

Quelle est la part de la femme dans le travail de l'humanité, dans les diverses sphères de la vie, et d'après ses facultés particulières. — Sa vocation comme mère, comme nourrice, comme chargée de soigner et de guérir les malades. — Son pouvoir par l'influence qu'elle exerce. — Sans Égérie, point de Numa. »

« La femme suédoise dans le passé et le présent. — Son rôle dans l'histoire de la patrie. — L'avenir de la femme suédoise et son influence sur l'avenir de la Suède. »

« La patrie :

« L'amour de la patrie. — Le mariage. — Le célibat. — Les entretiens sur la société doivent nous conduire à réfléchir sur la vie intérieure et sur sa plus importante affaire, la religion. — Histoire de toutes les religions. — La religion naturelle et les religions avant le Christ, par rapport au cœur et à la raison humaine, préparant le monde à recevoir la religion révélée. — Étude de la religion chrétienne. — Biographies des fondateurs de religions avant le Christ. — Histoire de Jésus-Christ. — Dieu dans le Christ. »

« Travail d'affranchissement opéré par le christianisme dans l'âme et la société. — L'histoire naturelle dans ses plus intimes relations avec la vie humaine, doit aussi devenir un des sujets de nos cours de conversation. — Quand Nordin reviendra, et qu'il pourra m'aider pour la partie scientifique, je veux leur parler du rôle de la femme comme prêtresse de la nature, comme déesse du foyer. »

« Ne peut-elle pas y embellir et y transformer toutes choses, même les plus humbles ? La maison où s'élève l'enfant ne peut-elle pas devenir comme un temple pour cette âme d'enfant ? Ne doit-on pas en bannir ce qui est vulgaire ou repoussant ? — Toute chose doit être considérée dans son rapport avec sa fin la plus élevée ; ainsi seulement on en saisit la vraie importance. »

«Juillet. — Mes entretiens avec ces jeunes esprits sont pour mon âme comme une brise rafraîchissante. »

«Il est beau d'y voir luire la lumière de l'aurore et d'y pressentir celle du jour. Je voudrais ne les entourer que d'objets destinés à produire dans leurs esprits une impression noble et élevée. Nous verrons si cela sera possible. »

«Je pense quelquefois à me servir de l'orangerie pour y faire une salle telle que je la vois dans mes rêves. Une statue de notre déesse de la jeunesse, Iduna, serait placée au centre; autour, sur des piédestaux, les bustes des héros de l'humanité; à l'extrémité de la salle, la statue du Christ, celle de Thorwaldsen, la plus belle que je connaisse. Quelques bons tableaux et de belles plantes compléteraient la décoration. Au milieu de tout cela, de jeunes êtres, cherchant à avancer dans l'adoration et le service de Dieu. Le beau n'est-il pas une des portes qui ouvrent l'entrée du temple chrétien ?»

«L'été est très-brillant cette année. J'emmène mes jeunes filles se promener dans les bois et dans les champs; cela fait du bien au corps et à l'âme. Nous faisons de la botanique ensemble; je leur parle des liens qu'elles ont avec la nature, et de la vie de la nature, des gémissements de la créature et de leur explication dans un ciel nouveau et sur une terre nouvelle. Nous lisons, à l'ombre des grands frênes, nos légendes du Nord au sens profond, sur le Necken [1] et sur les lutins des montagnes.»

«Nos conversations pendant ces beaux soirs d'été ont eu lieu en plein air. Nous avons lu la mythologie du Nord. Nous avons contemplé la vérité sous ces fables et ses symboles. Après nos conversations, les jeunes filles ont dansé sur l'herbe. Il était charmant de les voir animées, jouissant de leur jeunesse

1. Le lutin des lacs et des fleuves.

au milieu de cette belle nature. Toutes les maisons d'éducation pour les jeunes filles devraient être à la campagne.»

«J'ai écrit à Nordin. Je lui parle de mes écoles, de mes plans pour l'avenir. Ses lettres m'affermissent et m'encouragent toujours à faire le bien ; mais en même temps elles me désolent ; il est évident qu'il souffre quoiqu'il ne se plaigne jamais. Oh Nordin! et moi, suis-je sur des roses!»

Vers la fin de l'année nous trouvons ce passage :

« Je suis fatiguée de plusieurs nuits passées à préparer les examens de la petite école externe et à régler les comptes de la fin de l'année, avec la crainte et maintenant la certitude que peu de chose me restera, une fois les honoraires et autres dépenses payées. Ma haute école attendra encore longtemps la belle salle que j'avais rêvée.»

«Nordin, Nordin! mon âme t'appelle; je puis accepter le retard de notre mariage, mais non être privée de ta présence, du bonheur de partager tout avec toi et de la joie de te voir, mon ami, mon frère, mon époux devant Dieu! Quelque chose en moi me dit que tu as besoin de moi, de mes soins, de mon amour. Il est minuit. Tout dort autour de moi. Mon cœur veille et pense à toi, Nordin!»

«Premier jour de l'an.— Une lettre de Nordin; elle contient un billet de banque. Il dit que c'est pour payer la pension de sa mère chez mon père. Mais il y a beaucoup plus! Ah! Nordin, je comprends. Je ne suis plus fière avec toi maintenant; je ferai ce que tu désires. L'orangerie va devenir la salle d'Iduna, ainsi sera-t-elle nommée désormais; et deux jeunes filles seront reçues dans l'école en souvenir de toi.»

«J'ai reçu aussi une lettre de Rodolphe avec une petite somme d'argent, «pour les victimes du feu», me dit-il. Pauvre Rodolphe!»

A l'automne suivant, Hertha écrivait :

«Nordin, mon école libre commence à être bien connue ; elle est visitée par des femmes distinguées et des hommes d'une haute intelligence qui s'y intéressent ; cela me fait plaisir à cause de mes jeunes filles auxquelles les idées et la conversation de personnes d'expérience peuvent être utiles. Cependant elles en sont gênées, et c'est pourquoi je ne permets de visites qu'une fois par semaine. Et puis, beaucoup de personnes ne viennent dans la salle d'Iduna que par curiosité et sans avoir rien de nouveau à nous donner. Nous sommes plus heureuses quand nous sommes seules. La timide Éva, ma douce et pensive Marie, l'expansive Aurora ne sont jamais complétement elles-mêmes comme alors. Aurora a besoin d'acquérir de la rectitude et du tact, mais elle a des facultés peu ordinaires d'esprit et de cœur ; elle est la seule parmi mes jeunes filles qui annonce une intelligence extraordinaire. Les jeunes garçons étaient incertains et timides au commencement ; mais ils commencent maintenant à se montrer sous un meilleur jour. Ils semblent heureux au milieu de nous. Pour eux, comme pour les jeunes filles, je sens une affection de mère. »

«Il y a quelques jours, un jeune homme qui une fois m'a protégée dans un moment où j'en avais besoin, s'est adressé à moi pour avoir des leçons dans ma petite école externe. J'ai été assez heureuse pour pouvoir satisfaire à son désir. Cette école doit se développer pour recevoir tous les élèves qui se présentent. Olof E ... est un jeune homme d'un noble caractère ; il sera le bienvenu à nos cours du soir.»

«Hier soir, le cours dans la salle d'Iduna a été particulièrement animé et, je puis dire, brillant. C'était une grande soirée de réception. Je proposai comme sujet de conversation : la juste intelligence de la liberté de conscience. La petite Mme R., si vive et si sensible, parla d'une manière juste et précise, qui nous étonna et nous charma tous. Ingeborg exprima des sentiments généreux et sages. Les jeunes élèves restèrent silencieuses, mais je vis briller les regards de plus d'une. Le juge Carlsson était présent ; il parla judicieusement et avec noblesse sur la liberté religieuse. Je maintiens soigneusement la conversation sur la thèse générale, évitant toute allusion à notre patrie. Elles se présenteront bien d'elles-mêmes aux esprits. »

Le journal d'Hertha pendant les trois années suivantes montre le développement toujours croissant de son esprit et de son œuvre.

Au printemps de 18.. elle écrivait :

« Nordin, si je pouvais te conduire dans la salle d'Iduna, maintenant complète ; te montrer la statue de notre noble, grave et cependant douce déesse scandinave de la jeunesse, entourée de lauriers et de rosiers en fleurs, et celle, placée plus haut, du Christ, aux bras étendus, invitant toute la race humaine à venir à lui pour être sauvée ; puis, rangés autour de la salle, les bustes des hommes bons et sages, entourés d'arbustes verts, tu serais heureux, ô mon Nordin ! car ceci est notre ouvrage à tous deux. Une belle collection de livres, au milieu desquels sont les tiens, et quelques bons tableaux complètent l'ornement de la salle. Tout y est beau, gai; tout y est fait pour instruire. Ce lieu convient à des âmes jeunes et pures. Oh! si je pouvais seulement te voir, si tu étais avec moi au milieu de ces jeunes créatures, si je t'entendais leur parler, les instruire comme autrefois tu m'as instruite! Quand ce moment viendra-t-il ?

« Me reconnaîtras-tu, mon Nordin? Je suis plus âgée et je vieillis bien vite pendant ces journées fatigantes que je consacre à la petite école, et pendant les nuits sans sommeil qu'elle me coûte. Néanmoins je prends plus de soins de ma

personne que je ne l'avais jamais fait plus jeune. Alors j'étais
trop fière pour vouloir plaire par un charme extérieur, ou
trop malheureuse pour y penser. Maintenant je me soigne et
me pare afin de plaire... à mes élèves. Je voudrais produire
sur elles une impression d'accord avec celle de mes leçons
dans la salle d'Iduna, une impression de beauté ou au moins
de dignité et de noblesse; et, dans cette intention, je consulte
mon goût, mon miroir et, dans ma pensée, un ami absent. Je
me soucie au contraire fort peu de la mode, ayant soin seulement de ne point l'offenser d'une manière choquante. Toute
personne qui a conscience d'une individualité caractérisée
dans la figure comme dans l'esprit, doit s'habiller autant que
possible d'une façon qui s'harmonise avec son caractère.»

«Mes jeunes amies me flattent; elles me disent que je suis
belle; si je leur parais quelquefois telle, c'est que l'épa-
nouissement de leurs jeunes âmes et de leurs regards se
réfléchit en moi. »

Il était inévitable que les cours de conversation d'Hertha
soulevassent, à Kungsköping et dans le voisinage, diverses
opinions, dont quelques-unes défavorables. Les réunions
dans la salle d'Iduna n'étaient pas à l'abri des soupçons. Bien
des gens se demandaient à quoi cela servait, ou étaient ef-
frayés des opinions nouvelles et mal sonnantes qui y étaient
discutées, des prétentions et de l'assurance exagérée qu'y
prendraient les jeunes filles. Mais le dévouement enthousiaste
des jeunes élèves pour leur maternelle amie et maîtresse
triompha de toutes les tentatives pour amoindrir son influence, de tous les doutes sur l'utilité de son enseignement.
Et quand les pères et les mères virent leurs filles se développer non-seulement en amabilité et en grâce extérieure,
mais aussi en douceur et en bonté sous la direction d'Hertha,
ils cessèrent de s'opposer à ce qu'elles suivissent ses leçons.

Beaucoup de parents aussi reconnurent volontiers tout ce qu'ils lui devaient. Pour les enfants, ils s'adressaient à elle comme à un être supérieur. Elle était au milieu d'eux comme le bananier chargé de fruits au milieu de ses rejetons. Ses rapports avec chacune de ses élèves étaient d'un genre sérieux et intime. Son regard pénétrant mais affectueux faisait sur elles une profonde impression. En même temps elle n'était jamais faible, parce que sa tendresse maternelle avait un caractère trop élevé.

« J'ai vu la Sibylle », écrivait un jeune homme en parlant d'elle, «et j'ai assisté à quelques-unes de ses «conversations». C'est une Wala chrétienne. Son inspiration réchauffe tout cœur qui bat noblement. J'avoue que je l'approchais l'esprit rempli de préjugés, et plus disposé à la critiquer qu'à la juger sérieusement. Mais elle m'a subjugué par la tendance, par l'aspiration continuelle de son âme vers les vérités les plus élevées. Ses yeux pleins de lumière, sa tenue simple mais imposante, sa voix, son geste, son silence, ses paroles, tout son être a produit sur moi une impression ineffaçable et éveille en moi l'amour du vrai et du beau qui me guidera désormais dans ce monde de ténèbres et de vaines lueurs. Elle doit produire une profonde impression sur tout être qui n'est pas inerte. Elle n'est pas absolument belle, mais il y a cependant une sorte de beauté singulière dans sa noble attitude et son costume simple, mais digne. Il me semble que j'en deviendrais amoureux, si j'osais.»

———

«Tu voudrais savoir quelle est son apparence, sa manière de s'habiller, sa physionomie», écrivait une des élèves les plus âgées d'Hertha, Éva elle-même, à une de ses amies. « Elle porte généralement une robe de mousseline blanche, non empesée, qui tombe autour de sa taille en plis gracieux;

sur les épaules un mantelet de velours noir en hiver, de tulle en été, un petit col en dentelle rabattu autour du cou. Sa riche chevelure d'un blond doré, naturellement ondoyante et relevée sur les tempes, découvre son front régulier et laisse voir complétement cette figure attrayante et ces yeux si brillants. Ses cheveux, simplement roulés par derrière, forment un gros nœud tombant sur le cou comme dans les bustes antiques ; elle ne porte ni bagues ni bracelets, ses bras et ses mains n'en ont pas besoin ; jamais aucun ornement superflu, pas même une fleur ; fréquemment cependant elle en cueille dans la salle pour les mettre dans nos cheveux ; elle aime à nous voir soigneusement et gracieusement habillées, selon notre âge ; mais elle ne peut souffrir que nous portions des bijoux ou des étoffes de couleurs qui ne s'accordent pas ensemble ; elle remarque tout manque de goût ou d'arrangement. »

«Elle veut que dans l'extérieur même se peigne l'harmonie de l'âme. Elle ne demande pas, comme notre gouvernante, que nous nous mettions «comme tout le monde», mais que chacune de nous tâche en toute chose d'être entièrement elle-même d'une noble façon et d'après les dons que Dieu lui a faits. J'avoue que je prends plus de peine pour lui plaire par mon extérieur que je ne l'ai jamais fait pour plaire à aucun homme. Elle nous attire par toute sa manière d'être vers le beau et le bien, de sorte qu'il faut peu de paroles ensuite pour nous les faire désirer. Ce désir vient, comme de lui-même, en sa présence et dans la salle d'Iduna. Elle a un air si noble qu'elle nous apparaît, si je puis dire ainsi, comme une personne d'un rang supérieur ; on se sent d'abord intimidé et petit auprès d'elle ; mais, dès qu'elle vous parle ou qu'elle vous regarde, il y a en elle quelque chose de si tendre et de si maternel qu'on est relevé et qu'on croit sentir une nouvelle vie. C'est vraiment, en effet, un nouveau souffle de vie, qui vous vient d'elle et vous pousse vers ce qui est élevé. Il y a des instants où je voudrais poser ma tête sur ses genoux et lui donner toute mon âme pour qu'elle l'éclaire et l'élève. La vie et son but semblent si grands dans la lumière où elle les place, que les plus petites choses, les plus humbles facultés s'agrandissent. Toute la vie s'illumine pour nous de son regard. Quelques personnes regardent Hertha comme sévère, mais moi et toutes ses jeunes amies nous connaissons son extrême bonté. Pour beaucoup d'entre nous elle est plus qu'une mère, prenant soin de nos corps comme de nos âmes, de notre santé, de notre avenir, de notre bonheur. Ses sœurs l'adorent. »

Voilà l'impression qu'Hertha produisait sur ses élèves. Nous avons vu quel était l'état de son âme; pendant que, se développant si admirablement elle-même, elle travaillait si efficacement pour les autres, était-elle malheureuse? non certes; mais heureuse, elle ne pouvait l'être.

La petite école du matin lui donnait de grands soucis : un travail fatiguant et qui ne lui plaisait pas; elle avait à lutter contre toutes sortes d'ennuis et de misères; souvent contre les parents eux-mêmes qui ne comprenaient pas ce qui était utile à leurs enfants.

Il lui fallait aussi, et souvent sans succès, combattre les révoltes qui s'élevaient dans son propre cœur contre l'injustice de son père et contre son avarice, qui rendaient chaque jour plus difficile le gouvernement de sa maison; mais elle souffrait surtout de son amour et de ses inquiétudes pour Nordin. Les lettres qu'elle recevait de lui montraient de plus en plus le besoin qu'il avait de la revoir et de revoir sa patrie, et lui laissaient deviner que sa santé même souffrait de cet éloignement.

Il écrivait moins souvent, et un certain découragement

était visible dans ses lettres, quelques pleines qu'elles fussent d'amour et d'abandon.

C'était une chose convenue entre les deux amis que, si quelque changement favorable à leurs désirs avait lieu dans l'esprit du Directeur, Hertha en préviendrait Nordin, qui reviendrait aussitôt. Mais les années passaient sans amener aucun changement qui permit à Hertha de rappeler Nordin. Sept années s'étaient ainsi écoulées depuis le jour où ils s'étaient donné leur foi et leur amour pour la vie et la mort, et avaient été obligés de se séparer. Hertha commençait à n'être plus jeune.

Vers ce temps, Hertha reçut une lettre de Nordin qui, bien qu'elle ne contint pas une plainte, néanmoins lui fit serrer ses mains sur son cœur comme dans une douloureuse angoisse, tandis que des larmes remplissaient ses yeux qui semblaient regarder au loin à travers l'espace. Après avoir lu cette lettre, elle écrivit :

«Nordin, revenez; revenez, mon ami bien-aimé; je ne puis supporter plus longtemps votre absence. Je vois que vous souffrez, et je sens en moi, à cause de vos souffrances, des angoisses qui ressemblent à des remords! Je vois, Nordin, quoique vous ne l'ayez pas dit, que vous êtes malade d'esprit et de corps. Oh! revenez, et laissez-moi encore une fois vous soigner. Cela me rajeunira, et Dieu encore une fois bénira ce que vous appeliez mon habileté à guérir ceux qui souffrent.»

«Je n'ai rien de nouveau à vous annoncer pour ce qui m'entoure; mon père est toujours le même; peut-être plus sévère et plus dur, s'il est possible; depuis quelque temps son caractère est devenu évidemment plus chagrin. Mais cependant je vous dis de revenir. Un pressentiment mêlé de crainte et de douceur me dit que bientôt nous serons unis

pour ne plus nous séparer. La vie est courte..... Revenez,
Nordin, mon bien-aimé! Votre mère vous en prie avec votre

« HERTHA. »

A cette lettre Nordin répondit en annonçant son retour
dans six semaines. Dès que Hertha se vit assurée du moment
où elle le reverrait, le calme et la joie remplirent son âme.
Cette pensée fut comme une séve printanière qui fit refleurir
en elle la jeunesse; sa beauté brilla d'un nouvel éclat; tout
devenait plus aimable autour d'elle, même le caractère de
son père qui, voyant que sa fille ne lui demandait plus d'argent, mais suffisait presque entièrement par ce qu'elle gagnait
à la dépense de la maison, la laissait plus libre.

La bonne mère de Nordin, dont la faiblesse croissante
annonçait qu'elle n'était plus pour longtemps en ce monde,
se sentait ranimée par l'espoir de revoir son fils bien-aimé;
elle n'avait plus d'autre désir que de vivre assez pour le voir
uni à Hertha, la fille de son cœur.

Tandis qu'Hertha se sent ainsi plus heureuse dans l'attente
du retour de Nordin et, le cœur ému, arrange et pare, aidée
de ses jeunes sœurs, la maison pour fêter sa bien-venue,
nous allons la quitter un instant pour nous informer de nos
anciens amis et connaissances de Kungsköping, et voir
quels changements sept années ont pu apporter parmi eux.

La dernière fois que nous avons fait une tournée de visites
à Kungsköping, on peut se rappeler que nous avions trouvé
Ingeborg et le docteur Hedermann ensemble, et que nous
avons vu le *méchant* docteur lui causer une nuit sans sommeil en lui annonçant une certaine question qu'il avait à lui
faire.

Comme nous avons une amitié toute spéciale pour Ingeborg, nous commencerons cette fois par elle notre enquête.

———oo꙰oo———

CONVERSATION SOUS UN PARAPLUIE.

——

Questions embarrassantes.

Après la conversation que nous avons racontée dans notre chapitre des COURTES VISITES, le docteur Hedermann resta plusieurs jours sans aller chez Ingeborg, et celle-ci commença à croire qu'il ne pensait pas plus à elle qu'à la question dont il avait parlé. Cette pensée lui causa plus de chagrin qu'elle ne voulait se l'avouer à elle-même; elle était heureuse de pouvoir dissiper son inquiétude par une activité utile. Elle en trouvait chaque jour l'occasion dans la surveillance de la *crèche* fondée par le docteur aussitôt après le grand incendie et placée sous la direction d'Ingeborg. Ingeborg y allait tous les jours; malgré les soupirs de sa mère sur toutes ces nouvelles entreprises qui faisaient des jeunes filles bien élevées de véritables servantes, et empêchaient tous les bons mariages de se présenter.

Un jour Ingeborg était sortie pour aller à la crèche sans remarquer que le ciel était couvert et menaçant; il commença à tomber de la pluie mêlée de neige. Elle fit faire un bon feu, autour duquel se rassemblèrent tous les petits enfants, et, prenant dans ses bras un pauvre petit qui pleurait, probablement parce que sa mère lui manquait, elle commença à le bercer doucement en allant et venant dans la chambre, et, réchauffé sur son sein, il se tut bientôt.

Le feu brûlait et pétillait joyeusement; les enfants causaient, riaient et jouaient gaiement à sa lueur. Celui qu'Ingeborg avait pris dans ses bras dormait, la tête appuyée sur sa poitrine. La douceur consolante de ce moment remplit le cœur d'Ingeborg; elle sentit avec joie que là elle trouverait de quoi surmonter son inquiétude ou ses regrets, et silencieusement elle remercia Dieu en serrant avec amour le petit dormeur dans ses bras.

« Sans enfants ni mère cependant ! » se disait-elle à elle-même, et quelques larmes qui n'étaient point amères tombèrent de ses yeux sur l'enfant, tandis qu'elle murmurait doucement sur un air de nourrice ces paroles, qui exprimaient les sentiments que son cœur éprouvait en ce moment :

« Sans époux et sans enfants je puis vivre — et je puis être mère cependant — car l'ami des petits enfants, le Sauveur, m'a donné — les pauvres enfants que personne n'aime. »

Ainsi chantait doucement Ingeborg, jetant de temps à autre un regard inquiet sur la fenêtre contre laquelle battait la pluie, et se rappelant que, l'heure où sa mère l'attendait pour dîner étant proche, elle n'avait point apporté de parapluie, l'imprudente. Mais son inquiétude s'accrut bien autrement quand elle vit le docteur Hedermann traverser la rue avec un large parapluie et monter pour visiter la crèche. Les enfants l'entourent en poussant des cris de joie. Il salue amicalement Ingeborg, pose son parapluie dans un coin, s'assied devant le feu, et, avec un plaisir évident, laisse les enfants grimper sur ses genoux, sur ses épaules, et accomplir autour de lui et sur lui toutes sortes d'évolutions, pendant lesquelles il ne dit rien à Ingeborg et semble ne pas s'apercevoir de sa présence.

Mais quand, après avoir posé l'enfant qu'elle avait endormi dans son berceau et fait quelques recommandations à la femme de garde, Ingeborg fut prête à sortir, le Docteur se débarrassa vivement de l'essaim d'enfants, distribuant à droite et à gauche de petites tapes affectueuses, et, sans prendre le temps de ramasser ceux qui étaient tombés à terre, il prit son grand parapluie et suivit Ingeborg. La pluie tombait toujours ; le Docteur abritait Ingeborg sous son parapluie.

« J'ai peur que vous ne vous mouilliez à cause de moi, Docteur, » dit Ingeborg en jetant un regard inquiet sur l'épaule gauche du Docteur où ruisselait la pluie.

Le Docteur ne répondit pas, mais ne changea pas la situation du parapluie. Le cœur d'Ingeborg commençait à battre par un pressentiment que la question importante allait arriver. A la fin il rompit le silence et dit :

« J'ai une question à vous faire, mademoiselle Ingeborg ; mais voudrez-vous me faire une réponse simple et sincère ? »

« Oui, autant que je pourrai, » répondit Ingeborg avec une inquiétude que trahissait sa voix.

« Bien, » reprit-il gravement ; « dites-moi alors s'il est vrai qu'un certain jour (et il lui désigna les circonstances), vous vous soyez moquée de moi, et que vous m'ayez tourné en ridicule avec vos jeunes amies ? »

Après un moment de silence, Ingeborg répondit : « Oui, Docteur, cela est vrai, mais.... Il y a bien des années de cela. »

« Est-il vrai, » reprit le Docteur du même ton, « que vous m'ayez comparé à je ne sais quel animal peu gracieux ? »

« Cela est vrai, » répondit encore Ingeborg les joues en feu ; « mais, Docteur, ce n'était point par méchanceté, c'était par légèreté, par étourderie de jeune fille, qui trouvait je ne sais quoi de singulier dans votre mise et votre tournure quand vous vîntes habiter cette ville. Si vous saviez combien depuis j'ai été honteuse de ces bavardages, vous me pardonneriez, vous ne me croiriez point méchante ou ingrate pour cela. Alors, voyez-vous... je ne vous connaissais pas.... »

Et Ingeborg s'arrêta, sentant qu'elle n'allait pas retenir ses larmes.

« Je ne vous crois pas méchante », reprit le Docteur d'un ton contenu ; « je trouve très-naturel qu'une jeune fille char-

mante et admirée se moque d'un grand diable mal tourné
et . . . . »

« Mais, » interrompit Ingeborg vivement, « j'étais une
enfant étourdie et légère, incapable de juger raisonnable-
ment; je ne comprenais pas » . . . . La pauvre Ingeborg fut
encore obligée de s'arrêter.

« Je vous crois, » dit le Docteur, « et maintenant vous
n'êtes plus la même et vous jugez autrement ? . . . . »

« Oh oui ! très-différemment . . . . » Ce fut tout ce qu'elle
put dire.

« Je vous crois, » répéta-t-il, « et je vous remercie pour
avoir répondu avec tant de candeur à mes questions. Nous
voici maintenant chez vous; vous devez être pressée de
rentrer pour vous habiller pour le grand bal de ce soir
à *** ».

« Non, nous n'y allons pas, ma mère a consenti à rester
chez nous. »

« Alors vous serez chez vous ce soir ? »

« Oui. »

« Avez-vous quelqu'un ? »

« Si un ami vient nous voir, il sera le bienvenu. »

« Me considérez-vous comme un ami ? »

« Oui, et un des meilleurs . . . . , surtout depuis que vous
m'avez fait cette question. »

« En vérité ? — Mais si j'avais encore une autre question
à vous faire ? — Je la réserve pour ce soir. »

« Et vous n'êtes plus fâché contre moi ? vous ne me croyez
plus une de ces belles dames fausses, légères et ingrates ? »

« Je vous dirai ce que je pense de vous . . . . ce soir ; » et,
en disant cela, il quitta Ingeborg avec un regard qui ne
trahissait ni haine ni rancune.

SECONDE QUESTION.

———

Le soir même, qui était celui du grand bal auquel Ingeborg et sa mère avaient été invitées, Mme Uggla était assise dans son petit et élégant salon, se berçant dans son fauteuil à bascule¹, sa tabatière dans sa main et contemplant d'un air triste sa fille assise à une petite table à ouvrage et très-occupée à coudre de grossiers vêtements. La rudesse de l'étoffe contrastait avec les petites mains blanches et soignées qui couraient dessus en faisant passer et repasser rapidement l'aiguille, avec l'élégante ouvrière elle-même et avec la pièce où elle était assise, meublée avec recherche et embellie de tous ces petits objets d'un luxe inutile que la mode multiplie. La température était chaude et un flacon ouvert auprès de Mme Uggla parfumait l'air d'une odeur d'eau de Portugal.

Mme Uggla soupirait, regardait sa fille, prenait une prise de tabac et pensait que c'était un temps singulier que celui-ci, « où des jeunes filles de bonne famille se donnaient de la peine comme des servantes et cousaient des vêtements grossiers au lieu de faire d'élégantes broderies et de jolis ouvrages, et que la conséquence de toutes ces idées nouvelles était qu'Ingeborg était là assise, les yeux fatigués, et ne faisant aucune figure, quand elle aurait dû être, comme toutes les jeunes filles de la ville, brillante de toilette et

———

1. Usage constant du Nord et quelque peu nauséabond pour qui n'y est point fait. (*Note du traducteur.*)

prête à partir pour le bal de ***, et, en soupirant plus profondément, Mme Uggla disait : « Elle ne fera jamais un bon
mariage ; c'est fini maintenant. »

En ce moment même on entendit un coup de sonnette à
la porte.

« Qui est-ce ? » dit Mme Uggla ennuyée ; « quelque men-
diant ? »

C'était le Docteur Hedermann, une des personnes que
Mme Uggla avait le plus de plaisir à voir. Il n'avait pas l'habitude de venir lui faire visite à cette heure. Aussi elle lui
exprima la surprise et le plaisir que lui causait sa venue.
Le docteur répondit :

« J'ai pensé qu'il était absurde de rester seul chez moi à
m'ennuyer, lorsque je pouvais venir vous voir et vous demander si vous vouliez de moi pour souper. Mais je vous
préviens que, si vous me gardez, il me faut donner des
pancakes ¹ ».

Il y a des gens qui sont toujours les bienvenus, et on eût
fait à Mme Uggla un beau présent qu'elle n'eût pas été plus
satisfaite que de la demande du docteur. C'est que Mme Uggla
était au fond du cœur une bonne et vraie ménagère suédoise,
à qui rien n'est plus agréable que de recevoir un ami. Elle
se leva donc avec une hâte extraordinaire et sortit, afin de
donner des ordres pour le souper et de commander les
pancakes.

Le Docteur Hedermann s'assit en face d'Ingeborg et, la
priant de laisser de côté son ouvrage, lui dit d'une voix qui
trahissait une émotion profonde : « Vous avez répondu si
franchement à ma question de ce matin, chère Mademoiselle,
que cela me donne le courage de vous en faire une autre....
qui vous semblera bien hardie peut-être...., mais en tout

---

1. Espèce de crêpes avec de la confiture, fort en usage en Suède.

cas je suis certain que vous me ferez une réponse honnête
et sincère. »

Ingeborg se sentait incapable de lever les yeux et de dire
un mot ; cependant le docteur semblait attendre une réponse,
elle dit :

« Oui. . . et cette question. . . ? »

« Pourriez-vous m'aimer ? »

Ingeborg laissa tomber son ouvrage et, avec un regard
doux et sincère : « Oui, » dit-elle.

« M'aimer comme votre mari ? »

« Oui, » dit Ingeborg de même.

« Est-ce vrai ? est-ce possible ? » dit le docteur tout surpris et ému. « Mais il faut bien que je le croie, puisque vous
le dites. Oh ! regardez-moi encore, ma bonne, ma bien-
aimée Ingeborg ; je voudrais vous dire combien je suis heureux. . . mais en vérité je ne sais comment faire. » Et, en
disant cela, le docteur pressait les mains d'Ingeborg sur ses
lèvres et sur ses yeux remplis de larmes. Il continua, tenant
toujours la petite main dans ses deux grandes mains :

« Mais vraiment, n'est-ce pas une chose étonnante, inouie,
qu'un grand diable comme moi, qui n'a rien d'agréable, ait
toujours eu une fantaisie pour les jeunes dames bien élégantes et bien mignonnes, que j'aie toujours aimé leur société et toutes ces petites élégances qui les entourent, et
dont je ne donnerais pas, si on me les offrait à moi, une
prise de tabac. Mais cela a toujours été ma faiblesse, et
quand je pensais à me marier, j'imaginais une femme qui
fût comme une perle fine enchâssée dans l'or, avec un vrai
cœur, bien entendu, battant dans sa poitrine et se montrant
dans ses actions, de telle sorte que le sérieux et le solide
fussent joints à la grâce et à l'agrément. Il y a déjà bien des
années que je devins amoureux d'une perle fine montée en
or ; je l'aimai jusqu'à l'adoration ; elle se laissa adorer, mais

pour se moquer de moi par derrière avec un autre amant
aussi perfide et aussi faux qu'elle. Quand je fis la découverte,
j'en fus malade d'abord, puis furieux, puis aigri contre toutes
les belles dames; elles me faisaient peur. Je les soupçonnais
toutes d'être fausses, et je devins leur ennemi, excepté
quand j'étais leur médecin. Il y a bien quinze ans que je
devins amoureux de vous, Mademoiselle Ingeborg; mais je
me vengeai de vous et de ma propre faiblesse en vous
cherchant des défauts, jusqu'au jour où vous eûtes cette
maladie des yeux. Quand je dus les regarder, je crus voir
dans leurs profondeurs quelque chose qui m'émut et m'at-
tendrit, un ange aux ailes enveloppées, aux regards célestes
quoique brillants à travers des nuages. Mais je ne voulus pas
croire à ce que je voyais; je ne crus pas aux sentiments que
j'éprouvais, jusqu'à ce que la réalité vînt me convaincre que
vous étiez bien la femme que je cherchais, une vraie perle
fine, et en même temps une femme noble et sincère, un
cœur ardent et humain dans ses affections comme dans ses
œuvres, un ange de bonté en tout. Et la seule chose qui
m'étonne, c'est qu'ayant trouvé une telle femme, je la trouve
prête à vouloir bien m'aimer...»

«Me croyez-vous toujours une jeune fille légère et étourdie?» dit Ingeborg en souriant. «Que je vous dise que lorsque j'eus cette affection des yeux qui aurait pu me laisser
aveugle, et que je fus soignée par vous, je fus bien touchée
de votre bonté et de vos soins. Votre conversation, vos
exemples, toute votre vie, devinrent des lumières pour moi
et m'aidèrent peu à peu à m'affranchir des habitudes d'une
vie inutile et vide auxquelles m'avaient assujettie l'usage
et la tendresse peut-être peu éclairée de ma bonne mère.
La vie du monde ne m'a jamais plu; j'avais faim et soif de
quelque chose de meilleur, mais je ne savais ce que je cherchais. Vous m'avez montré la route, je vous ai suivi de loin,

mais sans me croire capable de vous atteindre; souvent votre sévérité envers moi m'a fait de la peine; je me croyais méconnue, et cependant je trouvais plus de joies dans ces nouvelles occupations de charité et de dévouement que vous m'aviez fait aimer, que je n'en avais jamais éprouvé lorsque je n'étais occupée que de moi-même.»

«Vous n'avez pas peur d'une vie de travail avec moi, Ingeborg? car je ne vous cache pas que je me regarde ici-bas comme un des humbles ouvriers du Père céleste, et que tout ce qu'il m'a donné de forces morales et physiques, je veux l'employer à son service. Je n'aime pas à dépenser mon argent en dîners et en vins coûteux. Je ne veux qu'une vie simple et frugale, celle qui convient à un bon laboureur du champ de Dieu sur la terre. N'avez-vous pas peur d'une vie semblable, Ingeborg? vous n'y avez pas été accoutumée.»

«Je m'y accoutumerai bien vite, si vous me jugez digne de la partager avec vous.»

«Vous avez entièrement confiance en moi?... Je suis difficile, grondeur quelquefois, emporté, trop vif dans mes paroles. Je vous ferai peur.»

«Si cela arrive, je vous le dirai.»

«Mais si je me mets en colère, sans raison?»

«Eh bien, j'essaierai de vous corriger.»

«Bien. Je vous remercie de la promesse. Oui, votre douceur et votre bonté me corrigeront; je me mets sous votre tutelle; vous serez mon guide. Et maintenant, ma chère Ingeborg, tout est dit entre nous.» Et, la prenant dans ses bras comme un enfant, il l'embrassa cordialement. Mme Uggla entra en ce moment, et fut près de pousser un cri de terreur. Le docteur, sans se déconcerter, fit quelques pas vers elle, tenant Ingeborg dans ses bras; celle-ci avait un air calme et souriant qui ajoutait à l'étonnement de sa mère, et le docteur s'écria en riant : «Nous faisons l'essai d'un certain projet pour l'avenir; Ingeborg a consenti à ce que nous fassions ensemble le voyage de la vie, et j'espère la porter doucement et tendrement jusqu'au bout. Il ne nous reste plus qu'à demander à la mère d'Ingeborg sa bénédiction sur notre route;» et, tous deux entourant Mᵐᵉ Uggla, le docteur lui expliqua ce qui venait de se passer, et lui demanda la main d'Ingeborg et sa bénédiction avec tant de chaleur et de franchise, qu'elle ne put trouver de paroles pour exprimer et ses objections et son étonnement. Mᵐᵉ Uggla n'avait jamais pensé au docteur Hedermann comme à un gendre possible; il ne lui faisait pas l'effet d'un homme assez comme il faut pour être le mari de sa fille; mais elle avait cependant tant d'estime pour son caractère et de confiance en son habileté qu'elle fut bientôt réconciliée avec cette idée.

«Cependant, il n'est pas noble,» dit-elle en soupirant à Ingeborg, quand elles se trouvèrent seules.

«Il est honorable et bon,» répondit-elle, «votre fille, ma mère, sera heureuse avec lui.»

«Enfin!» pensa avec consolation Mᵐᵉ Uggla, «il est riche, la maison qu'il habite lui appartient; on dira après tout dans la ville qu'Ingeborg a fait un bon mariage.»

Elle était de la vieille école, la bonne dame, et s'en tenait fermement au vieux style.

UN MARIAGE A KUNGSKŒPING.

Ce que dirent les gens de la ville.

Le docteur Hedermann pressa si bien la publication des bans et le mariage qu'un mois après il put conduire Ingeborg, devenue sa femme, dans sa maison. Il fit de si beaux présents à la mère de sa fiancée en cette occasion qu'elle oublia presque de regretter qu'il ne fût pas noble. Mais d'un autre côté, il lui joua le jour même du mariage un tour qu'elle ne publia jamais, et eut peine à lui pardonner. Au lieu de suivre la vieille coutume suédoise, qui n'est pas agréable à notre gré, mais qui avait toujours réglé le cérémonial des mariages dans la famille de Mme Uggla, juste au moment où la fiancée aurait dû disparaître mystérieusement de la petite réunion, et lorsque Mme Uggla commençait à jeter des regards significatifs à Ingeborg, le docteur se leva, prit sa femme par la main et l'emmena. La pauvre Mme Uggla ne fut pas du tout consolée par l'assurance que lui donna gaiement sa fille de revenir bientôt, quand elle vit le docteur placer Ingeborg dans une voiture fermée, la bien envelopper de son manteau et, y montant avec elle, partir rapidement pour.... personne ne savait où.

Mme Uggla se serait désespérée de cette espèce d'enlèvement, si Mimmi Svanberg, qui était présente au mariage, et qui était du complot, ne l'eût consolée un peu par l'assurance que cette manière d'agir était une mode nouvelle universellement pratiquée en Angleterre et en Amérique, et qui serait certainement adoptée prochainement en Suède; Mimmi plaisanta si bien, comparant cet événement à l'enlèvement de Proserpine par Pluton, que Mme Uggla commença à penser que l'affaire n'était réellement pas si terrible, en rit elle-même, et promit de ne pas s'inquiéter de ce qu'on pourrait en dire à Kungsköping.

La société de Kungsköping n'était pas, il est vrai, trèscontente d'un mariage si rapidement conclu et avec si peu de bruit qu'on n'avait presque pas eu le temps d'en être informé à l'avance. Et quand, après quelques semaines d'absence, le docteur et sa femme revinrent, et qu'au lieu de faire visite dans toute la ville, ou d'envoyer partout des invi-

tations, selon l'usage, ils continuèrent à vivre dans la tranquillité et le silence, s'occupant des pauvres et des malades
plus que des gens heureux et bien portants, on commença
à murmurer et à dire toute sorte de choses sur la gros-
sièreté et le manque d'usage du docteur et sur sa «tyrannie»
envers sa pauvre femme; enfin, il est impossible de prévoir
tous les cancans extraordinaires qu'eussent fait circuler les
bonnes gens de la ville, Mᵐᵉ Tupplander en tête, si leur
attention n'eût été détournée par un nouveau mariage qui
devait faire plus d'honneur à la ville; celui de la fille d'un
marchand de fromage enrichi avec un jeune lieutenant de
famille noble. Longtemps avant et longtemps après cette
noce, on parla avec admiration de la richesse et du luxe qui
furent déployés. Jamais on n'avait vu à Kungsköping des tables
couvertes de plus magnifique argenterie et d'une plus grande
quantité de mets; jamais veaux mieux nourris, jamais oies
plus grasses, jamais mariée plus couverte de soie et de den-
telles. Le festin dura cinq heures; un nombre infini de santés
furent portées, et on lut des vers composés par le poëte de
Kungsköping. Bien des mois après, c'était encore, avec les
toilettes de la nouvelle comtesse, sa maison, son mobilier,
etc., le sujet de conversation de tous les *cafés* qui se donnaient dans la ville. Mᵐᵉ Tupplander cependant secouait la
tête, et alla jusqu'à dire qu'elle avait bien assez d'entendre
parler de tout cela, et que c'était en faire trop de bruit,
«la mariée, maintenant la comtesse de ***, n'étant après
tout que la fille d'un marchand de fromage.»

Le propos fut certainement rapporté, car Mᵐᵉ Tupplander
ne reçut plus à la Saint-Michel l'oie grasse qui lui était
régulièrement envoyée par l'ancien marchand de fromage.

Il y eut bientôt tant de fiançailles et de mariages dans la
ville qu'on commença à se demander si le grand incendie
qui avait brûlé tant de maisons avait aussi enflammé tous

les jeunes cœurs, car jamais de mémoire d'homme on n'avait vu tant d'hyménées. D'autres personnes, parmi lesquelles Mme Tupplander, attribuaient aux associations de charité, aux relations qui s'établissaient entre les jeunes gens dans les comités de famille, cette quantité d'unions plus particulières ; et ces personnes n'avaient peut-être pas si grand tort.

Dans la société telle qu'on nous l'a faite, les jeunes gens des deux sexes n'ont d'autres occasions de se rencontrer que dans les réunions du monde, dans les bals, ils ne font connaissance que de la manière la plus superficielle, et chez beaucoup de personnes les apparences ne sont pas ce qui vaut le mieux. *La foire aux vanités* est le lieu où on se rencontre ordinairement. Il n'est point étonnant qu'il s'y forme des liens peu solides et peu sérieux. Il n'est point extraordinaire que les mariages soient peu en rapport avec la quantité de personnes qui accepteraient et peut-être souhaiteraient le mariage. Quand une saison d'hiver est finie à Stockholm, à peine entend-on parler de deux ou trois mariages, après que des centaines de jeunes gens et de jeunes filles se sont rencontrés dans des bals et autres réunions de plaisir.

Si les relations de société étaient plus dignes, plus naturelles et plus simples, si jeunes gens et jeunes filles pouvaient se connaître pendant leurs travaux mêmes, dans les lieux d'étude, dans les cours des académies, ou bien dans des sociétés chrétiennes formées pour un but d'utilité et de charité, ils seraient attirés les uns vers les autres par le plaisir de poursuivre ensemble une fin élevée, par une noble émulation ; ils auraient des rapports vraiment fraternels. Ils arriveraient à se comprendre par le cœur, le caractère, l'intelligence. Alors, certainement, il se ferait plus de mariages, et un plus grand nombre d'heureux mariages, et

l'on verrait aussi diminuer la quantité de ces unions crimi-
nelles qui peuplent si tristement le monde d'un nombre
toujours croissant d'enfants illégitimes. Le noble et véritable
amour aurait alors beau jeu contre le faux et frivole amour
qui seul est favorisé dans la vie artificielle d'aujourd'hui.

Mais retournons à Kungsköping pour raconter un événement qui arriva pendant la visite que Nordin fit à sa patrie
après sa première et courte absence, avant un long et triste
exil. Nous y arriverons par le récit d'

UNE ÉLECTION CONTESTÉE.

Le comité de surveillance de l'école d'enfants est réuni :

«Non, cela ne sera pas,» s'écrie madame Tupplander
d'une voix stridente, «jamais je ne voterai en sa faveur;
une femme qui a un enfant, et qui n'est point mariée, n'est
point une personne convenable pour être directrice d'une
école! Quel air cela aurait-il? Le bel exemple à suivre! Je
ne la nommerai certainement pas.»

«Mais,» dit Mimmi Svanberg, «elle donne maintenant
l'exemple de la tendresse maternelle, de l'accomplissement
des devoirs, du travail et de mille autres bonnes qualités.»

«Qu'importe,» reprit madame Tupplander, «quand son
enfant est là qui prouve ce qu'est sa vertu? Pourquoi ne pas
prendre plutôt mademoiselle N. C. dont la réputation n'a pas
une tache, ou madame Meritander qui a sept enfants qu'elle
peut avouer, et qui est, à tous égards, une personne remplie
de mérite?»

«Mais,» dit la femme du pasteur, «mademoiselle N. C.
'est une personne faible qui ne saura prendre aucune autorité

sur les enfants, leur inspirer aucun respect; et madame
Meritander est dure et violente; ses enfants ne prouvent pas
en faveur de son habileté en fait d'éducation. Des trois personnes qui se proposent pour remplir cette place, Amélie
est, sans aucun doute, celle qui convient le mieux, quoique
son passé, je l'avoue, soit une circonstance fâcheuse; mais
elle s'est conduite d'une manière exemplaire depuis plusieurs
années, et pendant la longue maladie de madame N., l'ancienne directrice de l'école, elle l'a soignée et remplacée
dans l'école avec un dévouement admirable.»

«Mais elle a une réputation perdue,» cria madame Tupp-
plander, «et ce n'est le cas ni de mademoiselle N. C., ni
de madame Meritander. Qui est-ce qui connaît les mérites
d'Amélie? très-peu de gens, tandis que tout le monde sait
son aventure, et qu'elle a près d'elle son enfant qu'elle est
assez éhontée,... assez singulière, voulais-je dire, pour ne
point cacher; elle l'a toujours auprès d'elle.»

«Va-t-elle jamais dans le monde?» dit une voix qui était
celle d'Hertha.

«Qu'est-ce que cela fait?» reprit madame Tupplander;
«qu'elle sorte ou reste chez elle, il suffit qu'elle ait avec elle
son enfant. Elle n'aura jamais ma voix. Ce serait un discrédit
pour toute l'école. On doit faire attention à ce qu'on pense
et à ce qu'on dit dans le monde. On doit respecter la vertu
et les bonnes mœurs. Que dirait-on de cela!»

Plusieurs personnes partagèrent l'opinion de madame Tupplander, et le débat commençait à s'échauffer lorsque Nordin
demanda à dire quelques mots:

«Permettez-moi une question; ne sommes-nous pas tous
d'accord sur ceci qu'Amélie est, par son zèle et sa capacité,
et surtout par son amour vraiment maternel pour les enfants,
la personne la plus apte entre les trois qui se proposent à
remplir les fonctions de maîtresse de l'école?»

Presque tout le monde tomba d'accord de ce point.

« Eh bien, » reprit Nordin, « ne considérons que l'intérêt des enfants; prenons celle qui sera pour eux la meilleure institutrice, et laissons le monde parler comme il voudra. »

« Mais ce n'est pas la question, » cria d'un ton aigre madame Tupplander. « Elle n'a aucun droit à cette place à cause de sa faute. Une femme qui n'a pas même un nom à elle! Et comment la désignerez-vous? quel nom lui donnerait-on?.. »

« On la nommera *la mère des enfants,* » reprit Hertha de sa voix mélodieuse et grave; « elle a assez souffert, avec assez de courage et de résignation, pour mériter de porter ce nom-là avec honneur. Je sais qu'elle n'en désire pas d'autre que celui de Mère Amélie, que lui donnent déjà tous les enfants de l'école. Devant Dieu, aucun enfant n'est illégitime, et l'homme ne devrait pas flétrir un enfant de ce mot. Nous tous qui n'avons pas perdu l'estime passagère du monde par une erreur passagère aussi, unissons-nous pour donner à Amélie cette consolation et cette réparation qu'elle mérite par sa conduite actuelle, et, au lieu de les rejeter, elle et son enfant, soyons justes pour tous deux, et aidons-les à regagner l'estime publique. »

« Je ne veux pas, moi, couvrir le mal d'un voile, » s'écria encore madame Tupplander, « et je vote pour madame Meritander. »

Nordin, qui semblait vouloir connaître les sentiments divers des membres du comité sur Amélie, dit alors : « N'est-ce que le titre de *Madame* et le rang d'une femme mariée qui manquent à Amélie? Il m'est permis d'annoncer au comité que dans peu de semaines elle aura droit à ce rang; demain seront publiés à l'église les bans de son mariage avec celui qui est le père de son enfant. »

Un silence causé par la surprise générale suivit ces mots. Madame Tupplander, hors d'elle-même d'étonnement, ne trouva rien à dire, et, les yeux grands ouverts, regarda Nordin. Celui-ci reprit :

«Oui, des difficultés de fortune l'ont obligé à passer quelques années dans un pays étranger où il a pu obtenir un emploi lucratif. Mais il veut dès maintenant offrir à celle qu'il considère comme sa femme et à son enfant la réparation qu'il leur doit, avant de pouvoir revenir près d'eux remplir ses devoirs d'époux et de père. Sa femme sera libre de remplir en son absence les fonctions de maîtresse de l'école.»

«Mais qui est-il? Ne peut-on pas le demander?» s'écria madame Tupplander, que la curiosité mettait hors d'elle-même.

«Demain on le publiera en chaire, et tous ceux qui seront à l'église l'entendront. Revenons maintenant au but de notre réunion, l'élection d'une directrice pour l'école.»

Le débat fut repris, mais avec de grands avantages pour Amélie, qui fut élue enfin, quoiqu'à une faible majorité, car madame Meritander avait des amis dans le comité. Madame Tupplander, très-animée et très-en colère, déclara qu'elle donnait sa démission de membre du comité de surveillance de l'école. Aucune protestation ne s'éleva contre cet acte ni aucun regret.

—∘∘⧉∘∘—

ENCORE UN MARIAGE.

———

Silencieux comme les larmes de l'amour repentant fut le mariage d'Amélie et du frère de Nordin. Ils furent mariés dans la chambre d'Amélie, par le petit pasteur; Nordin et Hertha étaient seuls présents, selon le désir d'Amélie.

Quand la cérémonie fut terminée, la pauvre mère s'agenouilla près du berceau où dormait son enfant et murmura :
« Mon enfant, dors tranquille maintenant ; personne désormais ne pourra insulter à ta naissance. Dieu a pardonné à ta
mère ! »

« Et aussi à ton père, » dit une voix mâle ; et le frère de
Nordin posait sa main sur le front de son enfant.

Quand Amélie se releva, Hertha la serra dans ses bras ;
puis son mari, la conduisant à Nordin, lui dit : « Remer-
cions-le ensemble ; c'est lui qui m'a enseigné mes devoirs
envers toi et notre enfant, et qui m'a rendu possible de les
remplir désormais. »

Le frère de Nordin était aussi un beau et aimable jeune
homme, mais sans le caractère ferme de son aîné.

« Il faut maintenant boire et manger quelque chose après
cette grande affaire, » dit le petit pasteur gaiement ; « il n'y a
pas de bons mariages en Suède sans cela ; et ne me parlez
pas de ces manières d'enlèvements à la mode anglaise ou
américaine ;... pas plus tôt l'anneau passé au doigt de la mariée que vite en voiture, et les voilà partis pour le bout du
monde.... Non, suivons les bons usages du temps du vieil
Homère et de nos ayeux ; on ne perdait jamais alors une
bonne occasion de boire et de manger ; et ainsi donc, suivez-
moi au repas de noces. »

Ce disant, le pasteur conduisit la petite société dans la
salle de l'école qu'on trouva échauffée et égayée par un brillant feu de branches de pins. Au milieu était une table bien
servie, autour de laquelle Mimmi et la femme du pasteur
étaient encore fort affairées.

C'était une surprise pour Amélie. Il n'est pas nécessaire
de dire quelle douce joie et quelle cordialité embellirent cette
petite fête offerte de si grand cœur.

Dans la soirée même Nordin partit avec son jeune frère,

le premier avec l'espoir d'être rappelé par Hertha aussitôt
qu'elle pourrait prévoir quelque changement favorable à
leurs désirs.

La société de Kungsköping qui, dans notre récit, occupe
la place du chœur dans les tragédies grecques, fit beaucoup
de réflexions morales et édifiantes à propos de ce mariage,
qui fut généralement approuvé, bien que madame Uggla et
quelques autres bonnes âmes eussent branlé la tête à ce
sujet, et dit qu'il fallait voir ce qui en arriverait. Cependant
Amélie s'élevait dans l'estime et le respect de tous, et le
ressentiment de madame Tupplander échoua contre sa bonne
conduite et la fermeté de ses amis.

Quant à nos autres connaissances de Kungsköping pendant
ces sept années, nous pouvons dire que Mimmi continua à
donner ses bons conseils et ses bons offices dans toute la
ville. Nous la trouvons toujours active, tressant une couronne de myrthe pour une fiancée, consolant à des funé-
railles, ici faisant une collecte pour un pauvre estropié qui
a besoin d'aller aux eaux, là portant un peu de plaisir dans
une misérable famille, une autre fois, dans une brillante
soirée, devenant la joie de tous, partout gaie, bonne, ayant
mille secrets, mille ruses pour obliger et prouvant combien
de bonheur on trouve à en procurer aux autres.

Beaucoup s'étonnaient qu'avec peu de fortune Mimmi pût
faire autant pour les autres.

«Mon moyen,» dit Mimmi en souriant, «c'est de suivre
mon cœur et de compter sur l'aide de Dieu. Je n'ai jamais
douté, en voyant quelque bien à faire, de pouvoir y réussir.»

C'est sans doute là, en effet, la meilleure richesse; mais
il faut avoir la foi en Dieu et en soi-même.

Éva Dufva florissait comme une rose au presbytère, entourée d'amour par ses parents adoptifs, partageant ses
journées entre les devoirs actifs du ménage sous la direction

de la femme du pasteur et d'affectueuses attentions pour ses nouveaux parents. «Maintenant,» écrivait madame Dahl à une de ses amies, «quand le soir vient et que je rentre dans ma chambre pour me reposer des fatigues de la journée, deux petits bras blancs entourent mon cou, une bouche rose murmure à mon oreille un nom bien doux; moi aussi, je suis mère, et je trouve la vie heureuse et belle, Je n'ai jamais joui de plus de bonheur, surtout depuis que j'ai une seconde fille, Marie, la sœur d'Éva.»

La bonne et active femme du pasteur désirait bien encore une autre chose,.. un nouveau local pour l'école d'enfants; mais il y avait bien des difficultés, et cependant cela devenait de plus en plus nécessaire, car les enfants arrivaient en foule, attirés par la bonté de maman Amélie et par la petite maîtresse de chant, Mina, l'enfant infirme, à la voix si pure, au regard si doux et si pieux, et qui enseignait de si belles chansons.

La ville s'est reconstruite, et les sociétés de famille s'étendent et fleurissent, rapprochant riches et pauvres, «formant entre leurs membres des liens de fraternité,» si ce n'est des liens plus intimes, comme de douces amitiés et d'heureux mariages.

Le professeur Méthodius n'a pas encore achevé son grand ouvrage, et sa première épreuve n'a pas été renvoyée moins de sept fois avec corrections à l'imprimeur.

Le secrétaire du protocole N. B. n'a pas terminé non plus son ouvrage contre les associations de charité de dames, et le bruit court qu'il pourrait bien être sur le point d'entrer dans une association plus particulière qui pourrait lui faire oublier ses projets; il s'agit d'un mariage.

Mais veux-tu voir en particulier, ami lecteur, à la fin des sept années que nous venons de parcourir, et comme une compensation de toutes les hostilités de notre livre contre le

mariage, un ménage vraiment heureux; jette un regard sur
l'intérieur de la maison du docteur Hedermann et de son
Ingeborg. Elle, toujours active, simple, aimable, unissant,
comme le voulait le docteur, la grâce au mérite solide, et
lui! comme il est heureux, ses deux enfants sur ses genoux,
assis à côté de sa chère femme et la regardant avec un
amour qui touche à l'adoration. Elle est sa compagne, son
amie, non-seulement dans la famille, mais aussi dans sa vie
extérieure, dans ses occupations charitables, dans les œuvres
qu'il a fondées pour les pauvres enfants. Le docteur est bien
encore un peu vif quelquefois. «Mais qu'importe,» dit Ingeborg, «quand je suis si heureuse malgré cela?»

Mme Uggla, n'a plus aucun sujet sur lequel se lamenter,
pas même les sept demoiselles Dufva, puisque quatre sont
mariées, deux adoptées par le pasteur, et que les parents
n'en ont plus qu'une avec eux dont ils n'ont nulle envie
de se séparer. Elle voit sa fille heureuse, adorée par son
mari, et jouissant d'une agréable aisance. Il est vrai qu'elle
commence à s'inquiéter du grand nombre d'enfants qu'Ingeborg pourrait avoir, surtout si c'étaient des filles.

On parle beaucoup à Kungsköping des institutions d'éducation d'Hertha, et particulièrement, comme nous l'avons
dit, de l'école du soir. Hertha, cependant, acquiert de plus
en plus de la réputation. On est généralement d'accord sur
ce point que la petite école est fort bonne, et que, quant
aux conversations du soir, elles peuvent être fort utiles pour
donner l'habitude de parler les langues étrangères.

CHEZ HERTHA.

—

Le matin.

La maison d'Hertha est préparée comme pour une fête. Dans le ciel bleu et pur d'un beau jour d'été le soleil se lève « comme un héros qui va parcourir sa carrière, » et envoie ses rayons par les fenêtres ouvertes de la chambre d'Iduna. Les papillons voltigent portés par de douces et chaudes brises. Les lilas, les lis, et toutes les fleurs du jardin, exhalent leurs parfums. C'est un beau et brillant matin d'été. Une grande et noble femme vêtue de blanc est au milieu de la salle d'Iduna, comme le génie du lieu. Le vent joue avec son léger mantelet de dentelle blanche, et caresse d'un souffle adouci une figure qui, bien que la jeunesse la quitte, conserve néanmoins une beauté toute particulière. Les yeux et le front surtout sont admirables, et l'expression de tristesse amère de la bouche est adoucie en ce moment par un calme et mélancolique sourire. C'est Hertha, Hertha qui attend Nordin. Aujourd'hui, ce matin même, il doit arriver; et comme Freya, dans les anciennes légendes, fait jurer à chaque chose dans la nature de ne point nuire à son bien-aimé, ainsi Hertha semble en ce moment prier tout ce qui l'entoure de se joindre à elle pour recevoir celui qu'elle aime, et de célébrer avec elle le retour de son ami, du fiancé de son âme. Elle regarde les plantes élégantes, les statues, tout ce qui fait de la salle d'Iduna un vrai temple, et la campagne, le ciel pur, les papillons voltigeant avec un nouvel amour, parce que Nordin aussi les verra. Bien des

choses cependant viennent troubler sa joie et son espoir;
mais son âme s'élevant jusqu'à Dieu se fie en lui, et le
remercie de tout ce qu'il lui a donné, et du bonheur de ce
moment. Comme un arbre puissant se redresse après l'orage
et, relevant ses branches courbées, offre de nouveau dans
son feuillage un abri aux oiseaux du ciel, ainsi Hertha se
relevait après tant d'années de combats et de souffrances,
remerciant le Ciel, et pleine de force et de volonté pour
aimer et protéger ses semblables.

Ses jeunes sœurs entrèrent parées, car elles aussi atten-
daient Nordin avec un vif désir; ne devait-il pas rendre
Hertha heureuse?

«Comme vous êtes belle aujourd'hui!» dirent-elles en
l'embrassant. «Vous êtes comme une fiancée et comme
une prêtresse en même temps!»

«Taisez-vous, petites flatteuses,» dit Hertha en les serrant
dans ses bras. «Ne me gâtez pas. Où est notre petite mère?»

C'est ainsi qu'Hertha et ses sœurs appelaient la mère de
Nordin.

Elle arriva en ce moment; elle semblait à peine appartenir
à ce monde: tant elle était pâle et frêle; on eût dit une
ombre bienheureuse, car sa joie était grande aussi de revoir
bientôt son fils bien-aimé.

Le déjeuner était préparé dans la salle d'Iduna au milieu
des lilas et des muguets, qui y répandaient un délicieux
parfum; la table était couverte de mets délicats, rien ne
manquait que le lait et le café chaud pour lesquels on attendait l'arrivée de Nordin.

Voilà ce qui se passait le matin à Kullen chez Hertha.

———

Dans le même instant se passait une scène toute différente
à environ trois milles de Kullen : Un bateau à vapeur était

en feu au milieu du lac Wéner et s'efforçait de gagner la côte, mais cette côte était couverte de forêts, inculte et inhabitée. Les paysans des villages environnant le lac étaient encore plongés dans le repos prolongé d'un dimanche matin; quelques-uns cependant avaient aperçu ce navire, mais il leur fallait un long temps pour préparer les bateaux et gagner le lieu du sinistre. Il est si rare qu'il arrive en Suède un accident aux bateaux à vapeur, qu'on est à peu près aussi préparé pour un tel événement que pour une explosion qui arriverait dans la lune.

C'était un des bateaux du service du canal de Gothenbourg à Stockholm qui avait pris feu. Les passagers, tirés de leur sommeil par la fumée, se trouvèrent, en se précipitant sur le pont, environnés de flammes; les bateaux de sauvetage étaient hors d'état de servir; mais la terre était proche, on s'en approchait rapidement et on pouvait espérer d'y atteindre. Tout à coup la machine cessa de fonctionner; le feu gagnait rapidement; le navire était, il est vrai, à peu de distance de la côte, mais l'eau était encore profonde; on ne pouvait se sauver qu'à la nage. Une terrible confusion régnait à bord; de pauvres mères, pâles et désespérées, suppliaient les hommes de sauver au moins leurs enfants. Un homme s'élança sur la roue du navire et cria : « Que tous ceux qui savent nager, fassent comme moi, » et il saute dans l'eau, puis, se tournant vers le navire et s'adressant à une jeune femme qui, un enfant dans ses bras, se penchait sur le bord. « Jetez-vous à l'eau, » lui dit-il, « je vous transporterai, vous et votre enfant, à terre; ne craignez rien; » elle fit ainsi qu'il lui disait et se jeta à l'eau, juste au moment où le feu gagnait ses vêtements; il nagea avec elle vers la côte; un jeune homme et deux autres hommes suivirent son exemple. Ils recommencèrent plusieurs fois ce périlleux voyage et sauvèrent de la sorte tous ceux qui ne savaient pas nager.

Le jeune homme qui s'était mis le premier en avant et qui était le plus énergique et le meilleur nageur, n'avait pas sauvé pour sa part moins de quatorze personnes, femmes et enfants. Son grand courage, ses manières vives et cordiales, son regard noble et animé, son sang-froid et son habileté l'avaient de suite investi de la confiance de tous, et toutes les espérances s'étaient concentrées sur lui. Nous n'avons pas de peine à reconnaître en lui Nordin..... Le sauvetage avait été opéré si rapidement et si heureusement, que personne ne fut tué ni blessé parmi les passagers ou l'équipage, et, quoique témoins de la destruction de tous les objets que portait le navire, tous ne sentirent d'abord que la joie d'avoir échappé à un si grand péril et le besoin d'exprimer leur reconnaissance à leurs sauveurs.

Un d'entre ces hommes courageux n'entendait point les actions de grâces. Étendu sur la mousse au pied d'un arbre, un flot de sang clair s'échappait de ses lèvres; ses joues, tout à l'heure si colorées par l'ardeur de l'action, étaient pâles et décolorées; ses yeux si brillants, étaient clos comme par l'éternel sommeil. Silencieux et terrifiés, ceux qu'il avait sauvés l'entouraient; une femme pleurait, car c'était des efforts qu'il avait faits pour la sauver, elle et ses enfants, que celui-là se mourait. Cependant un observateur attentif eût remarqué à ses joues creusées que la mort avait commencé depuis longtemps son lent travail. Il était beau encore, étendu là, son cou découvert et sa riche chevelure noire rejetée en arrière et découvrant son front pur. Les sombres sapins étendaient sur lui leur ombre épaisse comme pour le protéger contre la chaleur du jour.

«Quel est-il?» demandait-on autour de lui. «Ses vêtements semblent étrangers, mais sa parole, son visage franc et mâle annoncent un Suédois.»

Un jeune homme, écartant la foule, se pencha sur le

mourant et appuya son oreille sur son cœur. Il se releva et
dit : « Prenez soin de lui, mais que personne ne le change
de place avant mon retour. Je sais qui il est. Je vais chercher
du secours à la ville » et, en disant ces mots, il s'élança
dans la forêt dans la direction de Kungsköping. Les autres
restèrent autour du pâle jeune homme ; des mains recon-
naissantes étanchaient le sang qui coulait de ses lèvres et
baignaient ses tempes avec l'eau glacée des sources de la
forêt. Il était toujours immobile ; on ne savait s'il était
vivant ou mort ; nul souffle ne trahissait plus la vie. Mais
personne n'osait le transporter ailleurs. Plusieurs personnes
quittèrent bientôt la place pour regagner la ville, promet-
tant d'envoyer de là du secours et bien aises d'y trouver
pour leur compte un abri, des habits secs, etc. Les paysans
des environs se rassemblaient autour du jeune homme qui
semblait mort, ou sur la côte, pour regarder les restes du
navire flottant et brûlant toujours.

Enfin parut une femme vêtue de blanc ; elle accourait
rapidement à travers le bois, suivie d'hommes qui portaient
un brancard couvert de coussins. La foule s'écarta respectueusement devant cette figure calme et imposante ; elle
s'agenouilla près du corps immobile, posa son oreille sur le
cœur, sur la bouche, et ses yeux se levèrent vers le ciel
avec une expression de gratitude : « Il respire ! il vit ! »

Elle fit signe qu'on approchât le brancard. Elle-même souleva la tête de Nordin dans ses bras et aida les porteurs à
l'étendre doucement.

« Amis », dit-elle en s'adressant aux paysans, « marchez
devant et frayez le chemin à travers le bois, afin que rien ne
nous arrête. Toutes vos peines seront bien récompensées ».

Pleins de bonne volonté, ils obéirent silencieusement à
Hertha. Elle était connue et respectée dans tout le pays, où
on l'avait vue visiter souvent la demeure du pauvre ; en

outre, chacun se sentait plein de sympathie pour le jeune homme dont on savait le noble dévoûment.

«Maintenant, avancez doucement, pas à pas, par la forêt,» dit Hertha, et le silencieux cortége s'avança, hommes, femmes, enfants, dans leurs vêtements du dimanche, élargissant la voie dans la forêt. Près de Nordin marchaient deux femmes attentives : celle qu'il avait sauvée et celle qui l'aimait si profondément; elles écartaient tout ce qui aurait pu effleurer cette tête plus chère encore, ainsi environnée des ombres de la mort, que lorsqu'elle était brillante de vie et de jeunesse. Quand la procession sortit de la forêt, les deux femmes étendirent, au-dessus de la tête du mourant, des branches qu'elles avaient coupées à ce dessein et qui le préservèrent de l'ardeur du soleil. Ils arrivèrent de la sorte

CHEZ HERTHA.

—

Le soir.

Le fiancé est chez la fiancée; mais les noces! elles sont plus reculées que jamais, car Nordin semble près de ses derniers instants. Cependant il vit encore, et grand est le pouvoir de l'amour; grand quelquefois aussi celui de la science. Le médecin est attendu; Hertha est seule près de Nordin. Elle baise sa bouche, ses joues, ses yeux, sa main froide; qui peut lui refuser ce droit? il va mourir. L'amour des anges dans le ciel n'est pas plus pur. Jamais, quand il était plein de santé, elle n'a senti cette tendresse avec laquelle maintenant elle baise ses lèvres froides et sans vie.

Et ces baisers d'Hertha ont éveillé Nordin de son sommeil de mort. Son regard s'arrête sur elle. Il respire une nouvelle vie dans ses yeux. Il soulève sa tête, la pose sur son sein et murmure des paroles de joie et d'amour. Mais Hertha pose son doigt sur ses lèvres ; il ne faut point parler maintenant .... Enfin le médecin arrive.

Le docteur Hedermann prescrit une potion ; c'est Hertha qui la lui donne. Le repos complet est ordonné. Hertha seule peut rester près du malade. Il ne saurait supporter son absence. Il semble vivre de sa vue. Dans l'espace de quelques heures le pouls est devenu plus fort ; il pourrait se soulever, parler même, si cela lui était permis ; mais Hertha l'en empêche. Le médecin dit que le danger est grand, mais donne quelque espoir. Nordin peut être sauvé.

Comme Hertha marche doucement près de lui ! Elle le soutient et le console silencieusement par sa présence, son amour et son courage. La mère de Nordin ne peut partager ses soins ; sa faiblesse physique a triomphé de sa force morale ; elle ne peut voir son fils sans pleurer. Mais Hertha ! elle n'a pas versé une larme ; ce n'est pas le moment des pleurs.

Le docteur a ordonné un bain de pieds chaud pour attirer le sang loin de la poitrine ; il est préparé, mêlé d'herbes bienfaisantes. Nordin en éprouve un effet salutaire. Il ne demande pas quelles sont les douces mains qui baignent ses pieds. Les yeux fermés, il rêve un temps où, dans la maison de sa mère, elle l'entourait de soins. Elle voudrait encore faire ainsi, la pauvre mère ; mais ses mains sont devenues trop faibles, et ce n'est plus sa mère, mais celle qui se regarde comme sa femme, qui baigne ses pieds et rappelle la chaleur dans ses membres engourdis. Nordin, les yeux fermés, laissa tomber sa tête sur les coussins sur lesquels il était appuyé. Hertha le crut endormi et, regardant cette figure toujours belle, mais amaigrie par les ravages de la douleur et d'un espoir toujours différé, ses larmes coulèrent pour la première fois ; elles tombaient sur les pieds de Nordin qu'elle tenait posés sur ses genoux ; ses longs cheveux étaient détachés ; elle les essuya de sa chevelure. Nordin avait souvent reproché à Hertha de ne point aimer comme il aimait, de ne point comprendre l'amour.... Elle avait quelquefois craint elle-même qu'il n'y eût quelque justice dans ce reproche, mais maintenant elle sentait qu'il n'y en avait pas.

La nuit, Hertha veilla près du lit de Nordin. Il dormit d'un sommeil inquiet ; s'éveillant fréquemment, comme sous l'oppression de rêves terribles, mais un regard de sa fidèle amie le rendait calme et souriant....

Et pendant le silence de la nuit, Hertha se préparait pour la lutte qu'elle prévoyait le lendemain avec son père.

LE PÈRE ET LA FILLE.

(ENCORE UNE FOIS.)

Le matin, de bonne heure, Hertha entra chez son père. A l'expression de colère et de menace de celui-ci elle prévit l'orage qui l'attendait ; mais elle était dans cet état où l'âme défie la crainte ; elle se sentait une détermination si arrêtée qu'elle était sûre de la victoire. C'est pourquoi elle était si calme et si ferme dans ses regards et ses paroles. Sa force était dans la puissance de sa volonté.

Le directeur fut trompé par ce calme et commença d'une voix sévère : «Quelle est cette liberté que vous prenez dans la maison ? Comment avez-vous osé, sans ma permission, introduire un étranger ici? Qui de vous ou de moi commande?»

«Vous, mon père. Mais Nordin est dans la chambre de sa mère; il est son hôte, et non le mien. »

Le vieillard ne sut un moment que répondre à cela. Mais continuant à regarder sa fille avec colère :

«Je devais néanmoins,» dit-il, «être consulté. J'ai bien voix au chapitre pour ce qui se passe chez moi, j'espère.»

«Mon père,» dit Hertha d'une voix émue et triste, «vous avez raison, et je vous aurais demandé votre permission,... si vous ne m'aviez habituée à avoir peur de vous, et si la crainte d'une discussion et d'un refus ne m'eût arrêtée. Il fallait que je fusse libre d'agir comme je l'ai fait pour Nordin. Aujourd'hui je suis venue vous parler et demander votre consentement à une chose qui doit aussi se faire.»

«*Qui doit!*» reprit le directeur étonné; «qu'est-ce qui *doit* se faire?»

Hertha continua avec la même fermeté : «Nordin est mourant. Les soins les plus dévoués peuvent seuls le sauver. Je désire l'épouser pour avoir le droit de le soigner comme sa femme.»

Le directeur la regarda d'un œil insensible, et sembla chercher quelques objections.

«Mon père,» reprit Hertha, «depuis plus de sept ans j'attends cette liberté que vous m'aviez promise, et que je considère comme un droit : la liberté de disposer de ma personne et de mon avenir. J'ai attendu votre consentement; je me suis pliée sous votre volonté; je ne puis le faire plus longtemps; la vie d'un autre est en jeu. Ma résolution est prise. Vous pouvez me refuser ma liberté, me défendre d'épouser Nordin; mais rien ne m'empêchera de rester près de lui, de le soigner, quoique je puisse compromettre ma réputation en agissant ainsi. »

«C'est donc une menace, un défi? On veut forcer ma volonté,» s'écria le directeur hors de lui, «vous voulez peut-être aussi me citer devant une cour de justice, traîner votre père devant les tribunaux.»

«Jamais,» répondit Hertha pâle et calme, «mais je vous avertis, mon père, je vous dis quelles seront les conséquences d'un refus, si je ne puis remplir ce que je regarde comme mon devoir envers mon fiancé. Ne faites pas cela, mon père, et ne craignez rien de moi. Rien ne sera changé dans votre famille. Je ne réclame de vous, comme tuteur, rien de plus que ce que vous trouverez bon de me donner. Nordin et moi, nous pouvons nous suffire en ce moment. S'il revient à la santé, je ne manquerai de rien. Ne nous craignez pas, mon père, et donnez le consentement que je vous demande. Autrement je sortirai avec Nordin de chez vous.»

«Promettez-vous,» dit le directeur d'un air sombre, «d'être satisfaite de l'héritage de votre mère tel que je vous le rendrai; le promettez-vous pour vous et votre futur mari?»

«Je le promets, mon père. Vous savez que vous pouvez compter sur ma parole.»

«Êtes-vous prêts, vous et votre futur mari, à vous engager par écrit à cet effet?»

«Oui.»

«Alors envoyez chercher le pasteur quand vous voudrez. Seulement point de fêtes, point de noces, point d'invités, je vous demande cela.»

«Il n'y a pas lieu à invitations, mon père; les fêtes de noces ne conviendraient pas au lit d'un mourant. Je vous remercie, mon père.»

Ainsi se séparèrent pour cette fois le père et la fille.

LE MARIAGE.

Nous sommes encore dans la salle d'Iduna. Quelques personnes silencieuses y sont réunies. Au milieu d'elles se trouve un homme encore jeune, quoique évidemment il n'ait plus longtemps à vivre; car les roses de la tombe fleurissent sur ses joues amaigries, et ses beaux yeux brillent d'un éclat maladif. C'est le fiancé. Tous semblent attendre. Une porte s'ouvre et, entourée de jeunes filles, paraît la pâle et imposante fiancée, belle de son expression de noblesse et d'amour; la couronne de myrthe est posée sur ses beaux cheveux blonds.

Ainsi, en présence de quelques amis seulement, furent unis Nordin et Hertha, par le bon pasteur qui se trouva si profondément ému dans cette circonstance qu'à peine pouvait-il lire les prières du mariage; mais, à cause de cela même, il les dit d'un ton pénétré, d'une voix émouvante, qui se trouvaient d'accord avec la situation des deux époux, unis pour la mort bien plutôt que pour la vie.

Et cependant les deux nouveaux époux étaient plus heureux et plus bénis de Dieu qu'il n'arrive à la plupart des mariés.

Mimmi assistait au mariage, et par son gai bavardage, animait un peu la sérieuse cérémonie. C'est principalement du Directeur qu'elle s'occupait, et elle parvint à appeler de temps à autre un sourire sur son visage morose. Hertha et Nordin étaient tout l'un à l'autre; Nordin se trouvait mieux qu'il ne l'avait été depuis son retour; la joie et la solennité de ce moment semblaient lui avoir donné une vie nouvelle;

mais son affectionnée femme veillait sur lui et l'empêchait de s'abandonner à son bonheur en le rappelant au repos et au silence; et comme bien des années auparavant, elle le soutenait encore de son bras fidèle.

UN RAYON DE SOLEIL.

L'homme est «comme la fleur coupée qui se fane, comme l'ombre qui passe et ne revient pas.» Ces paroles étaient revenues souvent dans la pensée d'Hertha durant les jours qui suivirent le retour de Nordin, quand elle le vit décliner rapidement et pencher vers la tombe.

Mais Dieu, dans son amour, permet souvent à ceux qui le servent d'adoucir et de charmer pour un, être aimé le triste voyage vers une vie meilleure; ce fut le privilége d'Hertha.

Nordin sembla, surtout pendant les premières semaines qui suivirent son mariage, revivre et reprendre de nouvelles forces. La présence de sa mère et d'Hertha, leurs soins, leur affection, la douceur et le charme qu'Hertha répandait sur sa vie parurent agir d'une manière bienfaisante sur sa santé. Deux chambres donnant sur la salle d'Iduna avaient été préparées pour lui servir d'appartement; la maison était beaucoup plus vaste qu'il n'était nécessaire pour la famille, et le Directeur ne chercha point à empêcher sa fille de disposer les choses comme elle le voulait pour Nordin quand il vit que, loin d'être à charge à la famille, il y avait apporté un surcroît d'aisance.

Nordin passait régulièrement quelques heures dans la salle d'Iduna ; l'influence de l'été et l'agrément du lieu lui faisaient éprouver un sentiment de bien-être physique qu'il n'avait pas senti depuis longtemps ; il commençait à espérer un retour à la santé.

«Pourrait-il en être autrement,» disait-il à Hertha, «lorsque je suis enfin près de toi, qui as le secret de me guérir?»

Vers l'automne cependant la fièvre revint avec plus de force. Pour se dévouer plus entièrement à Nordin, Hertha fut obligée d'abandonner la petite école externe aux soins d'Olaf E. et de sa sœur Marie. Mais elle continua toujours à s'occuper de son école libre dont les conversations du soir étaient un des plus grands plaisirs de Nordin. Il n'y prenait part que par un mot de temps en temps ; et, si l'intérêt du sujet ou de la discussion l'entraînait à s'animer, un regard affectueux et suppliant d'Hertha le rappelait au silence. Quelquefois, avec une gaieté aimable, elle lui donnait une occupation qui convenait mieux à ses forces en plaçant devant lui un panier plein de fleurs et de fruits, et c'était un plaisir pour Nordin de les distribuer aux jeunes filles. Il était charmant de voir toute cette jeunesse se réunir autour de son fauteuil et l'entourer d'affection et de respect.

Hertha regardait des scènes de ce genre avec une joie que combattait la douleur, car elle ne pouvait se dissimuler à elle-même que cette main qui si gracieusement distribuait les fleurs et les fruits, mais qu'elle sentait si brûlante quand elle la pressait dans les siennes, serait avant peu immobile et glacée. Cette pensée, comme un glaive, perçait son cœur, et elle réprimait avec peine un soupir convulsif ; elle le réprimait cependant.

Quand vint l'hiver, les jours clairs, la neige resplendissante, et le bouvreuil chantant dans les arbres chargés de cristaux, les forces semblèrent encore une fois revenir au malade, et avec elles l'espoir de vivre. Il jouissait du splendide hiver de sa patrie et de ce confort du foyer que peu de nations possèdent au même degré que la Suède, même dans les habitations de campagne. Quelquefois le soir il pouvait venir auprès du feu éclatant, fumer sa pipe avec son beau-père. Le Directeur ne se montra jamais malveillant pour Nordin, et semblait toujours bien aise de le voir. Quelquefois encore il s'amusait à embrouiller les fils du rouet de la tante Pétronille sous prétexte de l'aider, jouait avec les jeunes filles, et se retrouvait enfin le Nordin vif et enjoué d'autrefois. Mais c'était le dernier éclat de la lampe qui va s'éteindre. Vers l'été ses forces déclinèrent rapidement. Un découragement singulier sembla s'emparer de son âme; Hertha sentit que la lutte approchait; elle le sentit, car cette lutte brisait aussi silencieusement son cœur, mais ensemble tous deux triomphèrent. Ils acceptèrent la sentence du Ciel avec une obéissance résignée. Nordin sembla désormais jouir plus pleinement de tout ce que la vie lui offrait encore de doux, et par-dessus tout de l'amour d'Hertha. Plus sa faiblesse augmentait, plus il aimait à l'avoir assise près de lui, et à reposer la tête appuyée sur son épaule.

Ainsi étaient-ils assis un soir de la fin de mai; les arbres fruitiers ouvraient leurs fleurs sous les rayons déjà chauds du soleil, et un vent doux, pénétrant par les fenêtres ouvertes de la salle d'Iduna, agitait les feuilles. Nordin jouissait de respirer ces douces brises, et jouait avec une branche de fleurs de pommier toute rose et fraîche posée sur les genoux d'Hertha.

Le contraste entre cette nature renaissant à la vie et à la beauté et le jeune homme mourant était si visible qu'Hertha, ordinairement si maîtresse d'elle-même, ne put empêcher ses larmes de couler; une d'elles tomba sur la main de Nordin, il la porta à ses lèvres et dit:

«Combien il est beau, mon Hertha, de savoir que la nature est le sang de notre sang, la chair de notre chair, la vie de notre vie, qu'elle ressuscitera transformée avec nous au delà de la tombe par celui qui a la vie en lui-même! Un nouveau ciel n'est pas sans une nouvelle terre. Iduna et ses fruits sont l'impérissable vérité!»

Hertha ne répondit pas, mais elle savait qu'il comprenait sa pensée. Lui qui l'avait réconciliée avec la vie, il voulait maintenant la réconcilier avec la mort par sa mort même.

Elle baissa la tête et le baisa au front; mais elle sentit ce front extraordinairement humide et froid.

«Comment es-tu, mon Nordin?» murmura-t-elle.

«Bien, très-bien maintenant;» et il sembla tomber dans un profond sommeil.

Hertha l'embrassa en le soutenant, mais sa tête retomba lourdement dans ses bras, elle n'entendait plus son souffle. Quand ses sœurs entrèrent, elles la trouvèrent presque aussi froide et aussi pâle que celui qu'elle tenait dans ses bras, pressé sur son cœur.

Toutes trois portèrent Nordin sur son lit. Il dormait d'un sommeil profond! Les baisers de sa femme ne pouvaient plus l'éveiller!

———o∘⦂∘o———

L'ANGE DE LA MORT.

———

On voit souvent une famille passer de longues années comme à l'abri des ravages du temps et se développer dans une calme sécurité. Puis, soudainement, un vent d'orage survient qui, en peu de mois, en peu de semaines quelquefois, emporte quelques-uns de ses membres, frappe et dis-

perse ceux qui restent, si bien qu'elle est comme rayée du
monde où elle vivait, et qu'on n'entend plus parler d'elle.
C'est l'Ange de la mort qui a passé par là. Telle quelquefois
la tempête en quelques heures courbe et renverse comme
des épis les arbres jeunes ou vieux d'une forêt qui avait
longtemps résisté à l'action du temps.

C'est ainsi que la providence frappa la famille d'Hertha.
Après la mort de Nordin, les morts se succédèrent rapidement. D'abord mourut la mère de Nordin, ou plutôt elle
s'endormit paisible, peu de jours après son fils, heureuse
d'aller le rejoindre. Ce fut ensuite le Directeur, qui eut une
attaque de paralysie, à la suite d'un premier jugement contraire sur une partie de son grand procès. Il resta paralysé
d'une partie du corps, et ne se remit qu'après une effrayante
lutte contre la mort, car il ne voulait pas mourir. Il vécut
et voulut continuer à gérer seul, comme auparavant, les
affaires de sa famille. Il déclara qu'il se sentait aussi fort
et aussi libre d'esprit que jamais ; il affirma qu'il retrouverait toute sa santé et vivrait encore bien des années, qu'il
tenait de son grand-père qui avait atteint le siècle ; et, avec
cet espoir devant lui, il concentra plus que jamais toute son
attention et toutes ses inquiétudes sur lui-même, semblant
considérer le rétablissement de sa santé comme la seule
chose importante dans le monde. Néanmoins il ne se montrait pas tout à fait indifférent aux soins que ses filles lui
prodiguaient, et il éprouvait pour Hertha en particulier une
confiance qui devenait quelquefois comme celle d'un enfant ;
et elle, quand elle vit ce père despote devenu faible et semblant compter sur elle pour le soutenir, elle sentit qu'elle
pouvait encore l'aimer et elle remercia Dieu de lui faire
éprouver de nouveau ce sentiment d'affection filiale ; elle ne
pensa point que ce surcroît de fatigues, d'inquiétudes, de
tourments, joint au muet désespoir de son cœur, épuisait

22

ses forces. Cependant, bien que son père la remerciât quelquefois de son dévouement, et semblât prendre plaisir à l'avoir près de lui, ce n'était jamais que par rapport à lui-même, et son égoïsme semblait croître en même temps que ses forces diminuaient. Un jour, vers la fin de l'été, une guêpe entra dans sa chambre. On cherchait à la chasser par la fenêtre :

« Laissez-la, » dit-il impatienté, «elle ne me piquera pas. » Peu d'heures après il était mort.

Les appréhensions d'Hertha sur les affaires de son père ne se trouvèrent que trop justifiées. Le Directeur mourait ruiné. L'héritage maternel de ses filles et les économies amassées pendant quarante ans par la tante Pétronille s'étaient engloutis avec toute sa fortune dans le grand procès ; il durait encore à sa mort, et il n'avait sans doute pas perdu tout espoir de le gagner. Pendant le délire qui précéda sa fin, il parlait incessamment d'en appeler devant la Cour suprême. Ce fut devant un tribunal plus haut encore qu'il eut à comparaître.

La pauvre petite tante Pétronille ne survécut pas longtemps à son beau-frère et à la perte du grand procès. Elle passa les quelques derniers jours de sa vie à remuer incessamment les papiers en désordre de son portefeuille, cherchant à rassembler les documents du procès et en parlant toujours à demi-voix. Son âme troublée, mais bonne et innocente, parut aussi devant le dernier et suprême juge dont elle n'avait point à craindre une sentence sévère. Anna, la vieille et fidèle servante, suivit bientôt son maître. Hertha restait seule chez elle avec ses sœurs, ne possédant plus rien que ce qu'elle avait acquis par son travail, et une petite somme que Nordin lui avait laissée.

« Nous sommes pauvres maintenant » dit-elle à ses sœurs en les serrant dans ses bras, « mais nous pouvons travailler ;

nous mangerons notre pain à la sueur de nos fronts. Ne nous plaignons pas. Au contraire, remercions Dieu qui nous donne la force pour travailler. Promettez-moi de ne jamais dire un mot de reproche contre notre père. »

Hertha écrivait alors dans son journal :

« Nordin est parti, et avec lui toute ma joie sur la terre. Le travail reste. Travaillons donc maintenant ! Travaillons pour le pain de chaque jour, pour l'avenir de mes sœurs chéries, et pour remplir cette vocation que Dieu m'a donnée. Je ne poserai pas le bâton du pèlerin tant que ma main pourra le tenir ; mais je la sens déjà trembler, cette main ! Que Dieu soit donc ma force et mon soutien pour l'amour de celles dont je suis devenue la mère ! »

Et, sans une plainte sur le passé, Hertha revint, avec un zèle plus ardent, aux occupations qui lui étaient devenues plus que jamais nécessaires. Mais au milieu de ses nouveaux efforts, à la suite de toutes les douleurs et de toutes les angoisses qu'elle avait traversées, elle sentit que véritablement les forces lui manquaient, et que sa vie, à elle aussi, approchait du terme.

Il y a une maladie qui attaque les femmes plus souvent que les hommes, et surtout celles qui ont été frappées de soudaines douleurs ou épuisées par un travail au-dessus de leurs forces. Elle est semblable à l'insecte parasite qui saisit le palmier superbe, se fixe dans ses racines, suce la moelle, arrête la sève, se roule autour des branches et ne les quitte que lorsque l'arbre est mort et desséché. Ainsi cette maladie attaque dans la femme ce que le corps a de plus beau ; elle se fixe là où l'enfant a cherché sa première et douce nourriture, et étend son secret poison à l'être entier. Le nom de cette maladie n'est pas prononcé sans horreur, car on sait qu'elle est incurable et que de cruelles souffrances attendent celle qui en est atteinte.

Hertha comprit son état et, sachant qu'il était de son devoir de vivre pour ses sœurs, pour la grande tâche qu'elle avait entreprise, poussée enfin par une secrète horreur du mal dont elle croyait reconnaître les symptômes, elle consulta le Docteur Hedermann.

Il attribua sa maladie au chagrin, mais il l'avertit du danger, lui conseilla avant tout un repos complet et les eaux. Hertha le remercia, le pria de ne point trahir la confidence qu'elle lui avait faite, et il la laissa sans soupçonner que ce qu'il lui ordonnait était précisément ce que la pauvreté lui rendait impossible. Toutefois cet aveu ne sortit pas des lèvres d'Hertha. Elle ne dit et ne laissa soupçonner à personne son mal. Avec calme et fermeté, elle rassemblait ses forces pour accomplir le travail de chaque jour et laissait l'avenir à Dieu. Elle avait mis toute sa confiance dans la providence qui la guidait, dans son inspiration qu'elle écoutait incessamment. Avec une tendresse toujours ardente et attentive, avec une parole toujours éloquente, elle dirigeait toutes les jeunes intelligences qui lui étaient confiées. Tous ceux qui venaient pour lui demander des conseils, des consolations, trouvaient en elle la même sympathie, la même bonté franche, et personne ne soupçonnait le ver rongeur caché à la racine de l'arbre de la vie. Quelquefois un soupir qui ressemblait à un gémissement sortait de sa poitrine, mais il était si vite comprimé que nul n'était sûr de l'avoir entendu. Elle se promenait presque tous les jours, accompagnée d'une de ses élèves, pour respirer quelques instants l'air pur. Pendant ses promenades, elle s'arrêtait quelquefois subitement et restait un moment silencieuse. Le moment d'angoisse passé, elle souriait doucement et reprenait la marche et la conversation. Bientôt cependant les progrès du mal devinrent évidents, et elle ne put cacher plus longtemps à ceux qu'elle aimait que l'Ange de la mort l'avait aussi touchée.

LE REPOS DE LA TOUSSAINT.

C'est ainsi qu'on désigne dans quelques provinces de Suède une courte période de l'année qui se présente ordinairement au commencement de novembre, avec la fête de tous les saints; elle ne dure généralement que quelques jours, une semaine au plus. Un temps admirablement calme succède aux orages de la fin d'octobre; les lacs s'étendent sombres et limpides comme le diamant noir au pied des rochers couverts de mousse, des forêts épaisses, les réfléchissant comme de purs miroirs avec une netteté parfaite. Pas un souffle dans l'air, pas un chant d'oiseau ne trouble la paix profonde; le ciel est voilé, tout semble reposer et attendre; la nature entière paraît exprimer une grande et profonde résignation et se préparer à entrer dans sa tombe de l'hiver; les forêts, les montagnes verdoyantes exhalent encore leurs doux et pénétrants parfums; mais encore quelques jours, et la terre reposera, immobile et glacée, sous son blanc linceul de neige. Elle le sait et elle attend : c'est le calme des élus, le repos de la Toussaint.

Il y eut quelque chose de ce calme dans les derniers temps de la vie d'Hertha — et aussi quelque chose de plus. L'homme, le maître de la nature, ne doit pas comme elle accepter son sort seulement par une résignation passive; il doit le voir arriver et se courber devant lui avec la conscience et l'intelligence de sa destinée. Même à l'approche de l'hiver, il doit savoir qu'il y aura un nouveau printemps de vie; et c'est là son glorieux privilège. Hertha le sentait profondément, une dignité plus grande encore se montrait en elle, et sa puissance sur l'esprit des autres était devenue plus grande que jamais. Toutefois ce calme était souvent troublé ; de sombres visions passaient devant elle ; la faute n'était pas en elle, mais dans le monde étroit contre lequel son âme droite avait à lutter.

Ceux qui l'approchèrent pendant ces mois qui précédèrent sa mort, furent très-frappés de sa manière d'être. Une femme qui la vit alors en parlait en ces termes :

« J'attendis quelque temps seule dans la salle d'Iduna, occupée à contempler les bustes et les fleurs. Je n'avais pas vu Hertha depuis quelques années, depuis le temps où nous la considérions comme une fière et sauvage jeune fille, évidemment peu en harmonie avec elle-même et avec le monde. »

« La porte s'ouvrit, et dans la figure noble et belle, quoique portant les traces d'une maladie prématurée, qui parut devant moi, j'eus quelque peine à reconnaître l'Hertha que j'avais connue. L'expression fière et méprisante qui m'avait souvent blessée, avait fait place à la bonté ; elle m'accueillit avec un sourire franc et aimable. Elle me sembla au-dessus des sentiments et des pensées mesquines du monde. Dans le rayonnement des yeux, dans l'arc régulier du front, je reconnus bien l'ancienne Hertha, mais ses traits avaient revêtu une expression de noblesse calme et de sérénité qui leur était autrefois étrangère. Chaque trait de sa physionomie semblait révéler la richesse de son âme. L'expression arrogante de sa bouche avait disparu. La tristesse amère s'était changée en une douce mélancolie. Ses yeux surtout brillaient d'un éclat céleste ; ses cheveux, rejetés en arrière, laissaient voir les lignes pures du front, un court et léger voile de mousseline tombait sur ses épaules, couvrant la tête et encadrant harmonieusement le visage. Hertha, telle qu'elle était maintenant, pouvait servir de modèle pour une Sybille ou pour une Wala, si une expression de patience, de profonde et maternelle tendresse ainsi que de douleur n'en eût fait plutôt le type de la mère des Machabées, « la mère des martyrs. »

Je fus si émue à l'aspect de cette femme autrefois si forte, maintenant courbée et épuisée par la maladie et la souffrance, que j'eus peine à retenir mes larmes. Elle me parla avec tant de charme et de bonté que j'avais un indicible bonheur à l'entendre ; ses paroles étaient riches de l'expérience de la vie et de grandes pensées pour l'avenir. Elle était sévère pour notre sexe, précisément parce qu'elle estimait notre vocation très-haute. Elle parlait de ses élèves avec une grande tendresse, et en particulier louait beaucoup deux jeunes sous-maîtresses de l'école. Je retrouvai son ancienne expression de sévérité amère lorsqu'elle parla de la direction fausse que donnent en général les parents à l'éducation de leurs filles, et des empêchements que nos lois apportent au développement des femmes ; mais toute la beauté de sa physionomie reparut dès qu'elle parla de sa foi et de son espérance dans l'avenir.

Elle ne put recevoir mes filles dans son école, car elle prévoyait qu'elle devrait bientôt la quitter à cause de sa santé ; elle ne toucha cependant que légèrement ce sujet ; mais, d'après l'avis des médecins, il était probable qu'elle avait à peine quelques mois à vivre. Je la laissai avec la pénible crainte de ne plus la revoir. Jamais je n'oublierai l'amour dont l'entouraient les jeunes filles de l'école ; elles semblaient savoir qu'elle n'était plus pour longtemps au milieu d'elles, et il était facile de voir combien serait douloureuse la séparation. »

Quel était l'état de cette âme dont Dieu seul et l'ami qui n'était plus connaissaient les pénibles combats et les puissantes aspirations ? Quelques passages de son journal nous le feront deviner.

FRAGMENTS DU JOURNAL D'HERTHA.

« Il y a plus de trois ans que je n'ai rien écrit sur mon propre compte. Après que Nordin m'eut quittée pour toujours, je cessai en quelque sorte de m'intéresser à moi-même. Puis mon temps et mon esprit étaient assez occupés; il fallait travailler pour vivre. Maintenant j'écris pour m'occuper. Sur les rochers de Marstrand, au bord de la grande mer, je jouis d'un peu de repos pour la première fois depuis tant d'années. »

« Combien pour un moment il me semble délicieux de me laisser vivre comme l'arbre ou la fleur, jouissant du soleil vivifiant et de l'air caressant et pur ! Cependant je ne serais pas venue ici pour moi seulement, car l'air doux de notre « Madère suédoise » ne peut plus rien pour moi, quand même j'en éprouverais quelque bien-être passager ; mais ma sœur Marie avait besoin des bains de mer; ses joues, ses lèvres pâlies disaient assez qu'elle souffrait de la maladie si commune aux jeunes filles vouées à une vie trop sédentaire et à l'enseignement. Ah ! cette vie et ce travail ne lui conviennent pas; elle ne les aime point; mais quel autre moyen trouverait-elle de gagner sa vie? Je le cherche et je ne le trouve pas. Elle n'était pas faite pour lutter contre la pauvreté et contre le besoin. Marthe soutiendra mieux cette lutte, mais l'occupation qui seule s'offre pour elle, celle de femme de charge, n'abaissera-t-elle pas son esprit et ses facultés? ces occupations vulgaires et mesquines n'influeront-elles pas sur son âme. Quel sera son avenir?

« Suède ! tu élèves tes filles avec le cœur d'une marâtre, et ceci sera vengé sur tes fils et tes filles jusqu'à la troisième et la quatrième génération ! »

« 1er août. — J'accomplis aujourd'hui ma quarante et
unième année. Je me sens toujours jeune. Il me semble que
je recommencerais encore à vivre pour les autres, si Dieu
m'en donnait le temps. De nouveaux sentiments, de nouvelles pensées m'arrivent avec les fraîches brises de la mer,
et de nouvelles vues s'ouvrent pour moi, vastes comme l'espace infini. Pourrai-je développer, pourrai-je répandre toute
cette lumière que je sens en moi ? Cela ne sera pas sur la
terre, car je dois bientôt mourir. Je ne souhaite pas de
vivre lorsque je ne pourrai plus travailler. Je ne voudrais pas
être un fardeau pour mes sœurs et consumer le peu que je
puis laisser à ces bien-aimées et dévouées amies. Marie
éprouva du bien des bains de mer et du grand air ; moi aussi
j'ai retrouvé un peu de force et je puis avec elles me promener en barque au milieu des rochers.

« Combien le caractère de cette scène est beau et vraiment particulier à la Suède ! celui qui arrive ne voit d'abord
que des roches stériles au milieu des vagues rugissantes,
rien que des îles rocheuses hérissées de récifs ; mais, s'il
approche, elles s'ouvrent comme par enchantement et laissent voir au sein des rocs, de frais réduits, des jardins naturels remplis de lis d'eau, de lianes grimpantes et fleuries
s'élançant autour du granit que couvre le lichen. La végétation est splendide dans ces petites vallées ; de tous les points
le visiteur domine la mer bleue, toujours agitée, et respire
ses douces et fraîches brises. Oh ! cette mer, combien elle
éveille en moi de pensées et de désirs que je ne pourrai
jamais réaliser, au moins sur cette terre ! »

« 7 août. — Est-ce la maladie qui fait des progrès, ou
est-ce le manque d'occupation qui ne me convient pas ? Mes
insomnies augmentent ; la tristesse et le découragement
m'accablent ; je prie Dieu de m'en délivrer. La vue même

de mes sœurs les réveille. Que deviendront-elles quand je ne serai plus? Mon paternel ami, le juge Carlsson, a aussi quitté la terre. Mes sœurs n'ont plus un ami, plus un soutien. Toutes deux sont bien douées, mais point d'une manière extraordinaire. Elles ne sont extraordinaires que par l'élévation de leurs sentiments et leur dévouement au bien. Combien leur lot eût-il été différent si elles avaient été accoutumées à exercer leurs facultés dans une noble indépendance, dans une atmosphère de liberté, et si la fortune...... mais silence, pensées amères! silence!»

«Dieu! Père infiniment bon, ce n'est pas toi que ma voix accuse, car tu as déclaré que la femme était libre et tu l'as douée de dons excellents; le joug que tu lui avais imposé était celui de l'amour et de ton esprit. Et combien volontiers je me courbe sous tes lois! Mais devant les lois humaines, qui lient ce que tu as délié, qui ferment les voies que tu a ouvertes, qui limitent et rétrécissent la liberté que tu as donnée, qui coupent les ailes de l'âme pour l'abaisser dans la poussière, devant ces lois, jamais je ne m'inclinerai, et ceux qui les maintiennent, ceux qui crient la paix où il n'y a pas de paix.... ah! ils ne savent pas ce qu'ils font. Père, ôte la colère de mon cœur et donne-moi ta paix avant que je meure!»

«10 août. — Le ver rongeur de l'inquiétude ne me laisse pas de repos. Il faut que je retourne chez moi. Il faut que je travaille encore pour les autres tant que le jour dure. Ainsi je retrouverai la paix. Je vais laisser Marie à Ingeborg Hedermann qui vient d'arriver ici. Je repars avec Marthe.»

«Kullen. Septembre. — Encore chez moi avec mon entourage accoutumé. Je suis mieux et plus calme. Il y a dans le travail dévoué une puissante et salutaire influence. C'est un des fruits de rajeunissement que tient Iduna, la déesse de la jeunesse.»

« Octobre. — Mes forces s'épuisent. Il faut que j'abandonne la petite école. Mes derniers moments doivent être consacrés à mon école libre. Le docteur Hedermann m'assure que je ne passerai pas l'hiver. Dieu en soit béni! je ne voudrais pas consumer par une longue maladie le peu de bien qui reste à mes sœurs. »

« J'ai encore beaucoup de choses à leur dire, ainsi qu'à mes jeunes amies; mais il faut maintenant tout concentrer sur le point principal, l'unique nécessaire: la direction de leur vie. Je voudrais imprimer dans leur cœur ou plutôt dans leur conscience, aussi fortement qu'elle l'est dans la mienne, la pensée de leur destinée éternelle, de leur responsabilité comme êtres humains, comme membres d'une communauté qui embrasse toute la race humaine pour l'unir en Dieu par le Christ. »

« Sois seul notre guide, céleste Pasteur des âmes, et puisse cette grandeur des voies que tu ouvres à la race humaine effacer tout ce qui est petit et mesquin. Chasse tout égoïsme loin de ces âmes, afin que ces enfants puissent comprendre ta parole et ton amour !

« Alors je mourrai contente. Une autre, meilleure que moi, achèvera l'œuvre que j'ai commencée; mais cependant l'œuvre est commencée et je vois autour de moi un petit troupeau qui combattra pour un meilleur avenir au nom de la liberté et de la conscience. »

Au printemps elle écrivait ceci :

« Avril. — Le docteur Hedermann s'est trompé et m'a trompée. Je vis encore et je puis peut-être vivre longtemps en cet état. Mes sœurs, mes sœurs, est-ce donc moi qui vous réduirai à la misère? Je viens d'être obligée de vendre quelques effets et le mobilier de la salle de dessin! J'aurais été heureuse de laisser tout mon chétif héritage à mes sœurs. Père céleste! ne me laisse pas vivre pour leur être un fardeau! »

« Mai. — Il y a longtemps que je n'avais fait un rêve digne d'être raconté; la nuit dernière j'en ai fait un qui était beau. J'ai revu les trois Nornes, les mères sévères que j'ai vues souvent dans mon sommeil; elles m'ont apparu sortant d'une épaisse forêt; elles m'ont fait signe de les suivre et sont rentrées dans l'ombre. J'ai obéi à leur appel, mais non sans frémissement; car la forêt était obscure et un vent froid me glaçait. Une fois entrée, j'ai vu s'ouvrir de longues et régulières avenues, bordées de grands sapins qui répandaient un parfum pénétrant. Dans les profondeurs du temple de la nature, j'ai vu deux figures semblables à des ombres; elles se sont avancées vers moi, leurs formes sont devenues plus distinctes, leur beauté était radieuse, je les ai reconnues : c'était Nordin et Alma; ils souriaient et me faisaient signe. Je me suis réveillée, et avec joie j'ai compris la signification de ce rêve. »

« Août. — Ma statue d'Iduna, toutes les autres, ma bibliothèque, mes tableaux, sont vendus à un homme riche, qui va en faire des ornements pour sa maison de campagne. J'ai été obligée de les vendre pour ne pas toucher au petit capital que je veux laisser à mes sœurs. J'essaie de supporter cette nécessité avec indifférence. Si j'avais pu conserver ma fortune ou travailler plus longtemps, j'aurais institué dans la salle d'Iduna une école industrielle pour des filles et des garçons et j'aurais mis mon habile Marthe à la tête. Mais ce projet doit être mis en oubli avec tant d'autres. Tout est bien, tout est bien; il en doit être ainsi. « Nu est venu l'homme au monde, et nu il doit le quitter.» Mais un soir encore, avant que la salle d'Iduna ne soit vide et désolée, je veux voir toutes mes élèves, mes jeunes sœurs, tous les

enfants de mon cœur, réunies autour de moi. Je veux leur
parler encore . . . . , pour la dernière fois ! »

––––––––

Celui qui aurait vu peu de jours après, par un beau soir
de septembre, une réunion nombreuse dans la salle d'Iduna,
n'aurait pu avoir le pressentiment que l'hôte silencieux et
lugubre dont les Égyptiens avaient toujours l'image présente
à leurs fêtes comme un « *memento mori* », la mort, était aussi
présente à cette dernière fête, et en était l'hôte mystérieux
et caché. Les brillantes lueurs du soleil couchant éclairaient
un groupe de gracieuses jeunes filles en robe blanche avec
des fleurs naturelles dans les cheveux ; beaucoup d'entr'elles
étaient jolies ; toutes étaient embellies par l'expression noble
et élevée de leur physionomie. Elles entouraient le fauteuil
où Hertha était assise, vêtue aussi de blanc et tenant à la
main une canne à pomme d'ivoire qui l'aidait à marcher.
Son regard, ému d'une profonde tendresse et d'une solllici-
tude toute maternelle, s'arrêtait tour à tour sur chaque jeune
fille. Sa figure était pâle, ses traits amincis et ravagés par la
souffrance, mais l'âme, rayonnant de l'intérieur, y imprimait une beauté d'un caractère supérieur et transfigurait en
quelque sorte son visage. Elle portait toujours noblement sa
tête, et par moments l'inspiration de la parole animait son
regard plein d'amour. Les jeunes filles laissaient déborder
leur tendresse passionnée, se serraient autour d'elle, bai-
saient ses mains et sa robe. Hertha n'aimait pas ordinairement ces caresses, mais elle les leur permettait aujourd'hui.

Elle n'avait pas voulu qu'elles sussent que cette fête était
un dernier adieu, mais quelque chose le disait aux jeunes
filles et leur causait une profonde et solennelle impression.
Deux des jeunes filles appartenaient à la plus haute société ;

deux autres étaient filles d'ouvriers ; la plupart appartenaient à la classe moyenne. Toutes étaient élèves de l'école libre. Aux pieds de la statue d'Iduna était une table couverte de fleurs artistement rangées dans des vases de forme antique et d'une profusion de fruits de la saison. Le fauteuil d'Hertha fut roulé devant la table, et, après avoir rendu grâce à Dieu de ses dons, elle partagea avec ses élèves un léger repas. Il y avait longtemps qu'elle ne s'était sentie aussi soulagée. Tandis qu'elle offrait d'une main généreuse les plus beaux fruits, elle dirigea la conversation sur la culture des jardins ; comme à l'ordinaire, elle essaya d'attirer l'attention des jeunes filles sur ce qui peut occuper spécialement les femmes, les engageant à exprimer leurs propres pensées et donnant elle-même quelques idées fécondes sur ce sujet. Elle parla de ce goût, de cette intelligence du beau, que possèdent spécialement les femmes et qui les rend propres à diriger la culture d'un jardin. Olaf, le seul jeune homme présent à la fête, lut un court essai sur les perfectionnements que l'homme doit apporter par son travail à la nature. Le jeune homme avait compris son sujet avec une grande intelligence et un profond sentiment; cependant il ne fut pas écouté avec toute l'attention qu'il aurait méritée : les jeunes filles, cela était évident, ne voulaient aujourd'hui qu'entendre Hertha.

Quand le repas fut achevé, Hertha les réunit encore autour d'elle et leur demanda toute leur attention pour ce qu'elle avait à leur dire; et l'on ne peut dire la profonde attention avec laquelle leurs regards, leurs âmes pour ainsi dire restèrent suspendues aux lèvres de leur bien-aimée maîtresse qu'elles allaient entendre, — sa voix épuisée et l'éclat maladif de ses yeux le leur disaient assez, — pour la dernière fois.

Elle leur raconta, — et jamais elle n'avait parlé de pareille chose, — diverses parties de l'histoire de sa propre vie;

évitant ce qui n'était qu'extérieur, mais leur parlant de la
vie de son âme, de ses combats, de ses désirs, de ses recherches, de son désespoir, jusqu'à ce qu'elle eût rencontré
Nordin. Elle parla de lui — oh! avec quelle émotion! Elle
dit comment, par sa droiture, sa bonté, son instruction
profonde, il lui avait donné la paix et la lumière et l'avait
réconciliée avec la vie. Elle dit les projets qu'ils avaient faits
ensemble pour venir au secours de ces misères, de ces
souffrances morales qu'elle comprenait peut-être mieux que
tout autre, les ayant ressenties profondément. Elle parla des
plans qu'ils avaient faits ensemble.

«Je suis restée seule, continua-t-elle, pour les accomplir,
et n'ai pu le faire que d'une manière bien imparfaite. Ah!
je ne suis moi-même qu'un fragment, qu'une partie de ce
que j'aurais pu être, si l'état d'oppression et de ténèbres
dans lequel s'écoula ma jeunesse, et ensuite la douleur d'a-
voir perdu celui que j'aimais n'avaient étouffé mes facultés
et miné ma vie. Mon amour pour vous, mes enfants, m'a
seul soutenue. Mais je n'ai pu être pour vous ce que j'aurais
souhaité, ce que j'aurais pu être. Que vos désirs suppléent
à ce qui m'a manqué! Écoutez mes dernières paroles comme
celles d'une amie mourante. Entrez résolument au service
de Dieu comme de bons ouvriers dans sa vigne — et vous
trouverez la force de faire et de supporter beaucoup de
choses, d'en mépriser beaucoup d'autres. Les dons sont
divers, et les moyens de faire le bien sont nombreux; «mais
le Seigneur est un,» nous dit l'apôtre. Toutes nos actions
doivent se rapporter au Dieu unique. Si le monde est grand,
Dieu est plus grand, et il n'a tout créé que pour sa gloire.
Le soleil dans le ciel, comme la plus humble fleur des
champs, le loue; vous aussi vous devez le louer, mais d'une
manière particulière. Savez-vous pourquoi dans ce jour je
vous ai demandé de venir parées comme pour une fête?

C'est que je voulais vous rappeler que nous devons parer nos âmes et nos corps pour Dieu, que nous devons lui consacrer tous ces dons intérieurs et extérieurs, même ce charme qui appartient ordinairement à la jeunesse et sert si souvent à la vanité. Nous devons tout vouer au service du Dieu suprême. Nous devons devenir ses servantes dans le beau et le bien et dédaigner de servir tout autre que lui. Ennoblissons, élevons les choses les plus viles en les lui consacrant. Ne craignons point, si cela est nécessaire, de porter témoignage de la vérité dans le monde, pourvu que nous le fassions simplement et noblement, comme guidées par son inspiration. Dieu a permis que son dernier ouvrage sur la terre conservât, même après la chute, une perpétuelle mémoire de son amour et un puissant désir vers lui et sa révélation. Gardez ce désir vers Dieu comme votre plus sacré héritage. Faites ce qu'il vous inspire. Ne laissez pas le feu sacré s'éteindre sur l'autel de vos cœurs, autrement il s'éteindrait sur la terre. Qu'il brûle, ce feu, toujours plus brillant et plus pur pour tout ce qui est bon, noble, droit, vrai, divin; alors il pénétrera de sa chaleur toutes les générations de la terre. Montrez-vous par vos paroles et vos actes, par toute votre conduite dans la vie, dignes de la liberté que vous avez droit de réclamer des lois de votre pays; et elle sera accordée à vous ou à celles qui viendront après vous. Travaillez à convaincre tous les esprits que vous méritez cette liberté.

«Regardez le monde autour de vous sans crainte, sans limiter votre regard, et dites-vous : Qu'est-ce que Dieu demande de moi? Faites cette question sincèrement et Dieu vous fera connaître sa réponse; alors obéissez. Mais demandez comme le faisait Marie assise aux pieds du Christ. Évitez l'orgueil et non moins la fausse humilité et la soumission d'esclave aux préjugés du monde. Tâchez de conserver l'estime, mais pour vous-mêmes et pour faire respecter la vérité dont vous devez être les témoins sur la terre. Oh ! jeunes femmes, votre vocation est grande, votre avenir glorieux au service du Très-Haut. Dévouez-vous à ce but sacré avec résolution et courage, et avec l'humilité qui n'est pas la faiblesse ni la crainte; et tout le reste vous sera donné par le Tout-puissant. Peut-être rencontrerez-vous d'abord l'opposition, le mépris de bien des gens et d'injustes jugements, mais persévérez patiemment. N'abandonnez jamais l'espoir dans l'avenir, la foi dans le Sauveur. Dieu triomphera et vous avec lui pour vous-mêmes et pour des milliers d'autres. Mais il faut que je m'arrête... que je vous quitte, Dieu m'appelle ailleurs.... laissez-moi emporter l'espoir de votre fidélité à votre vocation, et je mourrai heureuse.... parce que je n'aurai pas vécu en vain ! »

Elle cessa de parler. La fièvre enflammait ses joues; ses yeux brillaient inspirés et interrogeaient celles qui l'écoutaient. Elles se pressèrent autour d'elle, et l'une après l'autre vinrent s'agenouiller et poser leurs jeunes têtes sur ses genoux. De ses faibles mains elle les relevait, regardait dans leurs yeux pleins de larmes, baisait leurs fronts, disait à chacune quelques mots particuliers d'adieu et leur faisait un léger présent.... c'était un dernier souvenir.

« Adieu ! nous nous reverrons encore ! » furent les derniers mots qu'elle murmura en les quittant avec un dernier regard et un dernier signe de la main.

Depuis cette soirée, Hertha n'admit plus personne auprès d'elle, excepté ses sœurs, son jeune ami Olaf et son médecin. Ses souffrances augmentaient. Elle passait les jours et les nuits assise dans son fauteuil, ayant à peine quelques heures de sommeil et ne supportant plus presqu'aucune nourriture. Elle aimait à entendre lire l'Écriture sainte, et en particulier les endroits où se trouvent énoncées les grandes vues sur

23

l'affranchissement du monde. Alors elle relevait la tête, ses yeux retrouvaient leur éclat et son regard semblait atteindre au loin et, perçant l'avenir, contempler quelque sublime vision. Son intelligence restait complète et ses traits gardaient leur sérénité, excepté dans de courts moments où la souffrance ou d'amers souvenirs se reflétaient sur son visage. Elle s'occupait cependant encore à écrire, soit divers avis pour ses jeunes amies qu'elle ne pouvait plus revoir, soit quelques mots sur son journal.

Peu de jours avant sa mort elle écrivit ce qui suit :

« Je remercie Dieu de ce que tout sera bientôt fini pour moi! Je ne serai plus longtemps un fardeau pour mes amis; mais je pourrai peut-être encore leur être utile et veiller sur eux comme leur ange gardien. Ceux qui renferment notre action et nos relations d'affection dans le temps de notre vie sur la terre n'ont pas compris tout l'Évangile.

« Ma vue se trouble; ma main tremble; mais mon esprit et mon cœur sont toujours aussi pleins de vie. Alma! Nordin! je vais vers vous avec une âme pleine d'amour et altérée du désir de savoir. Avec vous ou par vous, si j'en suis digne, « je contemplerai la gloire de Dieu! »

Bien peu avant sa mort, elle écrivit encore, comme cherchant à dissiper les inquiétudes et le trouble de son esprit :

« Souvent, dans ma jeunesse, me fiant à ma propre droiture, je fus sévère et sans pitié en jugeant les autres, et je dis d'une manière peut-être blessante ce qui me semblait juste et droit. Ce que j'ai fait pour les autres, on vient de le faire pour moi. Une parente éloignée, qui a perdu sa fortune dans les affaires de mon père, m'a écrit : « Tous vos malheurs auraient pu être évités, si vous aviez à temps obligé votre père à vous rendre compte de votre fortune en vous

servant des moyens que vous offraient les lois suédoises
pour obtenir votre liberté. Alors vous eussiez épousé Nordin,
il eût vécu, vous ne vous fussiez pas tuée par un travail au-
dessus de vos forces, et vos sœurs ne seraient pas dans la
misère. Ne rejetez donc pas sur les lois et sur les circonstances de votre vie ce qui est la conséquence de votre in-
décision et de votre crainte des jugements du monde.»

« Ces paroles m'ont blessée profondément. Ai-je réellement
été la cause de tous ces malheurs? Ai-je erré ainsi? Nordin,
est-ce moi qui ai creusé ta tombe prématurée? Mes sœurs,
est-ce moi qui ai causé votre ruine? Je ne puis voir saine-
ment les choses maintenant; la maladie m'a affaiblie; les
ombres de la mort m'environnent! Oh! le calice est amer!
Que Dieu aie pitié de moi!»

Les mots suivants, sans date, venaient plus loin d'une
écriture plus ferme, mais grosse, comme de quelqu'un dont
la vue est troublée.

«J'ai voulu bien faire. J'ai obéi à la voix de Dieu dans ma
conscience. Si je me suis trompée, si, en remplissant un
devoir, j'en ai négligé d'autres, je suis seule coupable. J'ai
cru ne pouvoir faire autrement, et je suis celle qui en a le
plus souffert. Devant Dieu je serai justifiée, car mes intentions étaient pures, mais. . . .

«Oh! ma patrie, toi que j'ai tant aimée, que j'aurais
souhaité servir de toute mon âme et de toutes mes forces,
mais qui fais si peu d'estime des services qu'une femme
pourrait te rendre, sois bénie néanmoins pour le bien que tu
m'as donné! Même au milieu des ombres de la mort, je ne
cesse de compter sur toi pour l'avenir, et je te confie les
pauvres orphelines. Sois pour elles une mère plus tendre que
tu ne l'as été pour moi. Donne à toutes tes filles ce que tu
m'as refusé, la liberté, l'avenir, un foyer pour l'âme. Pour

moi-même, je ne te demande plus rien; mon pèlerinage est fini. J'élève avec confiance mes mains vers la montagne sainte du Seigneur. »

———o⚬°⚬°⚬o———

LES HABITANTS DE KUNGSKŒPING.

———————

Jamais nulle maladie et nulle mort n'avaient causé à Kungsköping un plus universel intérêt et un regret plus vivement senti que la maladie et la mort d'Hertha. Parmi les meilleures familles de la ville il en était peu qui n'eussent une fille ou une parente élevée à son école, et qui n'eussent à la remercier de lui avoir donné une plus haute et plus belle idée de sa destinée.

Quand elle fut morte, ses louanges furent unanimement répétées, de belles poésies inspirées par le cœur furent composées en son honneur. Pendant sa maladie on lui envoyait continuellement toutes les choses qui auraient pu la soulager ou lui faire plaisir; des présents plus considérables lui eussent été faits, si d'un mot elle y eût consenti. Mais sa fierté naturelle y mettait obstacle. Elle demandait seulement à ses meilleurs amis d'être bons pour ses sœurs quand elle ne serait plus. Par piété pour sa mémoire, ou par suite de cette protection céleste qu'Hertha croyait pouvoir encore exercer envers ses sœurs, même après avoir quitté la terre, tous se montrèrent bons pour elles, et une heureuse influence sembla se répandre sur leur vie. Olaf E. et Marie s'étaient profondément attachés l'un et l'autre sous les yeux d'Hertha. Olaf acquit bientôt une position qui lui permit d'épouser celle qu'il aimait. Marthe fut nommée directrice d'une école industrielle que quelques personnes fondèrent à Kungskœping en souvenir d'Hertha. L'esprit d'amour et le désir d'un plus haut développement qu'Hertha avait éveillés autour d'elle lui avaient survécu.

La femme du pasteur vécut assez pour voir ses vœux accomplis. Elle eut une belle salle pour l'école d'enfants, qu'Amélie dut quitter après quelques années pour rejoindre son mari. Après le mariage de Marie Dufva, une de leurs filles adoptives, le pasteur et sa femme en adoptèrent une autre, et ils en désirent encore d'autres, car il y a encore de la place dans leur maison et dans leur cœur. Mimmi Svanberg continue à être la providence de tous, même depuis qu'elle a épousé un homme riche et qui l'aime, le secrétaire du Protocole, qui n'achèvera pas son ouvrage sur les sociétés de dames.

La protégée de Mimmi, la petite fille infirme, aux yeux limpides et à la voix harmonieuse, est maîtresse de chant à l'école, et la pauvre fille se trouve aussi heureuse que l'oiseau dans les bois. Mme Tupplander continue à donner des cafés et à parler contre les principes du siècle qui ne connaît plus, dit-elle, les beaux usages ni les bonnes mœurs.

Nous parlerons, en finissant, des deux personnes auxquelles Hertha portait un intérêt particulier, et sur la destinée desquelles elle avait eu une grande influence.

Rodolphe « le pauvre Rodolphe » comme l'appelait Hertha, continua à errer de ville en ville, ne restant longtemps dans aucune. De temps à autre, Hertha recevait une lettre de lui avec une petite somme « pour les victimes de l'incendie. » Après la mort d'Hertha on n'en entendit plus parler. Il était évident par ses lettres que le souvenir de la terrible nuit ne le quittait pas; mais une voix s'était fait entendre à lui, lui avait montré le ciel, lui avait parlé d'un Dieu dont la miséricorde surpasse le crime. Hertha avait été pour lui comme un de ces astres bienfaisants qui donnent aux autres leur lumière; et, grâce à elle, le pauvre fils des ténèbres était entré dans la voie de la lumière et de la vie.

Éva Dufva resta au presbytère chez ses parents adoptifs; cachée dans l'ombre, elle exerçait cependant une influence élevée et pure sur ceux qui l'approchaient. Elle était comme une rose fleurie et parfumée, et bien qu'avec le temps elle dut se faner comme toutes les roses, elle garda toujours un parfum de grâce et de jeunesse dans sa vie simple, active, dévouée. Elle continua l'œuvre de sa mère adoptive, fut la mère des orphelins, et ne se maria jamais; sa seule passion dans ce monde avait été pour Hertha.

FIN.

TABLE.

—

www.ingramcontent.com/pod-product-compliance
Lightning Source LLC
Chambersburg PA
CBHW070308030726
47505CB00004B/950